Andrew David MacDonald

Diplômé du programme d'écriture poétique et littéraire de l'université du Massachusetts, Andrew David MacDonald vit actuellement dans le sud-ouest de l'Ontario. Il a remporté le Western Magazine Award For Fiction et a fait partie de la sélection du Canadian National Magazine Award for Fiction. *Je suis une Viking* (NiL, 2020), son premier roman, a été traduit dans une dizaine de pays.

Pour en savoir plus :
https://andrewdavidmacdonald.com/

JE SUIS UNE VIKING

ANDREW DAVID MACDONALD

JE SUIS UNE VIKING

ROMAN

Traduit de l'anglais (Canada)
par Valentine Leÿs

NiL

Titre original :
WHEN WE WERE VIKINGS

MIXTE
Papier issu de sources responsables
FSC® C003309

L'éditeur de cet ouvrage s'engage dans une démarche de certification FSC® qui contribue à la préservation des forêts pour les générations futures.

Pour en savoir plus :
www.editis.com/engagement-rse/

ISBN : 978-2-266-31524-1
Dépôt légal : mars 2021

À Steven et Marta MacDonald

1

Le Viking que mon frère m'a offert pour mon anniversaire, il était grand et musclé. Même sans être expert en Vikings et sans avoir lu *Le Grand Livre des Vikings* du docteur Kepple, n'importe qui aurait pu dire : lui, c'est un Viking. Il avait l'air capable de vaincre des hordes de méchants et de commettre des actes de bravoure comme Beowulf, le plus célèbre des Vikings, celui qui a vaincu Grendel qui était non seulement un méchant, mais aussi un monstre.

Seulement, moi, comme je suis experte, j'ai remarqué beaucoup de choses qui ne collaient pas. Par exemple l'épée du Viking, qui n'était pas en vrai métal, et son costume qui était en plastique au lieu d'être une *brynja*, c'est-à-dire une armure faite en anneaux qui protège les guerriers contre les coups d'épée. Et puis ses cheveux blonds n'étaient pas vraiment blonds. Ça se voyait qu'ils étaient teints.

Après avoir vu le Viking, j'ai changé mon Mot du Jour. Au bout du compte, ça allait être *gargantuesque*, ce qui veut dire magnifiquement grand. C'est un des mots que j'avais écrits sur ma liste avec l'aide de

Kalash, ma meilleure amie. Je me souvenais de la définition et le mot allait bien avec le Viking, donc j'ai décidé de mettre de côté mon autre Mot du Jour (*éloquent*) et de choisir à la place *gargantuesque*.

Le Viking a fait une entrée fracassante par la porte de notre appartement. Il est passé devant Gert et il est resté là avec son épée à la main. La première chose qu'il a dite, c'est :

— Où est Zelda ?

Il a parcouru du regard toute la pièce, qui était vide à part le canapé, le fauteuil de Gert, le lampadaire dans le coin, la table basse et la télé de Gert, qui était le plus légendaire de tous les objets qu'on possédait.

Gert m'a montrée du doigt et il a fait un bruit avec sa gorge.

— Toi, a dit le Viking en agitant son épée en plastique dans ma direction. C'est toi Zelda ?

Le Viking avait déjà désobéi à trois des règles qu'on avait affichées sur la porte avec Gert pour que notre appartement reste propre et rangé, et pour qu'on s'y sente bien tous les deux :

- ENLEVER SES CHAUSSURES DEHORS POUR NE PAS FAIRE ENTRER DES SALETÉS DANS TOUT L'APPARTEMENT.
- NE PAS RESTER DANS L'ENTRÉE SANS FERMER LA PORTE ET LA VERROUILLER LE PLUS VITE POSSIBLE PARCE QUE SINON LES GENS VONT EN PROFITER POUR NOUS CAMBRIOLER.
- NE PAS LAISSER TRAÎNER SON SAC ET SES AFFAIRES À CÔTÉ DE LA PORTE MAIS LES RANGER AU BON ENDROIT DANS L'APPARTEMENT.

Les règles étaient écrites en grosses lettres avec le titre : RÈGLES D'ENTRÉE ET DE SORTIE. Dessus, il y avait aussi un dessin de la porte avec un bonhomme qui entre. On l'avait dessiné tous les deux, Gert et moi, avec la boîte de crayons de couleur que j'avais empruntée au centre social. Le Viking n'avait pas vu les règles, mais quand Gert a fait un bruit et montré du doigt ses chaussures, le Viking a dit :

— Hou, merde.

Et il les a retirées. Puis il a ajouté :

— Pardon.

(On avait le droit de dire des gros mots, mais une des RÈGLES DE LA MAISON, c'était qu'on devait au moins essayer d'éviter d'en dire. Gert avait plus de mal que moi à s'y tenir.)

— Et la porte, a ajouté Gert en souriant.

Le sourire, ce n'était pas une règle écrite. C'était quelque chose qu'on faisait l'un pour l'autre, pour faire voir qu'on était content de ce que faisait l'autre, mais sans avoir à dire : MERCI, J'AI APPRÉCIÉ CETTE PETITE CHOSE QUE TU AS FAITE. Ça nous permettait de réserver nos Grands Mercis pour des choses plus gargantuesques.

— Je suis venu te souhaiter un bon anniversaire, m'a dit le Viking.

Il s'est approché de moi et il sentait comme des oranges qui sont restées trop longtemps sur le comptoir de la cuisine. Je lui ai répondu :

— *Góðan dag !*

— Pardon ? a dit le Viking.

J'ai répété plus fort, en faisant attention à bien prononcer chaque mot clairement et distinctement (Mot du Jour du 4 juin) :

— *Góðan dag !*

Góðan dag, d'après *Le Grand Livre des Vikings* du docteur Kepple, c'est le salut traditionnel des Vikings. Sur le site du docteur Kepple, il y a une vidéo qui explique comment prononcer des phrases et des mots en viking. Ça se dit : « Go-Than-Dag ». Pour prononcer les mots en vieux norrois, il faut parler comme si on crachait. Une des choses que je faisais quand j'ai commencé à parler viking, c'était de mettre ma main devant ma bouche. Comme ça, quand ma main était mouillée, je savais que ma prononciation était bonne.

Il a regardé mon frère.

— Elle a dit quoi ?

— *Góðan dag*, j'ai répété.

Et j'ai ajouté :

— *Ek heiti Zelda ! Hvat heitir þú ?*

C'était pour lui dire mon nom et lui demander le sien.

— Dis-lui ce que je t'ai dit, lui a ordonné Gert.

Gert était assis sur un bras du canapé et il avait sur la tête un chapeau pointu avec des petits doigts fripés qui sortaient par le haut. Les doigts fripés ondulaient dans le courant d'air du balcon.

Le Viking est resté un instant les yeux dans le vide, parce qu'il ne comprenait pas de quoi parlait mon frère. Puis ça lui est venu et son visage s'est élargi.

— Ah oui. Deux secondes.

Le Viking a fermé les yeux et il s'est éclairci la gorge, comme s'il était le président et qu'il allait dire au monde quelque chose de très important. Gert a baissé le son de la compilation de tambours vikings que je lui avais demandé de télécharger exprès sur le site du docteur Kepple.

— *Aque anne zere*, a dit le Viking en faisant une pause après chaque mot et sans s'arrêter de me regarder. *Aque anne zere*.

Il s'est tourné vers Gert.

— Je l'ai dit comme il faut ?

— Il l'a dit comme il faut ? m'a demandé Gert.

On aurait dit du vieux norrois, ou alors un genre de vieux norrois mais avec moins de postillons.

— Vous pourriez répéter, s'il vous plaît ? Avec plus de postillons ?

— *Aque anne fouere*.

Il a toussé et il a sorti un papier plié de son slip en plastique, qui était brillant et doré (rien à voir avec un vrai costume de Viking). Il m'a tendu le bout de papier. Les mots étaient écrits en vieux norrois. J'ai bien articulé chaque lettre.

— Ah, d'accord. *Ek ann þér*.

— T'as vu ? a dit Gert en souriant.

Ce n'était pas parfait, mais avec mon sourire j'ai dit à Gert que son Viking me plaisait beaucoup.

Les femmes vikings, en général elles restent à la maison pour faire des bébés, la cuisine et le ménage. Sauf que moi, je n'ai jamais voulu être une femme dans ce genre-là. La partie que je préfère dans *Le Grand Livre des Vikings* du docteur Kepple, c'est celle sur les Valkyries, des femmes fortes qui ont des pouvoirs magiques et qui décident de qui va vivre ou mourir sur le champ de bataille. Elles choisissent des guerriers et elles les emmènent dans un endroit qui s'appelle Valhalla. C'est une maison où habite Odin avec les autres dieux et qui doit être gargantuesque pour que tous ces gens puissent tenir à l'intérieur. Le problème, c'est qu'on ne peut pas devenir une Valkyrie. C'est de naissance. Pas comme les héros, qui deviennent des héros à force d'être légendaires.

Moi, on ne risque pas de me prendre pour une Viking. Je mesure un mètre cinquante-deux et j'ai les bras très maigres. Mes jambes, elles, ne sont pas maigres parce que je joue beaucoup au basket avec Gert et que le basket, ça muscle les jambes. Je suis très forte à la course et je peux courir pendant des heures, même si un Viking passe plus de temps à se battre qu'à courir. En fait, à l'école, j'étais dans l'équipe de course à pied. La mascotte de notre école, c'était le Chevalier croisé, qui est presque comme un Viking et qui porte aussi une armure. Mais au bout d'un moment, je n'ai plus eu le droit d'aller à l'école parce que j'ai raté presque tous les examens de fin d'année.

Les gens comme moi, souvent, ils ont un grand front et des petits yeux. Mon ami Yoda, par exemple, il a une tête comme ça. Mais moi ça ne se voit pas que je ne suis pas normale.

Ça me donne l'avantage de la surprise sur le champ de bataille.

Le Viking de Gert me plaisait bien mais j'aurais préféré qu'il fasse venir une Valkyrie. Beaucoup de gens savent des choses sur les Vikings mais pas tellement sur les Valkyries, alors qu'elles sont plus puissantes que les Vikings. La seule chose que les gens connaissent, c'est la chanson *La Chevauchée des Valkyries*. Ça vient d'un opéra écrit par un vieux musicien qui s'appelait Wagner.

Les Vikings aiment les légendes et donc moi, vu que Wagner est encore connu tellement d'années après sa mort, j'aime Wagner et je respecte sa légende.

Il manquait encore trois personnes que j'aurais voulu avoir à mon anniversaire. Maman n'était plus en vie donc je ne pouvais pas l'inviter pour de vrai, ou alors sous forme d'esprit, vu que les Vikings ont le pouvoir de faire venir à leurs fêtes les esprits invisibles de leurs amis ou des membres de leur famille. Par contre, j'avais invité Kalash et Marxy.

Notre immeuble était dans un quartier pourri et Marxy habitait dans un coin très riche de la ville, donc sa mère Pearl ne voulait jamais qu'il vienne chez moi, même pour une occasion spéciale comme ce jour-là parce que c'était mon premier anniversaire depuis qu'on était amoureux, Marxy et moi.

En plus, Pearl croyait que Gert était un voyou. Moi, je trouve que c'est débile de croire une chose pareille. Est-ce qu'un voyou, ça va à la fac avec une grosse bourse d'études pour apprendre l'économie ?

Eh non. Un voyou, ça se comporte comme un méchant et ça fait du mal aux autres plutôt que de les sauver.

Mon frère Gert, il a bon cœur, mais souvent il fait peur à cause de sa tête rasée et de ses tatouages, surtout celui sur son avant-bras, une tête de mort qui rit avec une grande langue rouge, et aussi parce qu'il ne s'habille pas comme quelqu'un qui travaille dans une banque ou qui a un vrai métier. Lui, il met des jeans et des tee-shirts noirs serrés.

Ceux qui se méfient de Gert, ce sont des sacs à merde et des bite-culs, parce que Gert est une des personnes les plus intelligentes que je connais et aussi le plus courageux, et si on vivait dans le passé il y aurait des légendes écrites sur lui, obligé. Si votre tribu se faisait attaquer par des méchants, vous seriez bien contents que Gert soit là pour vous défendre sur le champ de bataille.

Kalash aussi me manquait, et j'aurais voulu qu'elle soit là. Je savais qu'elle et Gert étaient encore amoureux, même si elle lui avait dit qu'elle le détestait et qu'il lui avait dit de ne plus jamais foutre les pieds chez nous.

Il aurait plu à Kalash, ce Viking. Il était là avec son slip brillant tout doré en train de faire des animaux en ballons de baudruche. Il a dit que sa spécialité c'étaient les chiens, mais qu'il pouvait faire d'autres animaux sur demande.

Il a gonflé un ballon et en une seconde ça a fait un genre de dragon. J'ai levé le ballon en l'air et je lui ai dit qu'il était très joli, même si ça ressemblait plutôt à un serpent qui aurait emmêlé sa queue comme un lacet de chaussure.

Il a demandé :

— J'en fais un autre ?

L'interphone a sonné. Gert ne s'est pas levé pour répondre, comme il faisait d'habitude. Ça, c'était une règle à nous : quand Gert était à la maison et que ça sonnait à l'interphone, c'était lui qui répondait et qui décidait si la personne dans le hall avait le droit d'entrer ou pas.

L'interphone a sonné encore une fois. Le Viking a arrêté de faire son ballon et il a regardé Gert. J'ai regardé Gert aussi.

— Il y a quelqu'un à la porte, j'ai dit.

— Je sais. Tu veux ouvrir ?

— Mais la règle…

Gert a souri.

— Je crois qu'aujourd'hui, tu peux désobéir à la règle parce que c'est ton anniversaire. Et aussi parce que je crois que ça va être quelqu'un d'important.

D'habitude, on ne désobéissait pas aux règles parce qu'on aimait bien tous les deux savoir comment les choses allaient se passer, et aussi parce que quand je n'avais pas de règles à suivre, j'avais du mal à faire ce qu'il fallait. Mais il avait raison : c'était mon anniversaire. J'étais une adulte maintenant, j'avais vingt et un ans.

Je suis restée debout au milieu du salon sans trop savoir quoi faire.

L'interphone a sonné encore une fois.

— Je rigole pas, a dit Gert. Va répondre.

J'ai fermé les yeux et j'ai compté jusqu'à dix. C'était une des choses que le docteur Laird m'avait dit de faire quand j'avais l'impression de désobéir aux règles.

— Tu as le droit, a dit Gert.

— D'accord. J'y vais.

J'ai pris le ballon en forme de dragon, je suis allée jusqu'au boîtier de l'interphone sur la porte et j'ai appuyé sur le bouton où il y a écrit MICRO.

— Allô ? j'ai demandé à l'interphone.

— Zelda ?

C'était une voix de femme. J'ai dit que c'était moi, Zelda. Et puis j'ai entendu la voix de Marxy.

— Bon anniversaire, il a dit.

J'ai regardé Gert qui était en train de parler au Viking. Il m'a souri par-dessus l'épaule du Viking et il a levé le pouce.

Gert avait fait quelque chose de magique.

*

Marxy avait oublié le salut viking traditionnel mais Pearl est entrée avec son odeur de parfum et elle lui a montré la pancarte pour qu'il puisse lire les RÈGLES DE LA MAISON.

— Tu te rappelles ton livre ? a demandé Pearl. C'est comme une page de ton livre.

Marxy avait un livre d'images chez lui qui l'aidait à savoir où il en était, un peu comme les RÈGLES DE LA MAISON.

Marxy est grand et il baisse la tête quand il marche, comme s'il avait peur de se cogner dans les nuages. Il parle lentement et il n'aime pas quand les gens le regardent dans les yeux, sauf si c'est quelqu'un qu'il aime et en qui il a confiance. Parfois, quand il trouve une ficelle, il la ramasse et il la roule jusqu'à ce que ça fasse une toute petite boule, et après il la mâchouille. C'est un peu dégoûtant mais quand on aime quelqu'un, il faut essayer de ne pas faire attention s'il fait quelque chose de dégoûtant sans le faire exprès.

Son gros problème c'est que parfois, il a du mal à se souvenir des choses dont il doit se souvenir.

Marxy était très bien habillé, même s'il est toujours bien habillé. Ce jour-là, il était habillé comme pour aller à un mariage. Il avait une chemise avec un col et des boutons sur le devant. Elle était bleue, ma couleur préférée. Il avait les cheveux ramenés d'un seul côté et ils étaient brillants et bien peignés.

— Gert, a dit Pearl en faisant un signe de la tête à mon frère, qui était encore avec le Viking.

— Salut.

Elle a regardé le Viking. On entendait tinter ses bijoux, des bracelets en or qu'elle avait sur le bras.

— Et là, c'est… ?

— Thor, a répondu le Viking. Roi des Vikings.

Pearl a ouvert de grands yeux et elle a dit à Gert :

— D'accord. Le strip-teaseur va garder ses vêtements, entendu ?

— Je suis un Viking spécialisé dans les animaux en baudruche, a dit le Viking.

— Vous êtes strip-teaseur ? Vous enlevez vos vêtements ? j'ai demandé.

— J'ai plus d'une corde à mon arc, a répondu le Viking.

— Eh bien, pour cette fois, vous en resterez à un spectacle pour tous publics, a dit Pearl.

Elle a tendu sa carte de visite à Gert et elle lui a dit de l'appeler en cas de problème.

— Je reviens dans une heure.

— On essaiera de ne pas mettre le feu à la maison, a répondu Gert.

Ça, c'était une blague, parce que Gert était très prudent avec le feu dans la maison. Il préférait même que j'évite de faire la cuisine quand il n'était pas là, même si on avait changé cette règle depuis que je lui avais prouvé que j'arrivais à me faire à manger, des pâtes par exemple.

Pearl a pris Marxy par les épaules.

— Tu peux m'appeler n'importe quand. Tu as ton téléphone ?

Marxy lui a montré son téléphone. Il s'est baissé pour qu'elle l'embrasse sur la joue.

*

Après le départ de Pearl, le Viking a fait un autre ballon-dragon et il l'a donné à Marxy. Ça faisait des mois que j'essayais d'apprendre à Marxy à parler en vieux norrois mais on avait eu beau s'entraîner beaucoup, il ne se souvenait de rien.

Il avait même du mal à se souvenir des Mots du Jour. J'avais commencé à noter combien de temps il arrivait à les retenir. J'avais remarqué que quand c'était un petit mot, il arrivait à le garder dans son cerveau pendant trois jours. Même si son cerveau avait l'air plus gros en taille que le mien, en fait il ne marchait pas très bien et il avait moins de place dedans que les gens normaux.

Quand c'était un mot plus long, comme par exemple *gargantuesque*, il l'oubliait au bout d'un jour. On voulait avoir une langue pour parler tous les deux, une langue que personne d'autre ne comprenait. C'est pour cela que j'avais essayé de lui apprendre le viking.

Pour mon anniversaire, Marxy m'avait déjà donné un cadeau : un dessin qu'il avait fait de nous deux en Vikings. Marxy n'était pas très fort pour dessiner les mains, les pieds et les visages. Par contre, je le trouvais très fort pour dessiner qu'on était amoureux. Et aussi les épées. Sur ce dessin qu'il m'avait donné pour mon anniversaire, nos épées avaient l'air gargantuesques et magnifiques.

Marxy a laissé flotter jusqu'au sol le dragon-ballon que le Viking lui avait fabriqué. Le Viking a gratté son ventre jaune et sans poils. Il a dit à Marxy :

— *Ack anne there.*

— Qu'est-ce que ça veut dire ? a demandé Marxy.

Il a ramassé son ballon-dragon et il l'a pris sur ses genoux.

— Je t'aime, j'ai dit.

— Je t'aime, a dit Marxy en passant son bras autour de moi. *Eck anneu paire.*

J'ai souri à mon frère.

— Je continue à faire des animaux en ballons ? a demandé le Viking.

— Je ne sais pas, a dit Gert. Demande à la reine de la fête.

Marxy avait un autre cadeau pour moi : un baiser avec la langue. On s'était déjà embrassés avant, mais jamais avec la langue.

Marxy, c'était la seule personne que j'avais embrassée de ma vie, et donc tout ce que je savais sur les baisers, c'était ce qu'ils disaient dans les vidéos sur YouTube et aussi une chose que Kalash m'avait apprise : ne pas trop en mettre. Pas trop de langue, m'avait dit Kalash. Pas trop de lèvres. Ne pas trop en mettre.

Dans ses baisers, Marxy, il mettait un peu trop de tout mais ce n'était pas grave. Il a mis sa langue dans ma bouche et il l'a fait tourner. Avant, on avait déjà parlé de s'embrasser avec la langue. Mais on ne l'avait jamais fait et Marxy s'était dit que mon anniversaire serait un bon moment pour le faire.

Donc il a mis ses bras autour de moi et sa bouche s'est mise sur ma bouche.

On a fait ça juste devant le Viking, qui était face à la chaîne hi-fi en train d'observer les énormes enceintes de Gert. Il nous a regardés une seconde et il a crié à Gert :

— Je crois qu'il faudrait que tu viennes par ici !

Quand Gert est revenu de la cuisine, il a demandé au Viking de lui tenir sa part de gâteau et il nous a séparés.

— Avec la langue ! a dit Marxy avec un grand sourire, en essuyant sur son visage la bave qui était à lui ou peut-être à moi.

— C'est ça, a dit Gert en lui tapant dans le dos. Oui, avec la langue.

Marxy était aussi grand que le Viking, mais en moins musclé. Il était plus grand que Gert, aussi. Par contre, même si Marxy était presque gargantuesque, il avait peur de presque tout. Je ne le lui avais jamais dit, mais il aurait fait un très mauvais guerrier viking. De toute façon, il y a beaucoup de gens différents dans une tribu viking, pas juste des guerriers ou des héros comme Gert. Marxy aurait pu faire un très bon fermier, parce qu'il aimait bien être dehors au soleil et qu'il était travailleur.

*

À la fin de la soirée, après le départ de Marxy et du Viking, Gert s'est assis à côté de moi sur le canapé, il s'est étiré et il a bâillé un grand coup.

— Bon, ça s'est plutôt bien passé.

Il s'est ouvert une canette de soda au raisin, notre boisson préférée. Il en a bu une gorgée et il m'a passé la canette.

— Tu trouves pas ?

Je lui ai répondu que c'était une fête puissante. J'ai eu envie d'ajouter qu'elle aurait été encore meilleure s'il s'était réconcilié avec Kalash, mais je ne l'ai pas dit. On est restés un moment sur le canapé à boire notre canette. Puis je me suis redressée et je me suis souvenue de ce que je voulais faire avant d'aller au lit.

— On peut la regarder ? j'ai demandé.

Gert a grogné.

— Il est tard, ça prend des plombes pour tout installer.

— Allez, s'il te plaît !

J'ai pincé la peau fripée de son coude et j'ai tordu.

Il a dit d'accord mais rien qu'une fois, et il a posé la canette sur la table basse à côté de son paquet de cigarettes et d'un des dragons-ballons du Viking. Il est revenu en tenant dans une main un sac plastique avec le magnétoscope dedans et dans l'autre la cassette VHS.

Je l'ai aidé à installer le magnétoscope en branchant les câbles dans les trous de la télévision. J'ai mis le câble rouge dans le trou rouge et le câble jaune dans le jaune, pendant que Gert posait le magnétoscope en équilibre sur le lecteur de DVD.

Après, je me suis assise dans le canapé et il a mis la cassette.

Dans la vidéo, on est sur la plage. Gert et Maman portent des lunettes de soleil et ils ont des cheveux blonds qui brillent au soleil. Le vent fait taper les vagues de l'océan sur le sable. Je suis toute petite, je porte un maillot de bain rose et j'ai des lunettes de soleil moi aussi – de grandes lunettes vertes qui me couvrent la moitié du visage.

« Fais le poirier ! » me dit Maman, alors je fais le poirier. Gert me tient par une cheville, Maman rit en me tenant par l'autre cheville, et moi j'ai la tête en bas.

Les vagues nous éclaboussent, d'un seul coup on se retrouve en train de courir sur la plage, tous les trois, et on crie après la caméra qui nous suit.

On est contents et tout mouillés. Il y a des mouettes en l'air et pas de nuages, les mouettes ressemblent à des lettres de l'alphabet qui volent dans le ciel.

— C'était où, déjà ?

— En Floride, a dit Gert. À côté de Fort Lauderdale. On est allés en vacances là-bas en…

J'ai fermé les yeux et j'ai dit :

— Mille neuf cent quatre-vingt-quatorze. J'avais six ans.

— Exactement.

La vidéo fait onze minutes, et ensuite il y a une émission de télé sur la jungle amazonienne que quelqu'un a enregistrée sans le faire exprès par-dessus la moitié de la vidéo de la plage. La dernière chose qu'on voit sur la vidéo, c'est Maman qui rit quand Gert prend la caméra et la lui met en pleine figure, ses dents blanches et sa grande bouche, sa main repousse la caméra et elle rit comme une star qui ne veut pas être filmée.

Gert a appuyé sur STOP et la télévision est redevenue noire. Sans m'en rendre compte, j'étais en train de retenir ma respiration et j'ai dû reprendre mon souffle.

— Allez, c'est l'heure d'aller au lit, a dit Gert en sortant la cassette et en la remettant dans sa boîte.

On n'a pas parlé de Papa qui était derrière la caméra, on n'a pas dit que c'était lui qui courait derrière nous sur la plage, et on n'a pas dit non plus que le seul souvenir que j'avais de lui, c'était quand la caméra regardait vers le bas et filmait ses pieds nus et poilus.

*

Les Vikings, ça passe beaucoup de temps à parler des gens qui sont morts et surtout de ceux qui sont morts avec bravoure sur le champ de bataille. Notre mère était morte d'un cancer et pas dans un combat, mais parfois Gert en parlait comme d'une bataille : elle contre la tribu de méchants à l'intérieur de son corps.

Il m'avait dit qu'elle avait perdu ses cheveux, qu'elle était devenue maigre et qu'elle était morte parce qu'on l'empoisonnait. Je ne me souvenais pas de l'avoir vue quand les radiations l'avaient empoisonnée, mais ça, c'est invisible. Je ne me souvenais pas de grand-chose d'elle. Sur les photos qu'on avait chez nous, elle était belle et blonde. Le blond, c'est la couleur de cheveux de toutes les femmes vikings célèbres.

Gert est blond quand il garde ses cheveux et qu'il ne les rase pas. Moi j'ai les cheveux foncés, c'est-à-dire presque noirs. Je ne les rase pas. Gert ne veut pas. Des fois je trouve que je devrais avoir les cheveux blonds moi aussi, parce que c'est moi qui m'y connais le plus en Vikings, et ensuite je me souviens que ce n'est pas la couleur des cheveux qui fait un Viking.

Ce qui fait qu'une personne est grande et légendaire, ce sont ses actions et ses hauts faits.

Notre père a appelé Gert comme ça parce que c'est un nom allemand traditionnel. Gert ne savait pas que j'avais trouvé sa boîte de photos de notre père qu'il avait récupérée après la mort de notre mère. Il y avait une photo de notre père sur un lit, sans son tee-shirt, en train de fumer une cigarette. Il avait la tête rasée, des tatouages et une moustache. Il ressemblait beaucoup à Gert. Il y avait une autre photo de lui sur une moto avec Maman accrochée à son ventre, les bras autour de lui. Il avait une veste en cuir et pas de casque, même si faire de la moto sans casque c'est interdit par la loi et que c'est dangereux parce que si on se fracasse le crâne, la cervelle risque de sortir.

On ne savait pas ce qu'il était devenu. Gert disait qu'il s'était fait arrêter pour avoir cambriolé des maisons et qu'après, quand il était sorti de prison, il n'était pas revenu à la maison.

— Il doit être six pieds sous terre, disait Gert, ce qui voulait dire qu'il était mort et enterré.

On n'avait pas le droit de parler de Papa, et de Maman seulement de temps en temps. Gert n'aimait pas beaucoup parler de l'un ni de l'autre.

Je ne savais pas grand-chose de notre mère à part ce que Gert m'avait raconté. Alors j'inventais des histoires sur elle et je les racontais à tout le monde. Les Vikings croient que les gens de Valhalla sont très contents quand on raconte des histoires sur eux sur Terre. Ils croient que le meilleur moyen de faire plaisir à quelqu'un, c'est d'en faire une légende dont tout le monde parle.

Et c'est pour ça que je disais aux gens que ma mère avait combattu cinquante millions de cancers avec une seule épée. Je leur disais :

— C'était la femme la plus courageuse qui ait jamais existé.

Avant d'aller me coucher, j'ai pris la photo de Maman que j'avais dans un cadre sur mon bureau et, rien que dans ma tête pour ne réveiller personne, j'ai chanté ses louanges. Quand on pense à quelqu'un avant de s'endormir, on rêve d'eux. Parfois, dans mes rêves, je me disais qu'après sa mort Maman était devenue une Valkyrie et qu'un jour, quand je serais sur le champ de bataille, elle m'emmènerait avec elle à Valhalla.

2

C'est important d'avoir un programme à suivre. Comme ça tout le monde sait où on est, et nous, on sait ce qu'on doit faire.

Par exemple, le lundi, j'allais à la bibliothèque après le petit déjeuner pour lire des livres sur les Vikings. Gert rentrait de la fac et on déjeunait ensemble. Le lundi, j'aimais bien aussi jouer au basket sur le terrain devant notre immeuble.

Le mardi, j'allais voir le docteur Laird pendant une heure, et après j'avais Activités ludiques au centre social.

Le mercredi, j'allais à la bibliothèque lire le magazine *National Geographic* pour voir s'il n'y avait pas des nouvelles images de Vikings. J'aimais bien aussi regarder les images d'animaux.

Le jeudi, Gert et moi, on allait ensemble voir le docteur Laird. Gert n'avait pas cours le jeudi alors ce jour-là on faisait un tour tous les deux.

Le vendredi, le samedi et le dimanche, j'allais au centre social pour les Activités ludiques, l'atelier Lecture et Écriture et le cours d'Habiletés sociales.

Ma fête d'anniversaire était tombée un lundi et le lendemain matin c'était un mardi, donc d'après mon programme c'était le jour du docteur Laird.

D'habitude, on partait de la maison à 11 h 15 pour arriver chez le docteur Laird à midi. Mais, ce jour-là, Gert a dit que le programme était différent. Il avait reçu un coup de fil très important et il a dit qu'on prendrait notre petit déjeuner en avance et qu'on partirait plus tôt, parce qu'il fallait d'abord qu'on passe quelque part.

— C'est encore une surprise pour mon anniversaire ? j'ai demandé.

— Plutôt un genre de commission, a répondu Gert. Puis il a ajouté de ne pas m'en faire.

Avec Gert, ça ne me dérangeait pas d'aller dans des endroits nouveaux. Mais quand j'étais toute seule, je n'aimais pas les endroits nouveaux parce qu'on peut facilement se perdre et se faire kidnapper par des malfaiteurs qui veulent une rançon.

En plus, j'aimais bien la voiture de Gert qui était toujours propre et brillante.

*

L'endroit où Gert m'a conduite avant le rendez-vous chez le docteur Laird, ce n'était pas un endroit où j'étais déjà allée avant. Il y avait des maisons avec des fleurs fanées et des pelouses qui n'avaient pas été tondues depuis longtemps, ça se voyait. Toutes les maisons étaient orange et jaunes et elles avaient l'air très fatiguées. Certaines avaient des arbustes avec des feuilles marron, et l'herbe sur les pelouses était marron et semblait avoir soif.

Gert s'est garé à côté de l'une des maisons avec une porte d'entrée en métal qui n'avait plus de moustiquaire. Devant, il y avait deux chaises de jardin en plastique blanc.

Il a garé la voiture, détaché sa ceinture de sécurité et éteint la musique. Le moteur de la voiture s'est arrêté en gargouillant.

— Où on est ? j'ai demandé. Elles ont l'air malades, ces maisons.

— Nulle part. Reste là tranquille, je reviens dans deux minutes.

— Cent vingt secondes. C'est-à-dire deux minutes.

— Je ne veux pas dire deux minutes exactement, a dit Gert.

— Alors combien de temps exactement ?

Il a soupiré.

— Quinze minutes, maximum. Mais ne pars pas en vrille si je mets plus longtemps.

C'était ça, le problème, avec Gert : il n'était pas précis. Ce mot, c'est un Mot du Jour et je l'utilise beaucoup. Ça m'aide à savoir exactement à quoi m'attendre. Le contraire de *précis*, c'est « imprécis », ou « très général ». Ça veut dire quand on ne sait pas si quelque chose va avoir lieu ni quand.

J'ai réglé ma montre sur quinze minutes.

— Ça nous laissera assez de temps pour arriver chez le docteur Laird ? Parce que ça le met en colère quand j'arrive en retard à cause de toi.

— Ça ira. On a tout notre temps. Baisse un peu les fenêtres pour pas crever de chaud.

Gert a remonté le trottoir jusqu'à la maison, il est arrivé à la porte et j'ai reniflé mes dessous de bras.

Il a frappé, la porte s'est ouverte et il est entré. Après avoir baissé les fenêtres j'ai sorti mon téléphone et j'ai envoyé un SMS à Marxy pour lui demander ce qu'il faisait. Il a répondu : Rien et il m'a demandé ce que je faisais moi. J'ai dit que j'attendais que Gert ressorte d'une maison pour qu'on puisse partir chez le docteur Laird.

Il m'a envoyé un émoticon avec un baiser et des cœurs et il a dit que sa mère lui demandait de poser son téléphone. Je lui ai envoyé un émoticon avec un smiley qui porte des lunettes de soleil et un autre avec un poing pour montrer qu'on était puissants.

De l'autre côté de la rue, une dame en bikini était assise en face de deux enfants qui pataugeaient dans une piscine en plastique bleu. Ils se sont mis à se bagarrer et la dame en bikini leur a dit d'arrêter de chahuter. Ils ont continué, alors elle a posé son verre, elle s'est levée et elle a attrapé par le bras l'enfant qui avait commencé la bagarre. Elle l'a soulevé, elle lui a baissé son pantalon, et elle s'est mise à le frapper sur les fesses jusqu'à ce qu'il pleure.

Je n'ai pas pu continuer à regarder.

Moi, je pense qu'on ne devrait jamais frapper les enfants. Oncle Richard tapait Gert quand il était petit, et Kalash disait que c'est à cause de cela qu'il avait des problèmes émotionnels.

Je me suis tournée de l'autre côté et j'ai regardé la maison dans laquelle Gert venait d'entrer, au numéro 334.

Il était 10 h 41. Onze minutes étaient déjà passées. Mon rendez-vous chez le docteur Laird était toujours à 12 heures.

On avait exactement une heure et dix-neuf minutes pour arriver là-bas.

Je ne savais pas où on était, donc je ne pouvais pas faire un calcul et soustraire le temps qu'il nous fallait pour arriver en voiture jusqu'au bureau du docteur Laird, qui est en centre-ville.

Gert est sorti de la maison et il est venu vers la voiture. Ça faisait douze minutes.

— Viens avec moi, il a dit.

— Mais tu m'as dit de rester ici.

— Je sais. Mais ça va prendre un peu plus longtemps que prévu.

— Dans une heure et dix-sept minutes, on doit être chez le docteur Laird, j'ai dit, et Gert m'a répondu que ça allait, qu'on avait tout notre temps.

Pendant qu'on marchait, j'ai essayé de prendre la main de Gert. Il n'a pas voulu qu'on se donne la main. Il a dit : « Pas maintenant », et avant qu'on arrive à la porte, il m'a dit d'essayer de ne pas parler.

— Tu ne dis rien, et si on te pose des questions, tu en dis le moins possible. OK ?

— Pourquoi on est là ? j'ai demandé.

— Compris ?

Il m'a attrapé le poignet et il a serré jusqu'à ce que ça fasse mal. J'ai retiré ma main.

— C'est bon, j'ai compris. Non mais, sans blague. Il ne faut pas frapper les enfants, sinon après ça devient des adultes émotionnellement instables.

La dame en bikini vert nous a regardés, et il y avait un de ses enfants qui pleurait. Plus tard, celui-là, il allait devenir émotionnellement instable. Sûr et certain.

Dans la maison, ça sentait la cigarette et la fumée de cannabis. Il y a eu un bruit de chasse d'eau et une porte s'est ouverte au bout du couloir. Un homme grand et couvert de tatouages est sorti. Il a écarté les bras. Gert a dit que l'homme s'appelait Toucan, que c'était quelqu'un de très important et que donc il fallait que je sois polie. Toucan avait une cigarette dans la bouche et il ne faisait même pas attention quand les cendres se détachaient et tombaient par terre.

— Alors comme ça, c'est toi, la célèbre Zelda, il m'a dit.

Il a tapé dans la main de Gert et a levé la main pour que je tape moi aussi.

J'ai regardé sa main.

— J'ai les mains sales ? il a demandé.

Puis il s'est tourné vers Gert.

— Pourquoi elle me tape pas dans la main ?

— C'est un délire à elle, il a répondu. Allez, Zelda, tape-lui dans la main.

Une de mes règles, c'est que je ne tape dans la main que si c'est quelqu'un que j'aime ou qui a gagné mon respect. L'accolade, c'est seulement pour les membres de ma tribu. Je n'aime pas quand des gens que je ne connais pas me touchent, et je n'aime pas être dans des endroits où il y a beaucoup de monde.

Gert m'a fait les gros yeux, alors j'ai tendu la main et j'ai tapé dans celle de Toucan.

— J'ai demandé à Gert de te faire entrer pour qu'on puisse faire connaissance. Et puis il fait une chaleur à crever dehors, je voulais pas te laisser cramer dans la voiture. On va se voir souvent, toi et moi, alors j'aimerais mieux t'éviter de carboniser.

— Je ne suis pas si célèbre que ça, j'ai dit.

Personne n'a enlevé ses chaussures, ce qui voulait dire que les Règles de la Maison n'étaient pas les mêmes que chez nous. Dans la plupart des maisons on a le droit de garder ses chaussures, alors j'ai gardé les miennes. Toucan a dit : « *Mi casa es su casa* », puis il s'est arrêté net et il a demandé :

— Tu sais ce que ça veut dire ?

— Ma maison est ta maison, a répondu Gert.

Toucan avait sorti sa cigarette de sa bouche et il faisait des gestes avec en parlant.

— C'est ça. Et tu sais d'où ça vient ?

Il continuait de me regarder, alors j'ai secoué la tête et j'ai dit que je ne savais pas. Toucan a continué son explication :

— Quand Cortés a rencontré pour la première fois Montezuma, le roi des Aztèques, Montezuma lui a dit : « Tu es ici chez toi. » Tu sais qui c'était, Cortés ?

— C'était un explorateur.

Toucan a hoché la tête.

— Le mot exact, c'est *conquistador*. Et tu sais ce qu'il leur a fait, aux Aztèques ?

— Je ne sais pas.

Toucan s'est penché vers moi et il a approché sa cigarette tout près de mon visage.

— Il leur a défoncé la gueule, il leur a tout pris et il les a tous massacrés.

J'ai toussé à cause de la fumée de sa cigarette dans ma figure. Il y a eu un silence.

Et là, Toucan a éclaté de rire. Gert a ri aussi, pas un vrai rire mais plutôt un rire silencieux. Je ne voyais pas ce qu'il y avait de drôle là-dedans.

— Il m'a l'air d'un sacré sac à merde, ce Cortés, j'ai dit.

— C'était un putain de boss, tu veux dire. Bon. Viens par là, j'ai des choses à discuter avec ton frère, t'auras qu'à t'installer ici.

Toucan nous a conduits jusqu'au salon, où il y avait un canapé et une grosse télé. La moquette avait besoin d'être nettoyée. Nous aussi on avait de la moquette dans notre appartement. Une fois par mois, Gert allait à la supérette et il louait une machine pour laver par terre dans notre appartement, parce que ça devenait très sale au bout d'un moment, même si on enlevait nos chaussures. Une chose qui était sûre, c'est que Toucan aurait eu besoin d'une machine comme celle-là.

Des gens jouaient aux cartes et fumaient des cigarettes autour d'une table ronde dans le salon. Toucan a tapé dans ses mains et ils se sont arrêtés de jouer aux cartes.

— Les gars. Je vous présente Zelda, la sœur de Gert. Zelda, je te présente les gars.

J'ai fait bonjour de la main.

— Bonjour, les gars.

Ils se sont tous tournés vers moi et j'ai eu l'impression d'être une brindille au milieu d'une forêt de troncs d'arbres.

Ils se sont remis à jouer. Toucan a jeté sa cigarette et elle a atterri en plein milieu de la table.

— Elle a dit : « Bonjour les gars. »

Les gars ont posé leurs cartes et ils m'ont dit bonjour l'un après l'autre. Toucan a repris une cigarette et il l'a allumée.

— On a quelques bons jeux, Zelda, a dit Toucan en montrant la télévision. Va t'asseoir là sur le canapé.

Gert a hoché la tête lentement pour me dire d'y aller, alors je me suis assise. Toucan m'a demandé si je voulais à boire.

— Un Coca ou quelque chose dans le genre ?

J'ai dit que j'avais soif, alors il a demandé à l'un des joueurs de cartes de m'apporter un Coca.

— On a le dernier NBA. Tu aimes bien le basket, pas vrai ?

— En fait, on ne va pas rester trop longtemps, a dit Gert.

J'ai regardé ma montre.

— On doit être quelque part dans une heure et douze minutes.

— Tranquille, a dit Toucan en mettant une tape dans le dos à Gert. Vous avez tout votre temps.

Toucan a montré du doigt un des hommes qui jouaient aux cartes et lui a dit de m'installer la console.

— Mets-lui un petit coup de NBA2K.

Gert m'a dit qu'il revenait tout de suite.

— Je n'en ai pas pour longtemps.

Et là, Toucan et lui sont partis dans le couloir en parlant à voix basse. Ils avaient l'air de deux grands Vikings.

L'homme qui m'a installé la console avait un short Nike à la taille tellement basse que j'ai vu le haut de ses fesses quand il s'est baissé pour sortir les câbles et démêler la manette. Ça m'a fait presque aussi mal à regarder que la femme qui frappait son enfant.

Il m'a donné la manette.

— Oublie pas de créer un nouveau compte quand tu joues. J'ai pas envie que tu me mettes le bordel dans ma saison.

Il est retourné jouer aux cartes avec les gars.

J'ai bu mon Coca et je me suis mise à jouer. Le jeu était très bien. J'avais déjà joué à des vieilles versions de ce jeu au centre social quand il y avait la soirée Jeux et j'avais choisi les Boston Celtics, qui sont mon équipe préférée même si personne ne les aime. Les autres préfèrent toujours les Lakers ou bien les Warriors. Ils disent que les Celtics sont ennuyeux.

J'ai joué pendant un moment. J'ai gagné une partie contre les Denver Nuggets et après j'ai perdu contre les San Antonio Spurs, qui sont les champions et donc qui ont une équipe très forte. Ils sont ennuyeux à regarder à la télévision mais sur le terrain, ils assurent. Gert les aime bien parce qu'ils ne font pas les malins à s'envoyer des passes dans le dos ou à dribbler tout le temps. Ils se font beaucoup de passes entre eux et ils sont comme une bonne tribu sur le champ de bataille, une tribu qui travaille en équipe plutôt que chacun dans son coin.

Les hommes qui jouaient aux cartes buvaient des bières et continuaient de fumer. La maison était pleine de fumée. J'ai fini ma canette de Coca et je l'ai posée sur la table basse, à côté du cendrier qui était très plein. L'un d'eux s'est levé et il est parti parce qu'il n'avait plus d'argent, et les autres voulaient qu'il reste mais il est parti quand même. Après celui-là, un autre joueur encore est parti.

Après avoir gagné un match de plus, j'ai regardé ma montre. Vingt et une minutes. Ça faisait un moment que Gert était parti.

J'ai posé la manette et je me suis approchée des hommes qui jouaient aux cartes. Je me suis mise derrière celui qui m'avait installé NBA2K et je les ai regardés jouer. Ils étaient encore cinq, et ils avaient tous une casquette et des tatouages.

Ils avaient des piles d'argent et de cigarettes devant eux. Un des hommes fumait avec une vapoteuse. Beaucoup de gens arrêtent de fumer des cigarettes normales et à la place, ils fument avec un boîtier. Ça sent meilleur et quand on souffle, ça fait comme la buée dans la salle de bains. L'homme était très grand et très gros, et il m'a regardée par-dessus son épaule.

— Tu veux quoi ? a demandé le Gros.

— Je regarde, c'est tout.

J'avais déjà vu Gert jouer au poker au lycée, et Oncle Richard y jouait aussi. Il faut mettre l'argent au milieu, et celui qui a les meilleures cartes récupère tout. Quand on ne veut pas mettre de l'argent, on peut aussi mettre des cigarettes. C'est ce que faisait Gert au lycée. Oncle Richard, lui, il aimait jouer de l'argent.

Le Gros derrière qui je me tenais s'est mis à perdre.

— Tu portes la poisse, toi, il m'a dit. Va te foutre derrière quelqu'un d'autre.

— Si tu veux t'asseoir sur mes genoux, j'ai quelque chose pour toi, a dit le joueur de poker qui avait une casquette rouge. Viens voir par ici.

Le Gros lui a dit de la fermer.

— C'est la sœur de Gert.

L'homme à la casquette rouge m'a regardée des pieds à la tête.

— On ne dirait pas que c'est la sœur de Gert.

Il a encore tapé sur sa cuisse et il m'a répété de venir par ici.

J'ai décidé de m'asseoir sur une des chaises vides, à côté de celui qui venait de gagner la dernière manche. Il était mince avec une barbe en collier. Ça veut dire une barbe fine qui part des oreilles et qui descend le long du menton, comme la mentonnière qui sert à accrocher son casque de vélo.

Il m'a tendu la main et il m'a dit qu'il s'appelait Hendo.

— Allez, Zelda, a dit Hendo. Je veux bien que tu me conseilles. J'ai besoin d'un peu de chance.

— Pffft, a dit le Gros. T'es foutu.

*

Alors on a joué au poker tous les deux, comme une vraie équipe. Hendo faisait des blagues en jouant. Les autres ne riaient pas autant que lui et ils ne faisaient pas de blagues.

— C'est un œuf et une poule qui sont à poil sur un lit, a dit Hendo.

— Tu veux pas distribuer, plutôt ? a dit le Gros.

Hendo a distribué les cartes et il a continué de parler.

— La poule, elle a l'air trop contente. Elle a un putain de gros sourire ravi.

Il a fini de distribuer et tout le monde a pris ses cartes.

— L'œuf, par contre, il a l'air carrément frustré et il dit : « Au moins, maintenant, on sait qui c'est qui est venu en premier. »

— Ha ha, a fait l'un des autres joueurs.

— Je n’ai pas compris, j’ai dit. On sait quoi ?

L’homme à la casquette rouge a allumé une autre cigarette et il s’est tourné vers le Gros.

— Elle se fout de notre gueule, celle-là ?

J’ai dit que non, mais que je voulais savoir pourquoi on savait qui était venu en premier. Hendo a dit que la blague, c’était que l’œuf et la poule venaient de coucher ensemble et que la poule avait pris son pied en premier, et que l’œuf était fâché parce qu’il voulait prendre son pied aussi mais que c’était foutu pour lui.

J’ai demandé :

— Pourquoi c’est foutu ?

Et j’ai failli ajouter : « C’est quoi, prendre son pied ? », mais les gens n’aiment pas quand on leur pose trop de questions à la fois.

— Elle est mongole ou quoi ? a demandé l’homme à la casquette rouge, et le Gros lui a mis un coup de poing dans le bras.

— Ça ne se fait pas d’utiliser ce mot, j’ai dit. C’est comme le mot qui commence par N.

— Le mot qui commence par N ? a dit l’homme à la casquette rouge. Hé, tu viens de quelle planète ?

— De la planète qui te pompe tout ton fric ! a répondu Hendo parce qu’on venait encore de gagner.

Il avait fait un petit tas de pièces pour moi, auquel on ajoutait des sous chaque fois qu’on gagnait.

Pendant qu’on jouait, je lui ai parlé des runes et je lui en ai dessiné une sur une serviette en papier.

— C’est pour te protéger dans la bataille, j’ai dit, et ça a plu à Hendo.

— Parfait. Le poker, c’est comme un champ de bataille. Pas de pitié pour les perdants.

Quand on est arrivés au moment de la partie où les joueurs doivent décider chacun à leur tour de ce qu'ils vont faire, s'ils vont parier plus d'argent ou bien se coucher, il a voulu toucher la rune pour qu'elle lui porte bonheur. Il me demandait :

— À ton avis, je joue combien ?

Même si je ne voyais pas si les cartes de son jeu étaient bonnes, je lui disais plus ou moins ce que j'en pensais. Et il m'écoutait chaque fois.

Il y a eu une pause dans la partie. Le Gros est allé rechercher des bières et l'homme à la casquette rouge est allé aux toilettes en prenant tout son argent avec lui. Les deux autres joueurs sont allés fumer. Hendo s'est excusé parce que l'homme à la casquette rouge avait été malpoli.

Je lui ai dit que j'avais l'habitude.

— Je me fais tout le temps traiter de mongole.

— Eh bien ça se dirait pas, a dit Hendo en comptant l'argent devant lui. Je crois qu'il est juste jaloux parce que tu t'es assise avec moi et pas avec lui.

Hendo a fait une pile de billets de cinq dollars devant lui, et une autre pile de billets de un dollar. Je l'ai aidé à empiler les cents, une pile pour chaque sorte de pièces.

— Si t'avais rien dit, j'aurais pas cru que t'étais de la même famille que Gert.

— Gert est plus gargantuesque que moi, j'ai dit.

— Non, mais j'veux dire… T'es mignonne, comme fille. Et en plus, tu portes chance. Tes runes, c'est du lourd.

Le Gros est revenu avec un pack de bières. Il en a posé une devant Hendo, une à la place de l'homme à la casquette rouge et le reste devant lui.

J'ai pensé à ce qu'avait dit Hendo : que j'étais mignonne comme fille et que je n'avais pas l'air d'être de la même famille que Gert. Pendant qu'on jouait au poker, j'ai imaginé que je n'étais pas du tout la sœur de Gert et que j'étais juste une personne normale en train de jouer au poker. La partie avançait à toute vitesse. Je regardais et j'essayais d'apprendre quelles cartes étaient meilleures que les autres. Hendo ne se fâchait pas quand je choisissais les mauvaises cartes ou que je lui disais quoi faire, et il me tapait dans la main quand je lui disais de faire quelque chose et qu'il gagnait.

Du coup, l'homme à la casquette rouge était de plus en plus en colère parce que même quand ce n'était pas nous qui gagnions, c'était le Gros. L'homme à la casquette rouge était le seul à ne jamais gagner.

— Pourquoi j'ai pas ma mongole, moi aussi ?

Puis il s'est tourné vers le Gros et il a dit :

— Tu crois qu'elle suce comme une mongole ? Hé, la mongole, t'avales ?

— On t'a déjà dit que t'es une vraie bouche d'égout ? lui a demandé Hendo en posant ses cartes.

— J'avale quoi ? j'ai demandé.

L'homme à la casquette rouge a commencé à ouvrir sa braguette.

— Tu veux que je te montre ? Ça te fera une leçon d'éducation sexu…

— Ah non, merde ! a dit le Gros. On veut pas voir ça. Vous voulez pas jouer, plutôt ?

— Et à votre place, j'éviterais d'avoir affaire à Gert quand il est énervé, a dit Hendo en tournant ses cartes vers moi pour que je puisse les voir.

Un des autres joueurs de poker s'est levé et il a dit qu'il partait. Mais l'homme à la casquette rouge lui a dit de se rasseoir.

— C'est pas parce que Gert est la nouvelle pute à Toucan que je dois lui lécher le cul comme tous les autres, a dit l'homme à la casquette rouge.

— Gert n'est pas une pute, j'ai dit.

— Tu parles. Si Toucan demande à Gert de sauter par la fenêtre, Gert va juste lui demander de quel étage il doit sauter.

L'homme à la casquette rouge a posé encore une poignée de pièces au milieu de la table.

— Je relance.

« Relancer », ça veut dire qu'on pense qu'on va gagner et qu'on veut parier encore de l'argent pour savoir si les autres sont aussi sûrs d'eux.

Avant que j'aie le temps de dire quelque chose, Hendo a mis tous ses billets sur le tapis, même celui de vingt dollars. Je savais que ses cartes n'étaient pas très bonnes parce qu'il n'avait pas de numéros en double ni de numéros qui se suivaient comme deux, trois, quatre, cinq et six. En tout, en comptant les cartes sur la table, il avait un quatre de carreau, un roi de cœur, un deux de carreau, un six de pique et un sept de trèfle.

— T'as que de la gueule, a dit Hendo.

Le Gros a jeté ses cartes.

— Je me couche.

— Et toi ? a demandé Hendo à l'homme à la casquette rouge. Tu craches ou t'avales ?

Il y avait tellement d'argent au milieu de la table que je ne pouvais plus le compter. Mais depuis qu'on avait compté au tour d'avant, je savais qu'Hendo avait au moins cinquante dollars en billets. En plus il y avait les pièces et tout l'argent que le Gros avait mis au milieu avant de se coucher, et aussi l'argent que l'homme à la casquette rouge avait déjà posé.

J'ai senti mon cœur qui battait fort. Hendo souriait. Il n'avait pas l'air de se rendre compte que ses cartes étaient mauvaises et qu'elles ne pouvaient pas vaincre.

Et là, il s'est passé quelque chose d'incroyable. L'homme à la casquette rouge s'est couché lui aussi et il a jeté ses cartes sur la table.

— J'en étais sûr, a dit Hendo en tirant tout l'argent vers lui. Une vraie petite salope.

On s'est tapé dans la main, Hendo et moi, et l'homme à la casquette rouge s'est levé en disant des gros mots. Je lui ai dit qu'un guerrier honorable doit accepter la défaite avec courage. C'est là qu'il m'a jeté sa cigarette dessus.

Hendo s'est levé et ils se sont retrouvés nez à nez, et ils ont commencé à se pousser l'un l'autre. L'homme à la casquette rouge s'est mis à dire des choses sales sur Gert et moi, par exemple que Gert me baisait tous les soirs, ce qui était vraiment dégoûtant.

Toucan est arrivé avant qu'ils se battent et il a demandé ce que c'était que ce bordel, juste au moment où l'homme à la casquette rouge se remettait à me traiter de mongole. Gert était avec lui et quand il a entendu le mot « mongole », ses yeux se sont ouverts tout grands. J'ai vu qu'il était en train de passer en mode barbare. Toucan a posé la main sur l'épaule de Gert et il s'est approché de l'homme à la casquette rouge.

— T'as dit quoi, là ? il a demandé.

Il a écarté Hendo et il s'est retrouvé presque front contre front avec l'homme à la casquette rouge.

Gert s'est placé devant moi et j'ai dû me mettre sur la pointe des pieds et me tordre le cou pour voir ce qui se passait. L'homme à la casquette rouge a regardé par terre et il s'est tu. Le Gros et Hendo sont restés à l'écart comme s'ils avaient peur qu'une bombe explose mais qu'ils ne savaient pas quand et qu'ils voulaient voir quand même.

Toucan a mis une gifle au type. Sa casquette est tombée de sa tête et Toucan lui a remis une gifle, et il lui a dit de s'excuser. L'homme à la casquette rouge n'a même pas essayé de se défendre. Il a laissé Toucan le gifler encore une fois, et encore une autre.

Il a dit qu'il s'excusait en regardant ses pieds.

— Plus fort, a dit Toucan. Je crois qu'elle t'a pas entendu.

L'homme à la casquette rouge a dit pardon encore plus fort, presque en criant, et Toucan a attrapé sa tête et l'a tournée vers moi pour qu'il me regarde en face en redisant pardon une troisième fois.

Toucan a demandé à Gert s'il voulait lui en coller une. Gert s'est avancé vers lui mais je l'ai retenu par le bras. J'ai dit : « Non, ne fais pas ça », parce que d'un seul coup j'ai trouvé que l'homme avait l'air faible.

Je lui ai dit : « J'accepte tes excuses » et j'ai dit à Gert qu'il fallait qu'on y aille.

Gert m'a dit de dire merci à Toucan, et je lui ai tendu la main pour faire un check. Il a rigolé et il a dit qu'il allait me montrer un salut spécial rien que pour nous deux. Il m'a pris la main, il l'a ouverte, il a claqué nos mains ensemble, il a resserré ses doigts sur les miens et après il m'a tapé dans le dos.

Ça ne m'a pas plu qu'il me touche et j'ai reculé dès qu'il a eu fini de me taper dans le dos.

— Tu t'entraîneras à le faire avec Gert.

Gert m'a passé les clés de la voiture en me disant que je pouvais la démarrer, et qu'il serait là dans une minute.

Au moment où je partais, Hendo m'a fait un check et il m'a dit qu'il n'avait jamais eu un aussi bon porte-bonheur.

— Tu devrais venir chaque fois que je joue. Je serais millionnaire au bout d'un mois.

Il m'a dit au revoir et de rester flex.

— D'accord. Toi aussi, reste flex.

L'homme à la casquette rouge est resté tout seul. Quand je suis passée à côté de lui il ne m'a rien dit mais quand je l'ai regardé une dernière fois, j'ai vu qu'il pleurait.

Je suis sortie et j'ai vu que la femme et ses enfants de l'autre côté de la rue n'étaient plus là en train de jouer. La femme était rentrée dans la maison mais un des enfants était resté tout seul sur le perron. Je suis allée à la voiture, je suis entrée et j'ai mis le contact. La climatisation m'a soufflé dans la figure.

Gert est sorti de la maison avec un sac de sport et il a jeté le sac sur le siège arrière. Il a dit : « Roule ma poule », qui est une expression qu'il utilise des fois pour rire. Il a montré l'heure et il a dit :

— Tu as vu ? On a largement le temps.

Gert a démarré la voiture et on s'est mis en route.

— C'est vrai que tu es la pute à Toucan ? j'ai demandé.

— Que je suis quoi ?

— C'est ça qu'il a dit. Que tu étais la nouvelle pute à Toucan.

— Je ne suis la pute de personne. Et je suis désolé. Si j'avais su que ce porc allait être là, je ne t'aurais pas amenée.

Il a soupiré.

— Tu sais que je ne laisserais jamais personne te faire du mal, pas vrai ?

— Je n'aime pas ces gens, j'ai dit.

Il a continué à conduire.

— Ouais, bon. Il va falloir que tu me fasses confiance. Tu me fais confiance, hein ?

J'ai regardé par la fenêtre.

— Allez, quoi. Je t'ai déjà laissée tomber ?

— Non.

— Parce que nous deux ensemble, on est imbattables.

Et là une de nos chansons préférées est passée à la radio : *Thunderstruck* de AC/DC. Il a monté le son et il s'est mis à chanter et moi j'ai chanté aussi, et j'ai vraiment eu l'impression que nous deux ensemble, on était imbattables.

3

Il était 11 h 49 quand on est arrivés chez le docteur Laird. Il fallait exactement huit minutes pour monter sauf quand l'ascenseur était en panne, mais depuis la voiture j'ai vu quelqu'un qui sortait donc j'ai su que l'ascenseur marchait.

Gert m'a demandé de répéter notre règle.

— Je la connais, la règle, j'ai dit.

— Je veux que tu la dises à voix haute.

— On ne parle pas de la vie privée de Gert.

Il a hoché la tête.

— Voilà. Et donc tu vas parler de ce qui s'est passé il y a une heure ?

— Une heure et dix-huit minutes, j'ai dit.

L'heure a tourné.

— Une heure et dix-neuf minutes. Non, je ne vais pas parler du poker, ni de Toucan, ni de rien.

— Très bien, a dit Gert en souriant.

Il m'a dit d'attendre et il a sorti l'enveloppe du sac de sport.

— Tu donneras ça à Laird.

*

Le docteur Laird est un spécialiste du développement. Ça veut dire qu'il travaille avec des enfants qui sont plus intelligents que les autres et avec des enfants qui ne sont pas aussi intelligents que les autres, et aussi avec des jeunes comme moi et Marxy.

Sur sa carte de visite qui est accrochée à notre frigo avec un aimant, ça dit qu'il est « Psychologue développementaliste ».

Le docteur Laird n'est pas comme les autres docteurs. Il ne prend pas la température et il ne donne pas de médicaments, en tout cas pas d'habitude. Le docteur Laird est plutôt du genre qui pose des questions et qui prend des notes. Quelquefois je vais à l'hôpital, il me fait coucher sur une table froide et il m'envoie dans une machine qui ressemble à un tube de Pringles. Une lumière bleue éclaire tout mon corps. Ça prend des photos de l'intérieur de moi, surtout de mon cerveau, et de temps en temps le docteur Laird me laisse regarder mon cerveau tout en orange, rose et bleu, ce qui veut dire que ce sont les parties de mon cerveau qui travaillaient le plus fort au moment où la photo a été prise. Mais le plus souvent on ne fait que parler, et j'aime bien ça. Il est fort pour écouter et il me pose des questions pour montrer qu'il ne fait pas juste semblant de s'intéresser. Il a un dossier rien que sur moi, presque aussi long que *Le Grand Livre des Vikings* du docteur Kepple, où il met les notes qu'il prend sur moi toutes les semaines.

Je me suis assise. Il a sorti un papier du dossier, il a descendu ses lunettes au bout de son nez et il s'est mis à écrire.

Le docteur Laird est petit et Gert dit que sa coupe de cheveux sort des années soixante-dix, c'est-à-dire qu'il a le dessus et le derrière plus longs que les côtés. Son bureau est rempli de livres, de feuilles et de bouts de papier encadrés et accrochés au mur pour faire voir toutes les écoles où il est allé. Il a de gros avant-bras très poilus. Gert dit que ses avant-bras aussi, ils sortent des années soixante-dix. Je crois que ça veut dire que le docteur Laird ne vit pas comme les gens de maintenant mais comme les gens d'avant, à l'époque où tout le monde avait des poils sur les avant-bras et des cheveux courts sur les côtés et longs partout ailleurs. Je trouvais qu'il ressemblait aux images de Vikings dans *Le Grand Livre des Vikings* du docteur Kepple.

Le docteur Laird est très fort pour faire parler les gens. Quand il y a un silence, il ne se met pas à devenir tout bizarre et à bouger dans tous les sens. Au contraire, il attend que ce soit l'autre qui devienne tout bizarre, qui bouge dans tous les sens et qui se mette à parler. C'était comme ça qu'il faisait avec moi.

Gert n'a pas d'assurance maladie, alors on doit payer le docteur Laird avec notre argent à nous. Les gens qui ont un bon travail, ils peuvent avoir une assurance maladie et alors ils ne paient pas le docteur ou le dentiste. Au Canada, par exemple, tout le monde a une assurance maladie. Le docteur Laird sait qu'on n'a pas d'assurance maladie, alors il dit qu'on peut payer un tarif progressif, ce qui veut dire qu'au lieu de faire payer la même chose à tout le monde il fait payer plus cher aux riches et moins cher aux pauvres comme moi et Gert.

Ça, c'est un exemple qui montre que le docteur Laird est héroïque, même s'il ne combat pas avec ses poings dans de vraies batailles.

Une fois que Gert aura passé son diplôme et trouvé un travail puissant, on aura une assurance maladie et on n'aura plus besoin de rien payer.

Le docteur Laird m'a demandé comment s'était passé mon anniversaire.

— Tu as eu des beaux cadeaux ?

Je lui ai parlé du Viking que Gert m'avait offert.

— Il était vraiment cool. Ce n'était pas un vrai Viking. En fait, je crois que c'était un strip-teaseur qui retire ses vêtements, sauf que là, il a gardé ses vêtements de Viking.

— Un strip-teaseur, a dit le docteur Laird.

— Et Marxy est venu aussi, avec sa mère. On s'est embrassés avec la langue.

— Ah. Et qu'est-ce que tu as ressenti ?

— C'était bien. Un peu dégoûtant aussi. Parce qu'il faut que les deux mettent leur langue. Vous avez déjà fait ça ?

Le docteur Laird a éclaté de rire et il a dit que oui, avec sa femme.

— Est-ce que vous pouvez m'expliquer une histoire drôle ?

Je lui ai raconté l'histoire drôle sur la poule et l'œuf. Le docteur Laird a écouté jusqu'au bout et il n'a pas ri.

— Moi non plus je n'ai pas ri, j'ai dit. Elle est débile, cette histoire.

— Bon, elle n'est pas mauvaise mais elle n'est pas très drôle non plus.

— Et qu'est-ce que ça veut dire : « tu craches ou t'avales » ?

Le docteur Laird s'est gratté la gorge.

— Où est-ce que tu as entendu ça ?

— Nulle part, j'ai répondu en me souvenant que j'avais promis à Gert de ne pas parler de la maison de Toucan.

Il y a eu un silence, ce qui arrivait souvent quand je voyais le docteur Laird. Il me laissait toujours du temps pour réfléchir quand j'en avais besoin.

— Vous me trouvez mignonne, comme fille ? j'ai demandé.

— Il s'est passé quelque chose avec Marxy ? C'est lui qui t'a parlé de cracher ou d'avaler ?

— Non, non, non. J'ai juste entendu quelqu'un dire ça, et je ne savais pas ce que ça voulait dire.

— C'est une question très crue que certaines personnes posent parfois pour parler d'un acte sexuel en particulier.

Il a posé son crayon.

— Est-ce que toi et Marxy avez fait autre chose, à part vous embrasser ?

J'ai secoué la tête et j'ai dit non.

— Juste un baiser avec la langue.

— Et tu t'es déjà demandé comment ce serait, d'avoir des rapports sexuels avec Marxy ?

J'ai haussé les épaules et j'ai dit peut-être, même si en fait c'était la première fois que je le disais tout haut. Le docteur Laird a dit que c'était normal de parler de Marxy et de sexe. Que c'était naturel pour les gens de notre âge, pour les *adultes* il a dit, d'avoir envie d'exprimer leur amour de manière physique.

— Gert n'aime pas quand je parle de sexe, j'ai dit.

Le docteur Laird a regardé autour de lui et ses yeux ont fait le tour de tout ce qu'il y avait dans la pièce. Il m'a dit de regarder autour de moi et quand je lui ai demandé pourquoi, il m'a dit :

— Tu vois quelqu'un d'autre que nous dans cette pièce ?

— Non, personne.

— Non. Gert n'est pas là. Il n'y a que toi et moi.

— Oui, j'ai dit lentement. J'ai déjà pensé à avoir des rapports sexuels avec Marxy et je me suis déjà demandé à quoi il ressemble quand il est tout nu.

— Est-ce que tu sais ce que c'est, d'avoir des rapports protégés ?

J'ai fait oui de la tête.

— Les préservatifs et les bébés et le pénis.

J'aime bien le docteur Laird. C'est quelqu'un qui joue « franc jeu », pareil que Kalash et Gert. Quelqu'un qui joue franc jeu, c'est quelqu'un qui dit toujours la vérité, même quand les autres pensent qu'on n'est pas assez forte pour l'entendre. Le docteur Laird a dit qu'il allait peut-être falloir qu'on prenne une séance entière pour parler plus en détail de ce que ça ferait d'avoir des rapports sexuels avec Marxy.

— C'est un peu compliqué, et j'aimerais bien qu'on en parle plus longuement.

— De toute façon, quand les personnes comme nous veulent avoir des rapports sexuels, les gens réagissent tout de suite comme des bite-culs.

— Des bite-culs, en effet, c'est le terme technique. Seulement, moi, je ne suis pas comme les gens. Je pense juste qu'il faut être le plus préparé possible.

Il m'a dit que les rapports sexuels étaient une étape importante et qu'il fallait qu'on parle plus longuement de Marxy.

— Comment ça ?

— D'après ce que j'ai compris, vous êtes assez différents l'un de l'autre.

J'ai fait oui de la tête.

— Il a un pénis, et moi j'ai un vagin.

Le docteur Laird a souri.

— Tu as raison. Seulement, vous êtes aussi différents en tant que personnes. Pas seulement sur le plan physique, mais aussi sur le plan développemental.

Quand le docteur Laird utilise le mot *développemental*, ça veut dire « la puissance du cerveau ».

— Vous voulez dire que Marxy et moi, on a des cerveaux différents.

— Exactement. Et quand on entre dans des domaines comme la sexualité et les sentiments, avoir des cerveaux différents peut compliquer les choses.

J'ai souri parce que Marxy me dit tout le temps que je suis jolie.

— Marxy est magnifique, j'ai dit.

Le docteur Laird m'a demandé ce que j'aimais chez lui.

Alors j'ai fait une LISTE DES CHOSES QUE J'AIME CHEZ MARXY ET QUE JE TROUVE SEXY :

- Il a des belles joues qui s'écrabouillent quand il sourit.
- Quand il marche, les muscles de ses mollets deviennent énormes.

• Sa couleur préférée est le rouge et la mienne c'est le bleu, et quand on les met ensemble ça donne du violet, qui est aussi une couleur puissante.

• Il sent toujours bon et ses vêtements ne sont jamais froissés.

• Des fois il met trop la langue quand il embrasse.

• Il serre trop fort parce qu'il est trop grand pour montrer son amour, et ça fait mal mais ça prouve qu'il vous aime beaucoup.

• Son imitation de Sean Connery est très sexy.

Le minuteur du docteur Laird a sonné, ce qui voulait dire que la séance était terminée.

— Il faut qu'on parle plus longuement de toi et de Marxy, a dit le docteur Laird en se levant. La prochaine fois. Mais avant que tu partes, je voudrais te montrer quelque chose. On va dire que c'est un cadeau d'anniversaire.

Il a ouvert le tiroir de son bureau et il a sorti des papiers qui étaient agrafés ensemble. C'était un article qu'il avait imprimé sur Internet et qui parlait d'un célèbre squelette de Viking.

— Lis la partie que j'ai surlignée, a dit le docteur Laird.

J'ai trouvé la partie dont il parlait. J'ai lu tout haut :

— *Le tombeau mythique de la Wonder Woman viking*. Qu'est-ce que ça veut dire ?

— *Mythique*, ça veut dire « très important ». Quelque chose qui inspire les autres.

— Oh. Donc cette femme morte, elle est mythique.

— Lis la suite.

L'article disait que des tests ADN avaient montré que l'un des plus célèbres squelettes de Viking était en fait celui d'une femme. Tout le monde croyait que c'était le squelette d'un homme, et il était mythique, m'a expliqué le docteur Laird, parce que c'était un des tombeaux les plus anciens et les plus complets. Et du coup, ça intéressait beaucoup d'archéologues qui étudient les peuples du passé.

— Comme Kepple, ton écrivain préféré, par exemple. Lui aussi, il croyait certainement que ce Viking mort était un homme. Mais comme en fait c'était une femme, et en plus une vraie dure à cuire avec plein d'armes, maintenant les gens vont regarder les Vikings d'un œil différent. Tu vois ?

— Je vous suis.

— Maintenant, les gens comme Kepple, les scientifiques et les historiens vont se mettre à parler beaucoup plus des guerrières vikings.

— Légendaire, j'ai dit. Waouh.

Le tombeau était dans un village en Suède qui s'appelle Birka, et il contenait plein d'armes et d'armures. Tout ça prouvait que la personne qui avait été enterrée là n'était pas juste une personne normale, mais une « guerrière professionnelle ».

J'ai regardé la photo du tombeau sur le papier.

— Pourquoi vous me montrez ça ?

— Je te montre ça, a dit le docteur Laird, parce que je veux que tu commences à réfléchir à ta légende à toi. Tu comprends ce que je veux dire ?

Et là, j'ai compris. Le docteur Laird me faisait voir cette Viking pour me montrer que je pouvais être puissante. Je lui ai dit ça et il a fait oui de la tête.

— Je pense que tu as en toi plus de force que tu ne le crois, Zelda.

On n'avait pas le droit de se prendre dans les bras dans le bureau du docteur Laird parce qu'il faut rester professionnel. Alors je lui ai serré la main.

On est sortis du bureau et on est arrivés dans la salle d'attente où sa secrétaire Hanna avait son cahier de rendez-vous. Elle a dit au docteur Laird que je ne pouvais pas partir tout de suite.

— Il y a eu un petit problème avec le dernier chèque de Zelda.

Le docteur Laird a froncé les sourcils.

— Il a été refusé par la banque ?

C'est là que je me suis souvenue de l'enveloppe. Je l'avais mise dans ma poche. Je l'ai sortie et je l'ai donnée au docteur Laird.

— Gert m'a dit de vous donner ça.

Le docteur Laird a ouvert l'enveloppe. Il y avait de l'argent dedans. Il a soupiré et il m'a rendu l'enveloppe.

— Il sait que je n'accepte pas le liquide, Zelda.

J'ai gardé l'enveloppe à la main parce que je ne savais pas trop quoi en faire. Le docteur Laird s'est tourné vers Hanna et il lui a dit de garder mon rendez-vous pour la semaine prochaine.

— Mais tu pourras demander à Gert de m'appeler, Zelda ?

J'ai dit :

— Je lui dirai.

Le docteur Laird a souri et il m'a dit de prendre soin de moi.

*

Gert était garé de l'autre côté de la rue. Je suis entrée dans la voiture et je lui ai donné l'enveloppe. Je lui ai dit ce que le docteur Laird venait de me dire sur le chèque, qu'il ne pouvait pas accepter de liquide et qu'il fallait qu'il l'appelle le plus vite possible.

— Qu'est-ce que ça change, que ce soit un chèque ou du liquide ? a demandé Gert.

Je lui ai dit que je ne savais pas et il a dit que c'était une question rhétorique.

Je me suis mise à lire l'article que le docteur Laird m'avait donné.

— Qu'est-ce que c'est ? a demandé Gert.

— Il y a eu une *découverte monumentale qui pourrait changer pour toujours la manière dont nous voyons les Vikings*, j'ai dit en lisant la page depuis le début.

— C'est vrai ? Tu veux me raconter ça ?

Alors je lui ai raconté la tombe de la guerrière viking, les tests ADN, et aussi les conséquences puissantes de cette découverte, et les figurines de stratégie militaire qu'ils avaient trouvées dans le tombeau. Je me suis demandé ce que Kepple penserait de cette femme viking.

Quand on est rentrés à la maison, je me suis assise à mon ordinateur, je l'ai allumé, je suis allée sur le site de Kepple où il y a un formulaire de contact et j'ai commencé à lui écrire une lettre.

Cher docteur Kepple,

Pour commencer je m'excuse parce que j'ai oublié de vous appeler docteur dans ma dernière lettre mais je croyais que les docteurs ça s'occupe des malades et ensuite j'ai appris qu'on peut être docteur quand on sait beaucoup de choses sur un sujet, comme les Vikings par exemple.

Si je vous écris c'est parce qu'il y a un article que vous devriez lire à mon avis sur un tombeau viking en Suède. C'est le docteur Laird qui me l'a donné à lire (lui, c'est un docteur qui s'occupe des gens malades et aussi des gens comme moi qui ne sont pas malades mais qui sont différents).

L'article dit qu'il y a un squelette viking célèbre qui en fait était une femme, et que c'était une guerrière de très haut rang. Vous devriez regarder sur Google pour en savoir plus.

Merci et je vous souhaite une bonne journée.

Skál,

Zelda

J'ai cliqué sur ENVOYER. L'ordinateur a fait un bruit de moteur comme un avion qui décolle et un message est apparu qui disait : « Merci. Votre message a été envoyé. »

J'avais déjà envoyé cinq lettres au docteur Kepple et, jusque-là, il ne m'avait jamais répondu.

J'ai espéré que cette fois-ci, Maman allait dire à Odin de faire qu'il réponde.

4

J'ai réfléchi toute la nuit à ce qu'avait dit le docteur Laird : que je devais être l'héroïne de ma propre légende. Je me suis regardée dans la glace, et ce que je voyais ne ressemblait pas du tout à une héroïne.

D'après *Le Grand Livre des Vikings* du docteur Kepple, il y a quatre sortes de gens dans les tribus vikings : les comtes, les hommes libres, un autre groupe qui s'appelle les esclaves mais qui n'existe plus, et les guerriers. Les comtes, ce sont des chefs qui gardent des grands trésors dans des cachettes et qui ont beaucoup de guerriers qui les suivent. Les hommes libres, ce sont le plus souvent des fermiers ou bien des commerçants. Au départ les guerriers sont aussi des hommes libres sauf que, pour devenir puissants, ils doivent aller faire des batailles, vaincre des méchants et trouver des trésors.

Une fois qu'un guerrier a vaincu assez de méchants, qu'il a montré assez de bravoure, qu'il a gagné assez de batailles et qu'il a trouvé assez de trésors, alors les gens chantent des chants sur lui et il devient un héros. Par exemple, Gert, c'était un héros pour son équipe de football américain au lycée parce qu'il était brave, qu'il avait vaincu des équipes plus fortes que la sienne et qu'il avait gagné le plus gros trésor possible au football : la Coupe de l'État. Aujourd'hui encore, sur Internet, on peut lire des *sagas* qui ont été écrites sur la fois où Gert avait marqué trois *touchdowns* en finale alors qu'il était blessé au genou.

Les joueurs de son équipe étaient des hommes libres et des guerriers, mais le héros, c'était Gert.

Souvent on croit qu'il n'y a que les hommes qui peuvent être des guerriers. Mais d'après l'article du docteur Laird, les femmes aussi pouvaient être des guerrières et être puissantes.

Si une guerrière peut accéder à un rang élevé, alors il nous faudra revoir un certain nombre d'hypothèses concernant les conventions sociales des Vikings, voilà ce que disait l'article.

J'ai relu l'article deux fois pour être bien sûre que j'avais tout compris. Avant, on croyait que seuls les hommes pouvaient être des guerriers et devenir légendaires et héroïques, et que les femmes n'avaient pas le droit d'être des héroïnes. Pourtant, la guerrière viking de l'article était bien une femme, et les objets enterrés dans son tombeau montraient qu'elle aussi était héroïque et puissante sur le champ de bataille.

Leurs légendes, les Vikings les appelaient des *sagas*. D'après *Le Grand Livre des Vikings* du docteur Kepple, le mot *saga* veut dire « ce qui est dit » et il veut aussi dire « une histoire ». Beaucoup de sagas sont célèbres. Toutes les sagas vikings parlent de rois ou de guerriers. Moi, ma saga viking préférée, c'est une saga légendaire qui s'appelle la *Hrólfs saga Gautrekssonar*, parce que dedans il y a un roi puissant qui est en même temps une femme et qui s'appelle Þornbjörg. Elle casse la figure à beaucoup de gens, et elle est tellement forte sur le champ de bataille que ça ne dérange personne qu'elle soit une femme.

Ma partie préférée dans l'article, c'était celle qui parlait des plus fortes de toutes les guerrières, les *skjaldmær*. Ce n'étaient pas des Valkyries, mais elles étaient presque aussi fortes. Ça n'arrive pas souvent dans les légendes vikings que des femmes soient choisies pour devenir des guerrières. Mais les filles de douze ans qui étaient très fortes et sportives et qui savaient se battre avec autant de puissance que les garçons pouvaient devenir des *skjaldmær*, ce qui leur permettait ensuite de devenir des guerrières.

Moi, je n'étais pas roi et donc je ne savais pas si je pouvais devenir *skjaldmær*. Déjà, pour commencer, il fallait que j'aie une légende.

Un jour, le docteur Laird m'avait demandé pourquoi j'aimais les Vikings. Je lui avais donné trois raisons.

Premièrement, ils sont courageux.

Deuxièmement, ils sont forts et les gens y réfléchissent à deux fois avant de s'attaquer à eux.

Troisièmement, les héros vikings prennent la défense de ceux qui ne peuvent pas se défendre eux-mêmes.

J'ai dit au docteur Laird que c'était comme ça que je voulais être. Quand les gens me regardaient, ils ne croyaient pas que j'étais forte ou courageuse, ils pensaient que c'était moi qui avais besoin d'être protégée. Ma légende allait leur faire voir que même lorsqu'on n'est pas gargantuesque, on peut tout de même être forte et courageuse et aider les autres membres de sa tribu.

J'ai ouvert *Le Grand Livre des Vikings* du docteur Kepple et j'ai commencé à faire une liste des choses qu'il y a dans toutes les *sagas*.

CHOSES QU'IL FAUT DANS UNE LÉGENDE

- ☐ Une héroïne qui maîtrise le combat rapproché
- ☐ Une arme puissante pour l'héroïne
- ☐ L'héroïne doit gagner l'amour de son mie en le sauvant du danger
- ☐ L'héroïne doit avoir un Sage Conseiller
- ☐ Piller des villages ennemis pour se faire un trésor
- ☐ L'héroïne doit terrasser un méchant qui menace la tribu

Après, j'ai réfléchi à ce que voulait dire chaque point.

UNE HÉROÏNE QUI MAÎTRISE LE COMBAT RAPPROCHÉ

Je ne suis pas très grande ni très puissante, donc j'ai décidé que pour vaincre des méchants, il fallait que je devienne plus forte. J'avais déjà vu Gert faire des pompes et des abdos dans le salon, et j'ai décidé d'ajouter ces deux exercices à ma routine du soir.

Il allait aussi falloir que j'étudie les arts martiaux. Sur mon carnet de Post-it à côté de mon ordinateur, j'ai écrit : « Rechercher *glíma* sur Google » parce que c'est comme ça que s'appelle le combat rapproché des Vikings, et je l'ai collé sur le mur pour ne pas oublier.

Une arme puissante pour l'héroïne

Des armes, je n'en avais pas. Pourtant, tous les grands héros des sagas avaient une arme spéciale pour les aider à vaincre les méchants. Par exemple, Prain le *draugr* a une épée qui s'appelle Mistilteinn et qui est toujours affûtée, même après avoir coupé beaucoup de têtes. Il y avait aussi Mjölnir, un marteau qui appartenait à Thor et qui lui revenait toujours dans la main quand il le lançait.

J'ai entouré cette ligne.

L'héroïne doit gagner l'amour de son mie en le sauvant du danger

J'avais cherché *mie* dans le dictionnaire et ça voulait dire « petite amie ». J'ai ajouté le mot avec sa définition à ma liste de Mots du Jour. Dans les sagas, en général, le héros est un homme qui sauve sa mie des griffes d'un méchant ou d'un dragon, parce que la mie n'arrive pas à se sauver toute seule. Ça, c'était un problème : je ne voulais pas être une mie qui a besoin d'être sauvée. Je voulais être l'héroïne qui fait le sauvetage. Là, je me suis rendu compte que je pouvais gagner l'amour de quelqu'un qui serait mon mie, parce qu'un homme, ça peut aussi être un mie. J'avais déjà un amoureux et j'avais gagné son amour, donc j'ai mis une croix devant ce point de la liste. Ça m'a fait plaisir parce que ça voulait dire que j'étais déjà en bonne voie pour devenir une légende.

L'héroïne doit avoir un sage conseiller

Tous les héros ont besoin d'un Sage Conseiller ou de quelqu'un qui leur donne des conseils puissants.

Le docteur Laird était un Sage Conseiller et c'était son travail de donner des conseils puissants. Donc j'ai fait une croix devant ce point aussi.

PILLER DES VILLAGES ENNEMIS POUR SE FAIRE UN TRÉSOR

Piller, j'ai aussi dû le chercher dans le dictionnaire, et la définition que j'ai trouvée ne m'a pas plu. Ça veut dire « voler en usant de violence ». Ce n'est pas très honorable de voler, donc j'ai décidé de trouver un autre moyen de me faire un trésor. J'ai mis un point d'interrogation (?) en face de ce point dans ma liste.

LE HÉROS DOIT TERRASSER UN MÉCHANT QUI MENACE LA TRIBU

Ça, c'était mon point préféré de la liste. Sous TRIBU, j'ai marqué « Gert » et « Kalash ». J'ai failli ajouter « Marxy » mais il était déjà dans la liste parce que c'était lui mon mie et que j'avais gagné son amour, donc je ne l'ai pas mis là.

Ensuite j'ai fait une liste des méchants :

- Oncle Richard
- Papa
- Le cancer

Je me suis arrêtée là. Puis j'ai pensé à la partie de poker et j'ai ajouté :

- L'homme à la casquette rouge

J'ai aussi mis le nom de Toucan sur la liste, mais je n'étais pas sûre alors j'ai mis un « ? » à côté de son nom.

Il y avait encore autre chose que je voulais ajouter à ma liste, même si ça ne rentrait pas dans les choses qu'on trouve dans une saga. J'ai décidé que la dernière partie de ma légende, ça serait de faire que Gert et Kalash se remettent ensemble. Si je réussissais ma légende, alors ils se marieraient et notre tribu s'agrandirait.

Quand j'avais demandé à Kalash pourquoi ils s'étaient séparés avec Gert, elle m'avait dit que mon frère était un queutard et qu'il fallait qu'il grandisse dans sa tête. Quand j'avais demandé à Gert pourquoi il était un queutard et pourquoi il ne grandissait pas dans sa tête, il avait su que j'avais parlé avec Kalash et il m'avait dit de ne pas croire tout ce qu'on me disait.

Moi, je savais que s'ils s'étaient séparés, c'était parce que Gert l'avait mise enceinte et qu'elle avait avorté sans rien lui dire. Un avortement, c'est quand on empêche un bébé de naître. Il y en a qui disent que c'est comme si on tuait un bébé. Kalash, elle, dit que c'est plutôt comme si on empêchait un gâteau d'être fait en enlevant les ingrédients qu'il faut pour le gâteau.

Kalash fait partie des personnes que j'aime. Si un jour elle avait des ennuis, je la défendrais de toutes mes forces. Le problème, c'est que le plus souvent c'est moi qui fais une bêtise ou qui ai des ennuis, et Kalash qui se retrouve à devoir me sauver.

Kalash, c'est quelqu'un de pas ordonné, et c'est une des raisons pour lesquelles elle et Gert se disputaient beaucoup. Gert aime quand les choses sont propres et bien rangées, et même s'il a été viré du lycée pour avoir désobéi aux règles, en fait il aime bien quand les gens suivent des règles. Kalash, elle, n'aime pas les règles. Elle est libre, elle ne fait pas toujours les choses comme les femmes dans les films ou à la télé, et c'est une des raisons pour lesquelles elle avait plu à Gert. Elle a des jambes très musclées parce qu'elle a fait de la course de fond au lycée et elle n'est pas très grande, mais elle serait plus grande si elle mettait des chaussures à talons, sauf qu'elle n'en met pas.

*

Comme c'était mercredi, je m'étais préparée pour le centre social. D'habitude, Kalash arrivait en retard dans un bus qui faisait plein de bruit et de fumée noire quand il traversait le quartier pour me récupérer devant notre appartement.

Après être descendue de l'ascenseur, je suis sortie. Alf fumait une cigarette. Alf aimait bien avoir les cheveux tressés comme des spaghettis sur sa tête. Il faisait partie de ces gens qui n'étaient pas des héros, mais pas non plus des méchants. C'était juste un type normal qui aimait bien fumer et qui travaillait comme concierge dans une école.

Il aimait bien fumer du cannabis sur son balcon et la fumée entrait par ma fenêtre, du coup il fallait que je la ferme parce que je ne voulais pas que son air entre dans mes poumons.

— Paraît que c'était ton anniversaire, a dit Alf quand il m'a vue arriver.

— Oui.

Il m'a souhaité bon anniversaire et il a essayé de me faire un check. Je n'aime pas faire un check aux gens qui ne font pas partie de ma tribu, donc je ne l'ai pas fait. Il a baissé sa main. Alf était amoureux de Kalash lui aussi, alors quand elle passait me chercher, souvent il restait dehors à fumer juste pour lui dire bonjour et la convaincre de sortir avec lui, alors qu'il n'aurait jamais fait ça si mon frère avait été là.

Il m'a demandé :

— Comment ça va, ton frère ?

J'ai dit que Gert allait bien.

— Cool. Il va encore à la fac ?

J'ai dit que Gert était en train de terrasser la fac grâce à ses bonnes notes.

— Je suis allé à la fac, moi. J'ai tenu un semestre et demi.

La fumée de cigarette d'Alf m'a fait tousser. Une de mes armes, c'est que les gens oublient que je suis là parce que je ne suis pas gargantuesque. En fait, je suis même tout le contraire. Mais Kalash dit toujours qu'un bon guerrier sait tirer avantage de ses faiblesses. Par exemple, les gens comme moi qui sont presque invisibles, ils peuvent s'approcher de leurs ennemis par surprise. Par contre, le problème quand on est invisible, c'est que les gens comme Alf vous soufflent leur fumée au visage par accident et ils ne s'en aperçoivent pas.

Je me suis demandé si je devais ajouter Alf à ma liste de méchants.

Il a tendu le bras et il a fait tomber ses cendres sur le trottoir.

Le bus est arrivé au coin de la rue et il a dépassé l'immeuble en face du nôtre. Il avait une couleur bizarre, ce bus. D'habitude un bus, c'est jaune. Le bus que conduisait Kalash, il avait une couleur de bain de bouche. Il avait appartenu à un hôpital et il était tellement vieux qu'il n'avait plus beaucoup de vert.

Alf a vite jeté sa cigarette par terre et il l'a recouverte avec son pied.

Il était 8 h 55. Le bus s'est arrêté et la porte avant s'est ouverte.

— Je sais, je sais, a dit Kalash. Je suis en retard. Je sais.

Par la fenêtre j'ai vu mes deux amis Yoda et Hamsa qui me faisaient coucou. Je leur ai fait coucou aussi. Yoda avait la figure collée contre la vitre. On aurait dit un pancake avec une bouche.

— Salut Annie, a dit Alf. Je tenais compagnie à la miss.

Il m'a tapoté l'épaule.

— Elle aime pas qu'on la touche, trouduc, a dit Kalash.

Kalash a les cheveux courts comme un homme, presque rasés, et elle ne met pas de robes ni de jupes. Et aussi, elle est à moitié noire. Il y a des gens que ça dérange parce que Gert et moi, on est blancs, et toute l'ancienne tribu de Gert, ceux du lycée, ils n'aimaient pas les Noirs.

Elle m'a fait coucou.

— Allez monte, Zed.

J'ai souhaité une bonne journée à Alf. Il a crié à Kalash : « Fais-moi signe si tu veux aller dîner ensemble un de ces jours ! », mais elle a secoué la tête et elle a fermé la porte.

S'il continuait comme ça d'essayer de voler Kalash à Gert, j'allais vraiment devoir l'ajouter à ma liste de méchants.

*

Je suis montée dans le bus et je suis allée m'asseoir au fond avec Yoda et Hamsa, qui étaient dans des sièges face à face. Nous, on s'asseyait toujours au fond parce que au lycée c'était là que s'asseyaient les gens légendaires. Gert, il s'asseyait toujours au fond avec ses amis et c'étaient eux les plus cool, alors nous, on s'asseyait là aussi. Dans le bus normal, ce n'était jamais nous les gens cool alors que maintenant, dans le bus de Kalash, on avait le droit d'être cool.

Kalash m'a dit de me mettre devant, alors je suis allée m'asseoir dans le siège à côté d'elle.

— Et essuie-toi les mains avec ça.

Elle a sorti un Kleenex de la boîte entre son volant et le grand pare-brise en verre.

— Ce gros porc avec ses mains moites, il est vraiment dégueulasse.

Hamsa et Yoda m'ont tous les deux souhaité un bon anniversaire. Ils ne se sont pas levés de leurs sièges parce que se lever quand le bus est en marche c'est interdit par les RÈGLES DU BUS.

« Bon anniversaire ! » a crié Yoda, et j'ai crié : « Merci ! », et Hamsa a crié la même chose. Puis ils se sont souhaité bon anniversaire l'un à l'autre, même si aucun des deux n'était né le même jour que moi.

Ça ne me dérangeait pas. Ce qui est bien, avec les anniversaires, c'est de les partager avec ceux qu'on aime, avec les membres de sa tribu, et donc ça ne me dérangeait pas de partager avec eux le pouvoir de mon anniversaire.

— Ouais ! C'est l'anniversaire de tout le monde ! a dit Kalash. Youhou ! Comment ça s'est passé ? Bien ?

Je lui ai dit que Gert m'avait offert le Viking et qu'en fait c'était un strip-teaseur.

— Mais il n'a pas enlevé ses vêtements quand il est venu à mon anniversaire.

Elle a secoué la tête et elle a dit :

— Ton abruti de frère.

Le bus a commencé à descendre la rue. Une autre voiture est arrivée dans le virage et Kalash n'a même pas ralenti pour l'éviter. Elle conduit mieux que tous les gens que je connais, même Gert qui sait conduire vite et qui n'a jamais d'accidents.

— OK. Alors, tu es prête pour ton cadeau ? a demandé Kalash.

J'ai dit oui. Elle m'a dit de regarder sous le siège. Il y avait une boîte et je l'ai sortie. Le papier cadeau avait des sapins de Noël et des pères Noël.

— Désolée. Je n'avais plus de papier cadeau d'anniversaire.

— Ce n'est pas grave, j'aime beaucoup Noël.

Elle m'a dit que je pouvais l'ouvrir comme je voulais. Je l'ai ouverte en décollant les bouts de Scotch parce que je n'aime pas déchirer les choses.

— Tu as eu un cadeau ? a demandé Hamsa au fond du bus.

— Toi, occupe-toi de tes oignons, a dit Kalash.

J'ai enlevé le papier cadeau de Noël. La boîte n'était pas très grande. Mais ça ne voulait pas dire que ce n'était pas un cadeau puissant parce qu'il y a des choses petites qui peuvent être très fortes, par exemple Kalash qui est à peine plus grande que moi.

— Oh la vache ! j'ai dit.

Dans la boîte, il y avait une épée viking.

— Je sais qu'elle n'est pas très grande, mais c'est déjà un bon début.

Kalash a arrêté le bus devant le centre social. Pour aller avec l'épée, elle m'a tendu un papier sur lequel il était écrit : RÈGLES DE L'ÉPÉE VIKING.

— Je sais que tu aimes bien avoir des règles, alors je me suis dit que ça pourrait t'aider.

J'ai lu le papier.

RÈGLES DE L'ÉPÉE VIKING

- Tu n'utiliseras pas l'épée pour faire le mal.
- Quand tu n'utilises pas l'épée, elle doit être rangée dans sa boîte et rester dedans.
- Personne d'autre que toi n'a le droit d'utiliser l'épée.

Kalash a dit qu'il y avait seulement deux exceptions à la dernière règle : elle et Gert.

— Je vais te la garder pour aujourd'hui. Et quand on sera ensemble, tu pourras jouer avec.

— Les Vikings ne jouent pas, j'ai dit. Surtout pas avec les armes.

Kalash a fait oui de la tête et elle a dit que c'était vrai, que les armes n'étaient pas des jouets. Yoda et Hamsa sont arrivés en courant du fond du bus.

— Oh la vache, a dit Yoda. C'est une vraie épée ?

— En tout cas, c'est du vrai métal, j'ai dit.

— Je peux la voir ? a dit Hamsa.

Je lui ai dit que je n'avais pas le droit de la sortir de la boîte tant que Kalash ne m'avait pas donné la permission. Ils ont regardé Kalash, alors elle a éteint le moteur et elle a sorti sa clé.

— Tout le monde descend à part Zelda, a dit Kalash.

Hamsa et Yoda sont descendus. Kalash leur a dit au revoir en leur faisant un check. Ils nous avaient vus faire ça, Kalash et moi, et ils s'étaient mis à faire pareil.

— Bonne journée, les balèzes ! a dit Kalash.

Ça aussi, ils aimaient bien. Ils aimaient bien les noms bizarres que Kalash leur donnait, comme « les balèzes ». Elle disait aussi « les p'tits poux », ce qui veut dire quelque chose de petit alors qu'ils étaient plus grands qu'elle et même plus grands que moi, et qu'en plus c'étaient des adultes et pas des insectes.

— Je peux avoir une épée ? a demandé Hamsa quand on est descendues du bus Kalash et moi.

— Ou alors un sabre laser, a dit Yoda, qui voulait dire une épée en lumière comme dans le film *Star Wars*.

— Ça n'existe pas, les sabres laser, a dit Kalash en lui mettant une tape dans le dos.

J'ai sorti l'épée. Elle n'était pas très grande. Je l'ai prise dans mes mains en essayant de ne pas toucher le métal de la lame. Je ne voulais pas me couper. Les épées vikings, c'est toujours très tranchant. *Le Grand Livre des Vikings* du docteur Kepple disait que les guerriers passaient beaucoup de temps à aiguiser leurs épées avant le combat.

La petite épée viking était plus courte qu'un double décimètre. Je l'ai tenue devant moi et j'ai imaginé que le bus fonçait à toute vitesse vers une tribu de Vikings. Ils auraient des épées plus grandes que la mienne mais, comme disait souvent Kalash, l'important ce n'est pas la taille de l'épée mais la manière dont on s'en sert.

— Je leur ai demandé de faire attention que ça soit bien écrit en viking sur la poignée, a dit Kalash.

Les marques sur la poignée étaient des runes, des petits symboles qui ont beaucoup de pouvoir.

— Normalement elles sont authentiques. Y a écrit *Pur* ou un truc comme ça. Je crois que ça veut dire Thor. Tu sais, c'est une réplique de l'épée de Thurmuth, elle a dit.

Mon épée portait des runes très puissantes. Selon le docteur Kepple, quand ces deux runes-ci sont réunies, la personne qui utilise l'épée devient un guerrier gargantuesque.

Ma rune préférée s'appelle *Dagaz*. Ça se prononce « thau gozz » et ça ressemble presque à un H.

Dagaz, ça veut dire « s'éveiller » ou « se transformer ». En fait, c'était ça que je voulais faire dans ma légende : j'étais une Viking normale mais je voulais me transformer en héroïne.

J'ai demandé à Kalash si on allait au combat et si c'était pour ça qu'elle m'avait donné l'épée.

— Chaque jour est un combat, mon lapin, a dit Kalash. Elle n'est pas grosse, mais fais quand même attention.

Je lui ai passé l'épée. Un Viking ne peut pas vaincre des méchants s'il n'a pas son épée, mais je savais que

Kalash en prendrait soin et elle m’a dit qu’elle me la rendrait en fin de journée.

Comme Kalash m’avait donné une épée, je me suis rendu compte que je pouvais cocher cette case-là sur ma liste des CHOSES QU’IL FAUT DANS UNE LÉGENDE. Maintenant, j’avais trois des choses qu’il faut à une héroïne viking : un mie, une arme puissante et un Sage Conseiller.

5

Tous les jours, au centre social, pendant deux heures, les gens comme moi, Hamsa, Yoda et Marxy peuvent jouer ou discuter dans le gymnase. Les gens comme moi, ça veut dire ceux qui sont « attardés ». C'est un mot qui ne me dérange pas mais qui fait partie des mots que les autres n'ont pas le droit de dire. C'est comme « N… », un mot que Gert disait avant d'être avec Kalash et que je ne peux même pas dire tout fort, même si on est dans ma légende à moi.

Quelquefois, au centre social, on va dans la salle d'arts plastiques et on fait des peintures. Deux soirs par semaine il y a aussi l'atelier Lecture et Écriture, où on s'entraîne à lire et à écrire et où on fait travailler notre cerveau.

Je passe la demi-journée au centre social et je déjeune là, puis Kalash me ramène chez moi les jours où Gert ne peut pas venir me chercher parce qu'il est à la fac.

— Et voilà la star ! a dit Grand Todd quand je suis entrée dans le centre social.

Il m'a claqué dans la main au lieu de me faire un check.

— Grand Todd, mon pote !

— C'était bien, ton anniversaire ?

Je lui ai raconté le strip-teaseur viking et l'épée que Kalash m'avait donnée. Il m'a demandé si je l'avais prise avec moi vu qu'on n'a pas le droit de porter des armes dans le centre social.

— Avoir une arme spéciale, c'est très important pour une héroïne, j'ai dit.

— Ce n'est pas une arme, a dit Kalash en s'approchant de nous. Et je vais la garder pour aujourd'hui.

— Gert est au courant ?

— L'arme d'une Viking n'appartient qu'à elle et à personne d'autre, j'ai dit.

— Bien dit, a dit Kalash.

Grand Todd organisait les programmes du centre social et il s'occupait de nous. Il est grand, maigre et homosexuel. Des fois, son fiancé Noah venait jouer au basket avec nous dans le gymnase. Lui et Grand Todd se sont rencontrés en jouant au basket au lycée. Un jour j'ai dit à Gert qu'il devrait jouer au basket avec Grand Todd et Noah, vu qu'il est presque aussi fort au basket qu'au football américain. Sauf que Gert n'aime pas les pédales. Ça veut dire homosexuel mais c'est une insulte, et ça fait partie des mots que Kalash m'a dit de ne jamais utiliser.

Todd était le seul homosexuel que j'aie rencontré en vrai et c'était aussi une des personnes les plus gentilles que je connaissais, homosexuelles ou pas. Par contre je ne comprenais pas du tout comment il faisait pour avoir des rapports sexuels vu que ni lui ni son copain n'avaient de vagin. Kalash m'avait dit de ne pas m'en faire pour eux.

« Ils se débrouillent », elle m'avait dit. Quand elle dit ça, je sais que ça veut dire qu'il faut que j'arrête de poser des questions.

Le centre social a des grandes fenêtres sur le devant et des carrés marron sur les côtés qui font penser à un jeu de construction. Des tas de gens différents vont au centre social. À l'intérieur, il y a un grand gymnase et des machines pour faire de la musculation. Avant, Gert y allait pour faire travailler ses muscles pendant que moi j'étais avec Grand Todd, Hamsa, Yoda et Marxy.

La salle de classe était pleine de chaises orange et bleues, celles en plastique, et un tableau blanc qui avant était un tableau noir. Ça sentait bon. Tout le monde aimait sentir le tableau surtout quand quelqu'un se servait des marqueurs. Grand Todd surveillait toujours qu'on ne renifle pas trop longtemps les marqueurs du tableau.

Les parents et les frères et sœurs étaient toujours là à attendre que la classe commence. Avant, je rêvais que Gert aussi attende avec moi que la classe commence, comme les autres parents et les frères et sœurs. Mais depuis mon anniversaire, je me disais qu'il y avait des choses que les héros devaient faire sans leurs parents ou leurs frères et sœurs. Hamsa, Yoda et moi, on n'avait personne qui nous attendait parce qu'on venait en bus, ce qui voulait dire qu'on était pauvres par rapport aux autres. On n'avait pas besoin de payer le bus ni d'avoir une voiture, parce que c'était un service gratuit.

Les gens qui ne faisaient pas partie de la classe sont partis quand Grand Todd a tapé dans ses mains et qu'il nous a demandé de nous mettre en équipes de deux.

Yoda et Hamsa se sont mis ensemble. J'ai regardé si Marxy était là mais il n'était pas encore arrivé. D'habitude on reste ensemble, Hamsa, Yoda, Marxy et moi parce qu'on est amis et aussi parce que nous, on ne fait pas trop de choses bizarres, donc on arrive à peu près à travailler. Dans la pièce il faisait chaud et la climatisation devant la fenêtre m'a soufflé en pleine figure quand j'ai fait le tour pour trouver un équipier qui ne soit pas trop bizarre.

Tout le monde était déjà en équipes de deux à part moi.

— Tu as un équipier ? a demandé Grand Todd.

— J'attends Marxy, j'ai dit.

— Eh bien, on va arrêter de l'attendre.

Grand Todd a regardé autour de lui.

— Il y a Sarah-Beth. Sarah-Beth, tu as un équipier ?

Sarah-Beth a fait non de la tête. Elle restait à l'écart à côté de la fenêtre mais elle ne regardait pas dehors. Même si elle était déjà venue au centre social des centaines de fois, elle continuait à avoir peur de tout le monde et elle faisait des choses bizarres. C'était elle la pire pour la conversation. Elle était trisomique, comme Hamsa, mais elle avait deux ans de plus que lui. Elle avait des grands cheveux et elle était tout le temps en train de les tripoter. Elle avait des endroits sur sa tête où elle n'avait plus de cheveux et où elle était chauve comme un vieil homme, sauf qu'à d'autres endroits elle avait les cheveux longs.

Grand Todd lui a dit que j'allais être sa banquière et qu'il fallait qu'on rejoigne les autres qui avaient déjà commencé à s'asseoir.

— OK, j'ai dit à Sarah-Beth.

On s'est assises à la table face à face.

— Pas de trucs bizarres et pas de trucs dans ta bouche. D'accord ?

— D'accord, a dit Sarah-Beth.

Elle s'est assise sur ses mains pour me faire voir qu'elle n'allait pas mettre ses cheveux dans la bouche.

Grand Todd nous a dit de faire semblant d'être dans une banque et de vouloir déposer un chèque, ce qui veut dire un bout de papier avec de l'argent dedans. Enfin pas vraiment dedans mais quand on le donne à la banque, la banque met de l'argent sur notre compte. Les dernières fois qu'on s'était entraînés en Habiletés sociales, on avait parlé d'argent et de comptes en banque et on avait dit que c'était important de comprendre l'argent si on voulait devenir des adultes indépendants.

— La banque, c'est là où on vous garde tout l'argent que vous gagnez, a dit Grand Todd. Comme ça, vous n'avez pas besoin de toujours l'avoir sur vous.

J'ai levé la main.

— C'est comme un trésor caché ? j'ai demandé.

— Un quoi ?

J'ai expliqué que quand les Vikings terrassaient une autre tribu ou bien un monstre, par exemple un dragon, ils prenaient son trésor et ils le gardaient dans une cachette.

— Comme ça, ils ne transportent pas le trésor sur eux mais s'ils en ont besoin, il est toujours là.

Grand Todd a claqué des doigts.

— Exactement. C'est comme un trésor caché. Une carte bancaire, ça vous permet de sortir un peu du trésor de votre cachette, de votre compte en banque, sans avoir tout le temps de l'argent sur vous. Et donc un chèque, c'est un bout de papier sur lequel vous promettez de donner un peu de votre trésor à quelqu'un d'autre.

— Qu'est-ce qu'il se passe si un chèque est refusé par la banque ? j'ai demandé, parce que le docteur Laird avait dit que le chèque de Gert avait été refusé par la banque.

— Ça veut dire que tu as promis un peu de ton trésor à quelqu'un, mais que dans ta cachette, tu n'as pas autant que ce que tu avais promis sur ton chèque.

Donc ça voulait dire que Gert n'avait pas assez d'argent dans sa cachette pour payer le docteur Laird. C'était pour ça que le chèque où il promettait un peu de trésor au docteur Laird en échange de son aide avait été refusé par la banque. J'ai encore levé la main.

— Une dernière question, Zelda, a dit Grand Todd. Tu comprendras mieux après.

— Comment on fait pour agrandir le trésor qu'on a dans sa cachette ?

— Tu trouves un travail, patate ! a dit une voix au fond de la classe. On peut faire la banque, maintenant ?

Grand Todd a jeté un regard noir en direction de la voix.

*

Sarah-Beth regardait le bout de papier devant elle. Il fallait faire comme si c'était un chèque. Il y avait une boîte en plastique avec des cartes en plastique qui étaient des fausses cartes de crédit. Sarah-Beth et moi, on devait partager la même carte de crédit, et ça ne me plaisait pas parce que je savais qu'elle allait se mettre à la mâchouiller. Alors j'ai pris la carte en premier.

J'ai fait semblant de lui demander de me donner de l'argent de mon compte en utilisant la carte en plastique qu'il y avait dans la boîte, mais Sarah-Beth n'a pas répondu. Elle avait la bouche pleine de cheveux orange.

— Je voudrais déposer ce chèque sur le compte en banque de ma carte de crédit, j'ai dit, et je lui ai montré le chèque et la carte en plastique.

Mais au lieu de faire la banquière, elle a fermé les yeux et elle s'est bouché le nez comme si elle allait sous l'eau.

Je lui ai dit que les gens dans une banque ne faisaient pas ça. Elle a ouvert les yeux d'un coup et elle a dit :

— Ça, t'en sais rien. Ma sœur aussi, elle joue avec ses cheveux et elle a le droit.

J'ai levé la main et j'ai essayé de faire signe à Grand Todd, qui faisait le tour de la pièce pour écouter les gens faire la banque.

— C'est bien, a dit Grand Todd à une autre équipe à l'autre bout de la table. Bon travail, les banquiers.

Ma main s'agitait dans tous les sens et il a fini par me voir et par venir vers nous.

— Qui est la banquière et qui dépose le chèque ? il a demandé.

— Sarah-Beth n'arrête pas de manger ses cheveux.

Grand Todd a demandé à Sarah-Beth qui elle voulait être, la banquière ou la cliente. Elle avait les cheveux pleins de bave et les mains aussi. Moi, si j'avais travaillé dans une banque, je n'aurais pas voulu toucher un chèque plein de bave. Et si j'avais apporté un chèque à la banque, je n'aurais pas voulu que quelqu'un mette de la bave dessus. J'ai dit ça à Grand Todd et il m'a dit de me calmer.

— Laisse-la essayer.

Il a sorti une chaise en plus et il s'est assis à côté de Sarah-Beth. Il a mis le bout de papier, le faux chèque, sur la table devant elle. Il lui a parlé très lentement.

— Alors ça, c'est un chèque. Tu te souviens ce que c'est, un chèque ?

Elle a fait oui avec la tête et elle a aplati ses cheveux en tirant dessus.

— Qu'est-ce que c'est ?

— De l'argent, elle a dit.

— Voilà. Et si Zelda c'est la banque, qu'est-ce qu'on va faire avec le chèque ?

— On va l'apporter à Zelda et elle va le mettre sur notre compte.

— Très bien.

Grand Todd m'a regardée.

— Alors, Zelda ? Tu es la banque. Qu'est-ce que tu vas demander à Sarah-Beth ?

J'ai soupiré.

— Le chèque et qu'elle le signe à l'arrière et qu'elle me donne sa carte en plastique.

Grand Todd a souri et il a demandé à Sarah-Beth si elle avait tout ça, et vu que c'était pour de faux il lui a donné une fausse carte en plastique. Elle a signé le chèque à l'arrière. Ce n'était pas une bonne signature. On s'était déjà entraînés à faire des signatures. Dans la sienne, on ne reconnaissait pas les lettres à part un S et un M qui était la première lettre du nom de famille de Sarah-Beth, mais je ne le connaissais pas.

— Excellente signature, a dit Grand Todd avec un sourire gargantuesque. Qu'est-ce que tu en penses, Zelda ? Elle est cool, non ?

Sarah-Beth a arrêté de manger ses cheveux. Elle s'est mise à me regarder. J'ai dit qu'elle était pas mal mais que par contre, je ne voyais pas trop le rapport avec son nom.

Grand Todd a secoué la tête en me regardant et il m'a demandé s'il pouvait me parler. On est allés discuter cinq minutes pendant que Sarah-Beth recommençait à manger ses cheveux. Il m'a amenée près de la fenêtre.

— Pourquoi est-ce que tu es comme ça avec Sarah-Beth ? il a demandé.

J'ai haussé les épaules.

— Je ne voulais pas être en équipe avec elle. Je voulais être avec Marxy.

*

Marxy est arrivé en retard. On avait échangé de place et ceux qui avaient fait les banquiers étaient devenus les clients avec la carte et le chèque. Sarah-Beth m'a demandé ma pièce d'identité.

J'ai fait signe à Marxy.

— Est-ce que je peux voir votre pièce d'identité, s'il vous plaît ? a dit Sarah-Beth.

Marxy m'a fait signe de l'autre bout de la classe et il a dit mon nom.

— Madame, je vous parle et je vous demande votre pièce d'identité, a répété Sarah-Beth.

Grand Todd est allé voir Marxy et il lui a montré son équipier qui s'appelait Michael et que tout le monde appelait Carotte parce qu'il adorait les carottes plus que tout. Carotte était arrivé en retard et donc Grand Todd avait dû se mettre en équipe avec lui.

— Prends ma place, a dit Grand Todd. On fait la banque.

Marxy aimait bien faire la banque alors je lui ai fait signe et je lui ai dit qu'il pouvait faire la banque avec moi et que Sarah-Beth pouvait se mettre avec Carotte.

Ça, c'était un exemple de Résolution de Problème. C'était quelque chose qu'on avait appris deux mois plus tôt environ au cours d'Habiletés sociales.

Mais Grand Todd a dit que Marxy et Carotte allaient se mettre ensemble un point c'est tout.

— Et ne l'appelle pas Carotte.

Sarah-Beth essayait de faire une meilleure signature à l'arrière de son faux chèque. J'ai dit à Grand Todd que d'accord, j'allais l'aider en étant une meilleure banquière.

— Pourquoi tu aimes autant les Vikings ? m'a demandé Sarah-Beth.

— Parce qu'ils sont puissants.

— Au Japon, il y a des samouraïs et des ninjas et des gens qui font du karaté.

— Un Viking, il les battrait tous.

Elle a haussé les épaules.

— Si les Vikings étaient si forts que ça, alors pourquoi ils sont tous morts ?

— Ils ne sont pas tous morts. Moi, je suis une Viking.

Sarah-Beth a secoué la tête.

— Non, tu es une fille.

— Si tu es si maligne que ça, j'ai dit, alors pourquoi tu manges tes cheveux ?

Sarah-Beth a baissé les yeux sur sa signature qui n'avait rien à voir avec les lettres de l'alphabet. Elle a levé la main et elle a fait signe à Grand Todd.

— Comment ça se passe ?

— Zelda s'est moquée de moi parce que je mange mes cheveux.

— C'est elle qui a commencé.

Je suis sortie de la classe avec Grand Todd et il a refermé la porte. Dès qu'on a été dehors, les autres ont dit : « Ouuuuh ! » et Yoda a dit : « Ça va chauffer pour elle. »

Dehors, Grand Todd m'a demandé ce qui se passait. Je lui ai raconté notre dispute sur les Vikings et les samouraïs.

Grand Todd a croisé les bras.

— D'accord. Donc si je te suis bien, vous avez eu un désaccord, c'est ça ?

Il avait raison mais en même temps il avait tort.

— Elle fait exprès de m'énerver.

Grand Todd s'est appuyé contre la porte.

— Souvent, dans la vie, on a affaire à des gens qu'on n'aime pas ou à des gens qui essaient de nous énerver. C'est pour cela qu'on fait des cours comme celui-ci. Pour que vous vous entraîniez à ne pas perdre votre sang-froid. Est-ce qu'une héroïne de légende perdrait son sang-froid pour une chose aussi bête qu'un désaccord ?

J'ai secoué la tête et j'ai dit non.

— D'accord.

Il a ouvert la porte et il a posé la main sur mon épaule.

— En plus, quand tu es ici, Sarah-Beth fait tout autant partie de ta tribu que Marxy.

J'ai regardé à nouveau Sarah-Beth qui avait arrêté de s'entraîner à faire sa signature et qui faisait maintenant des dessins d'animaux.

— Va t'excuser.

Grand Todd m'a amenée jusqu'à Sarah-Beth.

— Je m'excuse de m'être moquée de toi parce que tu mangeais tes cheveux, j'ai dit en lui tendant la main.

Elle a haussé les épaules.

— C'est pas grave.

Grand Todd s'est raclé la gorge pour faire signe qu'il fallait que j'en rajoute. Alors j'ai ajouté :

— Les samouraïs sont aussi des guerriers puissants.

Elle a levé la tête de son papier.

— En fait, peut-être que les Vikings et les samouraïs sont aussi puissants.

J'ai dit oui, peut-être. Dans ma tête j'ai pensé que jamais de la vie un samouraï ne pourrait vaincre un Viking au combat, mais je ne l'ai pas dit tout fort parce qu'une des règles avec les excuses, c'est qu'il faut s'excuser et même si on ne le pense pas vraiment, il faut faire comme si.

*

Quand je suis rentrée du centre social, Gert était en train de lire le *Manuel de macroéconomie* à la table de la cuisine. Il avait la tête baissée et comme il n'avait pas de cheveux, son crâne se ridait et devenait tout rouge et plein de veines, comme si tout le travail au-dedans faisait des bulles en remontant à la surface. Il mâchait son crayon et quand je lui ai demandé s'il était stressé, il a levé un index en l'air pour me dire de me taire et, avec l'autre doigt, il a recouvert des bouts de phrase, un mot à la fois. Le docteur Laird m'avait appris à faire comme ça quand j'avais du mal à comprendre comment les mots marchaient entre eux.

Une fois, j'avais essayé de lire un des livres de fac de Gert, mais ils étaient remplis de maths et de chiffres et je ne suis pas très forte pour tout ça.

Les moments les plus importants pour les cours de Gert, c'étaient le milieu et la fin du semestre. La saison des partiels et celle de l'examen de fin d'année. Sur son calendrier de la fac qu'il avait sur le frigo, Gert avait encadré et surligné ces jours-là en jaune et il les avait entourés de dix ou quinze étoiles qui avaient l'air trop petites pour avoir été dessinées par quelqu'un d'aussi grand que mon frère.

Son partiel avait lieu le lendemain matin. J'ai enlevé mes chaussures parce que c'était écrit dans les RÈGLES DE LA MAISON. Dans mon sac à dos j'avais mon épée viking dans sa boîte que Kalash m'avait donnée dans le bus en rentrant. Je suis allée la cacher dans ma chambre. Ensuite j'ai pris les pièces de monnaie que je gardais dans mon pot de confiture.

Quand je suis sortie, je me suis assise en face de Gert et j'ai posé l'argent sur la table.

— À partir de maintenant je voudrais contribuer au trésor de la tribu.

Il a levé les yeux de son *Manuel de macroéconomie*.

— Hein ?

— Toutes les tribus ont un trésor caché qu'elles utilisent pour payer les choses. Je voudrais ajouter mon trésor dans notre cachette.

Il ne comprenait toujours pas, alors j'ai ajouté :

— Ton chèque au docteur Laird a été refusé par la banque parce qu'on n'a pas assez d'argent.

— Le chèque a été refusé parce qu'il y a eu une erreur. Maintenant, si ça ne te dérange pas, j'ai besoin de réviser, d'accord ? J'ai mon gros partiel demain.

Je suis allée dans ma chambre pour reprendre ma liste des choses dont a besoin une héroïne. J'ai mis une croix à côté de « Une arme puissante » et j'ai souligné « trésor ». Après j'ai fait des pompes et des abdos, et ensuite je suis allée sur YouTube pour apprendre comment on se bat à l'épée.

Gert a passé la tête par la porte. Il a dit qu'il partait retrouver son groupe de révision et qu'il revenait dans quelques heures.

Il a dit : « Il y a à manger dans le frigo », et c'est là qu'il a vu les vidéos sur YouTube.

Il m'a demandé ce que je faisais et j'ai dit que je me préparais au combat.

6

Maintenant que j'avais une vraie arme, je pouvais m'entraîner à terrasser les méchants. Seulement, je n'étais pas encore très forte au combat à l'épée. Selon les vidéos de combat à l'épée sur YouTube, il y a trois manières d'attaquer avec une épée.

1. Coup d'estoc : quand on pique l'ennemi avec la pointe de l'épée.
2. Parade : quand on empêche l'ennemi de nous transpercer.
3. Coup de taille : quand on essaie d'arrêter l'ennemi non pas en le piquant, mais en le tranchant avec la lame de l'épée.

Je me suis entraînée à toutes ces techniques sur le terrain de basket en face de notre appartement jusqu'à ce qu'il fasse nuit. J'imaginais que j'avais en face de moi Grendel, le plus monstrueux de tous les méchants dans le conte viking *Beowulf*. Une des choses que j'ai apprises, c'est que les Grendels peuvent se cacher à l'intérieur des gens et faire semblant d'être des humains jusqu'au moment où ils décident d'attaquer.

Tous les méchants de ma liste avaient certainement un Grendel à l'intérieur d'eux.

Par exemple Oncle Richard, avec qui on avait habité Gert et moi, était un vrai sac à merde, et Gert l'avait vaincu au combat. Il aurait pu facilement lui arracher la tête mais je lui avais demandé d'agir comme un héros et donc il ne l'avait pas fait, même si Oncle Richard était un méchant et qu'il l'aurait mérité.

Oncle Richard, c'est la première personne que j'ai rencontrée qui avait un Grendel à l'intérieur de lui. Il avait l'air de quelqu'un de normal sauf que quand il avait trop bu, il se mettait à faire des méchancetés. La pire méchanceté qu'il avait faite, c'est quand il avait frappé Gert avec une bouteille en verre et qu'il l'avait coupé sur le dessus de la tête.

Les autres méchants de ma liste, c'étaient aussi des Grendels. Je me suis entraînée à terrasser l'homme à la casquette rouge de la partie de poker, et aussi Toucan, et aussi Sarah-Beth, mais après je me suis arrêtée de la combattre parce que j'ai décidé qu'elle n'était pas vraiment une méchante. Elle était juste énervante.

Une fois, le docteur Laird m'avait demandé de décrire les Grendels. Il m'avait dit de parler d'eux de la manière que je préférais. À quoi ils ressemblaient, quel bruit ils faisaient, ce qu'il se passait quand ils arrivaient. Comme je préférais.

Il m'avait même donné un bloc de papier pour les dessiner. Le problème, c'était que le plus souvent, je les entendais juste grogner. Parfois ils venaient dans mes rêves ou bien d'autres fois, quand il m'arrivait quelque chose de mauvais, si je me retournais très vite j'arrivais juste à voir leur queue ou leurs pattes poilues.

Au lycée, avant qu'il laisse tomber les cours, Gert avait lu un livre qui s'appelait *Grendel*. Il disait que c'était le seul livre qu'il avait aimé en cours d'anglais.

— Je connais ce roman, avait dit le docteur Laird. C'était la première fois que tu lisais quelque chose sur Grendel ?

J'avais dit que oui. Grendel était un méchant et il avait bien mérité ce qui lui arrivait. Le docteur Laird m'avait demandé ce que je voulais dire par là.

— Grendel a attaqué les Vikings et il a mangé un des leurs, parce que c'est un méchant.

— Tu as lu le roman ?

J'avais dit que non. Gert me l'avait lu et il m'en avait parlé, et après j'avais lu *Le Grand Livre des Vikings* du docteur Kepple.

— En fait, tu interprètes un peu les choses à l'envers, avait dit le docteur Laird.

Il m'avait expliqué que normalement, quand on lisait le livre, on était censé avoir de la peine pour Grendel, même s'il faisait des choses mauvaises. Ce n'était pas sa faute. C'était dans sa nature.

Mais moi, je n'aimais pas cette version de l'histoire parce que ça voulait dire que c'était le Viking qui était un méchant, et le méchant monstre qui était un héros.

— Parfois, quelqu'un de bien peut faire quelque chose de mal, avait dit le docteur Laird. Et ce n'est pas toujours facile de distinguer le bien du mal.

— Les Grendels, c'est le mal, j'avais dit.

— Peut-être qu'en effet, les Grendels dont tu parles sont entièrement mauvais. En revanche, les vrais monstres sont plus compliqués que ça.

*

Après avoir terrassé les Grendels sur le terrain de basket avec mon épée viking, je suis rentrée à la maison, j'ai allumé mon ordinateur et j'ai commencé à écrire.

Cher docteur Kepple,

J'ai encore quelques questions.

Premièrement, je sais que Beowulf a vaincu Grendel dans la plus célèbre des épopées vikings. Mais est-ce qu'il existe d'autres Grendels ? Le docteur Laird dit que quand j'entends des Grendels, en fait ça n'est pas le vrai Grendel. Est-ce que ça se pourrait que le vrai Grendel ait survécu aux attaques de Beowulf, et qu'il soit resté caché pendant toutes ces années ?

Deuxièmement, je viens de recevoir une épée viking pour mon anniversaire. Elle porte des runes puissantes et je voudrais votre avis là-dessus, mais le formulaire de contact sur votre site Internet ne me permet pas d'attacher des photos comme pour un e-mail. Est-ce qu'il y aurait un autre moyen pour que je vous envoie une photo de l'épée ?

Skál,

Zelda

J'ai cliqué sur ENVOYER et j'ai vu qu'il commençait à être tard. J'ai envoyé un SMS à Gert pour savoir où il était et à quelle heure il allait rentrer. On a une règle qui dit que quand il rentre tard, il doit m'envoyer un SMS pour me prévenir.

Je me suis fait à dîner en utilisant notre recette spéciale de pizza-gaufre à Gert et à moi. D'abord il faut prendre la boîte de sauce tomate, la verser dans un bol et le mettre une minute au micro-ondes. Pendant que ça cuit, on met les gaufres surgelées dans le grille-pain. Quand on s'y prend bien, la sauce et les gaufres sont prêtes en même temps. Ensuite, on met la sauce tomate sur les gaufres et le fromage en tranches par-dessus la sauce tomate, et après, la viande.

Pendant que je préparais ma pizza-gaufre, Gert m'a envoyé un SMS pour me dire qu'il allait rentrer très tard et de ne pas l'attendre. Il commençait à être vraiment tard et je m'inquiétais pour son partiel. Un guerrier doit être reposé pour affronter un défi comme celui-là.

Après la pizza-gaufre, comme d'habitude, je me suis brossé les cheveux, brossé les dents et j'ai mis mon pyjama. J'ai reniflé mes dessous de bras et j'ai décidé que je n'avais pas besoin de prendre une douche.

Avant de m'endormir j'ai vérifié que j'avais bien mis mon réveil pour pouvoir me réveiller tôt et souhaiter *happ* à Gert pour son partiel.

Je commençais juste à m'endormir quand j'ai été réveillée par un bruit à l'extérieur de ma chambre.

Je sais toujours quand Gert est saoul parce qu'il se cogne partout et qu'il fait beaucoup de bruit. Depuis mon lit, je l'ai entendu rire et après il y a eu encore un rire mais avec une voix bizarre, jusqu'au moment où je me suis aperçue que la voix bizarre était celle de quelqu'un d'autre.

C'était une femme, une inconnue qui n'était pas Kalash.

Le Serment qu'on avait entre nous (ça se dit *heit* en vieux norrois), c'était que si l'un de nous voulait amener dans l'appartement une personne que l'autre ne connaissait pas, alors il fallait le dire aux autres membres de la tribu, c'est-à-dire à ce moment-là Gert et moi, mais avant, ça comptait aussi Kalash.

Quand Gert et Kalash s'étaient séparés, Gert s'était mis à ramener plein d'inconnus à la maison tard le soir. Ça m'empêchait de dormir, et souvent Gert et les inconnus étaient très saouls. Je n'aime pas les gens qui sont saouls en général, et encore moins quand c'est Gert. Maman était saoule quand j'étais dans son ventre et c'est pour ça que je suis différente, ce qui est une façon plus gentille de dire que je suis attardée. Gert ne buvait pas beaucoup quand lui et Kalash étaient ensemble. Ces derniers temps, par contre, il buvait beaucoup.

Il était 1 h 23 du matin, même si ça faisait moins de cinq heures que je m'étais couchée et que j'avais envoyé à Marxy des SMS sur les vidéos de gens qui s'embrassent sur YouTube.

Je suis allée à la porte et j'ai tourné la poignée sans faire de bruit jusqu'à ce qu'une ligne de lumière entre dans ma chambre.

Je ne voyais que la moitié du salon. J'apercevais aussi le couloir et la porte de la salle de bains. Gert était en jean et en sweat-shirt, il se cognait partout et il faisait des allers-retours entre la cuisine et le salon en murmurant des trucs.

Là, j'ai vu une autre personne avec plein de cheveux noirs et une jupe courte. Au bout d'un moment, j'ai fait le rapprochement et j'ai compris qu'il y avait une femme dans notre salon.

Gert lui a passé un verre avec un liquide jaune. Elle en a bu une grande gorgée. Il en a bu aussi. Ils se sont embrassés. Gert lui a murmuré quelque chose dans l'oreille et elle a ri.

J'ai vu Gert passer devant ma porte et entrer dans la salle de bains. La femme s'est passé la main dans les cheveux et elle a sorti son téléphone. Elle a appuyé sur les boutons et l'écran lui a éclairé le visage. Elle était très maquillée.

En plus, elle ne respectait pas la règle qui disait d'enlever ses chaussures.

J'ai entendu Gert qui faisait pipi dans la salle de bains.

C'était le moment d'attaquer l'envahisseuse en profitant qu'elle était seule et qu'elle ne s'attendait pas à être attaquée. C'est une tactique de combat qu'utilisaient les Vikings : frapper la nuit pour prendre l'ennemi par surprise. Alors j'ai surgi de l'entrée, je suis arrivée juste derrière elle et j'ai crié : « QUI VA LÀ ? » avec une grosse voix.

Elle a laissé tomber le verre qu'elle tenait à la main et elle a dit : « Oh putain ! » Le verre a rebondi par terre et s'est renversé sur la moquette.

— Dis ton nom, si tu l'oses, j'ai dit.

— Bon Dieu, a dit la femme, et elle a appelé Gert en mettant une main sur sa poitrine.

— Tu ne passeras pas ! j'ai ajouté.

J'ai entendu la chasse d'eau et Gert est entré en remontant son pantalon. Il nous a vues, la femme et moi, chacune à un bout du salon.

— Désolée, a dit la femme. J'ai juste… Elle m'a fait peur et je ne m'attendais pas…

— Non, c'est rien, a dit Gert.

Puis il s'est tourné vers moi.

— Zed. Qu'est-ce que tu fais debout ?

— Tu as bu, j'ai dit. Et demain tu as ton partiel.

La femme s'est baissée pour ramasser le verre.

— Je suis désolée, elle a dit. Je vais nettoyer.

Gert lui a dit que ce n'était pas grave et de ne pas s'en faire pour ça.

— Si, c'est grave, j'ai dit. Tu as désobéi aux règles.

La femme a ouvert la bouche puis l'a refermée.

— Je devrais peut-être y aller, elle a dit.

Je lui ai dit qu'elle avait raison. Gert ne m'avait pas demandé la permission de l'inviter et en plus de ça, il buvait de l'alcool. Plus il se couchait tard, moins il allait pouvoir dormir, alors que pour être en pleine possession de ses forces, il devait être reposé.

— Non mais attends, a dit Gert.

Il s'est tourné vers moi.

— C'est quoi, le problème ? J'ai bu un verre ou deux. Et alors ?

J'ai croisé les bras sur ma poitrine.

— Demain tu dois te lever tôt pour ton partiel.

— Mon partiel, ce n'est pas le matin. Et puis c'est mon partiel, pas le tien.

La femme restait derrière Gert. Elle lui touchait le bras exactement comme le faisait Kalash avant, en caressant de haut en bas, et je ne supportais pas de voir ça.

Je lui ai tourné le dos et je suis repartie dans ma chambre pour lui montrer que j'étais en colère.

Dans ma chambre je me suis assise les bras croisés et j'ai attendu qu'il vienne s'excuser. Au lieu de ça, je les ai entendus qui continuaient à parler et ils se sont mis à rire, et après ils n'ont plus rien dit. Je savais qu'ils allaient avoir des rapports sexuels alors j'ai monté le son de ma musique viking le plus fort possible. La personne qui vivait dans un autre appartement au-dessus de ma chambre a cogné sur son plancher, et ça a fait trembler le plafond. J'ai mis ma tête sous les couvertures, j'ai fermé les yeux et j'ai souhaité que ça s'arrête.

*

J'avais déjà vu Gert avoir des rapports sexuels une fois, quand on habitait dans la maison d'Oncle Richard. Gert avait une petite amie qui s'appelait Charlène. Elle était entrée par la fenêtre du sous-sol en pleine nuit, et Gert l'avait amenée dans notre chambre. Quand elle est entrée, je dormais et j'ai cru que je rêvais et que c'était un monstre. On dormait dans des lits superposés. Gert était dans le lit du bas parce qu'il était trop lourd et qu'il serait sûrement passé au travers du lit du haut s'il avait dormi dedans. C'était moi qui dormais au-dessus. J'aimais bien être là-haut. Je voyais tout ce qui se passait, et si jamais un monstre venait pour m'attraper, il fallait d'abord qu'il monte l'échelle métallique.

Quand je me suis réveillée et que j'ai demandé qui était là dans le noir, Gert m'a dit de ne pas faire de bruit. Il y avait une veilleuse au sol et elle n'éclairait pas assez pour que je puisse y voir.

— Tout va bien, a dit Gert qui est monté debout sur le bord de son lit pour que sa tête arrive à hauteur de la mienne à l'étage du haut.

Il a posé sa main sur ma bouche. Quand il l'a retirée, j'ai demandé ce qu'il se passait.

— Rien. Rendors-toi.

J'ai demandé qui était là dans la chambre. L'odeur avait changé : ce n'était plus l'odeur du déodorant de Gert, des cigarettes d'Oncle Richard et du cannabis de Gert, mais le parfum des filles du lycée.

— Charlène, a dit Gert.

— Bonjour Charlène, j'ai dit.

J'ai allumé la lampe accrochée au mur au-dessus de ma tête. La lumière était trop forte, alors Gert m'a dit d'éteindre.

Charlène a regardé Gert et elle lui a dit que c'était trop bizarre de faire ça pendant que j'étais dans la chambre.

— Ça ne la dérange pas, hein, Zed ? Rien ne la réveille.

J'ai demandé ce qui aurait dû me réveiller, et j'ai dit qu'en fait je ne dormais pas très bien quand je savais qu'il se passait quelque chose dans la chambre et que quelqu'un d'autre que Gert pouvait me regarder dormir.

— Moi non plus, je n'aime pas quand on me regarde, a dit Charlène. Peut-être que c'est une mauvaise idée.

Gert est remonté à ma hauteur et m'a demandé tout bas si je ne voulais pas aller faire un tour aux toilettes. Ou bien dans le salon.

— Ici c'est mon lit, j'ai dit. Et c'est ma chambre.

— Il n'y en a pas pour longtemps.

— Ah bon ? a dit Charlène.

Elle était appuyée au bureau, les bras croisés, et elle mettait des petits coups dans le mur avec l'arrière de son talon. Gert a mis les mains sur mes épaules.

— J'espère que ça ne va pas être si rapide que ça.

— Ha ha. Très drôle, a dit Gert.

Il a posé le menton sur mon matelas et il a chuchoté.

— Allez, s'il te plaît. Tu veux quoi en échange ? Je ferai ce que tu voudras.

— Bon, il se fait tard, a dit Charlène.

Elle mâchait un chewing-gum et elle l'a fait claquer dans sa bouche.

— Tout ce que tu voudras, a dit Gert.

Ce que je voulais, Gert ne pouvait pas me le donner. Par exemple, je voulais que Maman soit vivante, je voulais être plus forte et je voulais aller dans une école normale, comme Gert.

— Tu pourras me raconter des nouvelles histoires sur Maman ? j'ai dit.

— Là, maintenant ?

— Demain après les cours. Pendant au moins une heure.

Charlène a encore fait claquer son chewing-gum.

— J'ai pas toute la nuit, elle a dit. J'ai des enfants, moi aussi.

— D'accord, a dit Gert.

— Juré ? On fait cric-crac ?

Il s'est retourné pour regarder Charlène qui enlevait des poils de chat de son tee-shirt et les laissait tomber sur la moquette. Il m'a tendu son petit doigt et je l'ai accroché avec le mien, puis on les a séparés en faisant cric-crac pour que la promesse soit incassable.

*

Dans le salon j'ai mis des coussins derrière ma tête et j'ai tiré la couverture jusqu'à mon menton. La maison d'Oncle Richard n'était pas très propre et il y avait encore une assiette avec les restes de son dîner qu'il n'avait pas mangés. Des fois, après son travail, il s'endormait sur le canapé en regardant la télé, avec son ventre qui dépassait et ses jambes écartées. Quand il faisait ça, il fallait qu'on éteigne la télé et qu'on le couvre avec une couverture, pour que le matin il ne soit pas en colère ou bien fatigué parce qu'il avait eu froid et qu'il avait dû se lever en pleine nuit pour prendre une couverture.

Mais il n'était pas sur le canapé, alors je me suis roulée dans la couverture comme un burrito et j'ai mis le coussin en boule sous ma tête pour qu'il soit deux fois plus puissant. La télévision était en mode silencieux et j'ai zappé entre les différentes chaînes. Il n'y en avait pas beaucoup. Oncle Richard disait que le câble était une arnaque et il utilisait des antennes pour recevoir plus de chaînes. Parfois les chaînes marchaient, mais le plus souvent non.

La seule chaîne qui marchait passait une vieille série sur une famille du Far West qui conduisait des carrioles et qui élevait des vaches. Les femmes ressemblaient à des bonnes sœurs avec leurs grandes robes, et les hommes passaient leur temps à tirer sur des trucs avec leurs fusils et à se battre. À la fin, ils buvaient des bières sous le porche devant leur maison dans des fauteuils à bascule.

Je commençais juste à m'endormir devant les pionniers à la télé quand j'ai entendu des pas qui venaient de la chambre d'Oncle Richard au bout du couloir.

— Qu'est-ce que tu fais là ? Tu devrais pas être dans ta chambre en train de dormir ?

J'ai fait semblant de ronfler et de ne pas l'entendre. Il m'a dit qu'il venait de me voir bouger et qu'il savait reconnaître quand quelqu'un ronflait pour de faux.

Il a fait un geste vers la télé.

— On devrait pouvoir trouver mieux que ça.

À la télé, les pionniers étaient dans l'église. Oncle Richard s'est approché et il a commencé à bouger les antennes. Il avait l'habitude avec les antennes. Oncle Richard ne travaillait pas beaucoup parce qu'il s'était fait mal à la jambe à cause d'un camion postal qui l'avait renversé quand il traversait la rue. Ils lui avaient donné beaucoup d'argent et du coup, il avait acheté la maison et ouvert un bar pendant quelque temps. Ensuite, le bar avait fermé parce que les gens qui travaillaient là lui volaient de l'argent.

La télévision s'est brouillée et il a changé de chaîne pour mettre le sport, qui ne marchait pas au moment où j'avais allumé la télé. Il a enlevé mes pieds du canapé et on a commencé à regarder la boxe.

— Je crois que je sais comment ça se termine, j'ai dit.

— Eh bien ne me dis rien.

Au départ, un des boxeurs était bien meilleur que l'autre. Mais j'avais déjà vu la fin du match et je savais que le boxeur qui avait l'air le plus nul finissait par gagner en mettant K-O son adversaire trois fois de suite, très vite.

Oncle Richard s'est gratté la poitrine et il a dit qu'il allait chercher une bière.

— Tu veux quelque chose à boire ?

— Non merci, j'ai dit.

Il est revenu s'asseoir. On a continué à regarder. Au bout d'un moment, pendant que les boxeurs étaient en train de se mettre des coups de poing, Oncle Richard a passé son bras autour de moi et il s'est mis à me toucher l'épaule. Je sentais qu'il dessinait quelque chose avec son index. Et puis j'ai reconnu la forme. C'était la lettre Z. J'ai commencé à me tortiller et il m'a demandé ce qui n'allait pas.

— Faut que t'apprennes à t'amuser un peu, sinon tu vas finir comme ton frère, il a dit, et ça ne m'a pas plu.

Je voulais lui crier après mais je ne voulais pas que Gert ait des ennuis à cause de moi. On avait fait cric-crac, ce qui est pareil qu'un pacte viking, sauf que moi, à l'époque, je ne savais pas que j'étais une Viking et je n'appelais pas ça comme ça. En fait, je ne savais pas que j'étais une Viking jusqu'à ce que Gert m'offre *Le Grand Livre des Vikings* du docteur Kepple pour Noël. Depuis que Gert était devenu plus grand que lui, Oncle Richard n'arrêtait pas de se disputer avec lui. Avant, c'était Oncle Richard qui mettait des baffes à Gert. Il l'appelait « gamin » et il lui disait que quand on vit sous le toit d'Oncle Richard, on doit obéir aux règles d'Oncle Richard.

On avait des liens de sang mais on n'appartenait pas à la même tribu, parce que je n'aimais pas la manière dont il traitait Gert.

J'étais assise sur le canapé, j'essayais de regarder la télévision et je priais pour qu'Oncle Richard n'entende pas Gert.

Des bruits de sexe ont commencé à arriver de la chambre, alors pour les cacher j'ai toussé et j'ai dit que j'étais en train de m'enrhumer.

— Y a un virus qui traîne, a dit Oncle Richard.

Il m'a dit de rester là et qu'il allait me chercher de l'eau-de-vie.

— Un vieux remède des familles, il m'a dit en revenant avec la petite bouteille qui avait une odeur sucrée et très forte.

Il en a versé un peu dans le bouchon après l'avoir retiré de la bouteille, et il me l'a tendu.

— Quand on était gamins, ta mère et moi, dès qu'on était malades, on en buvait une petite gorgée et ça nous réchauffait aussi sec.

J'ai dit que ça sentait mauvais et il m'a dit que c'était normal.

— Fais-moi confiance, tu bois tout d'un trait.

J'ai fait comme il disait et l'eau-de-vie est descendue dans mon ventre. C'est vrai que ça chauffait. J'ai fait la grimace.

— Ce n'est pas très bon.

— Oui mais ça fait du bien, hein ?

Oncle Richard a souri en montrant ses dents, qu'il s'était fait blanchir pour qu'elles ne soient plus jaunes à cause du café et des cigarettes.

Il a remis son bras autour de moi. Cette fois, j'ai senti son doigt qui passait de mon épaule à mon bras, et après il a mis sa main entre mon bras et mon corps. Des fois, Gert mettait son bras comme ça autour de ses petites amies. Et là, j'ai senti sa main qui touchait mon sein, alors je n'ai plus bougé.

Dans notre chambre, les bruits de sexe ont commencé à devenir plus forts et cette fois, j'ai oublié de tousser. Les doigts se sont arrêtés. Oncle Richard les avait entendus.

— Le salopard ! il a crié, et il s'est levé pour aller dans la chambre de Gert.

J'ai essayé de le retenir mais il m'a repoussée en ajoutant :

— C'est pas le moment de fricoter.

J'ai repoussé ma couverture, j'ai couru et j'ai essayé de me mettre devant la porte.

— Pousse-toi de là, il a dit.

— Non.

Alors, comme Gandalf dans *Le Seigneur des Anneaux*, j'ai ajouté :

— TU NE PASSERAS PAS.

Oncle Richard a poussé la porte. La lumière était éteinte dans la chambre mais la lumière du salon a tout éclairé. Gert était debout derrière Charlène qui avait les bras sur la chaise de bureau de Gert. Ils étaient nus tous les deux.

Elle a tourné son visage de l'autre côté et elle a couru vers le lit. Gert a demandé ce que c'était que ce bordel.

— Sors de là, espèce de petite traînée, a dit Oncle Richard en jetant des vêtements à Charlène. Ta mère aurait honte de toi.

Tout le monde s'est mis à crier et Charlène a commencé à remettre son haut. Gert s'est planté devant

Oncle Richard qui était habillé alors que Gert n'avait pas de vêtements.

— Qu'est-ce que ça peut te foutre ? a dit Gert, et Oncle Richard lui a mis une gifle en pleine figure.

Charlène a hurlé et elle est passée en courant devant moi en culotte, avec le reste de ses vêtements à la main.

— Toi, t'es qu'une racaille, comme ton père, a dit Oncle Richard.

Quand Oncle Richard a dit ça sur notre père, Gert lui a mis un coup de poing. C'était la première fois que Gert frappait Oncle Richard alors qu'Oncle Richard, lui, avait beaucoup frappé Gert. Ils se sont roulés par terre et je ne savais pas quoi faire pour qu'ils s'arrêtent. Ils se sont cognés dans le bureau et ils ont renversé une lampe. La jambe d'Oncle Richard s'est tordue à un angle bizarre et pour la première fois, il n'a pas réussi à être plus puissant que Gert.

Alors je me suis mise à crier le plus fort possible, jusqu'à ce qu'ils arrêtent de se battre. Oncle Richard s'est écarté de Gert et il s'est mis debout entre nous deux. Il était essoufflé et il avait du mal à respirer. Il m'a crié :

— Arrête ça !

Gert a essuyé le sang de sa bouche.

— Ne lui crie pas dessus, il a dit.

Oncle Richard a levé les mains en l'air et il est ressorti de la chambre en disant qu'il regrettait le jour où il nous avait pris chez lui. Une fois qu'il a été dehors, j'ai arrêté de hurler. Gert a mis son slip, il s'est assis sur le lit et il a mis un tee-shirt contre son visage pour arrêter le sang.

— Putain ! il a gémi en se mettant des coups de poing dans les genoux. Maintenant tout le monde au lycée va être au courant. Pourquoi tu lui as dit ?

— J'ai rien dit. C'est lui qui vous a entendus parce que vous faisiez du bruit.

— Putain, a répété Gert.

Il a jeté le tee-shirt par terre et il a pris une chaussette pour arrêter le sang.

On est restés assis tous les deux sur le lit.

— Il faut qu'on se casse d'ici, a dit Gert en retournant la chaussette pour pouvoir essuyer son nez avec la partie propre à l'intérieur. D'une manière ou d'une autre.

7

Le lendemain matin, le jour du partiel, je voulais réveiller Gert et lui faire un petit déjeuner avant son épreuve, même si je lui en voulais d'avoir passé la nuit à boire et à avoir des rapports sexuels avec quelqu'un d'autre que Kalash.

Seulement voilà, il était parti et la fille aussi. Sa porte était fermée à clé, ses chaussures n'étaient pas là et il n'y avait pas un bruit dans la maison. Dehors on entendait la journée qui commençait, les voitures et les gens qui partaient au travail.

— Merde, j'ai dit.

Le Mot du Jour, c'était *incongruité*, ce qui veut dire quand deux choses ne vont pas ensemble. Le dictionnaire disait que c'était un mot très ancien et qui parfois voulait aussi dire « désaccord ».

La nuit d'avant, Gert et moi, on avait eu une *incongruité* sur qui avait le droit d'entrer dans l'appartement.

« Nous devons mettre fin à cette incongruité » : voilà ce que j'allais dire à Gert quand il rentrerait de son examen, pour qu'il comprenne bien que je n'aimais pas que des inconnus viennent dans notre maison.

Je me suis entraînée à utiliser le Mot du Jour en le plaçant dans trois phrases différentes. Puis je me suis souvenue que je voulais aider Gert avec son partiel. J'ai regardé ma montre pour vérifier que j'avais le temps de faire un sacrifice en l'honneur de Gert avant de prendre le bus de 11 h 15 pour aller lire à la bibliothèque.

Le docteur Kepple dit qu'on peut faire des sacrifices d'animaux, et aussi d'humains et d'objets, pour montrer aux dieux qu'on les respecte et pour leur demander quelque chose. Avec mon sacrifice, je voulais demander que Gert réussisse et qu'il prouve à tout le monde qu'il n'était pas un voyou, ni un idiot.

Pour que le sacrifice marche vraiment, il faut que l'objet soit important. C'est ça que veut dire le mot *sacrifice* : se séparer de quelque chose qu'on aime vraiment. J'ai fait le tour de l'appartement et j'ai essayé de trouver quelque chose d'important à sacrifier dans la boîte à café.

Les objets les plus importants pour moi, c'était :

- La photo de Maman, Gert et moi bébé.
- La vidéo de Maman.
- La lettre dans laquelle Marxy m'avait écrit qu'il m'aimait.
- *Le Grand Livre des Vikings* du docteur Kepple, que Gert m'avait offert pour Noël.

J'ai respiré un grand coup. Je ne voulais pas sacrifier ces objets-là. Celui que j'aimais le plus, c'était la photo de nous. C'était elle qui avait le plus de pouvoir, même si elle était toute petite et qu'elle tenait dans ma poche.

« Bon. » J'ai sorti la photo du plastique. C'était ça que j'allais sacrifier pour Gert.

J'étais fière que Gert aille à la fac parce que avant personne ne croyait qu'il y arriverait. Enfin, presque personne : Kalash et moi, on pensait qu'il pouvait tout réussir. Il n'avait pas eu son bac. S'il avait eu son bac, il aurait pu entrer dans cette fac où ils avaient dit qu'ils pouvaient tout lui payer s'il jouait dans leur équipe de football américain.

C'est Kalash qui avait convaincu Gert d'aller à la fac. Il s'était fait mal au genou pendant l'année de terminale : en fait, il avait un bout qui s'était déchiré et ça le gênait pour marcher. Il avait trouvé un travail à la station-service et il commençait à avoir un pneu autour du ventre. On ne voyait même plus les veines sur ses bras.

Parfois on allait le voir, Kalash et moi. Elle y allait avec sa voiture et elle lui demandait de lui mettre de l'essence. Ça l'amusait de faire ça, mais après elle se plaignait toujours que l'essence coûtait trop cher là où il travaillait. Elle n'aimait pas le voir travailler dans une station-service. Elle disait que c'étaient des conneries, qu'il gaspillait son talent et qu'il fallait qu'il redevienne un héros, même si elle n'utilisait pas exactement ces mots-là.

Gert, c'est le chef de notre tribu. Quand les gens disaient que c'était un voyou et qu'il n'était pas intelligent, c'était comme s'ils disaient ça de notre tribu tout entière. Au lycée, Gert m'avait protégée contre les gens qui me traitaient d'attardée, et maintenant les gens pensaient qu'il était bête et qu'il ne pourrait jamais devenir un héros.

Un jour Kalash lui avait apporté une affiche qui était accrochée au centre social. Ça parlait d'une bourse à l'université pour les gens comme Gert qui avaient des difficultés et qui étaient dans une situation qui s'appelle « la précarité ».

— Si tu remplis le dossier dans les délais, je te ferai ce-que-tu-sais, a dit Kalash en aplatissant le papier sur la table de la cuisine juste devant Gert.

— C'est quoi, ce-que-tu-sais ? j'ai demandé.

Mais ils se regardaient dans les yeux sans faire attention à moi. Gert a fini par répondre :

— Tous les jours pendant une semaine.

Kalash a souri et elle a dit affaire conclue.

Tous les soirs après ça, en rentrant de la station-service, il travaillait sur sa lettre de demande de bourse.

Kalash ne voulait pas me dire de quoi parlait la lettre. Elle ne voulait pas non plus me laisser la lire.

— C'est à lui de te le dire.

— Alors pourquoi toi, tu as eu le droit de la lire ?

— Parce que je suis une hypocrite, et il va falloir que tu t'y fasses. Compris ?

Hypocrite, c'est un des dix mots de ma liste de Mots Favoris, avec par exemple *floraison*, *pedigree* et *cursive*. Ce sont des mots que je n'utilise jamais, et les gens autour de moi ne les utilisent pas non plus, donc dès que j'en entends un, je suis très contente. Un *hypocrite*, en gros, c'est quelqu'un qui dit une chose et qui va faire tout le contraire alors qu'il s'attend à ce que les autres fassent comme il a dit. Par exemple, si je te dis de ne pas courir au bord de la piscine et qu'ensuite je me mets à courir au bord de la piscine, alors ça veut dire que je suis une hypocrite.

Au final, Gert avait gagné la bourse et il avait quitté son travail à la station-service.

Mais pour ne pas perdre sa bourse, Gert devait avoir des bonnes notes. C'était pour ça qu'il devait travailler très dur en macroéconomie. C'était grâce à la bourse qu'on avait de l'argent pour acheter à manger, pour la voiture de Gert et pour payer des choses comme le docteur Laird.

La lettre de motivation que Gert avait écrite pour gagner la bourse était très puissante. Mais il ne m'avait pas laissée la lire.

— Pourquoi ? j'avais demandé.

— Quand tu seras plus grande.

Sauf que même après, quand j'ai été plus grande, il a dit non parce qu'il y avait des choses dedans qui étaient intimes et qui ne me plairaient pas.

— Laisse-moi au moins essayer !

Mais il ne voulait pas me laisser essayer.

Quand je suis allée chercher la boîte à café et les allumettes dans la cuisine, j'ai vu que Gert avait oublié sa calculette graphique spéciale qui lui avait coûté presque cent dollars. Elle était sur la table de la cuisine. C'était une arme stratégique pour terrasser les partiels qu'il avait préparés.

— Merde de merde, j'ai dit.

Sans sa calculette spéciale, son partiel allait être une catastrophe.

Je l'ai appelé pour lui dire qu'il l'avait oubliée mais il n'a pas répondu au téléphone. J'ai regardé la pendule. Ensuite je suis allée voir son emploi du temps sur le frigo et j'ai cherché la case qui disait MACROÉCONOMIE.

Son partiel commençait bientôt et je ne savais pas s'il aurait le temps de revenir chercher sa calculette.

Mon cœur s'est mis à faire des bonds dans ma poitrine.

Je me suis assise et j'ai respiré dix fois. Kalash ne répondait pas au téléphone. La photo de Maman, Gert et moi quand j'étais bébé me regardait. Sur la photo, tout le monde souriait. C'était comme s'ils essayaient tous de me dire quelque chose, même moi quand j'étais bébé.

On avait une règle qui disait que je ne pouvais prendre le bus pour aller quelque part que si j'avais déjà fait le trajet au moins une fois avec Gert. Comme ça, je savais où aller et je ne me perdais pas, et on pouvait vérifier avant que ce n'était pas un endroit dangereux. Je n'étais jamais allée à la fac de Gert sauf une fois, quand on était allés la visiter avec Gert et Kalash, à l'époque où il n'avait pas encore décidé de s'inscrire. La fac, c'était ce que le docteur Kepple appelle un territoire inconnu : un endroit que je n'avais pas encore conquis. J'ai trouvé l'adresse sur son emploi du temps, ensuite je suis allée sur Google Maps pour trouver quel bus il fallait prendre.

Ça ne me plaisait pas de désobéir à la règle du bus, mais sans sa calculette Gert allait se faire vaincre et rater son examen et perdre sa bourse, ce qui allait réduire encore davantage le trésor de la tribu. Et parfois, les héros des légendes devaient désobéir aux règles pour sauver ceux qu'ils aimaient.

J'ai pris mon sac et j'ai mis dedans la calculette spéciale. J'ai murmuré une prière à Odin pour qu'il me bénisse dans ma quête.

*

L'arrêt de bus près de notre immeuble est plein de graffitis, et généralement il sent le pipi. J'ai fait attention à ne pas m'asseoir sur le banc parce qu'il y a un homme sans domicile fixe qui dort dessus la nuit, et les gens lui laissent des choses à manger par terre.

Quelqu'un avait dû lui laisser un Burger King. Il y avait plein d'emballages de hamburgers et de frites.

J'ai apporté ma carte au conducteur pour la lui montrer.

— Je dois aller ici. Est-ce que vous y allez ?

Il a fait signe que oui. J'ai payé le ticket, qui coûtait trois dollars, et je me suis assise à côté de lui à l'avant comme je le faisais d'habitude avec Kalash quand c'était elle qui conduisait.

Le conducteur du bus avait une grosse barbe. Au début, il ne voulait pas parler et il regardait droit devant lui à travers ses grandes lunettes de soleil qui reflétaient tout ce qu'il voyait comme sur un écran de cinéma.

Quand j'ai commencé à lui parler, il a baissé le son de sa radio pour pouvoir m'entendre. Je lui ai dit que je devais aller sur le campus pour sauver mon frère.

J'ai expliqué que Gert nous avait sauvés en nous sortant de chez Oncle Richard, qui était un bite-cul gargantuesque. Que la maison d'Oncle Richard était toujours pleine de méchants qui se mettaient en colère contre Gert et qui des fois se battaient avec lui. Que Gert avait gagné sa bourse d'études, et qu'on avait déménagé dans l'appartement où on habitait maintenant, qui était très loin de là où vivent les gens riches, mais pas trop près non plus de là où vivent les gens vraiment mauvais comme Oncle Richard.

— J'ai l'impression que ce serait plutôt à ton frère de sauver sa peau lui-même, a dit le chauffeur du bus.

— J'ai un fils qui est comme ça, a dit la dame assise en face. Il n'écoute jamais personne.

— Votre frère aussi, c'est un bon à rien ? a demandé une autre dame en imperméable jaune.

J'ai fait non de la tête.

— Il est très intelligent. Mais des fois même les gens forts et intelligents ont besoin d'aide.

— Ça, c'est bien vrai, a dit la première dame.

— Ma mère était alcoolique. Elle buvait pendant qu'elle m'avait dans son ventre, et c'est ça qui m'a rendue pas normale comme je suis maintenant. Plein de gens disent que je suis attardée, mais ce n'est pas bien de dire ça.

— Hum…, a dit le chauffeur de bus.

Il s'est gratté le cou avec ses ongles. Ça faisait un bruit comme quand on récure des toilettes.

— Moi, par contre, je peux dire *attardée* si j'ai envie. Moi, j'ai le droit. Je retire au mot son pouvoir et je l'utilise au service du bien. Comme quand les Noirs disent le mot qui commence par un N.

J'avais déjà entendu Kalash utiliser le mot qui commence par un N, alors qu'elle ne voulait jamais que Gert dise ce mot, et c'était là qu'elle m'avait dit ça. Des fois, on peut prendre un mot méchant que les gens utilisent contre nous, par exemple *attardée*, et le dégonfler comme une baudruche. Par contre, Kalash m'avait bien dit que seuls les gens à qui on avait fait du mal avec le mot en N avaient le droit de l'utiliser de cette manière-là.

Dès que le mot est utilisé autrement, avait dit Kalash, il fait du mal. Et je n'avais pas compris ce qu'elle voulait dire, jusqu'à ce que je pense au mot *attardée*. Les gens le disaient pour faire du mal, mais moi je pouvais le prendre et l'utiliser jusqu'à ce qu'il ne me fasse plus rien.

Le truc c'est que souvent, les gens réagissent bizarrement quand je parle de Maman et que je dis qu'elle m'a empoisonnée sans le faire exprès. Il y a plein de dépliants chez le docteur Laird, et aussi des sites Internet, qui expliquent ce qui s'est passé quand Maman buvait de la bière et d'autres boissons pendant que j'étais bébé dans son ventre.

Par exemple, les gens comme moi ont parfois un visage « anormal », mais moi je ne suis pas comme ça, ou bien ils peuvent avoir la tête plus petite. Ils sont plus petits, comme moi, et ils ont du mal à réfléchir et à rester assis sans bouger. Le docteur Laird m'aide pour tout ça. Quelquefois, aussi, ils ont les os fragiles et, pour rester forts, il faut qu'ils prennent beaucoup de calcium pour aider leurs os à se construire.

— Mon mie, il se fait tout le temps traiter d'attardé. Ça le dérange, lui, alors quand j'entends quelqu'un lui dire ça, je lui demande de s'excuser.

— Votre quoi ? m'a demandé la dame en face.

— Mon mie. Il s'appelle Marxy.

— Normalement, on dit une mie. C'est forcément une femme. C'est ça que veut dire le mot, a dit la dame.

— Oui mais je m'en fiche de ce qu'il veut dire, le mot, parce que c'est ma légende à moi.

Elle m'a regardée fixement pendant un moment.

— Bon, passons, a dit la dame. Il y a des moments où les gens ont besoin qu'on les aide. Mon fils, on s'est tous réunis et on lui a dit qu'on l'aimait. Vous voyez ? Que ses enfants avaient besoin qu'il s'occupe d'eux. Peut-être que vous pourriez faire la même chose avec votre frère ?

J'ai trouvé que c'était une bonne idée. Je me suis demandé qui pouvait m'aider. Il y avait Kalash : elle avait dit à Gert qu'elle le détestait mais en fait elle était amoureuse de lui. Je pouvais aussi demander au docteur Laird. C'étaient les deux seuls amis de Gert que je connaissais et que j'aimais.

Le bus a pris un virage très serré et le conducteur m'a dit qu'on arrivait bientôt au campus.

— Ça va aller ? il a demandé.

J'ai dit que oui. Il a arrêté le bus et je lui ai fait voir la poignée de main viking spéciale où on attrape le poignet de l'autre. À la fin, on s'est fait un check.

— Bonne chance, il a dit.

— Vous aussi. *Happ*.

Happ ça veut dire « bonne chance » en viking. Il y a aussi *gipta* qui veut dire une autre sorte de chance, mais je ne connais pas la différence entre les deux alors j'ai ajouté ça aussi.

Quand les gens ont commencé à monter dans le bus, ça a fait comme une vague gargantuesque et le chauffeur de bus a levé le bras et il a crié avec une grosse voix : « CHACUN SON TOUR, NOM DE DIEU ! »

Les passagers, pour la plupart des jeunes et des étudiants avec des livres et des sacs à dos, ont arrêté d'essayer de monter dans le bus. J'ai eu l'impression d'être une héroïne qui venait de vaincre des hordes de guerriers du Mal. Ils se sont écartés et ils m'ont laissée descendre du bus.

— Le bâtiment du milieu, a dit le chauffeur de bus avant de laisser monter tout le monde. Le grand, avec des cloches.

*

Le campus de la fac était gargantuesque. Il me faisait penser aux photos que j'ai vues des villes vikings, avec plein de gens qui marchent dans tous les sens. Par contre, les gens n'avaient pas d'épées ni de haches, ni de chapeaux avec des os d'animaux qui dépassent. Les étudiants ne ressemblaient pas du tout à des Vikings. Ils n'avaient pas de gros muscles, en tout cas la plupart d'entre eux. J'ai vu quelques étudiants qui étaient grands et qui auraient fait de bons combattants. Sauf que leur champ de bataille à eux, il était dans leur cerveau.

Quand Gert s'était inscrit à la fac, on y était allés tous ensemble pour visiter avec lui et Kalash. Kalash avait sifflé et elle avait dit : « Pas mal, pour un bahut public ! » Gert avait haussé les épaules et il s'était gratté le coude. Il portait des vêtements larges et quand on passait sur le trottoir, les gens qui arrivaient dans notre direction s'écartaient le plus loin possible.

C'est quelque chose qui arrive souvent avec Gert. Il est grand et en plus, quand il marche, il devient encore plus grand.

Kalash lui avait caressé l'épaule et elle lui avait dit de ne pas s'inquiéter.

— Ce qui compte, c'est ton cerveau, elle avait dit. Tous ces abrutis, tu les laisses dans leur coin entre sacs à merde.

J'ai traversé la fac en tenant la calculatrice de Gert et la feuille avec son emploi du temps, et j'ai commencé à me sentir mal à l'aise parce qu'il y avait beaucoup de monde partout et que je n'étais pas accompagnée par quelqu'un que je connaissais. J'avais l'impression que mon cœur était un oiseau qui se cognait partout dans sa cage à l'intérieur de moi. Dans ma tête j'ai dit à l'oiseau d'arrêter ses conneries, que c'était le moment d'être un vrai oiseau viking et pas un lâche.

Je me suis frotté les côtés de la tête, j'ai fermé les yeux et j'ai compté jusqu'à dix.

— Ça va ?

J'ai ouvert les yeux et il y avait une fille devant moi. Elle tenait un gros livre à la main et elle portait des lunettes de soleil posées au bout de son nez, qui n'étaient pas aussi brillantes que celles du conducteur du bus.

— Oui, ça va, j'ai dit.

— Tu es perdue ?

J'ai fait signe que oui. Elle m'a demandé où je voulais aller. Je lui ai montré l'emploi du temps du frigo avec les cours de Gert. Des gens sont passés et l'un d'eux m'a bousculée avec son sac sans le faire exprès.

La fille l'a poussé et elle a dit :

— Hé, connard, regarde où tu vas !

Elle a lu les informations sur le papier et elle m'a dit que l'endroit où je voulais aller n'était pas très loin. Je lui ai dit que le conducteur du bus avait dit que c'était le bâtiment avec une tour.

— Non. Par ici. Viens avec moi.

Elle s'est mise à marcher et je l'ai suivie. Pendant qu'on marchait elle m'a demandé ce que je faisais sur le campus et qui j'étais. Je lui ai dit que je devais sauver mon frère.

— Il lui faut sa calculette spéciale pour pouvoir passer son examen.

— C'est trop la merde, ces partiels.

— Il s'appelle Gert. Tu le connais ?

Je lui ai dit son nom de famille et elle m'a dit qu'elle ne le connaissait pas, que c'était un grand campus. On est montées en haut de la colline.

— Il y a beaucoup de monde, ici. Mais c'est pas commun, comme nom.

Du haut de la colline, elle a montré du doigt un bâtiment avec un drapeau qui dépassait du toit. C'était un grand bâtiment en métal avec beaucoup de fenêtres.

— C'est là qu'il y a le département de sciences éco. La salle de ton frère doit être là-dedans.

Elle m'a rendu le papier.

— Deuxième étage.

Je l'ai remerciée et je lui ai dit de rester flex. On a fait un check et elle a écarté sa main juste au moment où nos poings se sont touchés, en faisant un bruit d'explosion avec sa bouche.

*

J'ai monté l'escalier en courant jusqu'au deuxième étage et j'ai suivi le couloir en lisant les numéros sur les portes, qui étaient écrits tout petit. Dans les salles de cours, les étudiants avaient tous leur stylo à la main et ils livraient combat aux feuilles de papier qu'ils avaient devant eux. Beaucoup avaient une calculette comme celle de Gert.

J'étais dans le bon bâtiment.

La porte de la salle qui était écrite sur le papier avait une petite fenêtre. Je n'ai pas vu Gert, et la fenêtre n'était pas assez grande pour que je puisse voir la pièce entière, qui ressemblait à un cinéma avec des étudiants assis dans des sièges et une professeure debout tout en bas. Un ordinateur envoyait des images sur un écran à l'avant de la salle. Sur l'écran, il y avait des chiffres et des choses que je ne comprenais pas.

J'ai mis mon oreille contre la vitre de la porte pour pouvoir écouter la professeure, qui était à l'avant de la salle et qui parlait très fort.

La professeure a dit :

— L'image projetée correspond à la question dix-sept.

Le projecteur a changé d'image et il en a montré une autre encore plus dure à comprendre.

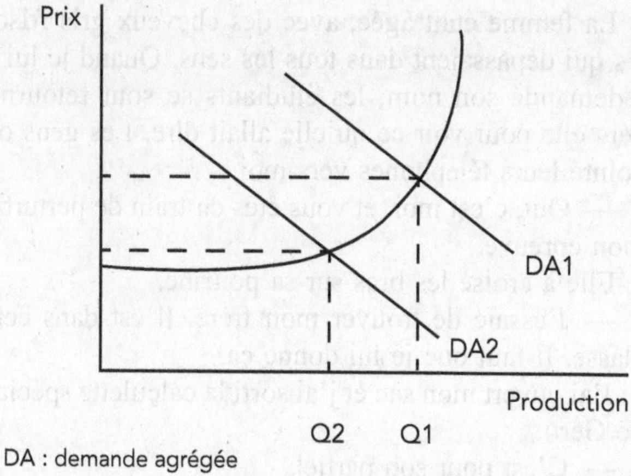

« C'est le moment », j'ai pensé. Les yeux fermés, j'ai poussé la porte qui a fait un grand bruit de métal en s'ouvrant.

À l'avant de la salle, la professeure s'est arrêtée de parler. Les étudiants dans leurs sièges se sont tous tournés aussi pour me regarder. Plus personne n'a fait un bruit, comme si je venais de faire exploser une bombe qui aspirait tous les sons.

— Je peux faire quelque chose pour vous ? a demandé la professeure.

J'ai sorti l'emploi du temps de Gert et j'ai lu le nom au-dessous de MACROÉCONOMIE. Le professeur qui donnait les cours à la classe de Gert s'appelait le docteur Gillroy.

J'ai crié à la femme :

— C'est vous, le docteur Gillroy ?

Les étudiants se sont mis à chuchoter entre eux et à rire.

La femme était âgée, avec des cheveux gris frisottés qui dépassaient dans tous les sens. Quand je lui ai redemandé son nom, les étudiants se sont retournés vers elle pour voir ce qu'elle allait dire. Les gens ont pointé leurs téléphones vers moi.

— Oui, c'est moi, et vous êtes en train de perturber mon épreuve.

Elle a croisé les bras sur sa poitrine.

— J'essaie de trouver mon frère. Il est dans cette classe. Il faut que je lui donne ça.

J'ai ouvert mon sac et j'ai sorti la calculette spéciale de Gert.

— C'est pour son partiel.

Elle a écarté les bras et elle a demandé à la classe :

— Est-ce que quelqu'un ici connaît cette jeune femme ?

J'ai traversé toute la salle avec mes yeux pour trouver Gert. J'ai dit son nom tout fort. Personne n'a levé la main pour dire qu'il était Gert.

— Est-ce que quelqu'un ici connaît un certain Gert ? a dit la professeure.

Une main s'est levée. Ce n'était pas celle de mon frère. C'était la main d'une fille assise au dernier rang avec des cheveux blonds attachés en queue-de-cheval. Elle avait des bras maigres et des lunettes.

Elle a dit :

— Je crois que je sais de qui elle parle.

— Et ? a dit la professeure.

— Est-ce que vous me permettez de sortir ?

La professeure a regardé l'horloge.

— L'épreuve a déjà commencé en retard.

L'étudiante a demandé si elle pouvait dire quelque chose à la professeure. Elle a descendu les marches de la salle jusqu'à l'avant. La fille et le docteur Gillroy ont parlé tout bas et ensuite la fille a remonté les marches pour me rejoindre, et elle a dit qu'elle connaissait Gert et qu'il valait mieux qu'on sorte de la salle pour parler, vu qu'on dérangeait tout le monde.

*

On est allées à la cafétéria. Elle a dit qu'elle s'appelait Jenny et qu'elle connaissait Gert, sauf qu'elle a dit ça bizarrement et qu'après elle m'a demandé comment il allait.

— Il va bien. Il faut qu'on essaie de le trouver, parce qu'il n'est pas à son examen. Peut-être qu'il s'est perdu.

— Quelque chose me dit que non.

Jenny a souri.

— Vous vous ressemblez beaucoup, tous les deux. Ça se voit.

— Il me faudrait plus de tatouages.

Jenny a éclaté de rire et elle a dit que c'était vrai. Elle s'est rongé un ongle.

— Alors comme ça, tu le cherches et il t'a dit qu'il venait à ce cours.

— Et qu'il avait un examen.

— Je le connaissais, a dit Jenny. Enfin, on n'était pas meilleurs amis. Mais on se voyait en dehors des cours.

Elle a rongé son ongle à nouveau.

Je lui ai demandé si ça voulait dire qu'ils avaient eu des rapports sexuels. Elle est devenue toute rouge. La plupart des filles qui connaissaient Gert avaient eu des rapports sexuels avec lui.

— C'est pas grave, j'ai dit. Gert a des rapports sexuels avec des tas de gens.

— Oui. C'est aussi l'impression que j'ai eue.

Elle m'a dit qu'ils avaient été dans le même groupe de révision pour leur cours d'économie, celui pour lequel ils passaient ce gros examen. Je lui ai dit qu'il était allé réviser avec le groupe le soir d'avant.

— Hier soir ? elle a dit.

— Il est rentré très tard et il était saoul. Des fois il aime bien sortir et boire des bières après avoir révisé, même s'il sait que je n'aime pas quand il est saoul.

Elle évitait de croiser mon regard, je ne sais pas pourquoi. Souvent, les gens font ça quand ils savent quelque chose et qu'ils ne veulent pas te le dire.

Alors je lui ai fait LES YEUX comme Kalash m'avait appris, en regardant tout droit ses yeux et le reste de son visage.

Jenny a soupiré.

— Bon, OK. Je ne devrais peut-être pas me mêler de ça, mais je crois qu'il ne s'en sort pas très bien en cours.

J'ai froncé les sourcils.

— Il ne m'a rien dit !

Elle m'a dit que Gert ne venait plus en cours depuis pas mal de temps, et que ce n'était pas la première fois qu'il manquait un partiel.

— Gert a aussi séché le partiel de statistiques. Ça fait des semaines que je ne l'ai pas vu en cours.

J'ai dit que c'était impossible. Gert travaillait pour ses études et il allait en cours.

— Gert, ce n'est pas le genre à mentir, j'ai dit. Ce n'est pas quelqu'un de malhonnête. Et puis, dans notre tribu, on ne ment pas. C'est une règle importante.

Jenny a vu passer quelqu'un avec un plateau-repas et elle l'a appelé à notre table.

— Karl, tu peux venir ici cinq minutes ?

Karl était petit et il avait un corps en forme de ballon, avec un gros ventre. Il avait les cheveux roux, comme Carotte au centre social. Il s'est assis sur la chaise libre et il a posé son plateau. Dessus, il y avait de la soupe et un sandwich au thon.

— Qu'est-ce qu'il y a ?

Il m'a regardée et il a regardé Jenny à nouveau.

— C'est la sœur de Gert, Zelda, a dit Jenny.

Il a dit : « Salut », et on a fait une poignée de main bizarre.

— Cool. Il est passé où ? J'ai presque plus de shit.

Karl a déballé son sandwich au thon en retirant tout le plastique.

— C'est trop la dèche sur le campus en ce moment.

Jenny a fait un bruit en se grattant la gorge.

— Hein, quoi ? a dit Karl.

Quand Karl parlait, je voyais la nourriture dans sa bouche. Au bout d'un moment, il m'a regardée, il a mis une main sur sa bouche et il s'est excusé.

— Qu'est-ce que ça a à voir avec Gert, si tu n'as plus de shit ? j'ai demandé. Et c'est quoi, du shit ?

Karl a regardé Jenny.

— Ben, Gert c'est un peu lui qui, euh…

Il s'est arrêté pour mordre dans son sandwich. Jenny a dit :

— Zelda est venue jusqu'ici pour apporter à Gert sa calculatrice graphique, pour le partiel d'éco.

Karl a fait disparaître le reste de son sandwich dans sa bouche.

— Moi j'ai entendu dire qu'il allait se planter, à tous les coups. Peut-être qu'il a eu un avertissement, tu crois pas ?

— Je n'ai jamais entendu ça, a dit Jenny.

J'ai posé mes mains à plat sur la table.

— Bon, j'ai dit. Qu'est-ce que ça veut dire, tout ça ?

— Ça veut dire que soit il ne va pas en cours, soit il s'est planté à ses partiels. Ou peut-être les deux.

Il a baissé la tête.

— Je crois pas qu'il se soit fait choper en train de dealer, donc c'est sûrement pas à cause de ça. En tout cas, si tu finis par le retrouver, tu pourras lui dire de me passer un coup de fil ? Mon nom c'est Karl. Il a mon numéro.

*

Quand je suis rentrée à la maison, j'étais très en colère et j'ai décidé de passer à l'action. J'étais allée jusqu'à la fac rien que pour lui donner sa calculatrice. Et si Karl disait vrai, Gert avait de gros ennuis.

Gert disait toujours très sérieusement que je ne devais pas entrer dans sa chambre quand il n'était pas là. J'avais toujours respecté sa volonté. Sauf que cette fois, il fallait que je comprenne ce qui était vrai et ce qui était un mensonge. Gert avait menti en disant qu'il allait à son partiel : ça faisait déjà un premier mensonge. Si en plus il avait arrêté d'aller en cours et qu'il était en train de rater son année, il aurait dû m'en parler.

Je savais que Gert avait des livres et des papiers sur son bureau qui étaient censés être pour la fac. J'ai posé mon sac dans ma chambre et je suis allée dans celle de Gert. J'ai frappé à la porte et j'ai dit que c'était moi et de m'ouvrir.

S'il n'était pas à la fac, il aurait dû être à la maison.

Il n'y avait pas un bruit.

La porte de Gert avait un verrou mais je savais qu'en démontant un stylo et en prenant le tube en plastique à l'intérieur, on pouvait l'enfoncer dans le trou rond du verrou et appuyer en tournant, et des fois ça ouvrait le verrou. C'était Kalash qui m'avait montré.

J'ai trouvé un stylo et j'ai ouvert la porte.

Gert n'était pas dedans en train de se cacher pour échapper à son partiel.

Sa chambre n'était pas très propre. Ça sentait son déodorant pour les dessous de bras et aussi le parfum, le linge sale et l'odeur de ses dessous de bras. Le poster d'Al Pacino dans *Scarface* m'a regardée et il a dit DIS BONJOUR À MON PETIT COPAIN.

Gert aime bien quand tout est propre et bien rangé. C'était bizarre que sa chambre soit en désordre comme ça. Je ne savais pas où chercher, alors j'ai commencé par son bureau et j'ai regardé les papiers qui étaient dessus. Ça ressemblait à des devoirs et à des papiers de la fac. Ça ne m'avançait pas à grand-chose.

J'ai regardé sous son lit, dans son bureau, et dans la table de nuit à côté du lit, où il gardait ses préservatifs pour les rapports sexuels et aussi des tas de chaussettes.

Dans sa chambre il avait une armoire plus grande que dans la mienne. Je suis entrée dedans et j'ai écarté toutes les chemises pendues à l'intérieur. Ça m'a donné l'impression d'être dans une jungle et de me faire attaquer par toutes les plantes. Chez Oncle Richard, Gert gardait ses affaires importantes dans notre armoire, derrière un tas de vêtements.

Et là, j'ai vu le sac de sport que Toucan lui avait donné.

Je l'ai mis sur le lit de Gert et j'ai ouvert la fermeture Éclair. À l'intérieur, il y avait deux enveloppes : une vide et une autre pleine d'argent. Tous les billets étaient des billets de vingt dollars. Je les ai comptés deux fois. Il y en avait douze. Dans l'enveloppe, il y avait aussi un bout de papier arraché à un cahier. Gert avait écrit des noms dessus avec un numéro à côté de chaque nom. Certains des noms étaient barrés.

J'ai remis l'argent et le papier dans l'enveloppe. Puis j'ai remis le sac de sport dans l'armoire. Il y avait une autre boîte cachée derrière le sac de sport que je n'avais pas vue au début. Elle était en métal avec une clé dans la serrure.

J'ai tourné la clé et la boîte s'est ouverte.

À l'intérieur, il y avait un revolver.

8

« Espèce de sac à merde ! » j'ai crié au revolver, même s'il était en métal et qu'il ne pouvait pas m'entendre. J'ai aussi crié « *níðingr !* », qui est un mot que j'ai trouvé dans le Kepple et qui veut dire « crapule ou personne indigne de confiance ». Le problème avec les revolvers, c'est que le coup peut partir tout seul. En plus, à la télévision, on voit toujours des gens qui se font tirer dessus et qui meurent. Il y a même des enfants ou des bébés qui se font tirer dessus.

Je n'aimais pas du tout l'idée qu'un bébé se fasse tirer dessus, alors j'ai arrêté de toucher le revolver.

— Sac à merde ! j'ai dit, parce que si Gert avait un revolver, alors le coup pouvait partir tout seul et tuer un bébé. Sac à merde, *níðingr*, sac à merde, *níðingr* !

Les Vikings n'utilisaient pas de revolvers. Ils avaient commencé à perdre leur puissance et à disparaître en 1050 après Jésus-Christ. Et le premier canon avait été utilisé dans une bataille en 1250 après Jésus-Christ. Donc l'invention du revolver était arrivée trop tard pour eux.

Au lycée, quand Gert jouait encore au football américain, un de ses amis de son équipe s'était fait tirer dessus dans la rue. Gert n'était pas là, mais tous les élèves du lycée avaient dû aller à une réunion dans le gymnase pour parler de leur ami qui s'était fait tuer et des dangers des armes à feu.

Sur le mur, il y avait une photo de l'élève prise dans le trombinoscope du lycée et les gens pleuraient. Moi aussi j'avais pleuré, même si je ne connaissais pas le joueur de foot qui était mort. Pleurer, c'est comme bâiller. Quand quelqu'un pleure, tout le monde se met à pleurer aussi. Gert n'avait pas pleuré au gymnase mais il avait pleuré après, en rentrant chez Oncle Richard. Après la fusillade, ils avaient mis des détecteurs de métaux et des policiers dans le lycée. Tout le monde se sentait inquiet et en colère.

J'ai réfléchi à ma liste des CHOSES QU'IL FAUT DANS UNE LÉGENDE. Pour se servir d'une épée, il faut des connaissances. Entre les mains d'un maître, une épée peut devenir une arme puissante. Mais les revolvers, ce sont souvent les lâches et les méchants qui s'en servent. Gert, qui était un héros, n'aurait pas dû avoir un revolver.

Pendant que j'étais dans la chambre de Gert à insulter le revolver, j'ai entendu la porte de l'appartement qui s'ouvrait.

— Zelda ? a crié Gert.

J'ai paniqué et j'ai pris le revolver dans mes mains, ce qui n'était pas du tout ce que je voulais faire. Je voulais plutôt laisser le revolver dans sa chambre et ne plus jamais y repenser. Mais voilà, il était là, dans mes mains, et je ne voulais plus l'avoir dans les mains.

Gert m'a appelée encore une fois.

J'ai continué à paniquer, j'ai remis le revolver dans la boîte, je l'ai fermée à clé et je l'ai remise le plus vite possible derrière le sac de sport dans l'armoire. Je suis sortie de la chambre juste au moment où Gert arrivait dans le couloir.

— Qu'est-ce que tu faisais dans ma chambre ?

— Et toi, pourquoi tu m'as menti ?

Il est passé à côté de moi à grands pas et il a regardé dans sa chambre. Il a demandé pourquoi il y avait des vêtements partout, si je n'étais pas dans sa chambre. Il a regardé dans son armoire, là où j'avais trouvé la boîte avec le revolver. Il a fouillé partout dedans et il m'a dit :

— C'est quoi, déjà, la règle qu'on a sur nos chambres ?

— C'est quoi, déjà, la règle qui dit que tu peux me mentir sur tes partiels ?

— De quoi tu parles ?

Je suis allée dans ma chambre, j'ai pris la calculette, je l'ai levée en l'air et j'ai dit :

— Tu as oublié ta calculette.

— Oh.

Gert l'a prise.

— Ce n'est pas pour cette épreuve-ci que j'ai besoin de la calculette. C'est pour les statistiques. Pas pour la macro. Mais je la cherchais.

— Tu en as besoin pour étudier, j'ai répondu.

— Cette épreuve, c'était juste des problèmes avec des mots. On n'a pas besoin de calculette pour les mots, OK ?

— Oui.

— Est-ce qu'on peut se mettre d'accord une bonne fois ? Tu n'entres pas dans ma chambre et je n'entre pas dans la tienne. Tu ne vois pas que c'est une question de respect ?

J'ai fait oui de la tête. Ça faisait partie des RÈGLES DE LA MAISON qu'on avait écrites ensemble.

Il m'a demandé si j'avais faim. Avant que j'aie le temps de lui répondre, il est allé dans la cuisine, il a ouvert le frigo et il a pris les ingrédients pour faire un sandwich. Il a commencé à couper une tomate.

— Qu'est-ce que tu as à me regarder bizarrement ?

— Tu n'as pas passé ton partiel aujourd'hui.

Le couteau qu'il tenait a traversé la tomate plusieurs fois en faisant toc-toc sur la planche à découper.

— Ah bon ? Alors j'ai fait quoi pendant deux heures ?

— Tu m'as menti.

Il a soupiré et reposé son couteau.

— Bon, allez. Déballe.

Quand je lui ai demandé ce qu'il fallait que je déballe, il m'a dit :

— La chose dont tu parles sans vraiment en parler. Vas-y, dis-moi.

Je lui ai dit que je savais qu'il avait séché son épreuve parce que j'étais allée dans la salle qui était écrite sur l'emploi du temps du frigo. Il avait oublié sa calculette et il allait rater son partiel. Là, j'avais rencontré Jenny et Karl et j'avais appris qu'il avait eu un avertissement, ce qui était une très mauvaise nouvelle et ce qui voulait dire qu'il allait se faire renvoyer de la fac s'il ne se reprenait pas.

— En plus, Karl est à court de shit, j'ai ajouté.

Pendant que je parlais, il a tartiné de la mayonnaise sur deux tranches de pain qui avaient sauté du grille-pain. Il n'y avait plus beaucoup de mayonnaise et le couteau cognait contre les bords du pot.

— Et en plus, on est à court de mayo, il a dit en tenant le pot la tête en bas. Tu fais quoi avec ? Tu la bois ?

— Je ne suis pas d'humeur à plaisanter, j'ai dit. Tu ne vas plus en cours.

Il a reposé le pot.

— OK. Tu veux savoir la vérité ?

J'ai dit que oui.

— Nous sommes des hommes de vérité et nous appartenons à la même tribu.

— J'ai laissé tomber la macro. Le cours de macro. C'est tout. Je ne sais pas du tout pourquoi ils croient que j'ai eu un machin, là.

— Un avertissement. Ça veut dire que tu es mal parti et que si tu continues à déconner, tu vas être renvoyé de la fac.

J'avais cherché sur Google ce que voulait dire *avertissement*, et je l'avais mis à côté d'*incongruité* sur ma liste de Mots du Jour.

— Oui, je sais ce que ça veut dire.

Je lui ai demandé pourquoi il faisait semblant de réviser pour un partiel alors qu'il n'avait pas de partiel. Il m'a dit qu'il savait que c'était important pour moi et qu'il ne voulait pas que je me mette en colère.

— Je ne voulais pas que tu t'inquiètes.

Ma colère s'est un peu calmée.

— Alors tu n'as pas été renvoyé de la fac et tu ne vas pas devoir retourner travailler à la station-service ?

— Non, rien de tout ça.

Il m'a apporté une assiette avec un sandwich au jambon coupé en deux en triangles. J'en ai pris une moitié et c'était très bon. On a mangé quelques bouchées, puis il s'est souvenu de quelque chose et il a reposé son sandwich sur l'assiette.

— J'ai failli oublier.

Il a fouillé dans son sac à dos et il a sorti une enveloppe.

— Tu as du courrier.

Il m'a tendu l'enveloppe. Il y avait mon nom écrit dessus avec un timbre qui représentait un casque viking.

— Je ne reçois jamais de courrier, j'ai dit. Sauf des papiers officiels pas intéressants.

Gert a mordu dans son sandwich.

— Vas-y, ouvre.

J'ai déchiré l'enveloppe et dedans il y avait une carte de Marxy. Ça disait :

Chère Zelda,
Vous êtes cordialement invités toi et Gert
pour dîner à notre maison vendredi
à 17 heures merci de r.s.v.p.
si vous pouvez être présents.
Bien à toi,
Marxy

J'ai demandé ce que voulait dire R.S.V.P. et Gert m'a dit que c'était l'abréviation de « Répondre s'il vous plaît », et il m'a demandé pourquoi je lui demandais ça.

Je n'arrivais pas à m'empêcher de sourire.

— On est invités à dîner.

— Ah bon ?

— Avec Marxy et sa mère.

— Ça va être nul. On peut refuser ?

— NON ! j'ai crié.

— Je sais, je disais ça pour te faire marcher.

Il a fini un de ses demi-sandwichs et il s'est léché les doigts.

— Et ça se passe quand, ce grand dîner ?

— Vendredi.

— Vendredi ? Je crois que je suis déjà pris ce soir-là.

Je lui ai fait LES YEUX.

— Je rigole. OK, on y va. Tu es contente maintenant ?

— Tu devras bien te tenir et être un parfait gentleman, et porter des beaux habits. Tu dois faire honneur à notre tribu.

— Tout ça ? Et puis quoi encore ?

Il m'a souri.

— Je n'en reviens pas que tu aies réussi à aller toute seule à la fac. Vraiment impressionnant. Je suis fier de toi.

J'ai pris mon sandwich et j'ai croqué une grosse bouchée. D'un seul coup la calculette graphique, l'avertissement et tout le reste n'avaient plus d'importance.

9

J'avais passé toute la semaine à penser au dîner avec Marxy. On avait échangé des millions de textos qui ne parlaient que de ça. Il n'était pas venu au centre social parce que son père et Pearl se disputaient pour décider où il devait habiter.

Son père voulait qu'il aille dans une école spéciale la journée, là où des experts comme le docteur Laird pourraient mieux s'occuper de lui.

Il m'a écrit : **Je déteste ça. Tu me manques et aussi Yoda et Hamsa et Sarah-Beth et Grand Todd et Annie.**

Je lui ai répondu par texto qu'il nous manquait aussi.

Le jeudi, Kalash m'a aidée à choisir mes vêtements. J'avais une robe qu'Oncle Richard m'avait achetée pour la remise de diplôme de Gert et que je n'avais jamais portée. Elle était blanc et bleu avec des fleurs. Elle n'avait pas de manches et à l'intérieur on voyait un peu mes seins tout écrasés dans mon soutien-gorge.

J'avais aussi une paire de chaussures qui étaient jolies et qui me faisaient mal aux pieds. Kalash a dit que c'était comme ça qu'on savait si on portait quelque chose de chic : tôt ou tard, ça finissait toujours par être relou.

Vendredi à 16 h 30 exactement j'avais enfilé la robe et les chaussures et j'attendais en bas de notre immeuble que Gert passe me chercher. À 16 h 31 je lui ai envoyé un texto pour lui dire qu'il était en retard.

Il m'a répondu : **Deux minutes.**

Marxy m'a envoyé un texto qui disait : **J'ai hâte de te voir !**

Gert est arrivé dans sa voiture. Elle était toute brillante du lavage automatique et il portait ses beaux habits.

— Tu es beau, j'ai dit.

J'ai fait le geste où on fait semblant de se brûler le bout du doigt sur une poêle à frire, comme faisait Kalash pour dire qu'elle le trouvait sexy.

Il a gigoté des épaules et il a remis en place sa ceinture de sécurité.

— Ça me gratte, cette saloperie.

Il a tiré sur le nœud de sa cravate et il m'a demandé :

— Tu as le trac ?

— Un peu.

— T'inquiète pas. Ça va bien se passer.

Il a passé son bras autour de moi et il m'a serrée contre lui.

On a roulé un peu. De l'autre côté de la vitre, je voyais la ville avec tous les grands immeubles qui dépassaient. Je ne savais pas lequel était le nôtre. Ils avaient l'air lointains. Pas seulement à cause de la distance, mais aussi parce que là où on était, l'air était différent. On aurait dit des dents grises dans une énorme bouche bleue.

— J'aimerais bien qu'on fasse ça tout le temps, j'ai dit.

— Qu'on fasse quoi ?

— Qu'on mette des beaux habits pour aller dîner.

Gert n'a rien dit pendant un moment.

— Tu sais, tu ressembles beaucoup à Maman avec cette robe. Elle portait des robes comme celle-ci.

— Ah bon ?

Il a fait oui avec la tête.

— Pas tout le temps. Mais quand on allait à l'église. Tu étais encore dans ta poussette.

Je lui ai demandé de me raconter. Il a gratté la partie de son cou qui dépassait à côté de son nœud de cravate. Il a dit qu'il détestait aller à l'église parce qu'il n'aimait pas rester assis, mais qu'il aimait bien y aller avec Maman.

— Elle était tellement belle. Tout le monde s'arrêtait pour parler avec nous.

Il m'a raconté la fois où quelqu'un avait essayé de me voler pendant que j'étais dans la poussette.

— C'est pas vrai ? j'ai dit.

Gert a éclaté de rire.

— Si. On s'est retournés pendant deux secondes, et quelqu'un est parti avec la poussette. C'était une vieille. Elle devait penser qu'elle était encore jeune et que tu étais son bébé.

— Oh la vache, j'ai dit.

— Ouais. En tout cas, je suis content qu'elle ne t'ait pas volée. Même si parfois tu es un peu lourde, p'tite tête.

Il m'a souri et j'ai dit que moi aussi, j'étais contente qu'elle ne m'ait pas volée.

*

La maison de Marxy était dans une banlieue chic et quand on est arrivés à la porte, Gert tenait à la main une bouteille de vin. Je n'avais pas vu qu'il en avait acheté une. Il l'avait sortie du coffre, emballée dans un sac en papier kraft.

— C'est comme ça que font les gens quand ils vont à un dîner, non ? il a dit en me montrant la bouteille. Je crois qu'il faut du rouge pour le dîner. Mais je ne suis pas sûr.

— Je ne sais pas, je ne suis jamais allée à un dîner.

Dans ma tête, j'ai ajouté ça à ma liste de règles : pour les dîners, apporter du vin, plutôt rouge (peut-être).

— On va boire du vin ? j'ai demandé.

— On n'est pas obligés, a dit Gert. Je sais que tu as une règle là-dessus.

À cause de ce qui était arrivé à Maman, vu qu'elle buvait trop, j'avais décidé de ne jamais boire d'alcool du tout. C'était une règle que j'avais. Les Vikings, eux, ils buvaient de l'alcool, surtout quand ils étaient heureux ou qu'ils faisaient un festin gargantuesque. Et moi, j'étais heureuse et j'allais à un festin. Peut-être qu'il y avait des règles différentes pour quand on allait festoyer à un dîner.

Dans leurs festins puissants, les Vikings buvaient de l'hydromel et du vin mais le reste du temps ils n'en buvaient pas. On ne peut pas livrer bataille quand on a trop bu. J'ai demandé à Gert si c'était une règle dans les dîners, de boire de l'hydromel.

— Oui, c'est souvent ce qu'on fait. Mais pas de l'hydromel. Plus personne ne boit ça de nos jours.

— Alors on peut boire du vin. Mais seulement en mangeant.

On a marché sur les pierres devant la maison de Marxy, on a ouvert le portail en métal et on est passés devant des fleurs et un gros arbre.

Gert a sonné à la porte et Marxy a ouvert. Il avait une belle chemise, bleu foncé, et un beau pantalon marron, du genre avec des plis sur le devant qu'on appelle des pinces.

— Bonjour, il a dit. Bienvenue dans ma maison.

Pearl est arrivée derrière lui. Elle portait une robe jaune avec un cardigan gris par-dessus.

— Vous êtes pile à l'heure. Qu'est-ce que c'est ?

Gert lui a donné le vin.

— Je ne savais pas quoi apporter, alors j'ai pris un truc style merlot.

— Gert n'est pas très vin, j'ai dit. Il aime mieux la bière.

Pearl a souri et nous a laissés passer.

— Eh bien, c'est gentil d'y avoir pensé. Entrez. Enlevez vos chaussures.

— Nous aussi on a cette règle-là, j'ai dit en refermant la porte derrière nous.

Je n'étais allée qu'une seule fois à la maison de Marxy, un jour où ses parents ne pouvaient pas le conduire au centre social et où Kalash avait dû venir le chercher. Mais j'étais restée dans le bus. Cette fois-ci, à l'intérieur, je voyais sur le mur les photos de Marxy quand il était bébé, en costume de marin, et aussi des photos de sa famille. Il y avait un tableau d'un bateau dans la mer. La maison sentait très bon, une odeur douce comme du linge qui vient de sortir de la machine.

La table était déjà mise pour le dîner. Pearl nous a apporté du poulet et de la purée de pommes de terre. Elle était assise à un bout de la table et Gert à l'autre bout. Marxy et moi, on était assis face à face. Pearl m'a demandé si je voulais du vin. Elle a ouvert la bouteille avec un tire-bouchon et elle s'est servie.

— Oui, merci, j'ai dit.

— Moi aussi, a dit Marxy, et Pearl lui a dit qu'il avait le droit mais seulement un verre.

— Un jour, Marxy a mis la main sur les cocktails tout prêts que j'avais au frigo. Croyez-moi, ce n'était pas triste, a dit Pearl.

— J'ai vomi toute la nuit, a dit Marxy.

— Ça t'a servi de leçon, a dit Pearl. Est-ce que vous êtes religieux ? Nous sommes athées mais je veux bien dire la bénédiction, si c'est dans vos habitudes.

— Non, ça ira, a dit Gert. Pas vrai ?

Marxy s'est tourné vers moi.

— Zelda peut dire la bénédiction viking.

Je me suis éclairci la gorge et j'ai fermé les yeux pour me souvenir de la bénédiction viking du *Grand Livre des Vikings* du docteur Kepple.

— Ô Odin, ô dieux, bénissez l'abondance de ce festin, prenez votre part et bon appétit.

Pearl a souri.

— Ah tiens ? Odin ?

— Avant, j'allais dans une école catholique, a dit Marxy en piquant le poulet avec sa fourchette. J'ai détesté ça.

— Les professeurs étaient très puritains. Tiens, chéri. Prends ça.

Elle a donné à Marxy un couteau plus coupant avec des dents sur un côté, de ceux qui servent à couper des viandes puissantes comme le bifteck.

Marxy s'est tourné vers Gert après avoir découpé son poulet.

— Ça t'a fait mal ? Les trucs écrits sur ton bras ?

Gert s'était remonté les manches pour manger et on voyait ses muscles et ses tatouages qui dépassaient.

— Mes tatouages ?

Marxy a fait oui de la tête.

— Ça fait comme quand on dessine avec un stylo ?

— Non, ça fait plutôt comme une aiguille.

— Je voudrais un tatouage, s'il te plaît, a dit Marxy.

— Ha, a dit Pearl en manquant de renverser son verre. On aura tout vu. Cela dit, le père de Marxy en a un.

— Papa, il a un nom écrit sur le bras, juste là, a dit Marxy en tapotant son bras entre l'épaule et le coude.

— Ce n'est pas le mien, a soupiré Pearl. Un amour de jeunesse…

Gert s'est essuyé la bouche avec sa serviette et il s'est mis à couper un bout de poulet en faisant beaucoup de bruit.

— Marxy m'a dit que tu lui avais trouvé un nouveau surnom, m'a dit Pearl. Qu'est-ce que c'est, déjà, Marxy ?

— Son mie, a dit Marxy.

J'ai fait oui de la tête.

— Tous les héros vikings ont un ou une mie. Et ne commencez pas à me dire qu'il n'y a que les filles qui peuvent être des mies. Moi, je pense que ces règles sont vieilles, et qu'on a besoin de nouvelles règles pour que tout le monde ait le droit d'être mie.

Gert a éclaté de rire.

— Moi je trouve ça cool, a dit Marxy. Pourquoi tu te moques de moi ?

Pearl a tendu la main et lui a caressé le bras.

— Chéri, tout va bien. Personne ne se moque de toi. N'est-ce pas, Gert ?

Elle lui a fait LES YEUX.

— J'en ai marre que tout le monde se moque de moi, a dit Marxy.

J'ai mis un coup de pied à Gert sous la table et il a levé les mains en l'air.

— Ça va, hé, je ne me moquais pas de toi. C'est juste que ce n'est pas souvent qu'on entend un mec se faire appeler comme ça. C'est tout.

— Eh bien Zelda, elle peut m'appeler comme ça si elle a envie, a dit Marxy en attrapant une bouchée de poulet avec sa fourchette.

Personne n'a rien dit pendant un bon moment. Pour remplir le silence, j'ai décidé de faire une annonce.

— Il y a autre chose. Je veux avoir des rapports sexuels avec Marxy parce que le docteur Laird a dit que c'était normal pour des gens de notre âge d'avoir envie d'exprimer leur amour de manière physique. En plus, maintenant, j'ai mes règles.

— Oh putain, a dit Gert en posant sa fourchette. On peut éviter de parler de tes règles, s'il te plaît ?

— Je connais toutes les règles pour le sexe, a dit Marxy.

Pearl s'est resservi du vin en riant.

— Charmant sujet de conversation pour un dîner !

Elle s'est tournée vers Gert.

— Mais je suis contente qu'on parle de tout ça, Gert, car c'est la réalité. Ce ne sont plus des enfants. Ils ont un système reproductif en état de marche, des pulsions…

— Tu te remets à parler de moi comme si je n'étais pas là, a dit Marxy.

— Et de moi aussi, j'ai dit.

Pearl a souri et elle s'est tamponné les lèvres avec sa serviette en papier.

— Excuse-moi. Excusez-moi tous les deux. N'hésitez pas à prendre la parole si vous voulez ajouter quelque chose.

— On est amoureux, j'ai dit.

J'ai tendu ma main vers celle de Marxy à l'autre bout de la table et j'ai failli mettre le bras dans le plat de purée.

Pearl a hoché la tête.

— Marxy est au courant des choses du sexe. Il se masturbe.

— Maman !

Pearl a haussé les épaules.

— Il n'y a pas de quoi avoir honte. Tout le monde se masturbe.

— Même moi, j'ai dit. Le docteur Laird, il dit la même chose. Même Gert, il se masturbe. Une fois je l'ai surpris en train de le faire.

— Oh putain, a dit Gert en devenant tout rouge. Je crois que je vais vomir.

Je me suis demandé si c'était toujours comme ça dans les dîners, si on finissait toujours par parler de choses importantes. Mais Gert n'était pas comme Pearl, il n'aimait pas parler franchement.

Pearl a continué :

— Si je comprends bien, vous n'êtes pas à l'aise avec le fait qu'ils utilisent votre appartement pour explorer leur sexualité.

— Non, a dit Gert. Jamais de la vie.

Pearl a hoché la tête.

— Je suis d'accord avec vous. De toute manière, je crois que ce n'est pas le lieu idéal.

— Pourquoi ? j'ai demandé.

Elle a serré les lèvres et elle a eu l'air de réfléchir.

— Pour votre première fois, il faudrait que nous évitions au maximum les complications.

— Mais tout ce merdier, ce n'est rien d'autre que des complications. Lui, il arrive à peine à attacher ses lacets. Comment vous voulez qu'il puisse avoir des rapports sexuels avec quelqu'un ? Et en plus, avec quelqu'un comme Zelda ?

— Si, je sais attacher mes lacets, a dit Marxy.

— Et qu'est-ce que ça veut dire, « quelqu'un comme Zelda » ? j'ai dit.

Pearl n'a pas élevé la voix. Elle a mis son menton sur ses mains et ses coudes sur la table.

— Oui, Gert, qu'est-ce que ça veut dire, « quelqu'un comme Zelda » ?

C'est là que le téléphone de Gert a vibré.

Il a froissé la serviette sur ses genoux, il l'a roulée en boule et il l'a posée sur la table à côté de son assiette, qui était encore pleine de nourriture.

— Il faut que je réponde, il a dit en montrant son téléphone.

Il a reculé sa chaise et il est sorti de la salle à manger. Je l'ai regardé partir et quand je suis revenue à mon assiette, j'ai vu que Pearl m'observait.

— Maman, a dit Marxy. Tu recommences à faire ce truc avec tes yeux. Arrête de la dévisager.

— Je ne la dévisage pas, je suis juste curieuse. Est-ce que je peux te poser une question, Zelda ?

— Oui, je vous permets de me poser une question.

Je n'ai pas pu entendre ce qu'elle allait me demander parce que Gert est revenu et qu'il a dit qu'on devait partir.

— Tout de suite ?

Gert a dit que c'était l'heure.

— Ça me plaît, ce dîner, j'ai dit. À la maison, on ne mange jamais des choses comme ça.

Pearl a souri.

— Merci pour le compliment, Zelda.

Puis elle a dit à Gert :

— Si tout cela vous met mal à l'aise, peut-être qu'il serait temps que vous deveniez un peu plus adulte. Marxy et Zelda, eux, sont tout à fait à l'aise pour parler de sexe.

— Je mets mon manteau et on y va, m'a dit Gert.

Il a fait un signe de tête à Pearl avant de sortir.

— Moi, j'adore parler de sexe, a dit Marxy.

Gert faisait partie de ma tribu. On veillait toujours l'un sur l'autre et on se devait d'être loyaux. N'empêche que je ne voulais pas partir avec lui : je voulais continuer à manger mon dîner.

— Il est très remonté, n'est-ce pas ? a demandé Pearl.

— Oui, très, j'ai dit.

Pearl a demandé à Marxy d'aller à la cuisine chercher des Tupperware et de commencer à débarrasser.

— Déjà ? il a demandé.

— Prends ton temps, a dit Pearl. Je voudrais parler à Zelda cinq minutes.

Marxy a remis sa chemise dans son pantalon en soupirant et il a pris une des assiettes.

Pearl lui a touché le bras.

— Commence par le poulet, s'il te plaît. Tu te rappelles comment on met le film transparent ?

Il a dit que oui et il est parti dans la cuisine. Depuis la pièce d'à côté, Gert m'a dit qu'il m'attendait dans la voiture. J'ai soupiré.

— Zelda, est-ce que je peux te poser une question ? a dit Pearl.

— Allez-y.

— Comment ça se passait avant que vous habitiez tout seuls avec Gert ? D'après ce que j'ai compris, et d'après ce que m'a dit Marxy, votre mère est décédée.

— Oui, dans une bataille contre le cancer. Elle était très courageuse.

— Moi aussi, j'ai eu un cancer. Du sein. D'ailleurs, tu dois te faire contrôler régulièrement.

J'ai cligné des yeux et j'ai demandé ce que ça voulait dire.

— Ça veut dire de demander à un médecin de t'examiner pour être sûre. Tu sais comment te palper toi-même ?

J'ai fait non de la tête.

— Si tu sens une boule. Par ici…

Elle s'est touché le sein.

— Alors il faut que tu ailles voir un médecin.

Marxy est entré chercher des choses à manger et il a demandé pourquoi on se touchait les seins.

— Pour rien. Des choses de filles, a dit Pearl.

— Maman buvait de l'alcool quand j'étais dans son ventre, et après elle a eu un cancer, et on a dû aller vivre avec Oncle Richard.

— Oncle Richard.

J'ai fait oui de la tête.

— Il ne s'entendait pas bien avec Gert. Ils se battaient beaucoup.

— Et toi, avec Oncle Richard ?

— Je n'aimais pas quand il faisait mal à Gert.

Marxy a apporté des Tupperware et il a commencé à mettre de la nourriture dedans. Pearl a demandé à Marxy d'aller chercher un sac plastique et quand il est revenu, elle a mis tous les Tupperware dans le sac, puis elle a entortillé le sac et elle a fait un nœud avec les poignées.

— Comment vous savez faire tout ça ?

Pearl a ri.

— Ma mère était très maniaque quand j'étais petite. J'ai appris toutes les tâches ménagères possibles et imaginables.

Elle a fait une pause.

— *Ménagères*, ça veut dire…

— « Qui se rapporte à la maison et au ménage ». Je l'ai eu comme Mot du Jour.

— Exactement.

J'ai pris Marxy dans mes bras et je me suis excusée pour Gert encore une fois, et Marxy m'a embrassée sur la bouche mais sans la langue.

— Bonne soirée, Zelda, a dit Pearl en me donnant le sac plastique. Et dis à Gert qu'il faudrait qu'on reparle de tout ça. Sérieusement.

*

Gert était assis dans la voiture, la fenêtre ouverte, en train de fumer une cigarette. Il l'a jetée par terre quand il m'a vue arriver.

— Merci beaucoup, tu as été un vrai bite-cul, j'ai dit en montant dans la voiture et en claquant la porte.

— Ouais, bon.

Il a démarré. J'ai tendu le bras de son côté et j'ai coupé le contact. Il m'a regardée et il a levé les mains en l'air.

— Écoute, je suis désolé. Je ne sais pas d'où ça sortait, toute cette histoire. Tu aurais dû m'en parler avant. On n'a pas une règle qui dit qu'on doit se parler des choses importantes ?

— Et toi, quand tu ne m'as rien dit pour la fac ? C'est toi qui as désobéi à la règle en premier. En plus, je ne savais pas qu'on allait parler des rapports sexuels entre moi et Marxy.

— Tu peux arrêter de dire ce mot ?

— Sexuels ?

Gert a dit que la conversation était terminée.

— Je ne sais pas ce que le docteur Laird te raconte comme saloperies, mais je vais devoir lui dire deux mots.

— Je vais avoir des rapports sexuels.

— Ça, c'est ce qu'on va voir.

Il a démarré la voiture.

— C'est ma légende à moi.

— Pas tant que je suis responsable de toi. Pas moyen. Hors de question.

On a démarré. Il faisait très sombre dans la rue de Marxy et même quand on est sortis de son quartier, on ne voyait pas bien la ville. Je n'aimais pas la manière dont Gert se comportait avec moi. Il regardait à travers le pare-brise. Ça faisait comme un miroir et il fallait regarder à travers son reflet pour voir les autres voitures. Il me regardait d'une manière qui me donnait l'impression qu'il ne voulait pas être avec moi. Ça ne faisait pas partie de nos règles, de se faire la tête. Il ne me voyait pas mais j'ai essayé de lui faire LES YEUX.

— Je me prendrai un appartement à moi, j'ai dit. Avec Marxy.

— Et où tu vas trouver l'argent ?

— Je trouverai un travail.

— Quoi, comme travail ?

J'ai croisé les bras.

— Je ferai ce que j'ai envie de faire.

— Tu n'as pas de travail, tu n'as pas d'expérience. Tu sais combien ça coûte, un appartement ? Tu sais payer une facture ?

— Je peux apprendre.

Gert a pouffé.

— Pourquoi tu as fait ça ? j'ai demandé.

— Quoi ?

— Ce bruit que tu as fait. Tu ne crois pas que je peux apprendre quelque chose ?

Pendant qu'on roulait, son téléphone s'est mis à vibrer. Avant qu'il arrive à le prendre, je l'ai attrapé en premier.

— Allô, ici le téléphone de Gert, j'ai dit.

— Arrête tes conneries, a dit Gert en essayant de m'arracher le téléphone.

On était arrêtés à un feu, mais il est passé au vert et Gert a dû redémarrer.

— Cinq dix, a dit la voix à l'autre bout du fil.

— Gert est un gros con, j'ai dit à la personne au bout du fil. Vous étiez au courant ?

— Zelda, je ne rigole pas. Donne-moi ça.

Gert m'a pris le téléphone des mains.

— Je crois qu'il a raccroché, j'ai dit.

— Qu'est-ce qu'il a dit ?

— Des numéros.

Gert a garé la voiture sur le parking d'un Dunkin' Donuts. Il a tapé un numéro sur son téléphone, il l'a mis à son oreille et il a attendu que ça réponde. Personne n'a répondu. Il a dit qu'il fallait que je lui dise les numéros.

— Je ne sais pas. Cinq quelque chose.

— Cinq quoi ?

— Je te le dirai si tu fais demi-tour et que tu nous ramènes chez Marxy.

— Cinq quoi, Zelda ? C'est important. Cinq huit ? Six ? Cinq quoi ?

Son téléphone a encore vibré. Gert a décroché et il a écouté. Il a tendu la main, il a ouvert la boîte à gants et il a sorti un stylo. Ensuite il a fait signe vers les vieux papiers du McDonald's froissés en boule à mes pieds.

Je ne comprenais pas ce qu'il voulait.

— Une serviette en papier, a dit Gert en couvrant le téléphone avec sa main.

Il a écrit des numéros sur la serviette et il a raccroché.

Ensuite, Gert a étalé la serviette sur le tableau de bord avec une main tout en conduisant avec l'autre. Il a tapé le numéro qu'il lisait sur la serviette. Il a mis le téléphone à son oreille et il a dit à la personne à l'autre bout : « Cinq minutes », et il a dit à je ne sais pas qui de se préparer.

On a redémarré.

— Tu es limitée, a dit Gert. C'est un fait. Je suis désolé de te dire ça, mais c'est vrai. Est-ce que je préférerais que les choses soient différentes ? Oui. Mais putain, Zelda. Si tu tombais enceinte, qu'est-ce qui se passerait ?

— J'aurais un bébé, j'ai dit à voix basse. C'est tout.

*

Gert s'est garé dans une rue derrière une école qui avait fermé, avec des planches en travers des fenêtres. Gert ne voulait pas me dire pourquoi on était là ni qui on attendait. Il m'a juste dit que je devais rester dans la voiture et il est sorti.

Avant de sortir il a appuyé sur le bouton qui bloque les portières. Ça s'appelle la sécurité enfant, et vu que je ne suis pas un enfant je savais qu'il y avait un moyen secret de sortir en appuyant sur le bouton sur la portière du conducteur, à côté de là où Gert met son genou quand il conduit.

Il a marché vers un terrain de jeu. J'ai vu Toucan et le Gros.

Quand Gert est revenu il portait encore un sac de sport. Il a ouvert le coffre et il a jeté le sac dedans. Il est monté dans la voiture et il a démarré.

— Pourquoi tu dois toujours faire ce que te dit Toucan ? j'ai demandé. Moi je trouve que c'est un méchant.

On s'est éloignés de l'école et on est partis vers la maison.

Quand Gert était en colère il conduisait toujours à toute vitesse, et cette fois-ci je voyais qu'il était en colère parce qu'il passait les stops sans s'arrêter complètement. Pourtant, il n'avait pas le droit d'être en colère. C'était moi qui m'étais fait gâcher mon dîner.

Là, une voiture de police est arrivée derrière nous. Les sirènes se sont mises à nous crier dessus et Gert a regardé dans le rétroviseur. La voiture de police est restée derrière nous, avec l'ampoule sur le toit qui tournait en rond. Gert a garé la voiture sur le côté.

— Putain, il a dit.

Il a frappé le volant avec sa main avant d'éteindre le moteur.

— Enculé de sa race.

La voiture de police s'est garée derrière nous. Je me suis retournée pour mieux la voir, et Gert m'a dit de ne pas me retourner. Gert a fermé les yeux et il a respiré un grand coup. Il a frappé encore une fois sur le volant. Le policier est resté dans la voiture et il n'est pas sorti tout de suite.

— Tout ça ne serait pas arrivé si on était restés dîner chez Marxy au lieu d'aller faire les bite-culs avec Toucan.

Le policier est sorti de sa voiture et il s'est approché de la nôtre.

— Surtout, a dit Gert en baissant sa fenêtre, tu ne dis rien. D'accord ? Tu te tais.

Le policier était grand et maigre. Il a remonté un peu sa ceinture en marchant.

— Je ne rigole pas, a dit Gert une dernière fois pendant que le policier s'approchait. Tu la fermes.

Le policier s'est penché dans la voiture. Sa lampe torche m'a fait mal aux yeux. Il a demandé si Gert savait pourquoi il nous avait fait arrêter. Gert a dit que non.

— Vous avez grillé au moins deux stops, a dit le policier.

Avant que Gert puisse répondre, j'ai dit :

— Mon frère est un sac à merde qui ne veut pas parler de sexe.

Le policier m'a regardée avec des yeux ronds. Ensuite il a demandé à Gert de sortir de la voiture. Gert a tendu le bras vers la boîte à gants devant moi et il a sorti des papiers.

J'étais tellement en colère de ce qu'il avait fait pendant le dîner que quand Gert est sorti de la voiture, je suis sortie de la voiture moi aussi.

— Mademoiselle, a dit le policier.

— Il se prend pour le chef, mais il se trompe.

Gert s'est tourné vers le policier et il a dit :

— Elle a des difficultés cognitives.

Le policier a continué à mâcher son chewing-gum et il a répondu :

— Ah oui ?

Ensuite il a pris les papiers que Gert lui donnait et il les a feuilletés. Il nous a dit de remonter en voiture. On a obéi tous les deux et il est retourné à la voiture de police avec les papiers. Gert s'est énervé et il m'a demandé ce que je foutais.

— Je t'avais dit de ne pas parler.

— Et moi, je t'avais dit que ce dîner était important mais tu as tout gâché.

Quand le policier est revenu pour rendre ses papiers à Gert, on s'est arrêtés de crier. Il a dit qu'il allait nous laisser partir avec un avertissement. Quand le policier est parti, Gert n'a pas redémarré tout de suite. Puis il a ouvert la portière de la voiture et il est sorti.

Je lui ai demandé pourquoi on ne rentrait pas à la maison.

Gert a fait trois pas vers le bas-côté et il s'est arrêté.

Au bout d'un moment, il s'est penché en avant et il a vomi.

10

Pendant tout le reste de la soirée, j'ai refusé de parler à Gert. C'était une protestation silencieuse, comme Gandhi avec les Anglais. Les Vikings, eux, ils se servaient de leurs épées pour terrasser leurs ennemis, mais il existe d'autres techniques.

Avant d'aller se coucher, Gert a frappé à la porte de ma chambre. Je lui ai dit qu'il ne pouvait pas entrer mais il a quand même ouvert un peu la porte. J'avais passé toute la soirée à envoyer des excuses à Marxy mais il ne m'avait pas répondu.

— On peut parler cinq minutes ? il a demandé.

— Non.

— Bon, tant pis.

Il est entré et il s'est assis sur la chaise qui tourne devant mon bureau.

— Je m'excuse. Je te l'ai déjà dit dix fois.

— Tu peux même me le dire un million de fois, j'en ai rien à faire.

Je lui ai tourné le dos et je me suis retrouvée face au mur blanc. Il y avait un vieux bout de Scotch collé dessus et je l'ai gratté. Gert n'est pas sorti de la chambre. J'ai continué de gratter même si le Scotch s'était déjà décollé.

— Tu peux arrêter de faire ça ?

— Non.

Il s'est assis sur le lit. Les ressorts qui vivent à l'intérieur du matelas ont grincé.

— Tu sais, je fais beaucoup d'efforts pour que tu aies tout ce dont tu as besoin.

Je sentais l'odeur de ses dessous de bras. Son déodorant avait arrêté de marcher.

— Tu crois qu'il y a des règles écrites quelque part qui expliquent comment il faut s'y prendre ? Les trois quarts du temps, je n'en ai pas la moindre idée. Et toi, tu ne laisses rien passer, putain.

Il a touché mon dos entre mes épaules. Ça m'a fait comme une décharge électrique, et ça m'a mise encore plus en colère parce qu'il avait gâché le dîner avec Marxy.

— Tu sens mauvais et tu es un méchant et tu m'as menti et tu n'as pas d'honneur.

J'ai attrapé un objet sur la table à côté de mon lit sans regarder ce que c'était, et je le lui ai jeté. Cet objet, c'était mon réveille-matin. Gert devait être en train de regarder ailleurs, ou alors il faisait trop noir dans la chambre pour qu'il puisse le voir arriver, parce que le réveil l'a frappé en pleine figure et il a rebondi sur le lit, puis sur le sol.

Il a mis sa main sur sa figure et il a détourné la tête.

— Crotte de crotte, j'ai dit.

— Putain, a dit Gert en se tenant la figure.

Il gardait ses mains sur son visage et ça faisait comme s'il portait un masque de doigts. Puis il a retiré ses mains et il avait du sang sur les doigts, et aussi sur son nez.

Je n'avais pas fait exprès de le faire saigner et j'ai essayé de le lui dire.

Mais il est sorti en claquant la porte avant que mes mots puissent sortir.

J'ai allumé mon disque *Sons de l'océan*, qui fait croire qu'on est en mer. Dans la musique, il y a des dauphins, des baleines, des oiseaux et des vagues qui se brisent, alors on peut facilement s'imaginer qu'on est sur un bateau avec des Vikings, en train de ramer quelque part sous le soleil. Si je fais un effort, j'arrive même à imaginer que je sens l'odeur de l'océan.

Je n'avais pas fait exprès de jeter le réveil dans la figure de Gert. Je voulais juste le jeter quelque part.

Au bout d'un moment, j'ai ouvert ma porte sans faire de bruit et j'ai sorti ma tête pour voir ce qui se passait. La porte de Gert n'était pas complètement fermée. Je suis allée dans le couloir et je me suis mise devant sa chambre.

La lampe de chevet était allumée et Gert était assis tout voûté sur le bord de son lit. Il avait de la sueur sur la tête, comme s'il venait de la tremper dans une bassine d'eau. Dans la lumière, ses tatouages prenaient une drôle de couleur verte et ça donnait l'impression que ses bras et sa poitrine étaient sales. Je n'arrivais pas à voir le tatouage que je préférais : l'aigle qu'il avait sur la poitrine, un oiseau très puissant. Même s'il avait grossi, il avait encore des muscles aux épaules et aux bras, des gros muscles avec des veines qui me faisaient penser à des vers de terre juste sous sa peau bronzée.

Je me suis dit qu'il était peut-être en train de réfléchir à la manière dont il allait se mettre en colère contre moi pour lui avoir jeté le réveil et fait mal à la figure. Et c'est là que je l'ai entendu. Il était en train de pleurer. Pas comme quand on pleure d'habitude. Il pleurait très sérieusement. Son corps s'est mis à s'agiter. Ses tatouages verts faisaient des rides à cause des muscles qui grossissaient et rapetissaient.

Il a levé la tête et j'ai vu qu'il avait un pansement collé sur son nez avec du Scotch. L'air était épais comme s'il allait se mettre à pleuvoir.

— *Góðan dag ?* j'ai chuchoté en ouvrant la porte un petit peu.

Gert a fait un bruit avec sa gorge et il a dit :

— Ferme la porte.

J'ai ouvert la bouche et je me suis mise à dire des mots, sans savoir ce que ces mots-là voulaient sortir : des mots comme « pardon » et d'autres du même genre. Il s'est levé et il a dit : « FERME LA PORTE » vraiment très fort, avec la voix qu'il prend seulement quand il est très sérieux, alors j'ai fermé la porte, j'ai couru dans ma chambre et j'ai mis mon oreiller sur ma tête.

*

Le lendemain de notre dispute, je me suis réveillée et je me suis souvenue que je m'étais conduite comme un sac à merde. Une des règles qu'on avait, avec Gert, c'était qu'il ne me ferait jamais de mal et que je ne lui ferais jamais de mal au combat. On pouvait se dire des mots de méchants, mais c'était interdit de se battre avec nos mains ou avec d'autres armes. En le frappant avec le réveil, j'avais enfreint une règle très importante.

Le Mot du Jour que j'ai choisi était particulièrement puissant. Je l'avais choisi exprès et je n'avais pas utilisé le calendrier spécial qui dit quel est le Mot du Jour.

Normalement, le mot aurait dû être *collatéral*, qui est plutôt bien mais ce n'était pas le mot qu'il me fallait. Je voulais trouver un mot spécial pour dire pardon, c'est pour cela que j'ai choisi comme Mot du Jour le mot *contrition*, qui veut dire quand on se sent mal à cause de quelque chose qu'on a fait et qu'on est *contrit*.

« Je suis contrite de t'avoir frappé à la figure. Je suis pleine de contrition de t'avoir frappé à la figure. Une personne qui frappe un membre de sa tribu doit avoir de la contrition. »

Je suis allée dans la cuisine. Gert était en train de préparer le petit déjeuner. Il avait un pansement sur la figure.

— Bonjour, a dit Gert.

Il y avait des œufs dans la poêle à frire.

— Bonjour, j'ai dit. J'ai de la contrition de t'avoir frappé à la figure avec le réveil.

— De la quoi ?

— *Contrition*. C'est un Mot du Jour spécial. Ça veut dire…

— Je sais ce que ça veut dire.

Il a cassé encore un œuf sur la poêle et il a fait glisser le premier œuf sur une assiette.

— Je m'excuse de t'avoir frappé avec le réveil.

— Je sais, il a répondu. Et je m'excuse pour ce qui s'est passé, de t'avoir foutu en l'air ton dîner.

— Tu n'as pas gâché *notre* dîner, j'ai corrigé. J'ai eu une très bonne discussion avec Pearl.

Il m'a apporté l'assiette d'œufs au plat et il l'a posée devant moi avec des toasts dessus.

Je lui ai posé une question à laquelle j'avais réfléchi toute la nuit.

— Pourquoi tu es ami avec Toucan ? C'est un sac à merde de méchant.

Gert s'est essuyé les mains sur une serviette en papier et il s'est assis en face de moi.

— Ouais. C'est pas faux. Et je ne dirais pas qu'on est amis.

— Il ne fait pas partie de notre tribu.

— Non. Absolument pas.

— Mais alors ? Pourquoi tu dois aller le voir ?

Il a posé le couteau et la fourchette.

— Écoute. Il nous a prêté de l'argent quand on est partis de chez Oncle Richard. C'est la vérité. D'accord ?

— Je ne l'aime pas, j'ai dit en coupant les œufs et en regardant couler le jaune. C'est un gangster.

— C'est aussi ce que les gens disent de moi.

Il a trempé sa tartine dans le jaune sur son assiette.

— Ils sont comment, ces œufs ?

— Bons. Jaunes. Mais toi, tu n'es pas un gangster. Tu es un héros.

— OK, a soupiré Gert. Alors voilà. Toucan nous a sortis d'une situation difficile.

Gert m'a dit que je ne m'en étais peut-être pas rendu compte, mais qu'Oncle Richard n'était pas bien dans sa tête. Oncle Richard pouvait parfois être gentil mais d'autres fois, il se mettait en colère sans raison. En plus, il était un peu vicelard.

— Tu te souviens de la fois où il est entré pendant que tu étais dans la douche ?

— Oui, j'ai dit. Il a dit que c'était un accident.

— Accident, mon cul.

Gert a bu une gorgée d'eau.

— Et tu te rappelles quand je me suis mis à faire ta lessive ?

— Je croyais que c'était pour être sympa.

— Oui, et aussi parce que je ne voulais pas qu'il touche à tes culottes.

Je me suis rappelé la fois où j'étais sur le canapé avec Oncle Richard, la nuit de la grosse dispute avec Gert, et la manière dont il m'avait touchée.

— C'est pour ça que tu ne voulais pas parler de sexe chez Marxy ?

— Je ne voulais pas parler de sexe parce que tu es ma sœur et que ça me dégoûte, c'est tout. Bref, ce que j'essaie de te dire, c'est que j'avais besoin qu'on se barre de chez Oncle Richard. Le seul moyen que j'avais de le faire rapidement, c'était d'emprunter de l'argent à Toucan.

Il s'est levé et il a dit qu'il allait faire la vaisselle.

— J'accepte ta contrition, il a dit en me faisant un check.

En me préparant, j'ai réfléchi à l'argent qu'il devait à Toucan et ça ne me plaisait pas. J'ai sorti le pot de confiture de sous mon lit dans lequel je gardais mes économies et j'ai compté l'argent.

J'avais trente-sept dollars et cinquante cents.

Avant de descendre prendre mon bus, j'ai demandé à Gert quelle était la taille de son empreinte.

— Emprunt, pas empreinte. Pourquoi ?

Je lui ai donné l'argent que j'avais économisé. Il y avait beaucoup de billets et quelques pièces. Il a regardé l'argent dans sa main.

— Je t'ai déjà dit de garder ça, il a dit.

Je lui ai dit non.

— Je vais t'aider à rembourser notre dette à Toucan. Je voudrais mettre ça sur notre compte en banque. Cette fois-ci, tu ne peux pas dire non.

— Ce n'est pas notre compte en banque, c'est le mien. Et ce que tu as là, ce n'est même pas une goutte d'eau dans l'océan. C'est ton butin à toi.

Il a remis l'argent dans le pot de confiture et il l'a secoué.

— Tu n'as pas besoin d'un compte en banque, Zed. Si tu as besoin d'argent, tu peux juste m'en demander.

11

Même à l'époque où il travaillait à la station-service, avant qu'on ait la bourse et l'argent pour trouver un appartement loin d'Oncle Richard, Gert s'arrangeait toujours pour que je puisse aller à la bibliothèque et au centre social. On n'avait pas beaucoup d'argent, mais Gert est un combattant puissant qui sait survivre aux batailles de la vie.

Je savais que, parfois, les gens font des choses qu'ils n'ont pas envie de faire pour contribuer au trésor. C'est comme un sacrifice, sauf qu'au lieu de brûler quelque chose ou de tuer des animaux pour faire plaisir à Odin et aux autres dieux, on se sacrifie soi-même. Et au lieu de faire les choses qu'on a envie de faire, on doit faire des choses pour les autres.

Ma liste des CHOSES QU'IL FAUT DANS UNE LÉGENDE disait que je devais trouver de l'argent pour rendre notre tribu plus puissante et protéger Gert de Toucan.

Gert s'était assez sacrifié. Maintenant, c'était à moi de faire un sacrifice pour le bien de notre tribu, c'est-à-dire pour le moment moi, Gert et Kalash, même si Kalash et Gert n'étaient plus ensemble. En plus, Gert ne croyait pas que je pouvais contribuer au trésor de la tribu et je voulais lui montrer qu'il avait tort.

Le lundi, dans le bus pour le centre social, je me suis assise à côté d'Hamsa et j'ai mis mon sac à dos par terre. Kalash était en vacances, donc c'était quelqu'un d'autre qui conduisait le bus. Je lui ai tendu mon poing en montant mais il ne m'a pas fait un check. Il a dit : « Bonjour » et rien de plus.

— Normalement, c'est Yoda qui s'assoit ici, a dit Hamsa. Il faudra que tu changes de place quand on arrivera chez lui.

Je lui ai dit que je connaissais leur règle et que je changerais de place. Je voulais juste lui poser des questions sur son travail, qui était de laver la vaisselle dans un restaurant.

— Oh, a dit Hamsa. Ça me fait les mains comme des pruneaux.

Et il a levé ses mains pour me montrer la peau qui était toute fripée.

— Hé oui, comme des pruneaux, j'ai dit.

Hamsa a hoché la tête et il a continué de regarder par la fenêtre.

— J'ai encore une question.

— On est presque arrivés chez Yoda, a dit Hamsa en tapant sur la vitre.

Je lui ai dit que ma question ne prendrait pas longtemps. Je lui ai demandé comment il avait trouvé son travail, vu que c'était difficile pour les gens comme nous de trouver du travail et que dans le contexte économique actuel, comme disait Google, c'était difficile pour tout le monde de trouver du travail.

— C'est le restaurant de mon oncle, a dit Hamsa.

Puis il a vu Yoda sur le trottoir et il lui a fait signe.

— Voilà Yoda. Il faut que tu changes de place.

Le bus s'est arrêté, j'ai pris mon sac et je me suis levée.

— Et moi, je pourrais travailler là aussi ?

— Tu devrais parler à Grand Todd, a dit le chauffeur au moment où je me levais. Il y a un programme pour ce genre de choses, je crois.

— Tu n'es pas musulmane, a dit Hamsa. Il faut être musulman pour travailler au restaurant.

Yoda est monté dans le bus et j'ai changé de place. Il avait raison. J'étais viking, pas musulmane.

*

Au centre social, Grand Todd s'est frotté le visage. On était dans son bureau qui était petit et où il y avait une table, une chaise et des livres sur une étagère. Au gymnase c'était l'heure du match de basket, mais c'était plus important de trouver un travail pour aider Gert alors j'ai dit à Grand Todd que j'avais besoin de son aide.

— Hamsa a un travail, alors pourquoi est-ce que moi je ne pourrais pas en avoir un ?

— Tu n'as jamais eu l'air de t'intéresser à ce genre de choses avant aujourd'hui.

— Oui, mais aujourd'hui, je veux un travail. Tous les Vikings ont un travail, même si leur travail c'est le champ de bataille.

— Je risque d'avoir du mal à te trouver un travail sur un champ de bataille.

Il a sorti un classeur d'un tiroir dans son bureau. Il était gargantuesque, avec des papiers et des feuilles en plastique qui dépassaient de partout. Il s'est ouvert tout seul sur le bureau comme un accordéon.

— Bon. C'est un peu difficile à cette période de l'année. À quoi t'intéresses-tu ? Enfin, à part aux Vikings ? Nous avons des partenariats avec certains employeurs.

J'ai réfléchi à quoi lui répondre.

— J'aime bien le cinéma, j'ai dit. Et lire *Le Grand Livre des Vikings* du docteur Kepple. Et la course à pied, et le basket.

J'ai failli ajouter : « J'aime bien penser à Marxy », mais ce n'était pas un métier.

Grand Todd a noté des choses sur son bloc-notes, puis il a commencé à feuilleter le classeur.

— Entendu. Je vais passer quelques coups de fil. Est-ce que Gert est au courant ?

— Gert ne fait pas partie de cette quête, j'ai dit.

Grand Todd a hoché la tête.

— D'accord. Je comprends.

Il a arrêté de feuilleter les pages et il a fait un tipi avec ses mains. Il a gonflé ses joues.

*

Pendant qu'il essayait de voir où je pouvais travailler, Grand Todd m'a donné un papier à lire avec des questions auxquelles je devais répondre. Le papier s'appelait : « Dix choses à savoir avant votre premier entretien d'embauche ». Parmi les choses à savoir, il y avait par exemple :

• Ne mentez pas dans votre curriculum vitae. (Ça se prononce : *curiculomme vité.*)
• Trouvez un travail qui vous intéresse. (Ça ne m'intéressait pas de travailler dans le restaurant de l'oncle d'Hamsa, mais parfois les Vikings doivent faire des choses qu'ils n'ont pas envie de faire pour le bien de leur tribu.)
• Renseignez-vous sur votre employeur. (Je pouvais me préparer des notes sur un bout de papier avant d'aller à l'entretien.)
• N'oubliez pas que l'habit fait souvent le moine. (L'article disait de faire attention à m'habiller comme quelqu'un de professionnel que l'entreprise aurait envie d'embaucher.)

Il y avait aussi une liste de questions que les employeurs posent dans les entretiens d'embauche. L'article disait qu'il fallait que je sache répondre aux questions avant d'aller à l'entretien. Je me suis entraînée à donner les bonnes réponses, qui étaient expliquées dans l'article des « Dix choses à savoir avant votre premier entretien d'embauche ».

Question n° 1 : Pourquoi êtes-vous candidat(e) à ce poste ?
J'ai écrit qu'il était temps que je commence à contribuer au bien-être de ma tribu, et qu'avoir un travail m'aiderait à rembourser les dettes de la tribu.

Question n° 2 : Professionnellement parlant, quels sont vos points forts ?

Comme je suis viking, je suis puissante et je sais terrasser les ennemis. Je n'abandonne jamais le combat. Je suis travailleuse.

Question n° 3 : Professionnellement parlant, quels sont vos points faibles ?

Je ne savais pas trop quoi dire. Je ne suis pas très grande, mais Gert dit que je suis une vraie guerrière.

Grand Todd est entré et il m'a dit qu'il m'avait trouvé un entretien à la bibliothèque. En y réfléchissant, c'était l'endroit idéal pour moi.

— Ils ont dit qu'ils avaient *peut-être* une place.

J'ai levé la tête.

— Vraiment ?

Grand Todd a dit qu'il allait falloir que je m'habille bien pour l'entretien. Ça avait lieu dans deux jours.

— Un vrai entretien ? Pas juste pour l'entraînement ?

— Oui m'dame ! Et pour ta tenue, tu n'es pas obligée de porter quelque chose de très élégant. Mais pas non plus des vêtements de tous les jours. N'oublie pas que l'habit fait souvent le moine.

Quand je lui ai demandé ce que ça voulait dire, précisément, il m'a répondu :

— C'est comme lorsque les guerriers vont au combat : ils doivent porter une armure. C'est ça qu'on porte pour se battre, pas vrai ? Eh bien, quand on va à un entretien, il faut mettre une jupe et une jolie blouse. Est-ce que tu as ce genre de vêtements ?

J'avais une jupe mais pas de blouse : c'est comme une chemise, mais en plus chic.

— Tu devrais en parler à Annie, a dit Grand Todd. Elle pourra sûrement t'aider.

*

Quand je suis rentrée à la maison, j'ai appelé Kalash et j'ai même failli oublier d'enlever mes chaussures.

— Salut mon canard. Quoi de neuf ? elle a dit.

J'ai eu l'impression que j'allais exploser alors j'ai hurlé dans le téléphone : « J'AI UN ENTRETIEN POUR UN TRAVAIL À LA BIBLIOTHÈQUE ! »

— Tout doux, meuf. Je suis au courant. Grand Todd m'a appelée. C'est quand cet entretien, dans un jour et des poussières ?

J'ai compté et j'ai répondu : « Quarante-trois heures et quarante-sept minutes », parce que l'entretien était tôt le matin. Elle m'a dit qu'elle s'était déjà libérée pour aller faire du shopping avec moi l'après-midi, vu que c'était son jour de congé.

Avant qu'elle arrive, j'ai laissé un mot à Gert en lui disant que j'allais au centre commercial avec Kalash et je l'ai collé sur la table, qui est l'endroit où on laisse nos messages. Puis j'ai fermé la porte de ma chambre et j'ai regardé le Mot du Jour qui était *consultation*, ce qui veut dire quand on discute avec quelqu'un et qu'on le « consulte » sur une question. Je me suis consultée sur mon armoire à vêtements. Je n'étais jamais allée à un entretien de travail, ni à un travail. Le plus beau vêtement que j'avais, c'était une jupe que Kalash m'avait prêtée et qu'elle avait oubliée chez moi, mais elle ne lui allait plus et à moi non plus.

Kalash est venue me chercher en voiture et on est parties au centre commercial. Le magasin où elle voulait aller s'appelait Gap.

On est entrées et Kalash m'a montré trois jupes à essayer. Les deux premières étaient noires et trop larges et elles ne m'allaient pas. La troisième était chic et elle m'allait.

— D'accord, a dit Kalash. Bouge un peu, pour voir ?

Je suis sortie de la cabine d'essayage et j'avais du mal à marcher. La jupe chic était très serrée. J'ai dit à Kalash que ce n'était vraiment pas une jupe pour le combat.

— Ça c'est sûr.

Elle s'est approchée et elle m'a fait tourner.

— Elle te va bien, en tout cas. Elle te fait un joli cul mais sans faire trop pétasse.

— Il ne faut pas que ça fasse pétasse.

— Non. Surtout pour un entretien à la bibliothèque.

Elle m'a fait essayer plein de chemises différentes, de celles qui se boutonnent sur le devant. J'aimais bien la rose fuchsia. Elle m'a dit que le bleu faisait plus professionnel.

— Les couleurs vives, tu les gardes pour les grandes occasions. Les soirées strip-tease, les enterrements, tout ça. Tiens, essaie celle-ci.

J'ai commencé à lui demander pourquoi j'irais à une soirée strip-tease, mais j'ai compris qu'elle plaisantait alors j'ai ri. Quand on a fini de choisir une jupe et une blouse, elle m'a aussi acheté un collant : c'est comme des chaussettes mais qui montent jusqu'en haut des jambes, et c'est un peu transparent. Ça fait les jambes toutes lisses.

— C'est l'avantage. Ça évite de devoir se raser les jambes tout le temps.

— Je ne me rase pas les jambes très souvent, j'ai dit.

— Moi non plus. Mais si tu es dans un travail où tu as affaire au public, parfois tu es obligée de le faire. C'est débile mais les collants, que tu les aimes ou non, ça fait partie des choses que veulent voir les employeurs sérieux comme le tien.

Elle m'a montré comment mettre le collant. Ensuite, elle m'a montré comment rentrer la blouse dans le collant pour qu'elle soit bien lisse, et comment le petit crochet argenté au-dessus du zip à l'arrière faisait tenir la jupe. Quand on a eu fini, elle s'est reculée et elle m'a regardée.

Elle a sifflé.

— Pas mal, pas mal. Qu'est-ce que tu en penses ?

La jupe me serrait à la taille et le collant me donnait l'impression que quelqu'un m'écrasait. Kalash a dit que c'était bien, que c'était normal d'avoir cette impression.

— C'est le dur fardeau de la femme, elle a ajouté.

Kalash m'a fait cadeau des vêtements et quand j'ai essayé de lui dire que j'avais mon argent à moi dans le trésor, elle a dit que c'était juste un prêt.

— Si vraiment ça te dérange, tu pourras me rembourser quand tu toucheras ton premier salaire.

— Affaire conclue, j'ai dit. Les Vikings paient toujours leurs dettes.

Nous sommes parties avec nos sacs de courses et, au lieu de sortir du centre commercial, Kalash m'a emmenée dans un autre magasin. Un endroit spécial, elle a dit. Ils ne vendaient que des sous-vêtements, ce que je trouvais bizarre parce que je n'arrivais pas à comprendre comment on pouvait avoir un magasin tout entier rien que pour vendre quelque chose que personne ne voit jamais.

— Eh bien, a dit Kalash, ce n'est pas tout à fait vrai. Il n'y a pas que toi qui vois tes sous-vêtements.

Elle m'a dit de lui faire confiance.

— Allez, viens.

Elle m'a entraînée au milieu des mannequins presque nus qui ne portaient rien d'autre que des soutiens-gorge et des culottes de couleurs vives.

— On se lance.

*

Je n'étais jamais allée dans un magasin de sous-vêtements sexy. Tous les habits étaient entassés en petites piles. Les murs étaient décorés avec des photos et des affiches de belles femmes en culotte. Ce qui était bizarre, c'était que les gens dans le magasin faisaient comme s'ils n'étaient pas entrés là exprès. Pourquoi est-ce qu'ils faisaient semblant de s'être trompés de magasin ? Si ce qu'ils voulaient, c'était acheter des jolis sous-vêtements, alors pourquoi ils faisaient semblant de ne pas vouloir en acheter ?

— Parce que les gens ont peur de la sexualité, a dit Kalash.

— Moi, je n'ai pas peur.

— Non, parce que toi, tu n'es pas complètement puritaine.

— Au dîner, la maman de Marxy a dit qu'eux non plus ils n'étaient pas puritains.

— Ça veut dire coincé. Mal à l'aise avec la sexualité.

— Comme Gert.

— Ha ! Gert est tout sauf coincé, a dit Kalash.

Elle tenait une culotte à la main. Elle était rouge vif et en dentelle, ce qui veut dire qu'on voyait plus ou moins à travers.

— Qu'est-ce que tu penses de celle-ci ?

Elle m'a tendu la culotte rouge en dentelle. J'ai tiré dessus et je pouvais presque voir mes doigts à travers.

— À quoi ça sert, une culotte, si on peut voir à travers ?

— Ça sert à être sexy, a dit Kalash.

— Et toi, tu portais des culottes sexy pour Gert ?

Elle a ri.

— Zed, ton frère préférait quand je ne mettais pas de culotte du tout.

— Oh.

Elle a replié la culotte et elle l'a remise sur la table. Il y avait tellement de piles de culottes, de soutiens-gorge et d'autres vêtements qui se mettaient je ne sais pas comment. C'était comme un zoo de culottes et de choses sexy.

La vendeuse s'est approchée et nous a demandé si tout allait bien.

— Vous avez trouvé ce que vous cherchez ?

J'ai répondu :

— On n'est pas puritaines. Mais on ne veut pas de culottes où les gens voient à travers.

La vendeuse a regardé Kalash, qui a haussé les épaules.

— On cherche quelque chose qui ne fasse pas trop pétasse, mais qui soit un peu sexy quand même.

Elle m'a montré plein de culottes différentes. J'étais étonnée de voir qu'il y en avait autant de sortes. À la maison, Gert avait des caleçons et moi j'avais des culottes qui étaient blanches, bleues ou vertes. Pas de dentelle, ni de rouge, ni de sexy. Je n'arrivais pas à imaginer que Gert puisse tomber sur une culotte sexy en faisant notre lessive. Il aurait été très étonné.

J'ai apporté les culottes qu'on avait trouvées dans la cabine d'essayage.

Je me suis regardée dans la glace. La lumière au-dessus de moi était puissante et brillait sur moi comme le soleil. J'ai tâté mon ventre. Il était très dur grâce à mon entraînement viking. Toutes les femmes dans les publicités du magasin de sous-vêtements étaient grandes avec des grosses poitrines. J'ai poussé ma bouche en avant pour faire comme elles. Ensuite, j'ai enfilé une des culottes que la dame du magasin m'avait données, avec le soutien-gorge qui était rouge aussi. J'ai fait des tours sur moi-même. J'ai essayé d'aplatir mes cheveux avec mes mains et je me suis tournée pour faire voir ma pose sexy au miroir.

— Alors, tout se passe bien ?

La vendeuse a frappé à la porte.

— Vous voulez que je jette un œil ?

C'était pour me demander si je voulais qu'elle me regarde. J'ai ouvert la porte, je me suis mise devant elle et je lui ai dit que je me sentais puissante.

— Ça vous va très bien, elle a dit.

Kalash, qui était à côté d'elle, a hoché la tête.

— Ça fait un brin mémère, mais tu me plais.

Quand on est sorties du magasin, on a décidé d'aller voir un film ensemble pour fêter notre séance de shopping. Le film racontait l'histoire d'un soldat qui n'est plus à la guerre et qui a plein de secrets que l'armée ne veut pas que le monde découvre. Alors l'armée tue la famille du soldat, et après il se venge. Il y avait beaucoup d'action et de coups de feu et je n'ai pas aimé ça, j'ai dû sortir du cinéma.

Kalash m'a rejointe sur le parking devant le cinéma. Elle s'est assise près de moi sur le trottoir, où il n'y avait pas de bruit.

— Hé, je croyais que tu aimais les films d'action ?

J'ai haussé les épaules. C'est vrai que j'aimais ça.

— Pourquoi est-ce que les gens achètent des revolvers si ce n'est pas pour une bataille ?

— Ça leur donne de la force, tu comprends ?

Elle a passé son bras autour de mes épaules.

— Qu'est-ce qui ne va pas ?

— Rien, j'ai dit.

Mais elle m'a fait LES YEUX et là, je me suis mise à pleurer parce que je repensais à Toucan et à Gert, au revolver, au partiel et tout ça.

— Il y a quelque chose qui ne va pas. Tu es en train de faire cette chose que tu fais quand tu es stressée.

Elle m'a touché la main.

— Allez. Tu peux me faire confiance.

Kalash a encore serré ma main et j'ai eu l'impression que j'allais exploser si je ne lui disais pas tout.

12

J'ai tout déballé. Je ne l'ai pas fait exprès. J'ai dit que Gert avait un revolver, qu'il n'allait pas en cours et que c'était un menteur. Kalash a pété les plombs et elle s'est mise très en colère, ce qui pour elle veut dire qu'elle ne disait plus rien. En fait, quand elle fait ça, elle fait presque plus peur que quelqu'un qui fait beaucoup de bruit. Quelqu'un qui est en colère et qui ne dit rien, on ne sait pas de quoi il est capable.

Quand on est montées dans la voiture, Kalash a mis des coups de poing dans le volant et elle n'a pas démarré.

Elle s'est mise à me faire LES YEUX.

Kalash n'a peur de rien. Si on compare avec les Vikings, c'est aux Valkyries qu'elle ressemble le plus. Ça faisait partie des raisons pour lesquelles Gert était tombé amoureux d'elle : elle ne se laissait pas impressionner. Les autres gens avaient peur de Gert, mais lui, il avait peur de Kalash, surtout quand elle lui faisait LES YEUX.

Il me disait souvent : « Regarde, Zed, elle me fait LES YEUX ! » Ou bien : « Ce regard, je le connais. »

LES YEUX, c'est comme un missile. Un missile, ça part d'un point, ça arrive à un autre et ça explose les méchants. Ça n'existait pas à l'époque des Vikings. Quand Kalash fait LES YEUX, ça fait comme un missile qui explose celui qu'elle regarde. Gert n'était pas un méchant mais parfois il faisait des choses de méchant et il fallait que Kalash l'explose pour le remettre à sa place.

Moi, j'avais essayé d'apprendre à faire LES YEUX. C'est un bon moyen pour être plus puissante au combat, dans les moments où il faut utiliser toutes les armes que l'on a sous la main.

J'aimais bien m'entraîner à faire LES YEUX dans le miroir. Kalash est très forte pour envoyer LES YEUX comme un missile parce qu'elle a des sourcils très noirs qui ressemblent à deux chenilles. Quand elle est en colère, ils se plient au milieu. Et quand elle est vraiment en colère et qu'elle veut détruire la personne en face d'elle, ils se plient à plusieurs endroits. Kalash a les yeux marron et parfois, quand elle fait LES YEUX, on dirait qu'ils deviennent noirs.

Même après avoir démarré la voiture, Kalash a continué de faire LES YEUX pendant tout le trajet du retour. Elle a fait LES YEUX à la route, aux autres voitures et même au volant.

Pendant qu'elle conduisait, j'avais peur d'avoir fait une erreur et d'avoir trahi Gert. Mais je savais que Kalash était une personne de confiance, et je savais qu'elle aimait Gert et que Gert l'aimait aussi.

Elle s'est garée devant notre immeuble, sur une place où c'est interdit de rester garé. Elle n'a même pas mis ses clignotants comme elle le faisait d'habitude pour montrer qu'elle n'allait pas rester longtemps.

Elle a éteint le moteur. Elle n'a pas lâché le volant. Elle le tenait comme si elle était suspendue au bord d'une falaise et que le volant était la seule chose à laquelle elle pouvait se retenir pour ne pas tomber dans le vide.

On est restées là un moment.

— J'ai tellement la rage, Zelda, a dit Kalash. T'imagines même pas. Un flingue, putain. Dans l'appartement. Tu te rends compte à quel point c'est dangereux ?

— Je sais, c'est pour ça que je te l'ai dit.

— Oui, c'est vrai. Tu as bien fait.

Elle m'a tapoté la jambe et elle a ajouté :

— C'est bien que tu me l'aies dit. Et qu'est-ce qu'il fabrique à la fac ? Il faut qu'il suive tous ses cours pour ne pas perdre sa bourse. Il ne peut pas sécher une matière comme ça. Surtout pas une matière obligatoire.

Une matière obligatoire, c'est un cours qu'on doit suivre pour avoir le droit de suivre tous les autres.

On est montées jusqu'à la porte de l'appartement avec nos sacs de courses. J'ai sorti ma clé mais Kalash était déjà en train d'ouvrir avec la sienne. Je ne savais pas qu'elle l'avait gardée.

Gert était à l'intérieur en train de regarder la télé avec un bol de céréales sur les genoux.

— Alors, il était comment ce film ? il m'a demandé.

Puis il a vu Kalash.

— Qu'est-ce qu'elle fout ici ?

— Ta gueule, a dit Kalash.

Il a fait comme si elle n'était pas là.

— Zelda, pourquoi est-ce que cette personne est chez nous alors que j'ai dit que je ne voulais plus la voir ici ?

Quand elle a commencé à le disputer, Gert lui a dit de s'occuper de ses affaires. Là, j'ai répondu :

— Mes affaires, c'est aussi les affaires de Kalash. Je lui passe toutes mes affaires.

— Des flingues, Gert ? Sérieux ? a dit Kalash en secouant la tête. Et tous ces gangsters avec qui tu traînes ?

— Pas besoin d'en rajouter, a dit Gert.

— Tu crois que je n'entends pas ce qui se raconte ? a dit Kalash. Tout le monde sait que tu deales.

Je ne savais pas ce que ça voulait dire, et j'ai demandé si quelqu'un pouvait m'expliquer ce qui se passait.

— Tu n'es pas mon assistante sociale, a dit Gert.

Il a posé le bol de céréales, il est passé devant nous pour aller jusqu'à la porte et il l'a ouverte. Il a dit à Kalash de foutre le camp.

Kalash a dit qu'elle ne sortirait pas tant qu'il ne lui aurait pas donné le flingue. Quand Gert a dit qu'il n'y avait pas de flingue, Kalash m'a montrée du doigt.

— Elle a dit qu'elle avait trouvé un revolver. Dans la boîte en métal. Tu la traites de menteuse ?

— C'est encore un de ses délires de Vikings, a dit Gert.

— Tais-toi, j'ai dit. Tu avais un revolver dans la boîte en métal et deux cent quarante dollars dans l'enveloppe dans le sac, et tu as menti sur ton groupe de révision.

Kalash s'est plantée devant lui et elle l'a poussé.

— Espèce de connard. Tu veux qu'elle se fasse tuer ?

Elle s'est mise à crier et à le pousser, pendant qu'il essayait de l'empêcher de le frapper au visage. Gert lui a dit d'arrêter de faire l'hystérique. Kalash a répondu :

— Ah ouais ? Tu veux voir ce que c'est, une hystérique ?

Et elle a essayé de lui mettre un coup de poing. Il l'a retournée et il l'a attrapée en lui tenant les bras par-derrière. Et là, elle lui a mordu la main. Il a crié : « PUTAIN MERDE », et sa main s'est mise à saigner.

Il l'a poussée en gardant sa main en l'air, et elle est allée valser contre le mur avec un gros boum.

Je ne voyais pas les Grendels, mais je les entendais qui faisaient leurs bruits et qui griffaient les murs de l'intérieur.

Je me suis rendu compte que j'étais en train de pleurer parce que d'un seul coup leurs visages sont devenus flous et une rivière de morve a coulé de mon nez.

Je n'arrêtais pas de répéter : « Arrêtez arrêtez arrêtez. »

Tout bougeait très vite et je n'aimais pas ça.

Je suis allée sur le palier où tout était silencieux et où deux membres aimés de ma tribu n'étaient pas en train de se battre. J'ai fermé la porte d'entrée et je me suis assise contre le mur. Je suis restée là, la tête dans les mains.

Alf est sorti de son appartement et il m'a demandé ce qui se passait.

— On se croirait en Irak, ici, bordel.

Je lui ai dit que Gert et Kalash étaient en train de se disputer. Il y a eu encore un gros boum et avant que j'aie le temps de dire à Alf de ne pas entrer, il a ouvert la porte.

Je me suis levée et je l'ai suivi. Il a tapé dans ses mains pour attirer leur attention et les faire taire.

— Les gars, vous avez intérêt à vous calmer sinon j'appelle les flics, il a dit. Surtout toi, le gros bras.

Le gros bras, c'était Gert.

— Hein ? a dit Gert.

— On se calme, a répété Alf.

Il s'est mis entre Gert et Kalash qui étaient maintenant chacun d'un côté de l'appartement. Kalash était dans la cuisine, Gert était dans le salon, et Alf est allé se mettre entre les deux.

Ça, ce n'était pas une bonne idée. Gert n'aime pas quand les gens se mettent en travers de son chemin, et il n'était pas loin de se transformer en Berserker.

Les Berserkers, ce sont des Vikings spéciaux qui sont sauvages : ils sont comme des robots dont la seule mission est de gagner des combats et de tuer leurs ennemis. On les appelle aussi des *Úlfhéðnar*, un mot que je ne sais pas prononcer même avec le programme de prononciation de Google sur l'ordinateur. Le problème, avec les Berserkers, c'est qu'ils sont tellement méchants et furieux que quand ils se battent, ça devient impossible de leur parler. Parfois, ils se mettent tellement en colère qu'ils se transforment en méchants.

Gert a poussé Alf. Alf a rebondi contre le mur et il s'est pris les pieds dans la table basse. À partir de là, Gert n'était plus en train de se disputer avec Kalash. Il était prêt à combattre Alf qui reculait, les mains en l'air.

Kalash a dit : « Gert », et elle a essayé de le retenir.

Tout s'est passé très vite, comme un ballon de basket quand on le fait tourner sur un doigt et qu'on lui met des claques pour le faire tourner de plus en plus vite, jusqu'à ce que les lignes sur le ballon disparaissent.

Gert a frappé Alf très vite et très fort. Alf est tombé. En une seconde, Gert s'est retrouvé assis sur Alf, qui essayait avec ses petits bras de l'empêcher de lui mettre des coups de poing.

Presque aussitôt le visage d'Alf est devenu tout rouge et il s'est mis à saigner de la bouche et du nez.

Ma tête a commencé à se serrer encore plus fort, parce que mon frère était en train de devenir un méchant vraiment terrible et de se transformer en Berserker.

Gert tenait toujours Alf par le cou mais il s'est tourné et il a vu Kalash qui me montrait du doigt et qui lui hurlait d'arrêter. Il a cligné des yeux et il a arrêté d'être un Berserker.

— Merde, il a dit.

Alf a toussé quand Gert l'a lâché et il a passé la main sur son cou. Il avait du mal à respirer.

Gert a reculé. Son ventre se gonflait et se dégonflait à toute vitesse. Il a dit : « Merde » encore une fois.

Kalash s'est baissée et elle a touché l'épaule d'Alf. En l'aidant à se relever, elle lui a dit :

— Sors d'ici. S'il te plaît, va-t'en.

Les Grendels faisaient tellement de bruit que je n'entendais plus rien d'autre, et les bruits qu'ils faisaient m'empêchaient d'y voir clair.

*

Il y a une chose avec laquelle j'ai du mal, c'est quand Gert se comporte comme un méchant. C'est sûr qu'Alf aurait mieux fait de s'occuper de ses affaires et de ne pas essayer de faire le guerrier devant Kalash pour l'impressionner. Mais quand même, il était beaucoup plus petit que Gert, et plus vieux, et il n'était pas très fort comme guerrier.

Kalash et Gert ont fait une tente autour de moi avec leurs bras, jusqu'à ce que je ne voie plus rien d'autre que leurs tee-shirts. Quand je les ai sentis autour de moi, le monde a ralenti et le bruit a diminué.

— Ça va aller, m'a chuchoté Gert à l'oreille. Ça va aller, Zelda. Tout va bien.

Kalash était à genoux à côté de nous et elle a aidé Gert à me soulever. Les Grendels grondaient toujours, mais moins fort. J'ai ouvert les yeux.

— C'est fini, a dit Gert.

— Je ferais mieux d'y aller, a dit Kalash en montrant la porte.

Gert a tendu le bras vers elle.

— Tu ne veux pas rester juste une minute ? S'il te plaît ?

J'ai remonté mes genoux contre ma poitrine et j'ai fait comme si j'étais un caillou gargantuesque et qu'à l'intérieur de moi tout était calme. Plus j'arrivais à rendre mes bras, mes jambes, ma tête, mon corps pareils à un caillou, plus je pouvais faire du calme à l'intérieur de moi.

— OK, a dit Gert. Ça va ?

Il marchait en rond et il n'arrivait pas à rester immobile. Le Berserker était toujours là, à l'intérieur de lui.

— Non, j'ai dit.

Kalash a dit à Gert de s'asseoir et d'arrêter de stresser tout le monde.

Gert s'est approché mais il avait l'air de ne pas savoir où s'asseoir.

— Tu n'es pas obligé de te mettre à côté de moi, a dit Kalash.

J'étais assise dans le fauteuil en cuir, celui avec un repose-pieds qui remonte, sauf qu'on n'arrivait jamais à le remonter parce qu'il y avait quelque chose de coincé dans le fauteuil.

— On n'aurait pas dû se battre comme ça, m'a dit Kalash. Voilà, c'est dit. OK ?

Ça, elle le disait à Gert, qui tournait en rond en secouant la tête.

— D'accord ?

— D'accord, il a répondu.

— Et, Gert, tu n'aurais pas dû casser la figure à ce vieux mec. Donc il faut que tu t'excuses pour ça aussi.

Gert s'est tourné vers moi et il a dit qu'il s'excusait mais qu'Alf n'avait rien à faire chez nous.

Je lui ai dit qu'Alf était plus faible que lui, et que les héros protégeaient les faibles au lieu de se battre avec eux. Gert a dit qu'il savait.

— Tu devrais être en cours, j'ai dit. Pourquoi est-ce que tu n'es pas en cours ? Et qu'est-ce que c'est que ce revolver ?

— La question à mille dollars, a dit Kalash.

Gert a secoué la tête. Il n'aimait pas quand les gens lui posaient des questions. Normalement, c'était lui qui les posait, les questions. Il a gratté sa tête chauve, qui n'était pas aussi chauve que d'habitude. Des petits cheveux essayaient de pointer et faisaient une ombre sur son crâne.

— Écoutez, il a dit, le flingue, il n'est pas chargé, d'accord ? C'est rien que de l'esbroufe. Pour me protéger.

Kalash a croisé les bras sur sa poitrine.

— Donc il y a bien un revolver.

— Tu vois ? j'ai dit.

— Je le garde enfermé, il est dans la boîte en fer.

— Dans ce cas, comment a fait Zelda pour le trouver ?

Gert s'est tourné vers moi.

— Ma chambre était fermée à clé. Qu'est-ce que tu faisais là-dedans ?

Mes joues sont devenues chaudes jusqu'à ce que Kalash me dise que ce n'était pas grave et que personne n'était fâché contre moi. Alors j'ai dit que tout le monde à la fac avait dit qu'il s'était fait virer alors que lui me disait qu'il allait à la fac, et que c'était pour cela que je m'étais mise à chercher des indices.

Mais j'avais l'impression qu'on ne parlait pas du plus important : le fait que Gert n'était pas en cours.

— Tu devrais être en cours, j'ai dit. Parce que tu es intelligent et que tu dois trouver un bon travail et conduire des belles voitures et aller en vacances à la plage.

Kalash a fait un grognement avec son nez.

— Pas vrai, Scarface ? elle a dit.

Scarface, c'est le film préféré de Gert, et même si Al Pacino meurt à la fin après s'être fait tirer dessus cent fois, il a une belle voiture et il se paie des belles vacances.

— Elle a raison. Tu t'es planté dans combien de matières ?

Gert s'est assis sur le fauteuil en face de Kalash. Il a regardé sa main qui était violette à cause des coups de poing.

— Juste une ou deux.

— C'est pas possible, putain ! Pardon, Zelda. Mais là, c'est vraiment un moment à dire des gros mots.

— Je suis d'accord, j'ai dit. C'est pas possible putain que tu n'ailles pas à la fac.

— Est-ce que tu peux rattraper ? a demandé Kalash.

Il s'est levé et il a dit qu'il voulait de l'eau. Il est parti dans la cuisine et Kalash a dit qu'elle s'excusait elle aussi. J'ai demandé de quoi elle s'excusait et elle m'a répondu :

— D'avoir déboulé ici comme Rambo.

C'était un autre des films préférés de Gert. Quand il est revenu avec son verre d'eau, il a dit qu'il aurait dû me prévenir qu'il n'arrivait pas à terrasser la fac.

— J'aurais pu t'aider, j'ai dit.

— Sans vouloir te vexer, Zed, ça dépasse un peu tes compétences.

— Moi aussi, je croyais que tu t'en sortais, a dit Kalash. On pourrait toujours réviser ensemble, même si on ne se parle pas. Je veux bien t'aider. Et puis c'est qui, ce Toucan ?

Gert m'a regardée droit dans les yeux.

— C'est personne.

— Gert, a dit Kalash.

Gert a étiré ses doigts et il les a secoués.

— Il nous a aidés à partir de chez Oncle Richard.

— Genre : il t'a loué un camion ?

— Genre : il m'a prêté de l'argent. C'est un ami. Un vieil ami. De l'époque où je jouais au foot.

Gert n'a pas souri comme je m'y attendais. Il avait l'air de quelqu'un qui sort d'une énorme défaite au combat. Kalash est allée au frigo et elle a pris un sac de légumes surgelés. Elle l'a donné à Gert pour mettre sur sa main.

— Maintenant, il faut qu'on s'occupe de cette saloperie de flingue.

On est allés dans la chambre de Gert, il est allé dans son armoire, il a sorti la boîte en métal et il l'a ouverte.

Kalash a dit qu'elle allait se débarrasser du revolver. Gert a essayé de discuter mais, là, sa main s'est mise à lui faire mal et il n'a plus eu la force de discuter.

— D'accord, prends-le.

À ce moment-là, il n'y a pas eu un seul bruit mais ça a fait comme si une bombe était en train d'exploser. Kalash faisait LES YEUX et quand elle s'est arrêtée, son visage a pris la même expression que du temps où ils étaient ensemble. Et Gert avait cette tête-là aussi.

Ça ne me plaisait pas de sentir toute cette colère et tout ce silence dans l'air.

— Est-ce que quelqu'un pourrait dire quelque chose ? j'ai dit.

Kalash a posé son sac. Elle a enlevé ses chaussures.

— Je suis toujours en colère après toi, elle a dit à Gert.

— Moi aussi, j'ai dit.

Gert a dit qu'il savait. Il s'est levé, il s'est avancé vers Kalash, et ils sont restés un long moment debout face à face à se regarder. Puis Kalash a dit :

— Zelda, tu ne veux pas aller jouer un peu dehors ?

— Vous allez avoir un rapport sexuel, j'ai dit. C'est ça ?

Kalash a pris la main pas blessée de Gert et elle a répondu :

— En effet, ça m'en a tout l'air.

— Je vais mettre mes écouteurs, j'ai dit.

On est sortis dans le couloir, Gert et Kalash marchaient devant main dans la main et moi je marchais derrière eux. Quand je suis arrivée dans ma chambre, j'ai fermé la porte. C'était une victoire pour une partie de ma légende : Gert et Kalash étaient amoureux et ils étaient en train d'avoir un rapport sexuel, même si Gert n'était pas à la fac comme j'aurais voulu.

J'ai sorti un stylo et j'ai mis une croix en face de : FAIRE QUE GERT ET KALASH SE REMETTENT ENSEMBLE, sur ma liste des choses à faire pour devenir légendaire.

C'était un moment très puissant. J'ai décidé de partager ça avec le docteur Kepple, alors je suis allée sur mon ordinateur et j'ai cliqué sur son site Internet, que j'avais dans mes favoris.

Cher docteur Kepple,

Bonjour, c'est encore Zelda. Vous n'avez toujours pas répondu à mon dernier e-mail, mais ce n'est pas grave parce que vous êtes sûrement occupé à étudier les Vikings. Je commence à être très forte avec mon épée et je crois que je peux dire que j'arriverais à terrasser la plupart des méchants qui sont dans votre livre. Si vous vous souvenez, je vous ai parlé l'autre jour de mon épée viking. Et j'ai aussi réussi à faire que Gert et Kalash se remettent ensemble, ce qui est une partie importante de ma légende.

Cependant j'ai quelques questions sur les trésors vikings et je ne trouve pas de réponse dans Le Grand Livre des Vikings. *À la page 174, vous dites que les tribus vikings partaient en guerre contre les autres tribus et qu'elles les pillaient, ce qui veut dire prendre le trésor des endroits qu'on a vaincus. Est-ce qu'il y a d'autres moyens pour les Vikings d'obtenir un trésor sans avoir à faire de pillage ? Et aussi, je vais passer un entretien dans une bibliothèque pour un travail. (Je ne sais pas si les Vikings ont des bibliothèques, ça, c'est une autre question à laquelle vous pouvez peut-être répondre.)*

Merci pour votre attention, et je vous souhaite une bonne journée.

Skál,

Zelda

13

Cette nuit-là, une fois que Gert et Kalash ont été couchés et que j'ai envoyé ma lettre au docteur Kepple, j'ai mis mon réveil pour me lever tôt avant Gert et Kalash. Je voulais leur préparer un festin de petit déjeuner pour fêter le retour de Kalash dans la tribu. Ils ont eu des rapports sexuels pendant longtemps. Je les ai entendus et j'ai commencé à me demander comment ça ferait d'avoir un rapport sexuel avec Marxy. Je me suis endormie en espérant que je rêverais de ça, mais ça n'a pas marché.

Quand mon réveil a sonné, la porte de Gert était ouverte et il était encore endormi à plat ventre sur son lit. Kalash était dans l'entrée en train de mettre ses chaussures pour partir.

— Où tu vas ? j'ai demandé.

Elle a mis un doigt sur ma bouche pour me faire taire.

— Laisse-le dormir, elle a dit.

J'ai baissé la voix et j'ai demandé où elle allait. Kalash s'est redressée et elle a chuchoté :

— Ne le prends pas mal, Zed, mais notre histoire n'est pas une histoire qui finit bien.

— Mais vous avez eu un rapport sexuel, toi et Gert.

Elle a encore mis un doigt sur sa bouche et elle m'a montré le palier pour qu'on aille parler là-bas.

— Oui, on a eu un rapport sexuel, elle a dit en refermant la porte. Et puis quoi ?

— Et puis vous êtes amoureux.

— Je sais que tu crois que toutes les histoires doivent avoir une fin parfaite. Mais la vie, c'est compliqué. Parfois tu peux aimer quelqu'un qui est mauvais pour toi, ou bien quelqu'un qui n'est pas fait pour toi. Je ne suis pas sûre.

— Vous pouvez quand même être parfaits l'un pour l'autre, et vous aider l'un et l'autre à devenir plus forts, j'ai répondu.

Elle a soupiré.

— Zelda. Il ne veut pas de mon aide. Tu comprends ça ?

J'ai couru devant elle, j'ai levé les bras et j'ai dit :

— TU NE PASSERAS PAS.

Elle a essayé de me contourner et je me suis remise devant elle.

Elle a dit :

— Allez, pousse-toi.

Alors j'ai dit que je me poussais mais j'ai fait un saut de côté et je me suis remise devant elle.

Elle a arrêté d'essayer de me contourner.

— Tu as faim ? elle a demandé.

— Un peu.

— Je vais passer au McDo avant le travail. Si tu veux, tu n'as qu'à venir avec moi pour essayer de me convaincre. Mais pour le moment, j'ai trop faim.

Je ne peux pas avoir une conversation digne d'un être humain si j'ai le ventre vide.

*

Pendant qu'on faisait la queue au McDonald's, elle m'a expliqué qu'elle ne croyait pas Gert quand il parlait de changer et de revenir sur le droit chemin.

— Ce n'est pas faute d'avoir envie d'y croire. Mais vu la manière dont on s'est séparés la dernière fois, je ne peux pas m'embarquer encore une fois dans ce merdier. Impossible.

— Il a dit qu'il ne parlerait plus à Toucan.

— Je ne sais pas qui est ce connard de Toucan, mais les gens comme lui, je les connais. Et si ton frère lui doit de l'argent, alors il est mal barré.

— Mais c'est pour ça que tu dois rester ! Tu pourrais être sa mie !

— Meuf, je ne suis la mie de personne. Il faut que Gert apprenne à se débrouiller tout seul.

On est arrivées à l'avant de la queue et on a passé commande. Kalash préférait les McMuffins et moi je préférais les pancakes.

— Écoute : je ne sais pas pourquoi, mais quelque part tout au fond de mon cœur, j'ai un faible pour cet abruti. Peut-être que j'ai grandi entourée de mauvais modèles masculins. Du coup, maintenant, quand je vois un petit oiseau blessé, je ressens le besoin de le secourir.

— Mais si on arrive à le faire retourner à la fac ?

— Le *faire* retourner ? Au contraire, ce dont il a besoin, c'est faire les choses par lui-même. La fac, c'était sa seule chance d'y arriver.

— S'il a raté ses partiels, il peut les repasser. Les héros, il faut leur donner une chance de regarder la défaite en face pour pouvoir ensuite surmonter les obstacles.

Elle a posé son McMuffin.

— Zelda.

— Tu me dis toujours qu'il faut me donner une chance de faire les choses toute seule et d'être ma propre légende. Tu m'as même aidée à choisir des vêtements pour que je sois une Viking au maximum de sa puissance.

— Ce n'est pas pareil.

Pendant quelques secondes, Kalash n'a plus rien dit. Elle a regardé par la fenêtre une camionnette qui essayait de se garer sur une place trop petite pour elle.

— C'est juste que… je l'aime, je l'aime vraiment. Et je veux que les choses s'arrangent. Mais ce n'est pas si simple.

Alors j'ai réfléchi aux choses qui m'avaient aidée dans ma légende, et j'ai compris de quoi Gert avait besoin plus que tout.

— Je pense qu'on devrait faire des règles pour que Gert les suive, j'ai dit. Il nous faut une liste de RÈGLES DE VIE POUR GERT.

Kalash a éclaté de rire.

— C'est un adulte. En plus, je ne sais pas si tu as remarqué, mais ton frère a un problème avec les règles.

— Moi aussi je suis une adulte, et ça m'aide d'avoir des règles. Et ce seraient des règles pour toute la tribu. S'il nous aime, il acceptera de les suivre. Tu peux me faire confiance ?

Kalash a bu un peu de jus de fruits.

— Ce n'est pas une question de te faire confiance, c'est juste…

— Tu me fais confiance ?

— Oui, bien sûr.

— Alors je te demande de faire confiance à Gert et de lui laisser une chance de redevenir un héros.

Kalash a posé son jus et elle s'est essuyé la bouche. Ça se voyait qu'elle était en train de réfléchir. Elle avait les sourcils qui se tortillaient.

— D'accord, mais s'il déconne, c'est fini.

— On va lui donner ses règles et s'il ne les respecte pas, c'est fini.

Elle a souri.

— Tu es une bonne sœur, tu sais ça ? Il a de la chance de t'avoir.

— De nous avoir. Il a de la chance de nous avoir, parce qu'on va le garder dans le droit chemin.

J'ai trempé ma croquette de pommes de terre dans la barquette de sirop d'érable jusqu'à ce qu'elle soit presque complètement recouverte, et je l'ai mise dans ma bouche. Si Gert avait été là, il m'aurait dit de prendre moins de sirop d'érable et de manger moins salement, même si c'était moi qui mangeais les croquettes de pommes de terre et pas lui. Je voulais qu'il arrête de faire ce genre de choses. J'en avais assez des règles que les autres faisaient pour moi. Je voulais faire mes propres règles.

— Je veux que mes affaires soient mes affaires. Je veux avoir mes affaires à moi. Comme le sexe, par exemple.

On a parlé de la manière dont Gert s'était mis en colère quand j'avais parlé d'avoir des rapports sexuels avec Marxy. Kalash trouvait qu'il n'avait pas tort, même si elle n'était pas entièrement d'accord avec lui.

— Quand je dis qu'il n'a pas tort, je veux dire que ce n'est pas étonnant que ça lui fasse bizarre. D'un autre côté, la mère de Marxy a raison. Tu as besoin de parler de ces choses-là. Et il faut qu'il évite de péter les plombs quand une femme parle de ses règles.

— Peut-être qu'on pourrait mettre ça dans nos RÈGLES DE VIE POUR GERT ? Pas le droit de se mettre en colère pour des histoires de sexe ou de règles ?

Elle a fait oui de la tête.

— Bon début.

Elle a mis le reste du McMuffin dans sa bouche. Avec un de ses doigts, elle a essuyé le fromage sur ses lèvres. Elle a mâché deux fois et elle a avalé tout ce qu'elle avait dans la bouche. Elle a sorti un stylo de son sac et elle a fait cliquer le bout pour faire sortir la mine.

Elle a aplati le ticket de caisse du repas sur la table et elle l'a regardé fixement. Elle a tapoté le stylo contre son menton.

— Il ne faut pas qu'on soit trop dures avec lui, elle a dit.

— Moi, je veux que vous vous remettiez ensemble. Alors pourquoi j'irais inventer des règles trop dures qui vous empêcheraient de vous remettre ensemble ?

— Oui mais cette fois, je le tiens par les couilles, ce qui n'arrive presque jamais avec ton frère. Je crois que si on réfléchit ensemble, on va peut-être arriver à tirer avantage de la situation pendant qu'il est prêt à faire des concessions.

Une *concession*, ça peut vouloir dire soit un endroit où on vend des voitures, soit donner à quelqu'un quelque chose qu'on n'a pas envie de lui donner, parce qu'on veut obtenir quelque chose d'autre en retour.

Avec Kalash, on a essayé de réfléchir aux concessions que Gert serait prêt à faire pour avoir ce qu'il voulait, c'est-à-dire revenir avec Kalash. En vérité, Kalash voulait revenir avec lui, elle aussi, mais pour elle c'était un retour en arrière. Sa concession à elle, c'était de se remettre avec Gert parce que sortir avec mon frère, c'est aussi pas mal de soucis.

— Il faut qu'il arrête ses conneries, j'ai dit. Pas vrai ?

Kalash a commencé à écrire sur le ticket de caisse.

— Très bien. Il faut qu'on fasse attention à être suffisamment précises, tu vois ? Comme ça, s'il s'énerve contre nous, il nous restera encore des cartouches. Il faut qu'on ait des exigences précises. Je lui ai déjà confisqué son revolver, donc on peut retirer ça de la liste.

— Qu'est-ce que ça veut dire, *confisquer* ?

— Que je lui ai pris le revolver et que je vais m'en débarrasser. Donc on peut retirer ça de notre liste d'exigences.

Exigences, c'est le contraire de concessions. Quand deux tribus en guerre se réunissent pour savoir ce qu'elles vont faire, si elles ne veulent pas se battre avec des épées, alors elles se battent avec des mots pour décider de qui aura quoi. Elles se battent à coups d'exigences.

Kalash avait quatre exigences pour se remettre avec Gert. C'étaient des exigences *sine qua non*, ce qui voulait dire qu'elle ne ferait pas de concessions là-dessus.

1. Que Gert recommence à voir le docteur Laird tout seul, parce qu'il avait arrêté d'y aller.

2. Interdit de vendre du cannabis ou d'être ami avec des gens comme Toucan, qui est presque certainement un méchant d'après Kalash parce qu'elle avait demandé autour d'elle et qu'apparemment beaucoup de gens avaient dit que c'était « un salopard de truand ». D'après Kalash, un salopard de truand, c'était encore pire que tous les bite-culs et tous les sacs à merde réunis.

3. Gert devait aller aux cours de rattrapage pendant l'été pour récupérer les unités qu'il avait perdues en séchant les cours.

4. Il devait jeter son revolver.

On a mis une croix devant le point numéro quatre, parce que Kalash lui avait déjà pris le revolver.

Je lui ai demandé pourquoi elle ne mettait pas une autre exigence *sine qua non* pour dire que Gert n'avait pas le droit d'avoir des rapports sexuels avec d'autres filles.

— Ça va sans dire, a dit Kalash. Ou plutôt non, ça ne va pas sans dire. Bien vu.

Elle a écrit sur le ticket de caisse : « Ne pas coucher avec d'autres filles. »

Mes exigences à moi, c'était que je voulais qu'il arrête de me dire tout le temps ce que je devais faire. Par exemple si je voulais avoir des rapports sexuels avec Marxy, il n'avait pas le droit de m'en empêcher. J'ai aussi décidé que je voulais avoir un travail à moi.

— Je voudrais qu'il me soutienne. Et je vais ouvrir mon propre compte en banque pour contribuer à la tribu.

Kalash a souri et elle m'a dit qu'on n'avait pas besoin de lui pour faire ça.

— Il te suffit d'entrer dans une banque et d'ouvrir un compte. Cela dit, tu devrais sûrement demander à quelqu'un de venir avec toi avant de signer quoi que ce soit.

Et on a continué comme ça, à écrire nos RÈGLES DE VIE POUR GERT.

Sur le chemin du retour dans la voiture, j'ai pensé à une autre exigence. Ce n'était pas que pour Gert. C'était aussi pour Kalash. Et ce n'était pas vraiment une RÈGLE, c'était plutôt quelque chose que je voulais.

La radio était allumée. Kalash a baissé le son.

— OK, je t'écoute.

— Je veux voir sa lettre. La lettre qu'il a écrite pour avoir sa bourse.

Elle n'a rien répondu. Je lui ai demandé ce qu'elle avait dans la tête. Elle a dit qu'elle ne savait pas si c'était une bonne idée que je la lise.

— Enfin, je sais que tu penses que tu veux la lire, mais elle a été écrite pour une occasion particulière. Elle n'a pas été écrite pour que tu la lises.

— C'est Gert qui l'a écrite, et ça parle de moi. Je veux la voir.

Il s'est mis à pleuvoir. Le soleil avait presque entièrement disparu derrière les nuages et la pluie crachait sur le pare-brise. Kalash a allumé les essuie-glaces. Je les ai regardés aller et venir. Je venais de dire une exigence à Kalash, mais je me suis rendu compte que je n'avais aucun moyen de la forcer à me montrer la lettre. En plus, Gert ne voudrait pas me la montrer non plus.

— Je te l'ai déjà dit, a dit Kalash en tournant vers notre immeuble, c'est à lui de décider.

*

Quand on a apporté à Gert notre liste de RÈGLES DE VIE POUR GERT, c'était très officiel. On s'est assis autour de la table de la cuisine, chacun à un coin. C'était comme une réunion de travail. Kalash avait réécrit nos exigences sur un papier avec deux colonnes : une pour ses exigences à elle et une pour les miennes. On voulait que ça ait l'air plus officiel qu'un ticket de caisse et une serviette en papier.

— Vous vous foutez de moi ? a dit Gert, le papier à la main. Vous croyez que c'est la Seconde Guerre mondiale ? Laquelle de vous deux est la Pologne ?

— Des exigences *sine qua non*, voilà ce que c'est, j'ai dit.

— Pourquoi est-ce que tu aurais des exigences *sine qua non* toi aussi ?

— Je négocie pour elle, a dit Kalash.

Gert a secoué la tête.

— Deux contre un. Vous trouvez ça juste ?

Gert a parcouru la liste. Il a dit qu'il était d'accord avec tout, sauf de voir le docteur Laird.

— Il faut que tu arrêtes de devenir un Berserker.

— Je vais très bien, a dit Gert. Et puis… Cette histoire de rapports sexuels, aussi.

— C'est son corps, a dit Kalash. C'est sa vie.

— C'est mon corps et c'est ma vie, j'ai dit. Quand on aime quelqu'un, on lui montre qu'on l'aime en se touchant de manière agréable. J'aime Marxy.

Gert a froncé les sourcils mais il n'a pas dit non. Il n'a rien dit du tout. Il a juste regardé la liste.

Ensuite, pour nous montrer qu'il était prêt à suivre LES RÈGLES, il est allé frapper à la porte d'Alf pour lui dire qu'il s'excusait. Alf avait des bleus sur la figure et quand il a ouvert la porte, il tenait un couteau à viande à la main. Il a dit à Gert que s'il recommençait, il le plantait.

— Il est venu pour s'excuser, j'ai annoncé.

Alf avait les yeux tout gonflés comme deux fentes, et il n'a pas baissé son couteau.

— Ah bon ?

J'ai poussé Gert. Il m'a regardée moi, puis Kalash, qui avait les bras croisés.

— Ce n'est pas bien, ce que j'ai fait, a dit Gert.

— Ça c'est sûr, putain, a dit Alf.

— Et quoi d'autre ? a ajouté Kalash.

— Et aussi, j'ai eu tort de lever la main sur elle. Et de faire peur à ma sœur. Ça craignait vraiment.

— Si tu lèves la main sur une meuf, je ne vais pas laisser passer ça, a dit Alf.

— J'apprécie que tu sois intervenu, a dit Kalash. Pas vrai, Gert, qu'on apprécie ?

Gert n'a pas répondu. Kalash lui a fait LES YEUX.

— J'ai eu tort, a fini par dire Gert.

Alf a baissé son couteau.

— Ouais. En tout cas, va te faire foutre, il a dit en refermant sa porte.

— Bon, ça s'est plutôt bien passé, a dit Kalash.

14

C'était le jour de mon entretien à la bibliothèque. C'était un mercredi, ce qui tombait bien parce que c'était déjà le jour où j'allais lire à la bibliothèque. Mais Grand Todd m'avait prévenue que mon entretien n'aurait pas lieu à la bibliothèque à côté du centre social où j'allais d'habitude.

— C'est un peu hors des sentiers battus, il a dit.

C'est une expression qui veut dire un endroit où les gens n'ont pas l'habitude d'aller battre la terre avec leurs pieds pour faire un sentier.

— Oh, j'ai dit.

Grand Todd m'a regardée bizarrement.

— Ça te va ? On peut annuler si tu veux.

— Non, j'ai dit. Accomplir sa légende, pour une héroïne, c'est aussi faire des choses qui sortent des sentiers battus.

Grand Todd a souri.

— Bien dit, il a dit.

Il m'a conduite jusqu'à la bibliothèque et il m'a donné des horaires de bus et un itinéraire en suivant exactement le trajet du bus avec sa voiture. J'ai suivi sur la carte avec mon doigt tout en lisant son itinéraire à voix haute.

— Tu es chic, au fait, a dit Grand Todd. Tu fais très pro.

— Merci. C'est Kalash qui m'a aidée à choisir les vêtements. Avec des sous-vêtements sexy pour Marxy.

— Houla. Merci pour les détails.

C'était pour dire qu'au contraire, il ne voulait pas savoir les détails. Il a éclaté de rire et je lui ai demandé s'il voulait que je lui dise un secret.

— Si c'est pour me parler de tes galipettes avec Marxy, alors j'aime mieux pas.

— Non, ce n'est pas ça ! Gert et Kalash se sont remis ensemble.

Grand Todd s'est tourné vers moi.

— Ah bon ? Officiellement ?

J'ai haussé les épaules.

— Elle est restée dormir à la maison les deux dernières nuits. Et ils ont des rapports sexuels.

Là, on a dit tous les deux en même temps : « Merci pour les détails ! », et on a éclaté de rire.

— Eh bien, a dit Grand Todd, ça me va, du moment qu'ils sont heureux tous les deux et qu'il la traite bien et toi aussi.

Il m'a montré un petit immeuble. On aurait dit une maison de briques qui aurait mangé plein de fenêtres en verre et en métal.

— Voilà, c'est ici. En haut.

*

Même si je n'avais pas d'expérience professionnelle, Grand Todd m'avait aidée à écrire une lettre de motivation qui donnait l'impression que je ferais une bonne bibliothécaire. La dame de la bibliothèque, qui s'appelait Carol, mâchouillait le bout de son crayon. Grand Todd a croisé les jambes. Il était nerveux et il n'arrêtait pas de faire sauter ses genoux.

On était assis dans un bureau avec des fenêtres en verre. Tout autour, il y avait des étagères pleines de livres et des gens qui lisaient assis à des tables. Un faux palmier géant se dressait très haut par-dessus. Grand Todd avait dit qu'il viendrait avec moi comme soutien moral, mais aussi pour répondre aux questions de la dame de la bibliothèque. D'habitude, il n'accompagnait pas les gens aux entretiens d'embauche. Il m'avait expliqué que j'étais un cas spécial, mais il n'avait pas dit en quoi j'étais spéciale.

On est restés sans rien dire pendant que Carol lisait la lettre de motivation. Elle a retourné la feuille pour voir s'il y avait quelque chose d'écrit derrière. Ensuite elle l'a posée sur la table.

— Nous n'avons pas de postes vacants, elle a dit. Et il y a une liste d'attente pour les étudiants diplômés en sciences de la documentation. En général, ce sont eux que nous prenons en stage.

Grand Todd s'est redressé.

— Au téléphone, on m'a dit…

— Je ne sais pas ce qu'on vous a dit, a répondu Carol.

Elle a retiré ses lunettes et elle les a remises. Grand Todd s'agitait dans son siège.

— Je suis très travailleuse, j'ai dit à Carol.

— Je veux bien vous croire. Néanmoins nous n'avons pas de postes vacants. Puis ce n'est pas la même chose d'être un usager et de travailler ici. Il y a des règles.

Un usager, c'est quelqu'un qui va à la bibliothèque. J'avais mis ça dans ma lettre de motivation, que j'étais « une usagère assidue de ma bibliothèque » et que je savais comment fonctionnaient les bibliothèques et où se rangeaient tous les livres.

— Est-ce qu'elle ne pourrait pas travailler ici bénévolement pour ensuite passer à des heures rémunérées ? a demandé Grand Todd.

Carol a dit qu'elle ne pensait pas qu'il y aurait d'ouverture de postes dans un futur proche. Je lui ai demandé comment elle faisait pour connaître le futur. Au lieu de la mettre en colère, ça l'a fait rire.

— Bon. Dites-moi pourquoi vous voulez travailler ici.

— Tout ça, elle l'explique dans sa lettre de motivation, a répondu Grand Todd.

On avait travaillé ensemble pendant deux heures sur la lettre de motivation avant l'entretien, en changeant des mots jusqu'à ce que j'aie l'air très intelligente.

— Ce n'est pas à vous que je pose la question. C'est à elle, a dit Carol.

Cette question, Grand Todd m'y avait fait répondre cent fois avant l'entretien. C'est une question que les gens posent tout le temps dans les entretiens d'embauche. Il avait tout noté pendant que je racontais ce qui me plaisait dans les bibliothèques et dans la lecture. Mais j'avais oublié la lettre chez moi.

Carol attendait. Elle me traitait avec beaucoup de sérieux et ça me rendait nerveuse, mais ça me donnait aussi l'impression d'être une adulte et pas quelqu'un qui a besoin qu'on fasse tout à sa place. Grand Todd s'est gratté la gorge et il m'a demandé si ça allait.

J'ai fermé les yeux et j'ai compté jusqu'à dix. Pas tout haut, juste dans ma tête. Sous la table, Grand Todd m'a poussée avec la pointe de son pied.

— J'ai oublié le papier avec mes réponses qui disaient pourquoi je serais parfaite pour travailler à la bibliothèque.

— Vous avez besoin de lire les réponses ? a demandé Carol.

— C'est le trac, a dit Grand Todd.

— Dites-moi simplement la vérité. C'est tout ce que je veux savoir.

Je lui ai dit qu'on avait déménagé d'un mauvais endroit mon frère et moi pour s'installer ensemble.

— Il est très intelligent mais il avait des mauvaises notes au lycée. Il a reçu une bourse pour aller à la fac.

Je lui ai dit que Gert travaillait toujours très dur pour que je sois en sécurité et que maintenant je voulais l'aider parce qu'il avait une dette à rembourser. Je lui ai dit que j'allais tout le temps à la bibliothèque à côté de chez moi, que la lecture c'était très important et que je voulais aider les autres à trouver les livres qu'ils cherchaient.

Carol a reposé ma lettre de motivation.

— Un jour ou deux par semaine, elle a dit. C'est le maximum que je puisse faire. Et ça ne sera probablement pas un contrat à durée indéterminée.

— Ça veut dire que vous me prenez ? j'ai demandé.

Carol a dit que j'allais faire une période d'essai. Si j'y arrivais, alors je pourrais rester.

— La prochaine fois que vous viendrez, on vous donnera les papiers à remplir et on discutera de vos horaires. Est-ce que cela vous convient ?

On s'est levés et on s'est serré la main. Grand Todd m'avait dit de ne pas lui faire un check parce que les employeurs veulent que leurs employés se comportent de manière professionnelle. Faire un check, ce n'est pas professionnel.

Une fois dehors, Grand Todd m'a tendu son poing pour que je lui fasse un check. Mais moi, je ne voulais pas. Je voulais qu'il me serre dans ses bras. Grand Todd avait prouvé qu'il était un membre puissant de la tribu.

— Voilà, voilà, a dit Grand Todd.

Quand on a eu fini de se serrer dans les bras, il m'a mis la main sur l'épaule et il a pris l'air très sérieux.

— Dis, ces choses dont tu as parlé, cette histoire de dette : qu'est-ce que c'est ?

Je lui ai dit la définition de *dette* qu'il m'avait apprise : quand on doit quelque chose à quelqu'un ou à une entreprise.

— De nos jours, si on doit quelque chose à une banque ou à une entreprise, c'est généralement de l'argent, a dit Grand Todd.

On a marché jusqu'à sa voiture.

— Ça ne me regarde pas vraiment, mais tu sais que tu peux m'en parler. D'accord ?

Je lui ai dit que je savais et que même s'il ne faisait pas partie de ma tribu, il faisait quand même partie d'une tribu voisine très proche de la mienne, une tribu pour laquelle la mienne avait beaucoup de respect.

*

Quand Grand Todd m'a déposée chez moi, Gert est venu à ma rencontre. Kalash m'a tapé dans la main et elle m'a dit qu'elle était fière de moi. Et là, Gert a fait quelque chose qu'il n'avait jamais fait : il a fait signe à Grand Todd, qui était resté à côté de sa voiture garée devant l'immeuble.

— Salut, a dit Gert. Tu fais quoi ce soir ?

— Euh, a dit Grand Todd.

— On va dîner au resto ce soir. Pour fêter ça. Vous ne voulez pas vous joindre à nous, ton mec et toi ?

Kalash et moi, on a regardé Gert.

— Euh, oui…, a dit Grand Todd.

— Ça marche.

Une fois que Grand Todd est reparti, on a demandé à Gert ce qui lui avait pris.

— Quoi ? a répondu Gert. Arrêtez de me regarder comme ça.

— Tu n'aimes pas les homosexuels, j'ai dit.

Gert a dit que ce n'était pas vrai. Kalash a dit que c'était quand même un peu vrai. Gert a haussé les épaules et il a dit que ça, c'était lui avant. On s'est regardées avec Kalash pendant que Gert retournait à l'appartement. Il a demandé ce qu'on fabriquait.

— Ça alors, je suis sur le cul, a dit Kalash. Pardonne-moi l'expression.

*

Le restaurant où on est allés, c'était un restaurant chic. Gert s'était bien habillé, et Kalash et moi aussi. Je n'avais jamais vu Gert aussi heureux. J'ai eu l'impression que notre tribu était devenue plus proche. Ils m'ont demandé de raconter l'entretien et, quand je l'ai fait, Grand Todd a dit que j'avais fait bonne impression à la bibliothécaire, même si au départ elle avait dit qu'ils n'avaient pas de travail pour moi.

— Elle a cassé la baraque, a dit Grand Todd.

Noah, l'amoureux de Grand Todd, était drôle mais il n'a pas beaucoup parlé. J'avais peur que Gert les traite de pédales, ou bien qu'il se moque d'eux parce qu'ils étaient homosexuels. Au lieu de ça, il a dit à l'amoureux de Grand Todd qu'il avait l'air sportif et il lui a demandé s'il jouait au football américain. L'amoureux a répondu qu'il y jouait avant.

— Quelle position ?

— Cornerback, a répondu Noah. Et toi ?

— Receveur éloigné, a dit Gert.

— Tu as la carrure pour ça. Pourquoi tu ne joues plus ?

— Il s'est blessé au genou, j'ai dit.

— Ligament croisé antérieur ?

Gert a posé son verre d'eau citronnée.

— Ouais. Complètement déglingué.

Ils ont parlé de football pendant que Grand Todd et Kalash discutaient du gouvernement, qui avait annoncé que l'année prochaine le centre social allait recevoir moins d'argent pour aider ceux qui étaient « en situation d'exclusion ».

Pendant le dîner, le téléphone de Gert a vibré. Gert l'a regardé, il l'a éteint et il l'a posé face en dessous pour ne plus voir l'écran. Kalash le regardait l'air de rien. Puis elle m'a regardée et elle a souri, parce que même si ça n'était pas écrit dans les RÈGLES DE VIE POUR GERT d'être gentil avec Noah et Grand Todd, ou de parler de football et du gouvernement, c'était comme si Gert avait de lui-même ajouté une règle supplémentaire : une règle qui disait qu'il faut être gentil avec les gens comme Grand Todd et Noah et ne pas dire des trucs de bite-cul sur les homosexuels.

15

Il a fallu déplacer notre rendez-vous avec le docteur Laird, parce que maintenant je devais aller au travail le jeudi à l'heure de notre rendez-vous. Au départ Hanna, la secrétaire du docteur Laird, n'était pas très contente parce qu'il fallait s'y prendre plus d'un jour à l'avance pour annuler un rendez-vous et qu'elle nous avait notés, Gert et moi, sur son planning pour tout le mois à venir. Mais ensuite le docteur Laird a pris le téléphone et il a dit que ce n'était pas grave.

— C'est formidable, il a dit quand je lui ai annoncé qu'on ne pouvait pas venir. En plus, dans une bibliothèque ! Tu ne trouves pas ça génial ?

— Si, j'ai dit.

D'habitude ça me stresse de changer mon planning, mais pour fonctionner dans le monde, comme disait le docteur Laird, il fallait que j'accepte les changements de planning parce que les choses ne se passaient pas toujours comme prévu.

Gert, Kalash et Grand Todd m'avaient prévenue qu'à cause de mon emploi du temps à la bibliothèque, je devrais peut-être travailler un jour différent chaque semaine, ce qui voulait dire que mon planning allait changer tout le temps. Mais je leur avais dit que j'étais prête à relever le défi et que j'allais vaincre. Il me suffisait de compter jusqu'à dix chaque fois que je me sentirais stressée de ne pas savoir ce qui allait se passer.

Le jeudi matin, qui était mon premier jour de travail, j'ai dit à Gert que j'y allais toute seule en bus.

— Qu'est-ce que ça change ? Je suis libre toute la matinée, il a dit. Et qu'est-ce que tu fais de nos règles ? Il faut qu'on fasse attention à ce que tu saches où tu vas.

— Je vais y aller en bus, et je vais aussi revenir en bus.

Je lui ai montré les horaires de bus.

— J'en ai pour moins d'une heure.

— Tu en as pour un quart d'heure si je te dépose.

— Elle veut y aller toute seule, espèce d'andouille. C'est son premier jour de travail. Tu veux qu'elle te fasse un dessin ?

Kalash lui a mis un coup de coude.

— Et les règles ? a demandé Gert.

— Je vais en faire des nouvelles, j'ai répondu.

J'avais aussi préparé moi-même mon déjeuner : un sandwich au thon avec de la moutarde, de la mayonnaise et des tranches de tomate. J'avais fait attention à bien mettre les tranches de tomate entre le thon et la mayonnaise et le fromage, pour qu'elles ne mouillent pas le pain. J'avais pris une bouteille d'eau que je pouvais remplir au travail. Kalash avait vérifié que j'étais habillée comme il faut. C'était la seule aide que j'avais acceptée.

Kalash m'a prise dans ses bras et elle m'a dit qu'elle était sûre que je m'en sortirais très bien.

— Tu dois juste écouter les instructions. Et n'aie pas peur de les écrire si nécessaire.

— D'accord, j'ai dit.

— Si tu as besoin de quelque chose, tu nous appelles, a dit Gert. D'accord ? Et téléphone-moi quand tu as fini le travail et que tu rentres à la maison.

— Elle va se débrouiller, a dit Kalash.

— Je vais me débrouiller, j'ai dit. Mais je t'appellerai.

*

La bibliothèque est un lieu de travail très héroïque, parce que les bibliothécaires aident les gens à être plus forts avec leur cerveau. Ils aident aussi les gens qui sont sans domicile fixe en leur donnant des boîtes de conserve que les autres gens laissent dans un carton à côté de la porte.

Le travail d'un ou d'une bibliothécaire, c'est surtout de savoir où vont les livres pour pouvoir répondre aux questions de ceux qui les cherchent. Il y a aussi des gens qui laissent des livres sur les tables. Quand on sait où apporter les livres, on n'a pas besoin d'aller sur l'ordinateur. L'ordinateur, c'est ce qu'il y a de plus difficile dans le travail de bibliothécaire, et au début je n'ai pas eu le droit de l'utiliser.

La première chose que j'ai apprise, c'était de faire le tour de la bibliothèque pour ramasser les livres et les mettre sur un chariot. Si quelqu'un laissait des saletés, je devais aussi les ramasser. Carol était la personne la plus importante de tous ceux qui travaillaient là. Dans la bibliothèque, il y avait quatre autres femmes et deux hommes, mais Carol était la cheffe de leur tribu.

Carol s'était un peu comportée comme une bite-cul pendant notre entretien, mais en fait elle était très gentille quand il n'y avait personne d'autre et qu'on était juste toutes les deux. Je savais qu'elle avait été forcée de se comporter comme une bite-cul pendant l'entretien parce que pour devenir bibliothécaire, il faut prouver sa valeur. On ne peut pas devenir bibliothécaire juste comme ça, sans surmonter d'obstacles.

La personne qui travaillait à la bibliothèque avant moi était un étudiant qui s'appelait Teddy et qui faisait du très bon travail. C'est ce que m'avait dit Carol.

— Teddy a placé la barre très haut, elle avait dit.

Elle m'a appris à utiliser la classification décimale de Dewey, à savoir où vont les livres en regardant les chiffres et les lettres sur leur étiquette et à utiliser l'ordinateur.

J'y allais deux fois par semaine, quatre heures le jeudi et deux heures le dimanche, parfois plus si quelqu'un était malade. Pendant la pause-déjeuner, j'avais le droit d'aller où je voulais dans la bibliothèque du moment que je ne dérangeais personne. Je pouvais aussi manger dans une pièce à l'arrière que personne d'autre n'avait le droit de voir.

Une des règles les plus importantes de la bibliothèque, c'est qu'on n'a pas le droit de manger ou de boire à côté des livres, sauf quand on a une bouteille avec une capsule. Toutes les boissons doivent avoir un couvercle.

Il y avait des gens qui venaient tout le temps à la bibliothèque. Par exemple, deux grands-pères qui s'appelaient Tyrone et Mac et qui jouaient aux échecs le matin. Et aussi une dame qui sentait mauvais, avec des jambes rouges à la peau toute craquelée, et qui dormait dans un fauteuil près de la fenêtre.

Une fois par semaine, un groupe de l'école primaire venait lire des livres, et le dimanche les parents amenaient leurs bébés pour l'heure de lecture de Mère Lapin. Parfois aussi, des écrivains célèbres venaient lire leurs livres pour des tas de gens.

Mais le mieux, avec la bibliothèque, c'est que j'étais payée et que je pouvais mettre l'argent sur le compte que j'avais ouvert à la Bank of America. Avec ce compte, on pouvait retirer et déposer de l'argent au distributeur automatique autant de fois qu'on voulait.

*

Le deuxième jour, qui était un dimanche, Marxy est venu me voir à la bibliothèque. Il a mis ses bras autour de mes épaules et il a essayé de m'embrasser sur la bouche.

— Pas pendant mon service, j'ai dit.

— Oh, il a dit en reculant. Pardon.

— Mais je suis quand même très contente de te voir.

C'était interdit de s'embrasser à la bibliothèque. Carol m'avait dit qu'une fois elle avait attrapé deux lycéens, un garçon et une fille, en train de se galocher dans la section Culinaire, 641.5, au rayon des livres de cuisine du monde.

Se galocher, c'est une expression qui veut dire « s'embrasser ».

Carol m'avait dit que, parfois, des jeunes du lycée d'en face venaient à la bibliothèque et qu'ils fumaient du cannabis dans les toilettes ou bien qu'ils se galochaient à l'intérieur, et que tout cela était interdit.

— Tout le monde est très fier de toi, a dit Marxy. Tu as un travail et tu gagnes de l'argent.

Il a tiré sur ses doigts l'un après l'autre. Ça a fait « pop-pop-pop ».

— Ça me manque de ne pas pouvoir t'embrasser.

Marxy m'a demandé si j'étais encore viking.

— Pourquoi est-ce que je ne serais plus viking ?

Il a haussé les épaules.

— Tu es bibliothécaire, maintenant. Et ça fait longtemps que je ne t'ai pas entendue parler des Vikings.

— Je suis à la fois viking et bibliothécaire. Demande-moi un genre de livre que tu veux trouver, n'importe lequel.

Marxy a réfléchi et il a dit :

— Des bandes dessinées ?

Les bibliothécaires doivent souvent aller chercher des bandes dessinées. En fait, à la bibliothèque, les bandes dessinées s'appellent des romans graphiques, et je savais où ils se trouvaient. Je l'ai amené au rayon 741.5 et je lui ai montré toutes les bandes dessinées qu'on avait.

— Il y en a aussi par ici.

De l'autre côté de la bibliothèque, il y avait des tas de magazines et de journaux, et aussi des présentoirs tournants avec des revues de bandes dessinées, les numéros les plus récents qui n'étaient pas encore sortis en livres. Ils étaient recouverts de plastique pour ne pas s'abîmer.

Carol est arrivée et elle m'a demandé comment ça se passait.

— Bien, j'ai dit. Je suis en train d'aider cet usager à trouver des bandes dessinées. Il s'appelle Marxy.

— Je suis son amoureux, a dit Marxy.

— Ah oui ? a dit Carol.

— On ne se galoche pas pendant mon service, j'ai dit.

Elle a hoché la tête et elle a dit :

— J'allais justement contrôler le rayon Culinaire.

Elle a dit à Marxy qu'elle était enchantée de faire sa connaissance, et ensuite elle a dit qu'il y avait des livres à ranger près du rayon Jeunesse.

— Dans la section École primaire, elle a ajouté.

— Je suis très fier de toi, a dit Marxy.

Il a attrapé ma main et il l'a serrée. J'ai serré la sienne et je lui ai dit qu'il fallait que je retourne travailler.

Pearl est venue chercher Marxy une demi-heure plus tard. J'essayais de lui faire voir que j'étais responsable et héroïque, et que je ferais une bonne petite amie pour Marxy. Elle a dit que ça lui faisait plaisir de me voir et qu'elle trouvait ça bien que je travaille à la bibliothèque.

— Maintenant, Marxy veut trouver un travail aussi, a dit Pearl.

Marxy était en train de faire enregistrer ses livres par Carol à l'accueil. On l'a regardé.

— Je pense qu'il peut y arriver, j'ai dit.

Pearl m'a souri.

— Il faudra que tu me rendes les Tupperware, elle a dit en passant le bras autour des épaules de Marxy.

Il avait pris ses bandes dessinées et il m'a fait au revoir de la main en sortant.

16

Chez les Vikings, un *hólmganga*, c'est ce que font les gens pour résoudre un problème quand ils ne sont pas d'accord. Ils doivent combattre en respectant des règles très strictes, et celui qui gagne le *hólmganga* a gagné. On avait découvert que Gert nous avait menti et qu'il avait été renvoyé de la fac. Comme Gert ne pouvait pas se battre en duel contre la fac, il fallait qu'il réunisse un *þing*, c'est-à-dire un groupe de gens qui décident si une personne doit être punie pour un crime qu'elle a commis. Dans *Le Grand Livre des Vikings*, le docteur Kepple explique que c'est un groupe de sages et d'anciens qui est informé du crime et qui prend la décision.

L'ancienne qui allait décider du destin de Gert, c'était la doyenne de l'université.

Il y a aussi un rite viking qui s'appelle un *járnburðr* ou *jernbyrd*, ce qui veut dire « l'épreuve du feu ». Il faut marcher d'un bout à l'autre d'une pièce ou d'un champ en tenant quelque chose de brûlant. C'est pour prouver qu'on est brave et qu'on mérite d'être pardonné. Par exemple, Inga de Varteig avait fait ça pour montrer que son fils Håkon Håkonsson méritait de devenir roi de Norvège.

C'était ça que Gert devait faire pour prouver qu'ils devaient le laisser revenir à la fac.

Gert a dit que de toute manière c'était sûr qu'ils n'allaient pas le reprendre, alors à quoi bon. Kalash voulait qu'il mette son costume pour montrer qu'il était sérieux. Gert détestait le costume et il ne voulait pas le mettre, alors Kalash lui a dit d'arrêter de faire le bébé.

— Tu crois que Zelda avait toutes les chances de son côté, quand elle a réussi à se faire embaucher à la bibliothèque ?

— Ça n'a rien à voir, a dit Gert.

— Non, en effet, ça n'a rien à voir, parce que Zelda, elle, elle a des couilles, a dit Kalash. Allez, mets-le, ce foutu costume.

J'ai dit que c'était important qu'il mette le costume et qu'il s'excuse, même s'il détestait ça.

— C'est ton épreuve du feu, j'ai dit. C'est pour prouver ta valeur.

— Bon, d'accord. Mais ne croyez pas que je vais m'en sortir comme cet enfoiré de Beowulf.

*

On est allés à la fac, pas le bâtiment avec la tour, un autre bâtiment moche qui ressemblait à une boîte à chaussures. À l'intérieur, la climatisation était à fond et le froid me faisait dresser les poils sur les bras.

On est partis au combat. On a monté les escaliers et traversé le hall jusqu'à une grande salle qui m'a fait penser à la banque et où il y avait tout un labyrinthe de gens qui faisaient la queue.

— Oh la vache, j'ai dit.

— Il faut vraiment qu'on fasse la queue ? a demandé Kalash.

Gert a hoché la tête.

— On n'a qu'à s'en aller, il a dit.

La femme à l'avant a annoncé un numéro et la file a avancé un peu.

Kalash lui a mis un coup de poing dans l'épaule et elle a répondu :

— Hors de question.

Au bout d'un moment, Kalash a dépassé la queue et elle a dit à une femme assise à l'un des bureaux qu'on avait rendez-vous. Elles ont parlé un moment et elle nous a fait signe d'entrer.

Quand on est passés, les gens qui faisaient la queue nous ont jeté des regards noirs. Gert baissait la tête, l'air gêné. Je lui ai mis une tape dans le dos et je lui ai dit d'être fort.

La femme qui nous a emmenés à l'arrière a dit que Kalash et moi devions attendre dehors, sur des chaises qui n'étaient pas très agréables pour s'asseoir. Gert est entré avec la doyenne, une dame grande avec des cheveux courts et bouclés. J'ai tendu le poing à Gert pour lui faire un check mais Kalash m'a fait baisser la main.

— Pas maintenant, elle a dit tout bas.

Gert a regardé vers nous pendant une seconde avant d'entrer. Ensuite, la porte s'est refermée.

*

Des deux côtés de la porte du bureau de la doyenne il y avait du verre, pas transparent mais plutôt trouble. J'arrivais juste à voir un peu la chemise de Gert de l'autre côté. Ça faisait presque comme quand on ouvre les yeux sous l'eau. Je les entendais aussi parler un peu, pas tellement Gert, surtout la doyenne.

Elle parlait très fort, d'une voix puissante.

— Pourquoi est-ce qu'il a peur comme ça ? j'ai demandé à Kalash. Pourtant, il est intelligent.

— Je ne sais pas. Ton frère a un complexe d'échec. Il a tellement peur de se planter qu'il préfère ne pas essayer.

— On dirait le genre de chose que dirait le docteur Laird.

— Justement, je suis sûre que le docteur Laird le lui a déjà dit. Ma meilleure amie était comme ça quand on était gamines. Elle était jolie, Zed, et hyper-intelligente.

— Et qu'est-ce qui lui est arrivé ?

— Elle est tombée enceinte quand elle avait dans les quinze ans. Et elle s'est mise à se droguer.

Je lui ai dit que je ne comprenais pas. Pourquoi est-ce que quelqu'un ferait exprès d'échouer ?

— Eh bien, je ne peux pas parler à la place de Gert. Mais, à mon avis, il a passé toute sa vie entouré de personnes qui avaient une certaine image de lui. Qui le prenaient pour une racaille, un débile, tout ce que tu veux. Et lui, ça lui fait moins peur de laisser les gens croire tout ça que d'essayer de leur prouver qu'ils ont tort. Il préfère se planter, et se dire que les autres avaient raison depuis le début.

— Mais Gert est intelligent, j'ai dit, et ceux qui ne croient pas en lui sont des sacs à merde.

Kalash a répondu que nous, on savait tout ça, mais que le problème c'était que Gert, lui, ne le savait pas.

— C'est dur pour lui. Je le comprends, elle a dit.

Je n'étais pas sûre de comprendre. Ma légende à moi, c'était de prouver aux gens que je n'étais pas une débile ni un sac à merde, et que je pouvais être utile à la tribu. C'était aussi de montrer au monde que nous, les gens comme Marxy et moi, on pouvait être puissants.

C'était comme si on te donnait une armure et une arme magique, par exemple l'épée Laevateinn, et que tu la laissais dans son fourreau même quand c'était le moment de l'utiliser sur le champ de bataille.

Kalash m'a mis une claque sur la cuisse et elle a dit qu'elle allait aux toilettes.

— Bouge pas de là, OK ? elle a dit.

Mais moi, dès qu'elle est sortie, j'ai bougé de là. Je suis allée à la porte et j'ai collé mon oreille à la vitre pour voir si j'entendais ce qu'ils disaient à l'intérieur. Mais le verre était trop puissant.

Comme Gert ne parlait pas beaucoup, je me suis dit qu'il était en train de perdre la bataille. Peut-être même que la doyenne l'avait vaincu, et qu'elle lui avait dit qu'il ne pouvait pas revenir à la fac. Et ça, ça aurait été un désastre. Il fallait que j'entre pour l'aider, comme quand un guerrier en aide un autre qui est en train de perdre un combat.

Il avait besoin de renforts.

Alors j'ai tourné la poignée et j'ai ouvert la porte, en faisant exprès de me tenir bien droite pour avoir l'air la plus grande possible.

La doyenne était derrière son bureau. Gert était assis avec une jambe croisée par-dessus l'autre dans un petit fauteuil, tandis que le fauteuil de la doyenne était gargantuesque, comme le trône sur lequel est assis Odin à Valhalla.

— Je pense que vous devez laisser Gert revenir à la fac, j'ai dit.

— Et vous êtes ? a dit la doyenne.

Gert s'est levé.

— Désolé. C'est ma sœur. Zelda, je te présente Mme Horowitz, la doyenne.

— Ah, a dit la doyenne. C'est d'elle que vous parliez dans votre lettre pour la demande de bourse. Vous voulez vous asseoir ?

Elle a indiqué la chaise à côté de celle de Gert.

— Non. Je veux que vous repreniez Gert. Je pense qu'il est l'étudiant le plus intelligent de toute la fac. Et peut-être qu'il est différent des autres, mais c'est ça qui fait de lui un étudiant puissant.

Kalash est arrivée derrière moi.

— Merde, désolée. Je suis allée aux toilettes et elle a disparu dans la nature.

Elle a fait bonjour de la main à la doyenne.

— Bonjour. Désolée.

Elle a essayé de me faire sortir du bureau.

— Pas tant qu'elle n'aura pas accepté de reprendre Gert.

La doyenne a éclaté de rire. Elle a levé les mains en l'air.

— D'accord, d'accord. Gert, vous remplissez ces formulaires. Vous me les renvoyez. Vous passez le rattrapage, et on repart sur le droit chemin. Ça vous va ?

— Ça me va, a dit Gert.

Ils se sont serré la main et Gert a pris les papiers.

Une fois dehors, Gert a soupiré.

— Elle avait déjà accepté de me reprendre, espèce de barbare. Et toi, tu étais où ? il a demandé à Kalash.

— J'ai une vessie de la taille d'un dé à coudre, tu ne te souviens pas ? a dit Kalash en prenant la main de Gert. En tout cas, il faut reconnaître que Zelda était prête à livrer bataille pour toi.

On est sortis du bureau de la doyenne, on a traversé le hall et on est passés devant la file de gens.

— Oui, c'est vrai, j'ai dit. Être légendaire, c'est aussi être capable de prendre son épée et de se battre pour ce qui est bon et juste.

Gert a levé un sourcil.

— Tu en rajoutes pas un peu, là ?

Je me suis arrêtée.

— Ce qui est bon et juste, c'est que tu n'es pas un débile ni une racaille, et que tu devrais croire en toi et en ta légende, qui est de pourfendre tous tes partiels.

Être légendaire, ça voulait dire prendre tout le pouvoir que les dieux lui avaient donné et en tirer le maximum.

Pendant qu'on s'en allait du bâtiment moche et climatisé, Gert a passé ses gros bras autour de nos épaules.

— Ma tribu, il a dit, et il nous a presque soulevées en l'air.

Je me suis arrêtée et j'ai dit qu'il fallait que j'aille aux toilettes. J'ai dit à Kalash et à Gert que je les retrouvais à l'entrée.

Mais au lieu d'aller aux toilettes, j'ai couru jusqu'au bureau de la doyenne et j'ai frappé à sa porte. La doyenne a ouvert. Elle m'a demandé :

— Vous avez oublié quelque chose ?

Je lui ai tendu mon poing.

— Qu'est-ce que c'est que ça ? elle a demandé.

— Ça s'appelle un check. C'est un signe de respect dans ma tribu.

Elle a attendu un instant avant de se lever et elle a lissé sa jupe.

— Votre frère avait raison, elle a dit en me faisant un check. Vous êtes une fille courageuse.

— Il a dit ça ?

Elle a dit que c'était la partie qu'elle avait préférée dans la demande de bourse de Gert. Elle a secoué la tête.

— Quand je pense aux épreuves que vous avez traversées tous les deux. Mon Dieu.

— Je peux la lire ?

— Pardon ?

— La lettre. Gert ne veut pas que je la lise parce qu'il dit que ça ne me regarde pas et…

La doyenne a levé une main en l'air.

— Je vous arrête, là. Vous devrez voir cela avec lui.

Elle m'a accompagnée à la porte.

— Vous êtes la première personne à qui je fais un « check », elle a dit en m'ouvrant la porte. Et je suis honorée d'avoir gagné votre respect.

17

Le dimanche, c'était toujours un jour très sérieux à la bibliothèque à cause de l'heure de lecture de Mère Lapin. Les parents amenaient leurs petits enfants pour écouter une femme avec des oreilles de lapin qui jouait sur une petite guitare et qui lisait des livres. Quand j'ai appris que c'était à cause de l'heure de lecture de Mère Lapin que tout le monde à la bibliothèque détestait travailler le dimanche, je n'ai pas compris pourquoi. Lire, ça fait du bien pour renforcer le cerveau, et les guitares et la musique, ça fait du bien aux oreilles.

Pour l'heure de lecture de Mère Lapin, on devait mettre des coussins dans la salle d'éveil pour que les parents s'asseyent dessus, et ensuite les bébés s'asseyaient sur leurs genoux.

J'ai appris que les bébés ça vomit, ça crie et ça pleure beaucoup, et qu'après leur départ, la bibliothèque sent le caca et les vieilles couches. Pourtant, les bébés qui venaient à la bibliothèque avec leurs parents pour le programme avaient beau faire du bruit et sentir mauvais, je ne sais pas pourquoi mais ils ne me dérangeaient pas.

Carol, par contre, n'aimait pas du tout les bébés.

— Tu croyais que c'étaient des barbares, tes Vikings ? Attends un peu d'avoir vu ces morveux.

— On dit souvent que les Vikings étaient des barbares, mais en fait ils avaient une agriculture très développée.

Carol a retiré ses lunettes et elle les a essuyées avec la manche de sa blouse.

— Eh bien, en tout cas, prépare-toi.

Les parents et leurs enfants n'entraient pas dans la bibliothèque comme les autres usagers, au goutte-à-goutte, comme un ruisseau qui coule très lentement. Ils entraient plutôt d'un coup, comme un raz de marée. Je ne savais pas d'où ils sortaient tous.

— Tu vois ce que je veux dire ? a dit Carol.

Elle faisait un grand sourire forcé à tous ceux qui entraient.

Il y avait des poussettes qui étaient grosses et qui ressemblaient à des objets venus du futur, mais la plupart n'étaient pas très belles. C'était parce que les personnes qui venaient dans notre bibliothèque n'avaient pas beaucoup d'argent. Carol disait que l'autre bibliothèque du quartier avait « un public plus aisé », mais que les parents riches étaient en général beaucoup plus énervants.

— Ils veulent protéger leurs gamins de tout. Alors que les parents d'ici, ils essaient juste de survivre.

Mon travail pendant l'heure de lecture de Mère Lapin, c'était de montrer aux parents où aller et aussi de ramasser les saletés. Ce n'était pas très difficile. Il y avait un écriteau à l'entrée, et encore un autre écriteau une fois qu'on avait passé les détecteurs qui sonnent quand on essaie de voler un livre sans l'avoir enregistré avant. La plupart des parents parlaient fort. Les habitués qui venaient faire leurs mots croisés, jouer aux échecs ou lire des livres secouaient la tête pour montrer aux parents qu'ils les dérangeaient.

Il fallait aussi que je vérifie qu'on ne laissait entrer que ceux qui avaient le droit d'entrer, et que les autres restaient dehors. Pour l'heure de lecture de Mère Lapin, il fallait s'inscrire mais il y en avait toujours qui arrivaient sans s'être inscrits à l'avance.

Des fois, on devait leur dire qu'ils ne pouvaient pas entrer parce que s'il y avait trop de monde dans la salle d'éveil au premier étage, ça faisait un « risque incendie ». Carol avait dit que ce n'était pas grave de laisser entrer une ou deux personnes en plus du nombre maximal. « Mais pas davantage. »

Je me mettais devant la salle de jeux, je faisais bonjour et j'indiquais la porte. Je disais : « Bonjour, hello, coucou, salut, *góðan dag* ! » La plupart des parents faisaient comme si je n'étais pas là. Ils passaient en portant dans leurs bras leurs bébés qui pleuraient. Tout le monde avait l'air fatigué. Il n'y avait que des femmes et aussi des filles qui avaient l'air de ne pas pouvoir être des parents tellement elles étaient jeunes.

— Tiens, mon porte-bonheur ! a dit une voix.

C'était un homme, et en plus un homme que je reconnaissais. Il tenait un bébé sur son bras, d'une manière qui faisait que le bébé avait l'air de faire partie de son épaule.

— Tu es bien la sœur de Gert ? Zelda ? Tu te souviens de moi ?

— Oui, je me souviens. On a joué au poker ensemble.

Le bébé a craché quelque chose de jaune. Hendo a vu que je regardais le bébé.

— Merde. Doucement, petit gars, il a dit en essuyant la bave jaune avec une serviette en papier.

Ça m'a étonnée de me souvenir de son nom, parce que je n'étais pas très forte avec les noms. J'étais quand même plus forte que Marxy, qui devait écrire les noms sur des petites fiches qu'il gardait sur lui, et quand il ne se souvenait pas du nom de quelqu'un d'important il sortait la fiche, il la lisait et il retrouvait le nom. Sauf quand c'était une situation spéciale. Par exemple, la première fois qu'on s'était rencontrés, il s'était souvenu de mon nom et je m'étais souvenue du sien. C'est comme ça qu'on avait su pour la première fois qu'on était amoureux.

Hendo a soulevé le bébé et il a dit qu'il s'appelait Artem.

— Mon grand-père était un vieux Russe old-school. Pas vrai qu'il a l'air old-school, mon Artem ?

Je ne comprenais pas bien ce que ça voulait dire.

Artem et moi, on a fait un combat avec nos yeux. Après, il a souri et il a craché à nouveau. Il portait un petit maillot de basket et il n'avait pas beaucoup de cheveux mais ceux qu'il avait étaient marron très clair, presque blonds, et il avait les yeux bleus.

— Il a presque un an, a dit Hendo.

— C'est ton bébé ?

— Euh, c'est moi le papa, oui.

On n'a rien dit pendant un moment. Des gens sont passés avec des poussettes. Artem m'a encore regardée et il a fait un bruit de bébé, et ensuite il a tendu sa main. C'était une toute petite main.

Hendo a ri.

— Je crois qu'il veut ton doigt.

— Pourquoi ? j'ai demandé.

— Je ne sais pas. Il est dans une phase où il aime bien attraper les choses. Regarde.

Hendo a tendu son doigt et il l'a mis en face d'Artem, qui a enroulé ses petits doigts tout autour du doigt gargantuesque d'Hendo.

— T'as vu ?

J'ai tendu mon doigt et Artem l'a attrapé. Ça faisait bizarre. Il ne serrait pas très fort mais j'avais l'impression qu'il y mettait toutes ses forces.

— Waouh, j'ai dit.

— Ouais !

Artem a tiré sur mon doigt. Comme j'étais beaucoup plus puissante que lui, je n'ai pas essayé de l'arrêter parce que je ne savais pas combien de puissance je devais y mettre. Et là, d'un seul coup, il a mis mon doigt dans sa bouche.

Sa bouche était mouillée autour de mon doigt. Je sentais le bout de sa langue qui pointait à l'intérieur.

— Waouh, j'ai dit encore une fois.

— Je crois qu'il t'aime bien, a dit Hendo.

Une femme est arrivée près de nous.

— Tu sais où il a traîné, son doigt ? elle a demandé.

Elle était très maigre et elle avait beaucoup de maquillage. Elle sentait la cigarette et elle n'avait pas l'air contente que je joue avec Artem. Elle a retiré le bébé à Hendo. Mon doigt a quitté sa bouche.

Artem a tapé dans ses mains.

— Te stresse pas. T'as vu les désinfectants pour les mains qu'il y a partout ? C'est comme un hôpital, ici.

— Je ne veux pas qu'une inconnue mette son doigt dans la bouche de mon bébé.

Elle s'est tournée vers Hendo et elle lui a demandé qui j'étais.

— C'est Zelda, a dit Hendo. Tu travailles ici, c'est ça ?

J'ai fait oui de la tête.

— J'apporte ma contribution à la tribu. Vu que Gert ne va plus à la fac.

La salle de jeux était presque pleine. La femme aux oreilles de lapin qui lisait et qui chantait pour l'heure de lecture de Mère Lapin avait sorti sa petite guitare.

— Ça commence, j'ai dit.

— Cool, a dit Hendo.

La femme est passée devant lui avec le bébé et elle est entrée dans la salle d'éveil. Hendo a pris une grande respiration.

— Allez, c'est parti, il a dit.

*

Pendant que les parents et les enfants écoutaient Mère Lapin jouer de la guitare, je suis allée faire un tour et remettre des livres sur les étagères. C'était un travail que je pouvais faire quand je n'avais rien d'autre à faire. J'étais étonnée qu'Hendo se soit souvenu de moi. Je l'avais presque oublié mais maintenant ça me revenait : la partie de poker et l'impression qu'il m'avait donnée que je faisais partie de sa tribu. Je poussais mon chariot et je pensais à la femme qui était la mère d'Artem. Elle avait l'air d'une bite-cul.

Quelqu'un d'aussi cool qu'Hendo aurait mérité d'avoir une petite amie ou une femme aussi cool que lui.

Hendo, la femme et Artem étaient dans un coin de la salle de jeux. Je les voyais à travers une fenêtre dans la porte. Hendo faisait sauter Artem sur son genou pendant que la femme mâchait son chewing-gum. Elle n'avait pas l'air de s'intéresser beaucoup aux chansons. Elle ne faisait que regarder son téléphone. Par contre, Hendo chantait et il soulevait Artem en l'air quand Mère Lapin levait les bras et que tous les autres parents levaient aussi les bras.

Au bout d'un moment, il a passé Artem à la femme. Il est sorti. Comme j'avais garé mon chariot devant la porte, j'ai dû le pousser en vitesse et j'ai fait tomber des livres.

Hendo s'est baissé pour m'aider.

— Merde, pardon, il a dit. Voilà.

Il a ramassé un paquet de livres et il les a remis sur le chariot mais ils n'étaient pas empilés parfaitement, c'est-à-dire avec le dos vers le haut pour que je puisse voir les numéros.

— Il faut mettre les numéros vers le haut, comme ça, j'ai dit en remettant les livres.

Hendo a ri et il les a remis comme il faut.

— Et là, ça va ?

— Là, c'est bien.

Il a mis les mains dans ses poches.

— Je ne tiens jamais longtemps avec ces conneries. J'ai une putain d'envie de fumer.

Il a demandé où il pouvait aller pour fumer une cigarette.

Je lui ai dit qu'il fallait sortir du bâtiment pour fumer mais qu'il devait rester à plus de cinq mètres de distance.

Il m'a fait un salut militaire et il m'a tendu une cigarette.

— T'en veux une ?

C'était presque l'heure de ma pause. J'ai fait oui de la tête. J'ai dit à Carol que je prenais ma pause et quand je suis sortie avec Hendo, elle m'a dit :

— Je ne savais pas que tu fumais.

Je lui ai fait LES YEUX pour qu'elle se taise.

*

J'ai appris qu'Artem était le bébé d'Hendo mais qu'il habitait avec « la Daronne », comme l'appelait Hendo. Ils n'étaient pas ensemble.

— On n'a jamais vraiment été ensemble, a dit Hendo.

— Tu ne veux pas que le bébé habite avec toi ?

— Chez moi, ça ne ressemble pas à grand-chose pour le moment. Je voudrais gagner plus de fric, tu vois. Trouver un bon appart. Le mettre dans une bonne école.

On s'est assis sur le bord du trottoir et on a regardé les voitures. Une voiture rouge vif est passée. Hendo a tapé la cendre de sa cigarette et il l'a montrée du doigt.

— Ça, c'est ce que j'appelle une bagnole. Tu la vois ?

J'ai fait oui de la tête.

— Une Mustang, mec.

Vu que je n'avais jamais fumé, sauf une fois quand Kalash avait posé sa cigarette et oublié de l'éteindre complètement, j'essayais de copier tout ce que faisait Hendo. Il a tapoté encore une fois le bout de la cigarette avec son doigt alors j'ai tapoté la mienne, et ensuite j'ai avalé la fumée comme si j'aspirais un spaghetti. J'ai toussé et il a éclaté de rire.

— En fait tu ne fumes pas, c'est ça ?

— J'ai déjà fumé une fois.

— On dirait que tu es en train de faire une crise cardiaque au ralenti.

— Qu'est-ce que ça veut dire ?

Il a écrasé sa cigarette sur le béton.

— Laisse tomber.

Il s'est levé et il a frotté son pantalon.

— Va falloir que j'y retourne.

— Oui. L'heure de lecture de Mère Lapin, ça ne dure qu'une heure.

*

Quand l'heure de lecture de Mère Lapin a été terminée, Hendo est parti avec la Daronne et Artem. Ils se disputaient très fort. Il ne m'a pas dit au revoir. La Daronne se disputait avec lui pour des histoires d'argent.

— Tu crois que je peux le nourrir rien qu'avec des pâtes au beurre ?

Elle était tellement en colère que je ne voulais pas que nos yeux se croisent. Quand ils sont passés, je me suis retournée et j'ai fait semblant de regarder un livre.

Mère Lapin a rangé sa guitare et elle a dit : « à la semaine prochaine ». Son vrai nom, c'était Martine. Carol m'a expliqué que, quand elle n'était pas un lapin, elle travaillait comme avocate pour une grosse corporation très méchante.

Carol m'a dit que c'était ce qu'on appelait être hypocrite. Quand Martine est passée devant elle, elle a souri tout en marmonnant entre ses dents :

— Connasse.

Une fois que tout le monde a été parti, Carol et moi sommes allées dans la salle d'éveil pour commencer à nettoyer.

On a ramassé les papiers froissés, les emballages de bonbons et les petits pots vides. Je tenais le sac-poubelle pour Carol et elle mettait toutes les saletés dedans.

— Tu veux avoir des enfants ? a demandé Carol.

— Peut-être, je crois. Je ne sais pas si j'ai le droit.

— Et pourquoi est-ce que tu n'aurais pas le droit ?

Je lui ai parlé des articles que j'avais lus qui demandaient si les personnes comme moi pouvaient avoir des bébés. Personne n'était d'accord si on devait être autorisées à en faire, parce qu'il y avait des gens qui n'étaient pas assez intelligents ou pas assez puissants comme parents pour avoir un bébé.

Carol a porté le sac de couches et de poubelles jusqu'à la porte de derrière, elle a ouvert la porte et elle a jeté le sac dans la grande poubelle en métal.

— C'est ridicule, elle a dit. Tu es dix fois plus responsable que la grande majorité des hommes que j'ai connus.

*

Cette nuit-là, j'ai rêvé d'Hendo. La bibliothèque était vide. Dans le rêve, on parlait de livres et de Vikings. Et là, il se penchait vers moi et il m'embrassait. On était assis l'un à côté de l'autre et il posait sa main sur ma joue. Je posais mes mains sur ses bras et je touchais ses muscles.

Je me suis réveillée à ce moment-là, et je me suis sentie mal. J'ai regardé ma chambre dans le noir. Dans mon rêve, c'était Hendo que j'embrassais et pas Marxy.

Je suis restée allongée dans mon lit, avec le cœur qui battait et la tête pleine d'Hendo. J'ai essayé de me rendormir mais je n'ai pas réussi parce que j'avais peur de ce qui allait se passer si je m'endormais. Peut-être que dans mon rêve, j'allais tromper Marxy encore une fois.

J'ai décidé d'envoyer une nouvelle lettre au docteur Kepple.

Cher docteur Kepple,

Ici Zelda.

Quand un héros viking gagne l'amour de sa mie, ensuite ils se marient et ils font des enfants. Je ne sais pas si je veux avoir des enfants, mais en tout cas je veux avoir des rapports sexuels avec Marxy, qui est mon amoureux et mon mie.

Il y a un passage dans votre livre que je ne comprends pas bien.

Dans la saga de Frithiof, Frithiof et Ingeborg se marient et leur amour est éternel, même plus tard quand Ingeborg est mariée à un vieux roi parce que Frithiof a été envoyé en exil par des gens qui étaient jaloux de lui.

Comment faisait Frithiof pour savoir qu'il était amoureux d'Ingeborg, et pourquoi est-ce qu'Ingeborg n'a pas refusé de se marier avec le vieux roi ?

Et comment font les Vikings pour faire la différence entre les rêves qui sont sérieux et envoyés par les dieux et les draumskrök, *qui sont des rêves qui ne veulent rien dire ?*

Skál,

Zelda

18

L'histoire d'amour la plus célèbre dans les sagas vikings, c'est celle de Gudrun et Kjartan. Une belle femme du nom de Gudrun tombe amoureuse de Kjartan qui est très « charismatique », ce qui veut dire que les gens l'aiment mais pas seulement pour sa beauté. Mais Gudrun porte malheur parce qu'un de ses maris est mort et que l'autre a divorcé d'elle quand elle était jeune. Kjartan aime aussi Gudrun. Par contre, le père de Gudrun n'aime pas Kjartan, et il l'envoie en exil. C'est là que Bolli, le cousin de Kjartan, essaie de convaincre Gudrun de se marier plutôt avec lui. Comme Kjartan est parti depuis longtemps, Gudrun accepte de se marier avec Bolli. Ensuite quand Kjartan revient, Gudrun comprend qu'elle a fait une erreur.

C'est une histoire très compliquée parce que l'amour, c'est compliqué.

J'ai repris ma liste des CHOSES QU'IL FAUT DANS UNE LÉGENDE. Vu que Marxy était mon mie, il fallait que je gagne son amour en affrontant le danger. En général, une mie, c'est une personne qui n'est pas forte, qui ne peut pas se protéger elle-même, qui a besoin de quelqu'un de puissant pour l'aider, et qui ensuite tombe amoureuse du héros parce qu'il a fait preuve de force et de bravoure. Ma légende, c'était aussi de montrer que les gens comme Marxy et moi on pouvait être puissants ensemble, comme Gert et Kalash sont puissants ensemble, et qu'un jour on pourrait créer notre tribu à nous.

Seulement, pour créer une tribu il fallait avoir des rapports sexuels, et il y avait beaucoup de gens qui n'aimaient pas l'idée que les gens comme Marxy et moi aient des rapports sexuels. J'avais dit à Marxy que ce n'était pas notre problème s'il y avait des bite-culs qui ne voulaient pas qu'on ait des rapports sexuels. C'était à nous de faire notre propre légende.

Le problème, c'était que les légendes vikings ne parlaient jamais vraiment de sexe. Elles parlaient juste d'amour.

Même s'il était du genre à bien aimer les rapports sexuels, Gert ne voulait pas en parler avec moi. Le plus souvent, il commençait à parler et après il se mettait à tripoter son ongle qui n'en était pas vraiment un, parce que Gert a toujours les ongles très courts.

À la télévision et dans les films, quand les gens parlent de sexe, ils disent « les fleurs et les abeilles ». C'est un moyen de parler de sexe sans vraiment en parler.

Un soir, alors que j'étais toute seule avec Kalash, je lui ai demandé si elle voulait bien me parler de sexe.

— Gert déteste parler de ça, j'ai dit.

Elle a ri et elle a dit que c'était du Gert tout craché.

— Parfois, c'est plus facile si quelqu'un qui n'est pas de ta famille t'explique comment ça marche. Je le comprends.

Elle m'a demandé si je savais comment ça faisait d'avoir un orgasme, ce qui veut dire quelque chose qui fait très bon à l'intérieur. Je lui ai dit que je savais. Elle m'a demandé si j'avais déjà eu un rapport sexuel.

— Je ne dirai rien à Gert, elle a dit en baissant la voix.

J'ai secoué la tête.

— Avec Marxy, on s'est juste embrassés.

J'ai demandé à Kalash comment elle savait qu'elle était amoureuse de Gert, et comment elle savait que Gert était amoureux d'elle. Elle a mis ses mains dans ses poches et elle m'a dit qu'il était plus facile de répondre à la première question qu'à la deuxième.

— Ton frère n'est pas l'homme le plus doué du monde pour la communication.

Elle m'a expliqué les différents signes. Elle m'a dit que quand un homme a envie de parler beaucoup, ça veut souvent dire qu'il a des sentiments pour toi.

— Mais la plupart du temps, ils ne disent jamais ce qu'ils pensent vraiment.

J'ai hoché la tête, sauf que je ne comprenais pas comment ça marchait. Ce qu'elle voulait dire, c'était qu'un homme pouvait parler beaucoup de certaines choses sans jamais vraiment parler de ce qui était important pour lui, c'est-à-dire du fait qu'il était amoureux. Tout ça, c'était parce que les hommes ne pleurent pas.

— Mais si, ils pleurent. J'ai déjà vu Marxy pleurer. Et Gert aussi.

— Oui, mais imagine un peu comme Gert doit être dégoûté que tu l'aies vu pleurer. Un mec, ça n'est pas censé pleurer, ni montrer ses émotions, ni être trop triste. C'est une histoire de genre.

J'ai demandé ce que ça voulait dire, « une histoire de genre ». Elle a dit que souvent, on attendait des hommes et des femmes qu'ils se comportent d'une certaine manière. Les hommes sont censés être sérieux tout le temps et ne pas montrer leurs émotions, alors que les femmes sont censées être plus émotives, et aimer le rose et les fleurs.

— Et les Valkyries ? j'ai demandé.

— C'est une exception. Mais les Valkyries ne courent pas les rues, Zed.

— Donc si un homme te donne beaucoup d'attention, s'il veut tout le temps être avec toi et s'il te dit des choses personnelles, en général ça veut dire que tu lui plais.

On s'est assises en face de l'ordinateur dans ma chambre, Kalash sur la chaise tournante et moi sur le lit.

La fenêtre du navigateur s'est ouverte. Kalash a cliqué et elle a baissé le volume de l'ordinateur.

— C'est au cas où le volume démarrerait à plein pot, elle a dit. Comme tu le sais déjà, Zed, Internet est un endroit plein de vice et de perversité. Et c'est justement pour ça que c'est si bon.

Elle a tourné l'écran de l'ordinateur pour que la fenêtre ne fasse pas de reflet.

On est allées sur une page avec un fond noir, où il y avait une femme en sous-vêtements qui regardait la caméra. Elle suçait son doigt comme si c'était une sucette. Kalash a pris la flèche de la souris sur l'écran et elle l'a placée sur la case « J'AI 18 ANS OU PLUS ». Elle a attendu avant de cliquer.

— OK, alors ce qu'il faut savoir, c'est que la pornographie, ce n'est pas la même chose que le sexe dans la vraie vie. Ou en tout cas, pas complètement.

— C'est quoi la différence ?

— La pornographie, c'est plutôt comme un fantasme. Ou un rêve. Des choses qu'on imagine dans sa tête mais qu'on n'est pas sûre de vouloir faire ni de pouvoir faire en vrai.

— Fantasme, j'ai dit.

Je lui ai donné mon cahier et elle m'a écrit le mot pour que je l'ajoute à ma liste de Mots du Jour, même si j'étais à peu près sûre de l'avoir déjà entendu quelque part.

— Des fois on ressent du désir. On se sent excitée…

Je savais de quoi elle parlait.

— On se sent comme une ampoule qui s'allume. Mais de l'intérieur.

— C'est ça. Et chez les hommes, ça fait que le pénis se remplit de sang et devient très dur. Regarde.

Alors qu'elle allait cliquer sur la page porno, elle s'est tournée vers moi.

— En fait, laisse tomber le porno. Va me chercher une carotte ou un concombre, ou un truc comme ça. La leçon numéro un, c'est l'utilisation du préservatif.

Elle est allée dans la chambre de Gert et elle est revenue avec un préservatif. Moi je suis allée dans la cuisine et j'ai rapporté une carotte.

— OK, elle a dit. Allons-y.

Kalash m'a expliqué les bébés et pourquoi c'est important de se protéger quand on a des rapports sexuels. Quand une femme ne veut pas avoir un bébé elle peut avorter, ce qui veut dire empêcher le bébé de sortir.

— En fait ce n'est pas encore vraiment un bébé à ce moment-là.

Elle a mâché son chewing-gum.

— Sauf que Gert, il pense que oui, j'ai dit. C'est pour ça qu'il était en colère quand tu as avorté, et c'est pour ça que vous vous êtes séparés.

Kalash a ri en secouant la tête.

— Tu as vraiment le chic pour dire les choses, Zed.

Je lui ai demandé pourquoi elle ne voulait pas de ce bébé.

— Moi, je pense que vous seriez très puissants, comme parents.

Kalash a secoué la tête.

— Pourquoi est-ce que je voudrais un bébé ? On arrive à peine à s'en sortir dans la vie, sans avoir en plus le stress d'une famille à élever. On ne gagne pas beaucoup d'argent, ni l'un ni l'autre.

— Alors il fallait mettre plus de préservatifs.

— Tu l'as dit, meuf.

Une des choses que Kalash m'a expliquées, c'était que parfois on peut avoir un accident. Le préservatif peut se déchirer par accident et alors la femme tombe enceinte.

Elle a pris le préservatif.

— Déjà, tu dois vérifier qu'il n'est pas périmé. Regarde la date.

On a regardé la date écrite sur le côté de l'emballage.

— Ensuite, tu vérifies qu'il n'a pas été percé ou ouvert. Tu appuies dessus un petit coup. Et là, quelque chose de très important. Il ne faut jamais, je répète : jamais, utiliser tes dents pour ouvrir le préservatif. *Comprende ?*

— Pourquoi ?

— Parce qu'il ne faut pas déchirer le préservatif à l'intérieur ni le couper avec tes dents. Tu déchires l'emballage dans le coin… Ici.

Elle a attrapé l'emballage doré du préservatif par le coin, et elle a fait semblant de l'ouvrir.

— Tu veux essayer ?

J'ai pris le préservatif et je l'ai tenu comme elle.

— Très bien. Et maintenant, si tu veux bien l'ouvrir, je vais te montrer comment ça se met.

J'ai ouvert le préservatif et elle m'a donné la carotte. Elle m'a montré comment savoir de quel côté le préservatif se déroulait, et comment pincer le bout pour éviter que le préservatif éclate une fois que le pénis était à l'intérieur. Elle a été chercher d'autres préservatifs dans la chambre de Gert et ensemble on en a enfilé quatre sur la carotte.

Il y en avait un qui était censé avoir bon goût. Pendant que Kalash parlait, je l'ai léché et c'est vrai qu'il avait bon goût, un goût de fraise.

— Beurk ! a dit Kalash. Trop dégueu !

Elle a fouillé dans les préservatifs et elle en a trouvé un qui lui plaisait.

— Celui-ci, c'est un de mes préférés.

Elle a retiré le préservatif à la fraise de la carotte et elle en a mis un autre avec des formes bizarres tout le long.

— La capote nervurée, pour le plaisir des dames ! Celle-ci, c'est la reine des capotes. Regarde. Tu vois les nervures sur le côté ? C'est vraiment super agréable.

J'ai pris la carotte et j'ai passé ma main dessus de haut en bas.

— Qu'est-ce que ça a de super agréable ?

— Alors là, il va falloir que tu me croies sur parole.

Elle a ri en retirant le préservatif.

— Oh là là ! Ça va lui coûter une fortune pour remplacer toutes ces capotes !

Quand on a eu fini avec les préservatifs, on a regardé plein de vidéos, et Kalash me disait quand ce n'était pas réaliste. Par exemple, quand l'homme soulevait la femme, qui était beaucoup plus petite que lui, et qu'il la tenait la tête en bas.

— Personne ne fait des trucs comme ça, a dit Kalash.

— Eux, ils le font.

— Oui, mais eux, ils font un film chelou pour le mettre sur Internet.

— Et elle, elle n'a pas de poils sous sa culotte.

— Ça, c'est quelque chose qui dépend des goûts de chacun. Il y en a qui aiment bien se raser. Et il y en a d'autres qui aiment mieux rester nature.

— Compris. Est-ce que le sexe commence toujours par la femme qui retire son pantalon et sa culotte ? C'est une règle ?

— Non.

Kalash a cliqué sur la souris pour arrêter la vidéo.

— C'est très important. Le sexe, ça peut être tout ce que tu veux. Chacun peut aimer des choses différentes. Mais toi, tu ne dois faire quelque chose que si ça te donne du plaisir. Pas parce qu'une vidéo à la con te dit de le faire.

Elle a recliqué sur la souris et le sexe a repris.

— C'est à toi d'inventer tes propres règles.

J'ai cligné des yeux. Les règles, ça ne marchait pas comme ça. J'ai demandé à Kalash ce qui se passait quand il n'y avait pas de règles.

— Zelda, mon lapin. Je sais que toi et Gert, vous avez des règles, et je sais que ces règles sont importantes. Elles t'aident à te sentir en sécurité. Mais s'il y a une chose dont je suis sûre, c'est que le monde est trop compliqué pour qu'il y ait une règle pour chaque chose. Et pour tout ce qui touche à l'amour et au sexe, c'est à toi de découvrir les règles par toi-même.

*

J'ai décidé d'envoyer un texto à Marxy pour lui demander quand il voulait avoir un rapport sexuel. On parlait de sexe tous les deux depuis un bout de temps, et c'était le moment d'officialiser nos projets.

Je lui ai envoyé un texto qui disait : **Tu veux avoir un rapport sexuel quand ?**

Au bout de trois minutes il a répondu : **Il faut que je voie mon calendrier et aussi avec Maman. Toi tu veux faire ça quand ?**

Je lui ai dit qu'il fallait que je regarde mon calendrier moi aussi. **Tu dois vraiment voir ça avec elle ?**

Il a répondu : **Si je le mets dans le calendrier, je ne vais pas oublier. C'est elle qui écrit les choses dans le calendrier pour que je n'oublie pas.**

Il m'a envoyé trois smileys qui souriaient et aussi un qui était tête en bas mais qui souriait aussi.

*

Je me suis rendu compte qu'il y avait beaucoup de choses à organiser. Par exemple : où vont les gens qui vivent avec leur frère ou avec leur mère pour avoir des rapports sexuels ?

Le lendemain matin, j'ai demandé à Kalash si elle pouvait me donner un conseil. Gert était sous la douche, donc on n'avait pas à s'inquiéter qu'il nous entende. On a apporté nos bols de céréales sur la table et elle m'a demandé ce que je voulais.

— Je veux avoir un rapport sexuel avec Marxy, mais je ne sais pas où aller pour le faire.

Elle a pris une cuillerée de céréales.

— Il faudrait d'abord qu'on en parle avec Pearl.

— Marxy va déjà lui demander. On a échangé des textos, et il va mettre ça dans son calendrier dès qu'on aura fixé une date. Mais je me suis rendu compte qu'il va nous falloir un endroit pour avoir notre rapport sexuel.

— Oui, vous n'allez pas faire ça sur la banquette arrière d'une Camaro, elle a dit.

J'ai demandé ce que c'était qu'une Camaro, et elle m'a dit : « laisse tomber ».

— Voyons un peu ce que je peux arranger. Peut-être que Pearl aura une idée.

Gert est entré dans la pièce avec une serviette autour de la taille.

— Une idée sur quoi ? il a demandé.

— Tu mets des gouttes d'eau partout, espèce d'andouille, a dit Kalash.

Il a essuyé son visage et il a dit à Kalash de faire du café. Avant de partir s'habiller, il a demandé :

— Et qui a une Camaro ?

Kalash s'est levée pour allumer la cafetière et, en passant, elle a mis une claque sur les fesses de Gert.

— Personne. Allez, file.

19

Kalash m'a dit qu'elle s'était occupée de nous trouver un endroit pour le rapport sexuel. Elle avait parlé à Pearl et elles avaient fait un plan. La date était sur le calendrier de Marxy et je l'ai mise sur le mien aussi, avec une étoile.

Je n'ai pas arrêté de penser à Marxy de toute la semaine. J'avais le trac et en même temps j'avais hâte, deux sentiments qui se ressemblent beaucoup. Carol a dit qu'elle me trouvait un air bizarre et quand je lui ai dit pourquoi, elle a souri, elle a mis la main sur mon épaule et elle m'a dit que c'était merveilleux.

— Je me souviens de ma première fois, elle a dit. Ce n'était pas idéal.

— Pourquoi ?

— Parce qu'on ne savait pas ce qu'on faisait. On se dépatouillait, quoi.

Elle a soupiré.

— Johnny Tannenbaum. Je me souviens encore de son nom.

— Il était beau ?

Carol a éclaté de rire.

— Les yeux les plus bleus que j'aie jamais vus. Mais il faisait bien une demi-tête de moins que moi.

Marxy était plus grand que moi, donc je n'avais pas à m'en faire pour ça.

Dès que je pouvais, j'étudiais les images d'un livre de la bibliothèque qui s'appelait *Les Joies du sexe* et que les gens regardaient toujours en cachette. Le livre était plein de dessins de personnes toutes nues, et beaucoup de pages étaient arrachées. Carol disait que les gens aimaient bien se masturber en regardant ces images. Les gens dans le livre avaient l'air beaux et heureux, mais ils n'étaient pas comme dans les vidéos pornos parce qu'ils avaient tous leurs poils autour du pénis et du vagin. Et les femmes avaient même des poils sous les bras.

Je faisais attention à ce que Carol ne me voie pas lire *Les Joies du sexe*.

Un jour de cette semaine-là, j'ai vu Hendo à la bibliothèque et je ne voulais pas du tout qu'il me trouve en train de lire *Les Joies du sexe*, alors je l'ai caché sous un autre livre sur le chariot, et j'ai essayé de passer à côté de lui. C'était la première fois que je le voyais à la bibliothèque sans Artem, et il m'a vue avant que j'aie le temps de le doubler.

— Salut, porte-bonheur. Quoi de neuf ?

— Rien, je travaille.

Je lui ai demandé ce qu'il faisait à la bibliothèque, vu que ce n'était pas dimanche. Il a haussé les épaules.

— J'avais du temps à tuer, alors je suis venu lire.

Il m'a montré le magazine qu'il regardait. C'était un magazine de basket, mais ce n'était pas le numéro le plus récent.

J'ai hoché la tête.

— On a le dernier numéro en réserve. Je vais aller te le chercher.

Quand je suis revenue avec le dernier numéro, il était en train de lire *Les Joies du sexe* que j'avais laissées sur le chariot. Je suis devenue toute rouge.

— Hé, regarde, il a dit en riant et en feuilletant le livre.

J'ai regardé et il m'a montré les poils sous les bras.

— Et alors, qu'est-ce qu'il y a de mal ?

— Rien, a dit Hendo. Enfin, chacun son truc.

Mais il s'est remis à rire.

La plupart des femmes dans les films pornos se rasent les poils sous les bras et aussi au-dessus de leur vagin. Hendo a tourné les pages en rigolant et je lui ai demandé si c'était son truc, les poils sous les bras.

— Pas vraiment. J'aime mieux quand les filles ont la peau lisse, tu vois ?

J'ai fait oui de la tête. Il m'a rendu le livre et il a pris le nouveau magazine de basket.

— C'est plus convenable, comme lecture, il a dit.

Puis il m'a remerciée et il s'est mis à lire.

Après être repartie avec le chariot, j'ai envoyé un texto à Marxy pour lui demander s'il aimait bien les poils sous les bras.

Parce que je peux me raser sous les bras ou bien laisser les poils.

Et il a répondu :

Ça ne me dérange pas s'il y a des poils dans tes dessous de bras !

*

Après le travail, j'attendais le bus. Il pleuvait et le bus était en retard. Il y avait tellement de monde qui attendait sous l'abribus pour se protéger de la pluie que je ne tenais dedans qu'à moitié. J'avais une moitié mouillée et une moitié qui restait sèche.

Je ne voulais pas entrer complètement dedans parce que je n'aimais pas être serrée à côté de tous ces gens que je ne connaissais pas. Mais à cause de la pluie, je ne voulais pas non plus attendre dehors.

— Il y a de la place pour vous, mademoiselle, a dit une femme.

J'ai fait un pas vers l'intérieur. Je ne pouvais pas avancer plus loin. Et là le bus est arrivé, mais il était trop plein et il ne s'est même pas arrêté.

— C'est pas vrai ! a dit la dame en se cognant contre moi.

Tout le monde est retourné dans l'arrêt de bus, et moi je me suis remise avec un pied dedans et un pied dehors.

Une voiture s'est arrêtée et a baissé sa fenêtre. C'était Hendo. Il m'a demandé si je voulais qu'il me dépose.

— Je dois passer vers chez toi.

— C'est vrai ?

Une femme dans l'arrêt de bus a demandé s'il pouvait la déposer elle aussi.

— Bien tenté, il a dit en déverrouillant la portière et en l'ouvrant en grand. Allez, monte, porte-bonheur.

Quand je suis montée, les sièges étaient tout chauds. Hendo m'a dit que sa voiture était neuve et que les chauffe-sièges étaient pratiques en hiver.

— Et aussi quand il pleut.

— Je te donne mon adresse ?

— Non, j'y suis déjà allé.

Il a démarré et à ce moment-là la femme dans l'abribus, celle qui avait demandé si elle pouvait monter en voiture, a fait un doigt d'honneur à Hendo. Il a éclaté de rire et il a allumé la musique avec les basses à fond.

— Quand est-ce que tu es venu chez nous ?

— Hein ?

Il a baissé le son.

— Oh, une ou deux fois.

— Avec Toucan ?

— Oui. Ça te dérange si je fume ?

Il tenait une cigarette entre ses doigts. Je lui ai dit qu'il pouvait fumer s'il voulait parce que c'était sa voiture.

— Cool. Je veux pas abuser.

Il a soufflé la fumée par la fenêtre.

— Je vois pas beaucoup Gert ces derniers temps. Comment il va ?

— Il a été viré de la fac, mais maintenant il y retourne.

— Je savais même pas qu'il était à la fac. La classe ! Il étudie quoi ?

— L'économie, je crois.

Hendo a tiré sur sa cigarette.

— Sérieux ?

— Oui.

— Ah bon.

On a continué de rouler.

— J'imagine que c'est pour ça qu'il s'entend bien avec Toucan. Il s'y connaît niveau thune.

Je lui ai dit que, maintenant, Gert ne s'entendait plus avec Toucan parce que Kalash lui avait dit qu'il n'avait pas le droit de faire partie d'un gang bang.

Hendo a éclaté de rire.

— Tu veux dire d'un gang ? Tu as regardé trop de films de cul !

Je n'ai pas ri.

— Pourquoi tu dis ça ?

— Rien. Une mauvaise blague. Laisse tomber.

Hendo a dit qu'il devait s'arrêter quelque part.

— Il faut que je dépose ça, il a dit en attrapant une girafe en peluche sur la banquette arrière. C'est bientôt l'anniversaire d'Artem et je crois que je ne vais pas être là pour la fête. Il kiffe les girafes, le petit gars. Ça le rend dingo.

Il m'a passé la girafe.

— Elle défonce, pas vrai ?

— Les girafes peuvent se nettoyer les oreilles avec leur langue, j'ai dit.

— Ah bon ?

— J'ai lu ça dans *National Geographic*.

On s'est dirigés vers son quartier, qui n'était pas loin de notre quartier à nous. J'ai essayé de faire une carte dans mon cerveau pour me rappeler où c'était.

Il a garé la voiture sans éteindre le moteur. La pluie s'était arrêtée.

— Si je laisse tourner le moteur, tu vas pas me voler ma voiture ?

— Non, j'ai dit.

Il est sorti et il a couru jusqu'à une des maisons.

C'était la première fois que je me retrouvais seule dans sa voiture. Sa boîte à gants n'était pas fermée à clé et, quand je l'ai ouverte, un tas de papiers et de saletés sont tombés par terre. J'ai tout remis le plus vite possible et j'ai vu qu'Hendo était déjà en train de sortir de la maison.

Il est monté dans la voiture et j'ai dit :

— Désolée, ça s'est ouvert tout seul.

Je voulais parler de la boîte à gants et des saletés. Mais Hendo était déjà en train de passer la première.

La Daronne est sortie de la maison et elle s'est mise à courir vers la voiture.

— Merde, a dit Hendo. Baisse-toi.

Il m'a poussé la tête vers le bas pour que je m'aplatisse dans le siège.

— Fais comme si t'étais pas là !

J'ai essayé de me cacher comme il disait. Il est sorti et il a fermé la portière, et je les ai entendus dehors qui se criaient après.

— Je t'ai déjà dit. Je dois aller au boulot.

— Au boulot ? a dit la Daronne.

Elle parlait fort.

— Je la vois là-dedans ! elle a crié.

Elle a toqué à la portière et elle a dit :

— Je te vois ! Hé, ho ? Je suis pas aveugle !

Hendo a ouvert la portière et il m'a dit que je pouvais m'asseoir normalement.

— T'inquiète, je m'en occupe.

Je me suis assise normalement, vu que de toute manière la Daronne m'avait vue.

Pendant qu'ils se disputaient, elle m'a montrée du doigt. Une autre femme est sortie de la maison avec Artem dans les bras. Elle a apporté le bébé à Hendo, qui a pris le bébé et qui l'a tenu dans ses bras pendant qu'ils continuaient à se disputer tous les trois.

La deuxième femme est venue vers la voiture et elle s'est approchée de ma fenêtre. Elle avait l'air d'une méchante alors j'ai verrouillé la portière, et j'ai bien fait parce que la femme a essayé d'ouvrir. Elle a crié en me traitant de « pute » et d'autres noms que Kalash ne voudrait pas que je répète.

— Allez-vous-en ! j'ai crié.

Elle a mis un coup de poing dans la vitre et moi j'ai mis un coup de poing aussi de l'autre côté, jusqu'à ce que la vitre fasse comme un tambour à deux faces.

Hendo a passé le bébé à la Daronne, il a couru et il s'est mis entre la femme et la fenêtre. C'est là qu'elle a commencé à lui mettre des coups de poing dans la poitrine. Il lui a attrapé les mains et, d'un seul coup, elle ne lui a plus mis de coups de poing et ils se sont pris dans les bras. Il a mis ses bras autour d'elle, elle a mis sa tête contre sa poitrine, les cheveux de la femme étaient tout étalés sur les épaules d'Hendo et elle avait le visage enterré dans lui.

Hendo est entré dans la maison et il est ressorti. Il a démarré la voiture.

— Désolé. Elle croit que tu es ma nouvelle copine. Elle est toujours jalouse quand je vois quelqu'un de nouveau. C'est pour ça que je l'évite le plus possible.

*

Personne ne m'avait jamais prise pour la copine de quelqu'un. Sauf avec Marxy. Parfois, les gens voyaient qu'on était ensemble parce qu'on se tenait la main. Mais on n'était pas normaux ni l'un ni l'autre. C'était plutôt comme si on était des compagnons de bataille. Malgré ça, beaucoup de gens, par exemple Kalash, le docteur Laird et Pearl, voulaient que je sache que Marxy et moi on était très différents. Ils disaient que Marxy ne pourrait jamais être aussi intelligent que moi et que même si ça ne posait pas de problème aujourd'hui, ça risquait d'en poser plus tard.

Hendo, il était très joli. D'habitude, on ne dit pas qu'un homme est joli. On dit plutôt qu'il est séduisant. Mais Hendo avait un visage très joli, comme ceux des acteurs de cinéma. En le regardant, je me suis mise à me demander comment ça ferait d'être sa copine. On pourrait sortir tous les deux et parler des livres de la bibliothèque. On s'embrasserait et personne ne dirait : « Regardez les deux gogols ! », comme les gens disaient pour moi et Marxy.

En plus, il était très cool et il n'avait pas honte que les gens le voient avec moi.

— Quoi ? a dit Hendo tandis qu'on s'éloignait de la Daronne en colère.

— Quoi ?

— Tu me regardes bizarrement.

Il a levé un sourcil. Il m'a demandé ce que je regardais. Il a touché son visage et il m'a demandé s'il avait de la bouffe collée quelque part.

J'ai pris toute la salive dans ma bouche, et j'ai tout avalé d'un coup.

— Tu l'aimes ? j'ai demandé.

— Qui ? Artem ?

— La Daronne.

Hendo a éclaté de rire.

— Non. Je peux pas la blairer. Si je la supporte, c'est uniquement pour Artem.

On approchait de mon quartier. Mon corps était comme deux mains qui se frottent l'une contre l'autre jusqu'à devenir de plus en plus chaudes. Les battements de mon cœur étaient si puissants que je les sentais dans mon cou : boum boum boum.

Il a monté le son et c'était une chanson que j'aimais. Il balançait la tête et il avait le bras qui sortait par la fenêtre. Alors qu'on quittait son quartier, des gens lui ont fait signe et je me suis aperçue que beaucoup de monde le trouvait légendaire. Pendant qu'on roulait, je pensais à ce qu'avait dit Hendo : la Daronne avait cru que j'étais sa copine.

J'avais déjà pensé à fonder une famille, mais il y avait tellement de monde qui répétait que les personnes comme Marxy et moi ne devraient pas être autorisées à faire des bébés. Hendo, lui, il était normal. La Daronne avait cru que j'étais sa petite amie : peut-être que ça voulait dire que moi aussi je pouvais être le genre de fille qui fait un bébé.

Comme ma mère. Si j'avais été Kalash, je ne crois pas que j'aurais avorté.

— Elle a des gros seins, j'ai dit.

Il a ri.

— Mouais, c'est vrai qu'ils sont gros. Moi, je suis plutôt branché fesses. Et jambes. T'as des belles jambes, toi. Tu cours ?

— Des fois, j'ai dit.

— En tout cas, Gert a pas besoin de savoir que je t'ai fait ce compliment, d'accord ?

Hendo a garé sa voiture devant notre immeuble. Il a éteint le moteur et on est restés là une seconde. Ma ceinture de sécurité a été aspirée par la voiture. Dans les films, quand une personne aime bien quelqu'un, elle lui demande toujours s'il veut monter prendre un verre. Et aussi, dans les voitures, les gens s'embrassent. Moi, je n'avais pas le droit d'embrasser Hendo parce que j'étais la petite amie de Marxy. Ça aurait voulu dire le tromper, et je déteste ça. Les doigts d'Hendo pianotaient sur sa jambe.

J'ai fermé les yeux et je me suis fait un film dans ma tête où Hendo se penchait vers moi et mettait ses mains dans mes cheveux. Je le voyais tourner mon visage vers lui et le tenir dans ses mains pendant qu'on s'embrassait. Et là, j'ai pensé au truc avec la tête en bas, que Kalash m'avait dit que les gens ne faisaient jamais dans la vraie vie, et ça m'a fait rire.

— Bon, a dit Hendo en passant le bras devant moi pour ouvrir la portière. À la prochaine, alors. C'était cool de te voir.

Pendant exactement onze secondes (j'ai compté dans ma tête), on s'est regardés dans la voiture sans bouger, sans rien dire. C'est à ce moment-là que j'aurais dû l'embrasser. Ce n'est qu'une fois qu'il a été parti que je me suis rendu compte que ce moment était parfait.

20

Pendant mon rendez-vous avec le docteur Laird, j'ai eu l'impression qu'il avait le pouvoir de lire les pensées. On aurait dit qu'il savait toujours où je voulais en venir quand je parlais de quelque chose, qu'il devinait ce que j'allais dire avant que je le dise. Peut-être que c'était pour cela qu'il avait étudié aussi longtemps : pour arriver à lire les pensées. Ses murs étaient couverts de papiers qui prouvaient qu'il était allé dans des millions d'écoles.

Une de nos règles, c'était que je pouvais lui raconter tout ce que je voulais mais que je n'avais pas le droit de lui poser des questions sur sa vie à lui. Il disait que c'était de moi qu'on parlait dans nos rendez-vous, pas de lui. Si j'avais envie, je pouvais parler de Gert, et il m'avait promis qu'il ne dirait pas à Gert ce que je lui disais. « Sauf dans des circonstances extrêmes », il avait dit, par exemple si j'étais en danger.

Quand j'étais plus jeune et que Gert était mon tuteur légal, il avait le droit d'être présent. Mais depuis que j'étais adulte, je pouvais raconter tout un tas de choses sans m'inquiéter que le docteur Laird en parle à Gert.

Le docteur Laird m'avait beaucoup parlé de Marxy et de mes sentiments pour lui, parce que c'était mon amoureux et parce que le sexe était quelque chose que deux personnes font quand elles sont amoureuses.

— C'est parti, Miss Zelda, a dit le docteur Laird. Raconte-moi tout.

Je lui ai dit qu'il y avait quelqu'un de nouveau que je trouvais sexy.

— Même si je suis toujours amoureuse de Marxy.

— Cette nouvelle personne dans ta vie, a dit le docteur Laird en écrivant dans son carnet, est-ce que Gert est au courant ?

J'ai attrapé la balle anti-stress du docteur Laird.

— Vous dites tout le temps que je dois arrêter de demander la permission à Gert.

— Bien sûr. C'est important. Mais je n'ai jamais entendu parler de cette personne jusqu'à aujourd'hui.

Quand j'ai reposé la balle anti-stress, elle a mis longtemps à reprendre une forme de balle. On a regardé les bosses que ma main avait laissées dessus redevenir lisses, jusqu'à ce que la balle soit à nouveau parfaite.

— Alors, parle-moi de lui.

J'ai haussé les épaules.

— Il est normal.

Le docteur Laird a fait un cercle avec ses mains.

— Normal ? C'est-à-dire ?

— Il n'est pas comme Marxy, j'ai fini par répondre.

— D'accord. Grand ? Petit ? Gros ? Maigre ? Cheveux blonds ? Bruns ?

— Il est plus grand que moi mais pas aussi grand que Gert. Et il a des veines qui se voient sur ses bras. Là où il y a les muscles. C'est ça que je trouve sexy.

— Est-ce qu'il a ton âge ?

— Je crois qu'il est plus vieux que moi, mais pas vieux comme vous. Il a à peu près l'âge de Gert.

— Où est-ce que tu l'as rencontré ?

On s'était rencontrés chez Toucan mais je n'avais pas le droit d'en parler. Vu que je savais que le docteur Laird allait vouloir que j'explique qui était Toucan, j'ai décidé de dire une presque-vérité et de raconter que j'avais rencontré Hendo à la bibliothèque. J'ai dit qu'Hendo venait me voir quand il s'ennuyait pendant l'heure de lecture de Mère Lapin, et que des fois il venait juste lire des magazines de basket. J'ai dit au docteur Laird qu'en plus, il me traitait comme si j'étais normale et qu'il s'intéressait aux Vikings.

— Pas autant qu'aux ninjas, mais c'est pas grave parce que les ninjas sont costauds aussi.

Le stylo du docteur Laird s'est mis à gribouiller comme un fou. J'ai essayé de lire mais c'était trop gribouillé pour que je puisse reconnaître les mots.

Quand j'ai eu fini de parler, il m'a dit :

— Comment te sens-tu par rapport à tout cela ?

— Je me sens contente et en même temps je me sens sale.

— Pourquoi ?

J'ai fermé les yeux pour demander à mon cœur pourquoi il me disait de me sentir mal, alors qu'en même temps il me disait de me sentir bien.

— J'aime Marxy. Et on va avoir un rapport sexuel, et ce n'est pas honorable de trouver sexy quelqu'un d'autre que lui. C'est une des règles les plus importantes quand on est amoureux.

— D'accord. Et qu'est-ce qui a changé ? Est-ce que tu continues de trouver Marxy sexy ?

J'ai fait oui de la tête.

— Très sexy, mais ce n'est pas pareil. Marxy, je le trouve sexy à regarder mais aussi sexy en tant que personne. C'est quelqu'un de très honorable.

Le docteur Laird a dit que c'était bien.

— Mais ce n'est pas interdit par la loi d'être attirée par quelqu'un de nouveau, Zelda.

Je lui ai demandé si ça lui arrivait de penser à avoir des rapports sexuels avec des personnes qui n'étaient pas Mme Laird. Il a éclaté de rire et il a dit :

— Mince alors. Tu ne vas rien lui dire, hein ?

— Non, docteur.

— Comme je te disais, Zelda, tout le monde a des fantasmes sexuels. Ce qui ne veut pas dire que l'on doit toujours passer à l'acte. Pourtant c'est une bonne chose que ces pensées existent. Sinon, on s'ennuierait, pas vrai ?

— Je ne sais pas, j'ai dit. Je ne trouve pas que Marxy soit ennuyeux.

— Bon. Je l'admets, j'ai un faible pour Julia Roberts.

Pretty Woman, c'est un film avec l'actrice Julia Roberts où elle couche avec Richard Gere contre de l'argent, et à la fin elle arrête d'être une prostituée et ils peuvent enfin s'embrasser sur la bouche.

— Et donc, c'est cette semaine que vous le faites, a dit le docteur Laird. Toi et Marxy.

Il m'a demandé si j'étais prête. J'ai inspiré un grand coup et je lui ai dit que oui.

— Je sais tout sur le sexe.

— Et Marxy ? Est-ce qu'il sait tout sur le sexe ?

— Oui, il sait tout aussi.

Il m'a demandé de lui dire tout ce que je savais sur le sexe. Je lui ai dit comment ça se passait, et je lui ai dit aussi ce que j'avais vu dans les vidéos pornos. Et avant qu'il ait le temps de répondre, je lui ai dit ce que Kalash m'avait expliqué : dans les films, c'est des fantasmes et ce n'est pas comme le sexe en vrai. Le docteur Laird était content de m'entendre dire ça. Je lui ai raconté les préservatifs sur la carotte, et je lui ai dit que j'allais en apporter et que Marxy apporterait les siens.

— Kalash sera là, dans la pièce d'à côté, et il y aura aussi la mère de Marxy.

On s'est regardés en silence.

— Gert ne sera pas là, j'ai dit.

Je croyais que le docteur Laird allait me dire d'en parler à Gert, mais il n'a pas dit ça. Il a relu ses notes et il m'a demandé ce qui m'était arrivé de nouveau à part ça. Je lui ai parlé de la bibliothèque, de tous les nouveaux livres. Il n'y avait pas beaucoup de livres sur les Vikings mais je pouvais en commander, et j'en avais même déjà commandé un qui était tout nouveau, d'après Carol.

— Bravo, a dit le docteur Laird. Et Gert, comment va-t-il ?

— Je ne sais pas. Bien.

— Tu ne sais pas ?

Le docteur Laird a levé un sourcil.

Je ne savais pas quoi lui répondre ni ce qu'il me demandait vraiment, parce que je venais de lui dire que je ne savais pas ce que faisait Gert.

— Est-ce qu'il sort toujours avec Annie ?

— Ils se sont remis ensemble.

Son visage a fait un grand sourire. Je lui ai demandé pourquoi.

— Parce que tu ne parles plus de Gert.

— Ah bon.

— Et tu sais pourquoi c'est important ?

Je lui ai dit que non. Son sourire est resté sur son visage et il s'est penché vers moi comme s'il allait me dire un secret très important. Je me suis penchée vers lui et nos deux têtes se sont réunies au milieu de son bureau.

— Parce que tu vis ta vie, a dit le docteur Laird.

Puis il s'est rassis dans son fauteuil grinçant.

— Tu as un travail, tu as ton compte en banque et ton argent. Un jour, tu pourrais même avoir un appartement à toi. Et tu as un petit ami.

Mon visage a commencé à faire un sourire lui aussi. Ce n'était pas moi qui lui avais demandé de sourire. Mais je sentais qu'il souriait. Ensuite, quand j'ai compris ce que disait le docteur Laird, je me suis mise à sourire aussi à l'intérieur de mon corps.

— Autrement dit, a dit le docteur Laird, tu es enfin en train de vivre ta légende.

*

Quand je suis rentrée de chez le docteur Laird, j'ai sorti ma liste et je l'ai regardée.

CHOSES QU'IL FAUT DANS UNE LÉGENDE

X Une héroïne qui maîtrise le combat rapproché

X Une arme puissante pour l'héroïne

X L'héroïne doit gagner l'amour de son mie en le sauvant du danger
X L'héroïne doit avoir un Sage Conseiller
? Piller des villages ennemis pour se faire un trésor
□ L'héroïne doit terrasser un méchant qui menace la tribu

Le docteur Laird avait raison. J'avais rempli presque tous les points de ma liste. Je n'avais toujours pas de méchant à terrasser, mais peut-être que certaines légendes n'avaient pas forcément besoin d'un méchant. Peut-être que ce serait une de ces légendes avec une héroïne bonne et juste, comme Knud le Grand, un roi viking qui a apporté à son peuple des années de paix et qui lui a permis de faire du commerce avec d'autres tribus. Maintenant, j'étais l'héroïne de ma légende et la prochaine étape, c'était d'avoir un rapport sexuel avec Marxy.

*

Malgré tous nos plans, j'avais décidé de parler à Marxy en secret. Le secret pour réussir un rendez-vous secret, c'est de faire attention à ce que personne ne soit au courant. Donc il faut trouver un endroit secret, et aussi s'arranger pour que personne ne pose de questions. Je ne voulais pas mentir, et Kalash m'avait expliqué que le meilleur moyen de faire quelque chose en secret sans mentir, c'était de s'arranger pour que personne ne pose de questions qui pourraient nous forcer à mentir.

Alors j'ai envoyé un texto à Marxy en lui disant de m'appeler, mais seulement quand il serait sûr d'être tout seul et que sa mère et son père ne seraient pas à la maison.

Il m'a appelée le soir même.

— Je t'appelle parce que je suis tout seul sans personne à la maison, a chuchoté Marxy.

— Pourquoi tu chuchotes, alors, s'il n'y a personne à la maison ?

— Oh, c'est vrai, il a dit en reprenant sa voix normale. Je suis seul à la maison, donc c'est vrai que personne ne va m'entendre.

Il a fait un petit bruit un peu comme un éternuement.

— Désolé.

— Est-ce que ta mère t'a parlé de notre rendez-vous secret ?

— Oui.

Il m'a dit qu'elle lui avait tout expliqué sur le sexe, y compris comment on utilise les préservatifs.

— Je me suis entraîné, il a dit.

Ça m'a fait sourire.

Je lui ai dit que je voulais le voir en secret avant d'avoir le rapport sexuel.

— Sans que personne le sache. Rien que nous deux.

— Sans Kalash ni ma mère ?

— Oui.

Il y a eu un silence. Ce n'était pas un bon silence.

— Allô ?

— Ça ne me plaît pas, il a dit. Je n'aime pas cacher des choses à ma mère.

J'ai soupiré.

— Mais quand on aura le rapport sexuel, elle ne sera pas là dans la pièce.

— Je sais.

— Il n'y aura que toi et moi.

Il y a eu encore un silence.

— Ouais.

Je lui ai dit que le rendez-vous secret serait un bon moyen de s'entraîner à être seuls tous les deux sans sa mère ni Kalash ni Gert. Je lui ai expliqué que chez les Vikings, on est un homme quand on est capable de monter à cheval et de boire avec les autres hommes, et qu'on a passé quinze hivers.

— Je ne sais pas monter à cheval, a dit Marxy. Mais, des fois, mon père me laisse boire de la bière.

— Tu as passé quinze hivers, j'ai dit. Et de nos jours, plus personne ne monte à cheval.

On s'est mis d'accord pour se retrouver seuls tous les deux, sans dire à personne où on se retrouvait ni à quelle heure. Le lieu du rendez-vous n'avait rien de spécial, pas comme dans les films où les rendez-vous secrets ont toujours lieu dans des endroits spéciaux qui font peur et où il fait noir. Notre rendez-vous allait avoir lieu dans le McDonald's à côté du centre social.

Je suis arrivée la première et j'ai commandé des frites à partager.

Jusque-là, quand on passait du temps ensemble, il y avait toujours d'autres gens avec nous qui nous regardaient. On n'avait pas beaucoup été seuls depuis la première fois qu'on s'était rencontrés au centre social, il y avait exactement onze mois et quatorze jours. Tous les articles que j'avais lus sur Internet disaient que quand on ne passait pas assez de temps en tête à tête avec son amoureux, on finissait souvent par se séparer. Seulement, la mère de Marxy ne le laissait pas être libre. J'étais sûre que Marxy était capable de faire bien plus de choses qu'elle ne le croyait. Comme moi, qui avais commencé à travailler à la bibliothèque alors que tout le monde pensait que j'étais trop attardée pour ça. Je leur avais prouvé qu'ils avaient tort.

J'ai mangé des frites et j'ai laissé du ketchup pour Marxy dans les petits gobelets en papier. J'ai mis deux gobelets en papier en face de sa chaise, et aussi des petits sachets de sel et de poivre parce que je savais que ça lui plairait. Une vieille dame et un vieux monsieur étaient assis en face de moi, et l'homme mangeait ses frites avec la bouche ouverte. La vieille dame lui essuyait le visage avec un mouchoir. Il gardait la bouche grande ouverte pendant qu'elle lui essuyait le tour des lèvres.

J'ai tendu le bras pour prendre la frite la plus longue, et une main l'a attrapée avant moi.

Ce n'était pas la main de Marxy. Il y avait des yeux tatoués sur le haut des doigts.

— Mes préférées, a dit Toucan en trempant la frite dans le ketchup.

— Moi aussi, j'ai dit.

— Oh merde, pardon.

Il m'a tendu la moitié qu'il n'avait pas mise dans sa bouche. Comme je ne la prenais pas, il a dit :

— Quoi ? Tu crois que j'ai des microbes ?

— Oui, tu as des microbes. Tout le monde a des microbes.

Il a haussé les épaules et il a mis la frite dans sa bouche. Ensuite, il s'est assis. Quand je lui ai dit qu'il n'avait pas le droit de s'asseoir là, il a répondu :

— C'est bon, te stresse pas. J'attends juste que Jumbo passe commande là-bas.

Le Gros était là en train de faire la queue.

— Comment ça va ? a demandé Toucan.

— Ça va. Tu peux partir, maintenant ?

La porte du McDonald's s'est ouverte et Marxy est entré. Il était accompagné d'un homme que je ne connaissais pas. L'homme lui a mis une tape dans le dos. J'ai fait signe à Marxy et Toucan s'est retourné pour voir qui c'était.

Toucan a repris une frite et il a regardé Marxy approcher.

— Putain, c'est quoi, ça ? il a dit.

— Hé, bonjour, a dit Marxy, un peu essoufflé.

Sa chemise remontait sur son ventre en laissant voir des petits poils noirs. Il l'a tirée vers le bas.

— C'était qui, cet homme avec toi ? j'ai demandé.

— Oh, je me suis perdu, alors il m'a aidé.

Marxy s'est tourné vers Toucan et il lui a tendu la main.

— Bonjour, je m'appelle Marxy. Et vous ?

Toucan a fini sa bouchée de frites et il s'est essuyé les doigts sur une serviette en papier.

— Toucan. Je suis un ami de Zelda.

— De Gert, j'ai corrigé.

— Oh. Moi, je suis l'amoureux de Zelda.

Toucan l'a dévisagé.

— Sans blague.

— Tu peux partir, maintenant, j'ai dit à Toucan qui continuait de dévisager Marxy.

Le Gros a apporté les sacs de McDonald's et Toucan s'est levé.

— C'était cool de te voir, il a dit.

En partant il a touché l'épaule de Marxy, et Marxy a sursauté parce qu'il n'aime pas qu'on le touche.

— Je ne l'aime pas, lui, a dit Marxy une fois que Toucan a été parti.

— Ouais, j'ai dit. C'est un vrai sac à merde.

*

On a mangé nos frites, et après Marxy avait encore faim alors on a pris des hamburgers en plus. Il m'a dit que sa mère n'avait pas parlé à son père de notre rapport sexuel, et je lui ai dit que Gert non plus n'était pas au courant. Il a mangé son hamburger à toute vitesse et il m'a demandé si j'allais finir le mien.

Marxy a commencé à me raconter toutes les choses qu'il avait apprises sur le sexe, le spermicide et les préservatifs, et toutes les différentes manières de le faire.

— J'ai tout écrit là-dessus, il a dit.

Il m'a sorti un bout de papier qui avait été plié beaucoup de fois. À côté des mots, il y avait des dessins de gens tout nus.

— Waouh, j'ai dit.

— Ma préférée, c'est celle-ci, a dit Marxy en montrant un dessin avec l'homme et la femme face à face. Parce que comme ça, on peut s'embrasser pendant qu'on fait le rapport sexuel.

Il était en train de « surchauffer », comme disait Kalash quand Marxy s'excitait un peu trop. Il a sorti son inhalateur pour l'asthme et il a respiré dedans.

Dans le McDonald's, des gens nous regardaient mais je m'en fichais. Je trouvais ça très sexy de voir que Marxy était si excité en pensant à notre rapport sexuel. C'était mon amoureux, et il m'aimait tellement qu'il n'arrivait plus à respirer.

21

Le jour du rapport sexuel, Kalash n'est pas venue me chercher avec le bus de l'école. Elle est venue en voiture et elle m'a dit d'être prête quand elle arriverait.

— Je passe en coup de vent, elle a dit au téléphone.

Avant qu'elle arrive, j'ai pris ma douche et j'ai rasé mes jambes et mes dessous de bras. Même si Marxy s'en fichait, je voulais avoir la peau lisse.

J'ai fait le parfum comme Kalash m'avait montré. J'en ai mis sur mon cou et sur le dedans de mes poignets, mais pas trop parce qu'il y a des gens qui n'aiment pas les parfums trop puissants. Surtout les espions. Être discret et se cacher, ce n'est pas trop le genre des Vikings. Au contraire, chez les Vikings, il faut être courageux et affronter l'ennemi face à face. « À part qu'ici, il n'y a pas d'ennemi, avait dit Kalash. Sauf si tu comptes Gert. »

Kalash m'avait expliqué que les gens disaient tout le temps aux femmes et aux filles ce qu'elles devaient faire. Moi aussi, on me disait toujours ce que je devais faire.

— Je reviens dans quelques heures, j'ai dit à Gert. Kalash et moi, on se fait un après-midi entre filles.

Il était allongé sur le canapé et il ne m'écoutait pas. Il a tendu le bras et il a levé le pouce.

— Mon pire cauchemar. Salue-la de ma part.

J'ai dit d'accord et il ne m'a pas posé d'autres questions. Il était en train de préparer un e-mail pour la doyenne, Mme Horowitz, qui lui avait dit qu'il avait le droit de revenir à la fac mais qu'il devrait prendre des cours de rattrapage pendant l'été pour ceux qu'il avait manqués.

Quand je suis montée dans la voiture, Kalash m'a regardée, elle a souri et elle m'a dit :

— Super, ton rouge à lèvres, Zed.

Elle a léché son doigt et elle a frotté mon visage aux endroits où le rouge avait bavé.

*

On a roulé jusqu'à l'hôtel. Ce n'était pas un hôtel très chic, mais il n'était pas non plus comme celui qui était à côté de notre appartement, où Kalash disait que des hommes amenaient des femmes pour coucher avec elles contre de l'argent. Cet hôtel-ci était un Holiday Inn, et en entrant on est passées devant des gens qui portaient des valises et qui se racontaient des histoires de banques.

Marxy et Pearl nous attendaient dans le hall de l'hôtel. Marxy portait une chemise et une cravate avec Batman dessus. Il m'a fait signe et je lui ai fait signe. Pearl était en train de parler avec la dame de l'accueil, et Kalash est allée lui parler aussi.

— Vous allez tous dormir dans cette chambre ? a demandé la dame de l'accueil.

— Qu'est-ce que ça peut vous faire ? a répondu Kalash en lui tendant sa carte de crédit.

La dame m'a regardée et elle a regardé Marxy. Je me suis demandé si elle savait ce qu'on allait faire. Je suis allée jusqu'à Marxy pour l'embrasser sur la joue. Je me suis mise sur la pointe des pieds jusqu'à décoller du sol, parce qu'il était plus grand que moi. Mon rouge à lèvres a laissé une image de ma bouche sur sa joue.

— Je t'aime, Zelda. *Go then dang.*

— Je t'aime, Marxy, j'ai dit, et je lui ai pris la main.

— Si vous êtes quatre, il y a un supplément, a dit la dame de l'accueil.

Kalash lui a fait LES YEUX et la dame de l'accueil a passé sa carte de crédit dans la machine. Kalash a mis les mains sur ses hanches. La machine à carte de crédit a fait bip.

— Voici les clés, a dit la dame de l'accueil en nous tendant des cartes en plastique.

Après avoir pris les clés, Kalash a jeté encore un regard méchant à la dame avant qu'on parte tous ensemble dans le couloir.

La moquette était orange et marron avec des formes comme des flèches, et d'autres formes coloriées en vert qui ressemblaient à des cactus. Les flèches étaient un bon présage parce qu'elles ressemblaient au *Tiwaz* qui est la rune de Tyr, un dieu qui vit dans le ciel.

— Tu es très belle, a dit Marxy.

Il a mis sa grande main autour de la mienne et on a gardé nos mains comme ça, comme si elles faisaient une prière toutes les deux, comme dans la chanson *Livin' On A Prayer* quand Jon Bon Jovi parle de ceux qui n'ont rien d'autre que leur espoir. Tout le long du chemin jusqu'au quatrième étage, on s'est tenu la main et on n'avait rien d'autre que la prière de nos mains. Kalash et Pearl s'étaient réservé une autre chambre de l'autre côté du couloir.

Elles allaient rester là au cas où on aurait besoin d'elles.

— Allons jeter un œil, a dit Pearl en entrant une des clés en plastique dans la porte.

Une lumière verte s'est allumée avec un bip et on est entrés.

Il y avait un lit, les rideaux étaient blancs et on voyait au travers. Il y avait aussi un réveil sur une table à côté du lit. Pearl a sorti une bouteille d'eau de son sac et elle l'a posée sur la table. Elle a aussi sorti des choses, des boîtes en plastique et un paquet de mouchoirs qui étaient humides, pour nettoyer « au cas où ».

— Nettoyer quoi ? j'ai demandé.

La chambre d'hôtel était très propre et on n'allait pas manger là. Kalash et Pearl se sont regardées, et Pearl a dit :

— On ne sait jamais.

— On sera juste en face, a dit Kalash. D'accord ?

— D'accord, j'ai dit.

— Zelda, je te confie mon fils, a dit Pearl en me serrant dans ses bras.

— Tu peux me faire confiance.

— Tu sais comment on se protège ? a demandé Pearl.

— Elle sait tout ce qu'il y a à savoir, a dit Kalash. Les capotes, les positions, tout le tralala.

— Marxy aussi sait tout ce qu'il y a à savoir, a dit Pearl. Zelda, tu sais qu'il faut s'y prendre une étape à la fois ? Marxy a révisé toutes les étapes aujourd'hui.

— Je n'ai même pas besoin de mon papier avec les étapes, a dit Marxy en tirant sur sa cravate Batman.

— Moi non plus, je pense qu'on n'aura pas besoin du papier, j'ai dit. Je pense qu'on saura tous les deux quoi faire.

— Marxy aura peut-être besoin de prendre son temps, alors ne sois pas impatiente. Peut-être que les choses ne vont pas aller aussi vite que tu le voudrais.

Il y a des gens pour qui ce n'est pas très romantique d'avoir une liste de choses à faire. D'habitude, les rapports sexuels se font « naturellement », c'est-à-dire sans avoir à y réfléchir. Mais comme Marxy n'était pas très doué pour faire les choses sans réfléchir, il avait besoin d'être vraiment sûr à l'avance de ce qu'il allait faire.

Ça, c'était une des conditions *sine qua non* pour le rapport sexuel : Marxy avait besoin d'aller lentement et moi, je n'avais pas le droit de me mettre en colère s'il avait besoin de s'arrêter pour revenir à l'étape d'avant pour être plus à l'aise. Ça ne me dérangeait pas, vu que moi aussi j'aimais bien suivre des étapes quand je faisais quelque chose de nouveau. Moi aussi j'avais mes étapes. Par exemple, je voulais qu'on s'embrasse beaucoup avant le rapport sexuel, et il fallait qu'il mette le préservatif.

Kalash m'a prise dans ses bras.

— Tu es prête ? Tu peux toujours décider de ne pas le faire. Tu n'es pas obligée.

— Je veux le faire, j'ai dit. Je veux avoir des rapports sexuels comme une adulte et être légendaire.

La mère de Marxy s'est approchée de moi et elle a pris mon visage dans ses mains. Puis elle m'a embrassée sur le dessus de la tête et elle m'a dit que j'étais une chic fille.

J'allais accomplir une nouvelle partie de ma légende. On allait enfin avoir un rapport sexuel, comme font les gens normaux quand ils sont amoureux.

*

Quand la porte s'est refermée, on est restés face à face. On tenait chacun un préservatif à la main. Le préservatif dans ma main était bleu. Celui de Marxy était rouge.

— Bonjour, il a dit.

— Tu es prêt pour le rapport ? j'ai demandé.

— Je crois qu'on devrait d'abord s'embrasser. C'est toujours ça qu'on fait en premier.

La chambre d'hôtel sentait comme le petit sapin en carton que Gert accroche au rétroviseur de sa voiture. Le lit avait un drap blanc qui a fait comme un trampoline quand je me suis assise dessus.

— Tu veux qu'on éteigne la lumière ? j'ai demandé.

Dans les vidéos pornos, les gens gardaient toujours la lumière allumée pendant les rapports sexuels, mais une des choses que j'avais apprises en restant à la maison pendant que Gert avait des rapports sexuels avec des filles, c'était qu'il aimait mieux faire ça avec la lumière éteinte.

Marxy a demandé :

— Mais alors, comment on va faire pour voir ce qui se passe ?

Alors je lui ai dit que peut-être pour la première partie on pouvait garder une petite lumière allumée, pour que ça soit plus romantique.

Avant d'entrer dans la chambre, j'avais regardé la liste de l'ordre des CHOSES À FAIRE PENDANT UN RAPPORT SEXUEL qu'avait apportée Marxy. Il l'avait mise sur la table de nuit et il n'arrêtait pas de la regarder.

— Maintenant on retire nos vêtements, a dit Marxy. C'est ça qu'il faut faire après.

— D'accord, j'ai dit. Mais on peut arrêter de dire ce qu'on va faire avant de le faire ?

Marxy a essayé de déboutonner sa chemise. Ses doigts avaient des problèmes avec les boutons, qui étaient tout petits. Ma chemise était facile à retirer et j'ai fait ça moi-même, même si dans les films c'est presque toujours l'homme qui retire la chemise de la femme.

Marxy respirait de plus en plus vite. Il était coincé sur un bouton.

J'ai commencé à enlever mon pantalon.

— Non, a dit Marxy. Il faut d'abord que je retire ma chemise.

— Tu veux que je t'aide ?

Il a secoué la tête et il a tendu sa main devant moi pour m'arrêter.

— L'homme doit enlever sa chemise lui-même, et après son pantalon. D'accord ?

Il mettait longtemps à défaire les boutons. Je me suis souvenue de ce qu'avait dit Pearl, qu'il fallait être patiente. Je me suis assise sur le lit et j'ai rebondi un peu. Il y avait du papier peint à fleurs, et quelqu'un avait collé son chewing-gum sous la table de nuit.

— Beurk, j'ai dit.

Marxy m'a regardée, et je lui ai dit que c'était à cause du chewing-gum que je disais « beurk », pas à cause de lui.

— Tu es très sexy, Marxy, je lui ai dit. Tu es sûr que tu ne veux pas que je t'aide ?

— Je t'ai dit que je pouvais le faire tout seul ! il a crié. Arrête de me demander ça.

Il a fini par défaire ses boutons et il a posé sa chemise sur la chaise près de la fenêtre. Marxy avait des marques à l'endroit où le bronzage s'arrêtait sur ses bras. Il avait des petites taches de naissance marron sur le ventre, et des tout petits poils marron autour des tétons.

Ensuite il s'est mis à retirer son pantalon, ce qui était encore plus compliqué pour lui que de retirer sa chemise. Il a sorti une jambe et il a dû mettre sa main sur le mur pour s'empêcher de tomber. Ce n'était pas sexy du tout, parce qu'il avait oublié de retirer ses chaussures en premier et la jambe du pantalon était coincée.

— Il faut que tu retires tes chaussures en premier, j'ai dit.

— Je sais, il a dit. Tu peux commencer à retirer ton pantalon aussi.

J'ai essayé de retirer mon pantalon lentement, pour que nos pantalons s'en aillent en même temps, mais ça m'a pris moins longtemps que lui. Je me suis assise et j'ai attendu. Je voulais continuer d'avoir l'air sexy mais les poses sexy, ça demande beaucoup d'efforts, alors j'ai décidé d'attendre qu'il ait retiré son pantalon pour reprendre ma pose sexy.

À la fin, Marxy a dû s'asseoir par terre pour pouvoir sortir sa jambe de son pantalon. Ensuite, il s'est levé et j'ai senti que son déodorant ne marchait pas bien.

Je portais la culotte chic que j'avais achetée. Je me suis levée, j'ai fait un pas avec une jambe, j'ai tourné sur moi-même et je lui ai montré la pose que j'avais répétée devant le miroir dans ma chambre, après mes séries de pompes. Les femmes des pornos faisaient ça sur les photos pour avoir l'air sexy, et aussi les mannequins qui portaient des sous-vêtements.

— Salut, beau gosse, j'ai dit.

Marxy a levé les sourcils.

— On s'est déjà dit bonjour. Et pourquoi tu te tiens comme ça ?

— Je te plais ?

— Oui tu me plais, Zelda.

— Et ça, ça te plaît ?

Tout en essayant de garder ma pose sexy, j'ai tiré sur l'élastique de ma culotte et ça a fait clac.

Les sourcils de Marxy se sont tortillés.

— Oui, c'est sympa.

— Sympa ? C'est tout ?

— On peut s'embrasser ? Il faut qu'on s'embrasse. Il faut qu'on s'embrasse avant de passer à la suite.

Ça m'a déçue qu'il n'aime pas tant que ça la culotte, et que ma pose sexy lui ait fait bouger les sourcils. Mais ça faisait partie des choses sur lesquelles Kalash m'avait prévenue à propos de Marxy : il n'allait pas être comme les hommes dans les films. Et il fallait que j'accepte ça chez lui. J'ai commencé à penser à Hendo, puis je me suis sentie mal de penser à un homme qui n'était pas Marxy pendant que je l'embrassais.

— D'accord, j'ai dit en lui prenant la main.

On s'est embrassés à nouveau. Marxy a mis sa langue dans ma bouche et il l'a tournée dans tous les sens. Je lui ai dit de ne pas s'énerver comme ça avec sa langue et de ne pas la tourner autant.

— Va plus lentement, j'ai dit.

Il n'arrêtait pas de faire des gestes qui nous empêchaient de bouger en même temps. Quand j'ai mis mes bras autour de son cou, il a écarté sa tête. Et quand il s'est approché de moi pour que je puisse mettre mes bras autour de son cou, il s'est avancé trop près et nos dents se sont cognées.

— Ouille, il a dit en mettant la main sur sa bouche.

— Je crois que je me suis mordu la lèvre, j'ai dit.

Marxy n'avait pas l'air très content. Je lui ai dit de ne pas s'en faire.

— On n'a qu'à réessayer de s'embrasser, j'ai dit.

Cette fois, le baiser s'est beaucoup mieux passé.

Le lit rebondissait sous nous. Il a mis sa main sur ma jambe et j'ai touché sa joue, très doucement. Sa joue était douce et chaude. Sa main sur ma jambe m'a fait frissonner, même si elle n'était pas froide mais chaude.

— OK, il a dit. Je crois que c'est le moment de faire le rapport sexuel. Il faut qu'on enlève nos sous-vêtements maintenant.

Il portait un caleçon trop large. Il l'a baissé sur ses jambes et il l'a posé à côté du lit. J'ai enlevé mes sous-vêtements avec des gestes lents et sexy, jusqu'à ce qu'on se retrouve tout nus sur le lit. Il avait des poils sur le ventre à côté de son nombril et on voyait ses côtes qui montaient et qui descendaient quand il respirait.

— Tu es très séduisant, j'ai dit, car je savais que les gens aiment bien qu'on leur fasse des compliments quand ils ont des rapports sexuels.

Je lui ai dit que je pouvais l'aider à mettre le préservatif.

— Non, laisse-moi faire, il a dit.

— Fais attention à ne pas le casser, j'ai dit.

Je me suis souvenue de notre entraînement avec Kalash et j'ai vu que Marxy ne tenait pas le préservatif comme il fallait. Il n'avait pas pincé le coin du paquet et il essayait de le déchirer en plein milieu. Et là, il a commencé à mettre les dents.

— Arrête ! Il ne faut pas utiliser les dents. Jamais !

Je lui ai demandé de me donner le préservatif pour que je l'ouvre parce que je ne voulais pas qu'il soit mal ouvert.

Il n'a pas voulu.

— Je sais le faire, il a dit.

Il a fini par sortir le préservatif du paquet et ensuite, il a essayé de l'enfiler. Sur l'emballage, il y avait écrit Trojan avec un casque de guerrier. Il a commencé à vouloir mettre le préservatif à l'envers, et ensuite il n'a pas pincé le bout comme il fallait. Pourtant, il avait dit qu'il s'était déjà entraîné avec des préservatifs. Je ne savais pas pourquoi il était aussi nul.

— Tu t'es entraîné avec une carotte ? j'ai dit. Parce qu'il faut le tenir en l'air et regarder de quel côté est tourné l'anneau avant de l'enfiler.

— Tu peux te taire, Zelda, s'il te plaît ? il a crié.

— Sinon, tu peux aussi t'entraîner avec un concombre. Mais un concombre, en général, c'est plus gros qu'un pénis. En tout cas, plus gros que ton pénis à toi.

Je me suis assise sur le lit et je l'ai regardé. Le préservatif ne voulait pas se laisser enfiler et je sentais que je n'avais plus envie d'avoir de rapport sexuel. Je n'aimais pas qu'on me crie dessus.

— Bon, il a dit en enfilant le préservatif. Je suis prêt.

— Je n'ai pas aimé quand tu m'as crié dessus et que tu t'es mis en colère à cause du préservatif. Et ça ne me plaît pas non plus quand on dit à l'avance ce qu'on va faire et qu'on suit des étapes. Pour le sexe, on doit faire les règles nous-mêmes.

Il a secoué sa tête, il l'a prise dans ses mains et il a dit :

— Ça ne marche pas.

Quand j'ai essayé de lui dire que ce n'était pas grave, il a dit que si, c'était grave.

J'ai essayé d'embrasser son visage mais il a tourné la tête de l'autre côté. Son oreille s'est retrouvée devant mes yeux et ses cheveux dans ma figure.

— OK, il a dit.

On s'est allongés sur le lit et il s'est couché sur moi. J'avais du mal à respirer parce qu'il avait son ventre sur mon ventre et que ça m'écrasait tout mon air. Marxy s'était déjà assis sur moi une fois quand on jouait à se bagarrer, mais j'avais oublié comme il était lourd. Je lui ai demandé s'il pouvait descendre un peu, pour ne pas être aussi lourd.

— J'ai du mal à respirer, j'ai dit.

— C'est comme ça qu'on doit faire en premier.

Il a tourné son visage vers moi et j'ai senti l'odeur de sa bouche, qui était chaude et qui me donnait l'impression d'être enfermée.

Il a appuyé ses mains de chaque côté de moi et il a regardé vers le bas de son ventre. Son visage est devenu tout rouge.

— Quoi ? je lui ai demandé.

— Rien.

J'ai essayé de prendre sa tête dans mes mains.

— Marxy, qu'est-ce qui se passe ?

Il est descendu de moi et j'ai vu que le préservatif était en train de tomber.

— Ça ne marche pas comme ça devrait.

— On peut juste s'embrasser, j'ai dit. Et on reprendra du début.

Il a serré ses poings et il les a pressés l'un contre l'autre jusqu'à ce que ses os se mettent à craquer.

— Je ne veux pas reprendre du début.

Je me suis assise.

— Arrête de crier comme ça, j'ai dit.

Il a sorti un autre préservatif de son sac.

— Ça ne marche pas, il a répété en se tournant pour ne pas être face à moi. Ça ne marche pas.

— Tu l'as mis ?

Il essayait de déchirer l'emballage du préservatif.

— Marxy ? Est-ce qu'il est nervuré ? Parce que le mien, il est nervuré et c'est plus agréable.

— Arrête de parler.

Il commençait à faire froid à cause de la climatisation de la chambre, alors j'ai remis ma chemise. J'ai attendu qu'il ait fini d'enfiler le préservatif. Je le voyais qui tenait son pénis. Quand il s'est tourné, le préservatif n'était pas bien tendu. Ça faisait comme s'il avait un truc bête qui pendait au bout de son pénis et sans le faire exprès, j'ai ri.

— C'est de moi que tu te moques ?

— Désolée. Tu m'as dit que tu t'étais beaucoup entraîné, mais tu as tout fait de travers. On pourrait commander des carottes au room-service. Comme ça, je te montrerais comment on fait.

Il a enlevé le préservatif en le faisant claquer un grand coup. Il l'a jeté par terre et il a dit qu'on n'allait pas avoir de rapport sexuel.

— Je n'aime pas quand tu es méchante comme ça, il a dit.

— Je ne suis pas méchante. Mais tu m'avais dit que tu t'étais entraîné et après, tu ne savais pas quoi faire et tu ne voulais pas que je t'aide. Si tu ne savais pas, tu aurais dû me le dire.

Il a croisé les bras et il m'a dit qu'il n'était plus excité, et que tout ça n'était pas sexy.

— Je veux m'en aller, il a dit. Je veux rentrer chez moi.

Et là, il a voulu prendre son téléphone mais je l'ai attrapé avant lui.

— Rends-moi ça. Je dois appeler ma mère quand j'ai envie de partir.

Je l'ai empêché de reprendre le téléphone et j'ai sauté de l'autre côté du lit.

— Un adulte, ça n'appelle pas sa mère pendant un rapport sexuel, j'ai dit.

— De toute façon, on n'est pas en train d'avoir un rapport sexuel, il a dit. Nous deux, c'est fini. Tu es une méchante et un sac à merde, Zelda.

— Et toi tu es un bébé. Très bien. Prends-le, ton téléphone.

J'ai jeté le téléphone sur le lit, et je lui ai dit que j'allais faire pipi et qu'il pouvait bien faire ce qu'il voulait.

*

Je suis allée dans la salle de bains et je me suis regardée dans la glace. Mon maquillage avait coulé. Je me suis essuyé le visage et j'ai entendu des Grendels qui arrivaient de l'autre côté du rideau de douche, un endroit où ils aimaient bien se cacher.

— Taisez-vous, j'ai dit en respirant un grand coup.

Les Grendels aiment bien quand les choses ratent et que les gens se font du mal et là, je savais que j'avais fait du mal à Marxy. On a frappé à la porte de la salle de bains et la voix de Kalash m'a demandé si ça allait.

Quand je suis sortie, la mère de Marxy était dans la chambre en train de l'aider à se rhabiller. Elle lui tenait sa chemise pour qu'il passe les bras dedans.

— Ce n'est pas grave, a dit Pearl. Mets ça.

— Vous partez ? j'ai dit.

Kalash m'a pris le bras.

— Tu devrais peut-être mettre une culotte.

Je me suis aperçue que j'étais encore toute nue et je ne me sentais plus du tout sexy. Je me sentais juste bête. Elle m'a donné ma culotte et je l'ai mise.

— Qu'est-ce qui s'est passé ?

— Il s'est mis en colère et il avait du mal avec les préservatifs, alors j'ai voulu l'aider. Mais il ne voulait pas que je l'aide, et il n'arrivait pas à le mettre comme il faut. Et le préservatif avait l'air bête, alors j'ai rigolé et…

Pearl m'a dit d'arrêter. Elle a tenu le pantalon de Marxy pour qu'il passe sa jambe dedans et elle l'a remonté sur le ventre de Marxy.

— Tu peux le boutonner tout seul.

Elle a ramassé les préservatifs avec un Kleenex et elle a tiré dessus.

— Ils ne sont pas cassés, elle a dit. C'est déjà ça.

Elle a mis les préservatifs en boule et elle les a jetés dans la poubelle.

— Je n'ai pas fait exprès de me moquer de lui, j'ai dit. Marxy, je n'ai pas fait exprès de me moquer de toi.

Kalash a ramassé les chaussettes de Marxy et elle les a tendues à Pearl.

— Tenez. Je crois qu'elles sont à lui.

J'avais l'impression que le monde bougeait autour de moi et que je n'en faisais plus partie. Pearl et Kalash se disaient des choses à voix basse tandis que Marxy restait derrière elles. Quand j'ai essayé de faire le tour pour aller lui parler, Kalash m'a retenue et elle m'a dit :

— Cinq minutes, OK ?

Pearl et Kalash parlaient entre elles et de temps en temps elles baissaient la voix et elles essayaient de me regarder sans que je m'en aperçoive. Je voulais m'excuser auprès de Marxy et lui dire que j'étais désolée d'avoir ri à cause du préservatif qui ne voulait pas tenir. Mais il restait dans son coin et il regardait par la fenêtre. Puis il s'est mis à marcher de long en large. J'ai essayé d'attirer son attention et de lui faire signe mais il continuait à marcher encore et encore, comme dans les dessins animés quand quelqu'un réfléchit très fort en faisant les cent pas et finit par tomber dans un grand trou.

Ensuite, Pearl a dit qu'ils devaient y aller et elle a fait sortir Marxy de la chambre.

— Je m'excuse, j'ai dit à Marxy quand il est passé devant moi.

Ils sont sortis et ils ont fermé la porte. Quand on s'est retrouvées toutes les deux, j'ai dit à Kalash :

— Ce n'était pas si grave que ça, ce que j'ai dit. Je trouvais juste que ça avait l'air bête. Pourquoi il est en colère comme ça ?

— Les hommes sont bizarres dès qu'il s'agit de leur machin. C'est pas ta faute.

Elle a soupiré.

— On savait que ça risquait d'arriver.

— Mais aussi, il n'arrêtait pas de parler, et rien ne se passait comme ça aurait dû. Faire l'amour, ça doit être spontané, et rien n'est écrit d'avance, j'ai dit. J'avais lu ça dans un article de magazine sur Internet qui expliquait comment être un bon amant.

— Les choses ne se passent jamais comme ça aurait dû, Zed. C'est quelque chose qu'on apprend à la longue.

Elle a passé son bras autour de mes épaules et elle a mis sa tête contre ma tête.

— Ça ira mieux demain.

22

En partant de l'hôtel, on est allées à l'appartement de Kalash. Kalash voulait prendre un peu de temps pour réfléchir à ce qu'on allait faire, et il fallait aussi que je change de vêtements. Vu qu'on avait dit à Gert qu'on allait voir un film, elle lui a envoyé un texto pour dire qu'on rentrerait un peu plus tard que prévu et qu'on allait dîner quelque part.

Pendant qu'elle écrivait à Gert, j'ai essayé d'appeler Marxy avec mon téléphone. Pearl m'avait dit de ne pas le faire, mais ce n'était pas à elle de décider de ma légende à ma place. Je voulais dire à Marxy que même si notre premier essai de rapport sexuel n'avait pas marché, je voulais essayer une autre fois. Kalash m'avait dit que la première fois c'était bizarre pour tout le monde, et qu'il ne fallait pas s'en vouloir.

— Je me sens comme une bite-cul de méchante. J'ai fait du mal à mon mie.

Elle avait posé sa main sur mon épaule et elle m'avait dit que ce n'était pas ma faute et que ça allait aller.

La première fois que j'ai essayé d'appeler, personne n'a décroché alors j'ai appuyé sur RAPPELER et j'ai laissé sonner. La boîte vocale a répondu. J'ai dit que c'était Zelda, que j'étais amoureuse de Marxy et que j'étais désolée pour tout ce qui s'était passé.

Au bout du troisième appel, ça a décroché. J'ai dit à toute vitesse que je l'aimais et que j'étais désolée de lui avoir fait de la peine et d'avoir dit qu'il ne savait pas se servir d'un préservatif. Mais ce n'était pas Marxy.

— Il lui faut du temps, a dit Pearl. Arrête d'appeler, Zelda.

Puis elle a raccroché.

Quand j'ai rappelé encore une fois, le téléphone a sonné dans le vide.

D'autres souvenirs me sont revenus et j'ai commencé à avoir honte.

Par exemple, il y a une règle qui dit qu'il ne faut pas se moquer de l'apparence des gens quand ils sont tout nus. Et moi, j'avais fait ça à Marxy sans le faire exprès. Mais aussi, il avait mis sa cravate Batman qui n'était pas très sexy, alors que moi j'avais mis mes sous-vêtements. Quand j'y pensais, ça me mettait en colère qu'il n'ait pas fait plus d'efforts pour être sexy. Puis je m'en suis voulu parce que je m'étais moquée de l'apparence de son pénis.

Kalash m'a apporté un café avec de la poudre de chocolat dedans et elle m'a dit de respirer un grand coup.

Je lui ai demandé quand est-ce qu'on parlerait de tout ça à Gert.

— Je n'en sais rien du tout.

On a bu nos cafés au chocolat.

— En tout cas, pas tout de suite. Il nous faut un plan d'attaque.

*

Kalash m'a dit de la laisser gérer avec Gert et quand on est arrivées chez nous ils se sont disputés, mais pas aussi fort que la fois où Alf était entré dans l'appartement et que Gert s'était transformé en Berserker. Cette fois-ci, ils n'ont pas beaucoup crié. Au lieu de crier, Gert ne disait rien et il avait l'air triste plutôt qu'en colère.

Gert était surtout triste parce qu'on ne lui avait pas dit que Marxy et moi on allait avoir un rapport sexuel.

— Je me sens exclu.

Kalash s'est laissée tomber à côté de lui sur le canapé.

— Bon, c'est un peu vrai. Mais tu n'as pas exactement la réputation de quelqu'un qui garde son sang-froid dans les situations délicates.

— C'était ma décision à moi d'avoir un rapport sexuel, j'ai dit. Je ne suis pas une voiture que tu peux conduire. Tu ne me contrôles pas.

Gert n'a plus rien dit.

On ne lui a pas raconté que ça s'était mal passé. Kalash m'avait dit qu'il n'avait pas besoin de tout savoir.

Gert s'est calmé, puis il nous a fait des excuses à Kalash et à moi.

— C'est juste que… Ça ne me plaît pas de ne pas pouvoir t'aider. Tu comprends ?

Il tripotait un fil de son jean.

Kalash a hoché la tête et elle a dit qu'elle comprenait.

— Ce n'est pas grave. On sait que tu veux le meilleur pour Zelda.

— Mais des fois, j'ai répondu, c'est à moi de décider ce qui est le meilleur pour moi. Même si je me trompe.

Gert a soupiré et il s'est assis.

— Et donc, ça s'est passé comment ?

On a échangé un coup d'œil, Kalash et moi.

— La première fois, c'est jamais génial, a dit Kalash.

— Tu m'étonnes, a répondu Gert en hochant la tête.

*

Marxy ne m'a pas appelée de la semaine et il n'est pas venu au centre social. Ça m'a rendue triste. Les choses que j'aimais faire d'habitude ne m'amusaient plus, même le basket.

Sur le terrain, j'ai décidé que je ne participerais plus à aucun match de basket ni à aucun autre jeu tant que Marxy ne serait pas revenu, parce que je ne voulais pas qu'il arrive pendant que j'étais en train de jouer et que mon cœur me fasse mal. Je voulais pouvoir courir vers lui, comme dans les films.

J'avais un cadeau pour Marxy, un article que j'avais trouvé sur Internet et imprimé qui montrait son joueur de basket préféré, Larry Bird, en train de tirer pour gagner un match. Dans *Le Grand Livre des Vikings* du docteur Kepple, j'avais lu quelque chose sur des gens qui s'appelaient les *þræll* : en gros, c'étaient des esclaves qui avaient une dette envers quelqu'un, et qui devaient travailler pour cette personne jusqu'à ce que leur dette soit remboursée. Je voulais montrer à Marxy que j'étais prête à travailler comme une *prœll* jusqu'à ce qu'il veuille bien me pardonner. L'esclavage, c'est mal : j'ai appris ça à l'école. Mais quand on doit quelque chose à quelqu'un, il faut rembourser sa dette. Et moi, je voulais rembourser Marxy.

Je voulais courir au ralenti vers Marxy avec la photo de Larry Bird à la main. Son visage se serait éclairé et il m'aurait dit en viking qu'il m'aimait, qu'il n'était pas fâché, qu'on était deux Vikings, comme avant, deux compagnons de bataille.

Au lieu de ça, je restais assise sur le côté du terrain, sur le banc de touche, pendant que tous les autres jouaient. Il n'y avait pas assez de place pour tout le monde dans les équipes, donc les joueurs partaient en touche à tour de rôle. J'étais la seule à ne pas vouloir aller sur le terrain. Je tenais un ballon et je le serrais dans mes mains, et je passais mes doigts sur la peau qui faisait comme l'écorce d'une vieille orange.

Hamsa est sorti du terrain et il s'est assis à côté de moi.

— Tu ne joues pas, a dit Hamsa.

— Je regarde le match.

Là, il est devenu sérieux et il m'a mis un coup de poing dans l'épaule.

— C'est à cause de toi que Marxy ne revient pas. C'est pour ça que Marxy n'est pas là. C'est mon meilleur ami et tu lui as fait un mauvais coup de bite-cul.

Il y avait un ballon à côté du banc où on était assis, alors je me suis levée et j'ai jeté le ballon sur Hamsa tellement fort que ça l'a frappé sur le bras. Ses mains ne se sont pas levées assez vite pour attraper le ballon. Le ballon a rebondi sur lui et il est tombé par terre, et

Hamsa a dit quelque chose dans une langue qui n'était pas de l'anglais.

— Espèce de bite-cul, a dit Hamsa, et il m'a poussée.

Avant que les autres aient le temps de réagir, on était en train de se battre. Mais pas de manière honorable comme des Vikings : on s'accrochait l'un à l'autre, on se tirait, on se poussait. Quand le bras d'Hamsa est passé à côté de moi, je l'ai mordu de toutes mes forces. Hamsa a hurlé et il a retiré son bras.

Je ne sais pas si les Vikings mordaient dans les batailles, vu qu'ils avaient des épées, ce qui fait qu'ils n'avaient pas besoin de faire ça. En tout cas, ce n'était pas un coup honorable dans un combat, parce que ce sont les animaux qui mordent, pas les guerriers. Par contre, un Berserker pouvait faire tout et n'importe quoi pour gagner, donc en fait c'était possible de mordre Hamsa pour gagner la bagarre. Gert disait que dans une bagarre, il n'y a pas de règles.

— Arrêtez ! a dit Grand Todd.

Un des bénévoles adultes a pris Hamsa pour soigner son bras et arrêter le sang. Les gens ont des microbes dans la bouche, comme les animaux, et il fallait nettoyer le bras d'Hamsa pour éviter qu'il attrape les microbes de ma bouche, qu'il tombe malade et qu'il meure.

— Allez, viens avec moi, a dit le bénévole.

C'était le père d'un attardé que je ne connaissais pas. Il a passé son bras autour des épaules d'Hamsa et il lui a dit de mettre sa main sur l'endroit où je l'avais mordu.

— Ça fait mal, je sais, il a dit à Hamsa.

Yoda et les autres ont regardé Hamsa pleurer. Puis ils m'ont regardée moi. Ils avaient la bouche ouverte, comme s'ils avaient des questions à poser mais qu'ils ne se rappelaient plus comment on faisait pour poser une question.

— Arrêtez de me regarder, j'ai dit.

La manière dont ils me regardaient, ça me faisait penser aux fois où on allait dans un nouvel endroit, Gert et moi, et que les gens me regardaient en se demandant : « C'est quoi, son problème ? »

Grand Todd a passé la main dans ses cheveux. Une des grandes règles du centre social, c'était : pas de bagarre.

— Il m'a traitée de bite-cul, j'ai dit.

— Zelda. Dans mon bureau, d'accord ?

Je suis restée assise dans son bureau jusqu'à la fin de l'heure, sur une chaise avec Larry Bird. Au bout d'un moment, Grand Todd est entré et il m'a dit que j'avais blessé Hamsa, et que je l'avais aussi blessé dans son cœur.

— Tu as agi comme une méchante, il a dit. Compris ?

J'avais compris. Mais en fait, c'était pire que d'être une méchante : je m'étais conduite comme une Berserker, comme Gert quand il avait attaqué Alf qui est plus petit que lui et incapable de se défendre. Je m'étais conduite comme Oncle Richard quand il avait cassé la bouteille sur la tête de Gert. Ma liste des CHOSES QU'IL FAUT DANS UNE LÉGENDE était en train de se transformer en liste des CHOSES QUE FONT LES MÉCHANTS.

Je voulais m'excuser avant qu'Hamsa s'en aille. Hamsa attendait à côté de la porte du centre social avec son oncle. Il avait un pansement sur le bras.

— Je m'excuse, Hamsa, j'ai dit. Je n'aurais pas dû faire ça.

L'oncle d'Hamsa l'a poussé vers moi. Hamsa a regardé son oncle et il m'a dit :

— J'accepte tes excuses.

Kalash disait que la famille d'Hamsa, ils savaient ce que c'est que d'être différents. Les gens ont encore plus de mal avec les musulmans qu'avec les homosexuels comme Grand Todd, ou avec les gens comme Gert qui s'habillent en racaille. Hamsa avait deux problèmes : il était attardé, et en plus musulman. Depuis la fois où les méchants avaient écrasé les avions dans les tours, tout le monde s'était mis à détester les musulmans.

Même si Hamsa me faisait toujours la tête, j'ai eu l'impression que pour une fois je faisais quelque chose de bien, même si j'avais fait quelque chose de mal avant.

*

Je suis montée dans le bus et Yoda n'a pas voulu s'asseoir avec moi. Kalash lui a dit d'arrêter de faire la mauvaise tête, et il a répondu que j'étais une méchante parce que j'avais fait du mal à Marxy.

— Et en plus, elle a mordu Hamsa, a dit Yoda.

— C'est vrai ? a demandé Kalash.

— Oui, c'est vrai, j'ai dit.

La première chose pour devenir légendaire et héroïque, c'est d'affronter ses échecs.

— Tu t'es excusée ?

— Oui, je me suis excusée.

— N'empêche que c'est une connasse, a dit Yoda.

Quand le bus s'est arrêté devant la maison de Yoda, il ne m'a pas fait de check en descendant.

Les portes se sont refermées et Kalash s'est retournée dans son siège.

— Ne t'en fais pas, ça lui passera.

Elle a levé une cigarette en l'air.

— Désolée, je vais exploser si je ne fume pas.

*

Elle a garé le bus devant un terrain de jeu. On n'avait pas le droit de fumer dans le bus, alors on s'est assises sur une balançoire et on a fumé ensemble. Nos pieds montaient et descendaient, la fumée de cigarette montait dans le ciel. Au bout de quelques tours on s'est mises à rire, surtout quand la cigarette a volé de la bouche de Kalash, qu'elle a sauté en l'air et qu'elle a failli atterrir dans ses cheveux.

Pendant un moment, je n'ai plus pensé à Marxy. Puis j'ai eu mal au cœur et on a dû arrêter de se balancer.

On s'est assises en tailleur dans le sable. Kalash m'a dit qu'elle se sentait coupable que le rapport sexuel se soit mal passé, et aussi de s'être disputée avec Gert devant moi. Pas seulement la dispute mais aussi les cris, les gifles et les coups.

— C'est un exemple merdique qu'on te donne. Ce n'est pas en se battant qu'on règle ses problèmes, même quand on est des Vikings comme nous.

Elle s'est allongée et elle a regardé le ciel.

— On ne peut pas refaire le passé, elle a dit. Mais on peut aller de l'avant. Qu'est-ce qu'il te faut d'autre, pour ta légende ?

J'ai réfléchi. Elle m'a dit de penser à tous les héros de toutes les légendes que je connaissais, dans le livre du docteur Kepple, à la télé, dans les livres et dans les films. Qu'est-ce qu'ils faisaient, tous ces héros ?

— Ils se bagarrent, j'ai dit.

— Oui, d'accord, mais c'est symbolique. Parfois, quand on se bagarre, ce n'est pas réellement pour la bagarre. Se bagarrer, ça peut aussi vouloir dire refuser d'abandonner.

J'ai regardé en l'air. Kalash a croisé les bras.

— Je veux me bagarrer de manière symbolique, j'ai dit. Je veux reconquérir Marxy.

Elle s'est levée et elle a frotté le sable sur ses jambes.

— Bon. Alors on y va. Objectif : Marxy !

*

Kalash connaissait la route pour aller chez Marxy vu qu'elle était allée le chercher en bus des centaines de fois. C'était un bon jour pour aller au combat. Le ciel était très nuageux. On ne peut pas aller au combat quand le ciel est trop beau et trop bleu et que le soleil brille, parce que ça donne envie de s'asseoir et de se la couler douce au lieu de se battre.

On est arrivées dans le quartier de Marxy, où il y avait des grandes maisons face à face avec des grandes fenêtres comme des yeux et des portes vertes ou rouge vif. C'était un territoire ennemi, c'est-à-dire un endroit où je n'avais pas l'habitude d'aller. J'étais prête à affronter la mère de Marxy, et aussi à affronter Marxy parce que je voulais terrasser sa colère contre moi.

Kalash a garé le bus. J'ai respiré à fond. On a fait un check et je suis partie au combat.

Je suis allée jusqu'à la porte et j'ai fait demi-tour. Kalash m'a fait signe de loin en levant le poing pour montrer qu'elle était avec moi. La sonnette a fait plein de sonneries différentes, comme une chanson. De l'autre côté de la rue, une femme est passée avec une poussette. Elle m'a fait bonjour et je lui ai fait bonjour.

La porte s'est ouverte et ce n'était pas Marxy ni Pearl. C'était Sarah-Beth.

— Bonjour, elle a dit. Qu'est-ce que je peux faire pour toi ?

— Qu'est-ce que tu fais là ?

— Et toi, qu'est-ce que tu fais là ? elle m'a demandé.

— C'est moi qui t'ai demandé en premier.

Elle a froncé les sourcils et elle a appelé derrière elle. Pearl est venue à la porte.

— Zelda, elle a dit en mettant ses mains sur ses hanches. Qu'est-ce que tu fais là ?

J'ai dit que j'étais venue reconquérir le cœur de Marxy.

— Est-ce qu'il est là ?

Pearl a dit à Sarah-Beth de rentrer.

— J'en ai pour deux minutes.

Sarah-Beth a hoché la tête et elle a fait ce qu'on lui disait. Quand elle est rentrée, Pearl est sortie sur le perron et elle a fermé la porte derrière elle.

— Marxy ne veut pas te voir, a dit Pearl.

Puis elle a vu Kalash.

— C'est Annie ?

— Je veux le voir, j'ai dit.

Elle a fait bonjour à Kalash, qui a posé son téléphone et qui a fait bonjour aussi. J'ai dit à Pearl que je voulais voir Marxy, même s'il ne voulait pas me voir. J'ai dit qu'on était amoureux.

Pearl n'a pas répondu. Elle est allée vers Kalash. Je l'ai suivie.

— Que faites-vous ici ? a demandé Pearl.

Kalash est sortie du bus et elle a croisé les bras.

— Les ravages de l'amour, a dit Kalash.

— Marxy ne veut plus te voir, Zelda, a dit Pearl.

Kalash a haussé les épaules et elle a dit que c'était une histoire entre moi, Zelda et Marxy.

— Ils ne peuvent même pas se parler ?

— C'est justement ça que je veux, j'ai dit. Parler.

Pearl a secoué la tête.

— Nous avons du monde à la maison.

— Il n'y en a que pour quelques minutes. Pas vrai, Zelda ?

J'avais un discours tout prêt que Kalash m'avait aidée à écrire. Il m'avait fallu moins de deux minutes pour le lire quand je m'étais entraînée.

— Deux minutes, j'ai dit.

Pearl a soupiré et elle a dit de l'attendre sur le perron.

— On va voir si Marxy est d'accord.

*

Kalash et moi avons attendu pendant que Pearl était à l'intérieur. J'ai dit à Kalash que Sarah-Beth était là. Kalash m'a dit que ça devait être elle, le « monde à la maison » dont Pearl avait parlé. Kalash a regardé la maison sans rien dire. Elle faisait LES YEUX, ce qui voulait dire que son cerveau était en train de travailler très dur, tellement dur qu'elle ne pouvait pas utiliser sa bouche en même temps pour dire des mots. Je lui ai demandé à quoi elle pensait. Pourquoi est-ce qu'il ne voulait pas me voir ? Et pourquoi est-ce qu'il était avec Sarah-Beth ?

— Je ne pense à rien, a dit Kalash.

Elle m'a pris la main.

— Zelda, peut-être que Marxy ne voudra plus être ton amoureux.

Ce n'était pas possible. Ou bien peut-être que c'était possible, mais alors j'allais reconquérir son cœur. C'était une de mes plus grandes qualités : ne jamais abandonner sur le champ de bataille, même en cas de défaite. Finalement, Pearl a ouvert la porte et elle m'a fait signe d'entrer.

— Tu as dix minutes. Il est en haut dans sa chambre.

Je suis entrée et je suis passée devant Sarah-Beth, qui regardait la télévision dans le salon. Elle ne m'a rien dit. Pearl m'a suivie jusqu'en haut de l'escalier, qui avait des marches moelleuses en moquette. La maison sentait les fleurs, comme un centre commercial à Noël.

On est arrivées à la chambre de Marxy. La porte était ouverte. Marxy était assis à son ordinateur. Il a tourné sa chaise roulante et quand je lui ai souri, il n'a pas répondu à mon sourire.

— Si tu as besoin de moi, a dit Pearl, tu m'appelles.

— D'accord, a dit Marxy.

Pearl a fermé la porte, mais pas complètement. Je l'ai entendue descendre l'escalier. Quand elle est arrivée en bas, j'ai sorti de ma poche le papier où j'avais écrit ce que je voulais dire à Marxy.

— Cher Marxy.

— C'est quoi ?

— C'est mon discours. Écoute.

Marxy n'était pas doué pour se tenir tranquille. Je le savais, alors j'avais fait attention à ce que mon discours soit court. Pendant que je lisais, il faisait tourner sa chaise et il jouait avec ses doigts.

— Je sais que j'ai tout gâché, mais je t'aime et je voudrais que tu recommences à être mon amoureux, et moi ton amoureuse.

Il a commencé à tapoter ses jambes avec sa main. À mesure que je lisais, il tapait de plus en plus fort. J'essayais de ne pas faire attention. Marxy ne disait rien. Sarah-Beth a toqué à la porte et elle a dit que Marxy allait rater le basket-ball à la télé.

— D'accord, a dit Marxy. Je descends dans une minute.

Elle a fermé la porte. Marxy continuait de se taper sur les genoux, et finalement il a arrêté.

— Bon, je crois que c'est l'heure. Il faut que tu partes.

— Pourquoi est-ce que Sarah-Beth est ici ?

Il a recommencé à se taper sur les genoux. J'ai essayé de le faire arrêter mais ses genoux sont devenus encore plus fous et ils bougeaient encore plus fort, et ses mains faisaient de plus en plus de bruit. Je lui ai dit d'arrêter et il a fait un bruit que je ne l'avais jamais entendu faire avant. C'est là que Pearl a ouvert la porte et qu'elle a dit qu'il fallait que je parte. Marxy s'est levé et il a respiré à fond.

— Sarah-Beth, c'est ma nouvelle amoureuse.

Il a dit ça tellement vite que je n'ai pas eu le temps de bien comprendre ce qu'il disait.

— Comment ça ?

— C'est mon amoureuse et moi je suis son amoureux, a dit Marxy. Toi et moi, c'est fini, et maintenant je suis l'amoureux de Sarah-Beth. Tu as été un sac à merde avec moi à l'hôtel, et maintenant j'ai confiance en moi et je te dis : non, Zelda, je ne veux pas de gens méchants dans ma vie.

*

Marxy, il peut aller se faire foutre. Je n'avais jamais dit une chose pareille de toute ma vie, mais je le pensais. Quand je suis rentrée chez moi, j'étais devenue une Berserker. Kalash voulait rester avec moi mais je lui ai dit que je voulais être seule. Mon sang battait dans les veines de ma tête, mon cœur criait. J'avais besoin de casser quelque chose, alors j'ai mis un coup de poing au lampadaire dans le coin de la pièce. Le lampadaire est tombé très lentement et c'était nul. Je croyais qu'il allait se casser mais non, il est juste tombé bêtement.

Je suis allée aux toilettes et quand je suis revenue j'ai remis le lampadaire debout, parce qu'il ne m'avait rien fait, et aussi parce qu'il était par terre au milieu du chemin.

Dans les légendes vikings, quand quelqu'un mourait, on le mettait sur un bateau et on le poussait jusqu'au milieu d'un lac, de la mer ou de l'océan. Ensuite on mettait le feu au bateau, le corps de la personne morte brûlait jusqu'à ce qu'il ne reste plus que des cendres, puis le bateau brûlait aussi et il coulait.

Le meilleur moyen d'oublier Marxy, c'était de faire ce que font les Vikings : le brûler.

Quand on installait un Viking mort sur son bateau, on mettait avec lui les choses qui lui appartenaient quand il était vivant : des épées, des armures, des talismans magiques ou des jouets. Parfois, on brûlait aussi leur femme ou leur amoureuse avec eux.

J'avais des dessins que Marxy m'avait faits. Et aussi les lettres d'amour qu'il m'avait écrites. J'ai décidé de leur faire un bateau.

Les Vikings brûlent les choses pour montrer qu'elles sont mortes. Comme Marxy et moi, c'était fini pour de bon, j'allais lui faire un bûcher funéraire.

« Pour moi, c'est comme si t'étais mort. » Kalash avait dit ça à Gert quand ils avaient eu la grosse dispute à cause de laquelle ils s'étaient séparés la première fois.

« Pour moi, c'est comme si t'étais mort. » J'ai dit ça au dessin que Marxy m'avait fait pour mon anniversaire.

Vu que je n'avais pas de vrai bateau, il fallait que j'en fasse un. J'ai fait couler de l'eau dans la baignoire pour la remplir. Ensuite j'ai trouvé un saladier en plastique dans lequel on faisait la salade. J'ai mis dans le saladier toutes les choses que j'allais transformer en cendres. Gert avait un briquet dans un tiroir pour les bougies, au cas où il y aurait une coupure de courant dans l'immeuble et où on n'aurait plus d'électricité.

— Adieu, j'ai dit à Marxy.

Ensuite, j'ai lu les mots en viking, *Góða nótt*, ce qui veut dire « bonne nuit ».

Le bateau a flotté dans la baignoire. Dedans, le feu n'est pas devenu fou. Il n'était pas très grand. Une fois que Marxy a suffisamment brûlé, j'ai renversé le saladier. Les papiers ont flotté sur l'eau un moment jusqu'à ce qu'ils soient complètement trempés. Puis ils se sont défaits en petits morceaux et l'eau est devenue grise.

23

Avant mon rendez-vous avec le docteur Laird, j'ai écrit une lettre au docteur Kepple. J'étais tellement en colère que j'ai fait plein de fautes d'orthographe et que j'ai dû recommencer la lettre deux fois.

Cher docteur Kepple,

Marxy, mon amoureux, aime une autre fille qui s'appelle Sarah-Beth et qui mange ses cheveux. Je pense que ce sont tous les deux des méchants parce qu'il a trahi notre amour véritable et elle, elle m'a volé Marxy. J'ai brûlé une photo de lui pour montrer aux dieux combien je suis en colère contre lui.

Est-ce qu'il existe d'autres moyens de bien faire comprendre aux dieux que nous ne sommes plus ensemble ? Et aussi, est-ce qu'il existe des techniques vikings spéciales pour maudire leur union ?

Zelda

J'ai cliqué sur ENVOYER et j'ai attendu que Gert vienne frapper à ma porte pour me dire que c'était l'heure de partir chez le docteur Laird.

J'ai cliqué sur RAFRAÎCHIR une dernière fois avant d'éteindre mon ordinateur.

Quand on était en route, Gert a essayé de me faire parler mais j'étais trop en colère. Pendant le rendez-vous, le docteur Laird a demandé à me parler toute seule, sans Gert.

— Pour commencer, je veux savoir comment tu te sens, a dit le docteur Laird.

— Pour moi, c'est comme si Marxy était mort, j'ai dit.

Le docteur Laird a posé son cahier. Il a dit :

— Commençons par l'hôtel, et ensuite raconte-moi à partir de là.

J'ai raconté tout ce qui s'était passé dans la chambre d'hôtel, que Marxy n'était pas doué avec le préservatif et que je m'étais moquée de lui sans le faire exprès.

— Je ne voulais pas me moquer de lui. Mais il avait l'air tellement drôle.

J'ai attrapé la boule anti-stress et j'ai commencé à l'écraser.

— Mais moi j'avais mis des sous-vêtements sexy et il ne s'en est même pas aperçu. Et je prenais des poses sexy mais il n'a pas trouvé ça sexy.

— Je comprends que ça devait être frustrant, a dit le docteur Laird.

— Et puis il s'est mis en colère contre moi, et après sa mère est entrée.

J'ai écrasé la balle jusqu'à la faire presque éclater.

— Pourquoi est-ce qu'il faut toujours qu'elle fasse tout à sa place ?

— Quel genre d'avenir imaginais-tu avec lui ?

Je lui ai demandé ce que voulait dire sa question.

— Tu sais, il a dit en bougeant les mains. Dans cinq ans, à quoi ressemblerait ta vie avec Marxy ? Est-ce que vous seriez mariés ?

Il m'a dit que ça m'aiderait peut-être de fermer les yeux et de penser à une image de nous.

— Imagine que tu prends une photo de votre avenir et dis-moi à quoi ça ressemble.

J'ai fermé les yeux et j'ai essayé de faire ce qu'il disait. Dans ma tête, on avait une grande maison, un peu comme celle où Marxy habitait avec sa mère.

— Mais pas avec sa mère, j'ai dit.

— Donc vous vivez ensemble de manière indépendante. Pas avec elle.

— C'est ça.

— Et Gert, est-ce qu'il est là ?

Je suis revenue à la maison que j'imaginais. Gert lavait sa voiture dans l'allée du jardin, avec un seau en plastique et une éponge jaune.

— Oui, il est là.

— Donc tu habiterais avec Marxy et Gert.

J'ai ouvert les yeux.

— Je ne sais pas. Peut-être. Pourquoi ?

Le docteur Laird a fait tourner son stylo à bille entre ses doigts.

— Est-ce que tu penses que Gert et Marxy s'entendraient bien ?

— Euh… Peut-être qu'on n'habiterait pas avec Gert. En tout cas, pas avec Pearl.

— Tout à l'heure, tu as dit qu'elle le commandait trop.

— Tout le temps.

Je lui ai expliqué toutes les différentes manières qu'elle avait de contrôler sa vie.

— Tu utilises le mot « contrôler ». Ça m'intéresse, parce qu'il y a peut-être une autre possibilité.

— D'accord, j'ai dit.

— C'est qu'en réalité, Marxy a peut-être besoin de quelqu'un comme elle pour l'aider. Peut-être qu'il n'est pas aussi indépendant que toi.

— Marxy peut faire plus de choses qu'on le croit.

En disant ça, j'ai senti que je commençais à me mettre en colère.

Le docteur Laird a posé doucement son stylo sur le cahier devant lui.

— Ce que j'essaie de te faire comprendre c'est que, même si c'est dommage que vous ayez rompu, c'est peut-être ce qui pouvait vous arriver de mieux.

Et là, c'est une des seules fois où je me suis mise vraiment en colère contre le docteur Laird. Je lui ai jeté la balle anti-stress. Elle l'a frappé sur le ventre et elle est tombée par terre. J'ai regardé la balle rouler sur son ventre, puis sur le sol.

— Bien, a dit le docteur Laird. Est-ce qu'on peut parler de ce qui vient de se passer ?

J'ai décidé de lui faire la tête pour lui montrer que j'étais en colère. On est restés sans rien dire pendant deux minutes, jusqu'à ce que le réveil sonne.

Je me suis levée et je n'ai pas serré la main du docteur Laird.

— Marxy est comme il est, Zelda. Et ce n'est pas grave. Mais cela veut dire qu'il n'est peut-être pas la personne qu'il te faut.

— Allez vous faire foutre.

J'ai ouvert la porte et je suis sortie.

*

Ce jour-là, à la bibliothèque, je n'ai pas bien travaillé parce que j'avais de la peine à cause de Marxy. Ça ne m'amusait pas d'aider les gens à trouver des livres ou à les emprunter. J'ai fait deux erreurs. Une fois, j'ai remis sur l'étagère un livre qu'un usager avait rapporté avant de dire à l'ordinateur que le livre était revenu. Et une autre fois, Carol s'est aperçue que j'avais mis des livres sur la guerre dans la section Sports.

Carol a remarqué que ça n'allait pas, et je lui ai dit que je ne voulais pas en parler.

— Eh bien, ça tombe mal. Parce que si tu continues de broyer du noir toute la journée, tu vas te mettre à faire des erreurs et cette bibliothèque va partir en eau de boudin. Allez, accouche.

Comme je n'accouchais pas, elle m'a demandé :

— C'est une histoire de garçon ?

— Laisse tomber, j'ai dit.

On était toutes les deux à l'accueil de la bibliothèque, où je travaillais souvent parce que j'étais devenue très forte avec les ordinateurs. Carol a pianoté sur le bureau avec ses ongles. Elle a mis sa tête tout près de la mienne et j'ai fait comme si je ne la voyais pas. Elle faisait toujours ça quand elle voulait attirer mon attention sans que personne ne nous entende.

— Hmm ? elle a fait en poussant mon épaule du bout de son doigt.

— Arrête, j'ai dit.

Quelqu'un est arrivé pour emprunter des livres. J'ai scanné les livres, Carol a pris le reçu et elle l'a glissé dans le livre du dessus.

— C'est le jeune homme qui est venu l'autre fois ? Mark ? Marco ? Comment déjà ?

— Marxy.

— Ah.

Elle ne voulait pas me laisser tranquille, même quand je lui ai fait LES YEUX. Elle a juste dit :

— Non mais tu plaisantes ? Ça ne marche pas avec moi, ton truc, alors tu ferais mieux de passer aux aveux.

J'ai respiré un grand coup.

— Marxy et moi, c'est fini.

— Quel dommage.

Elle a arrêté de faire flotter sa tête à côté de la mienne et elle m'a passé un livre pour que je le saisisse dans le système.

— C'est toujours douloureux, les ruptures.

J'ai scanné le livre et je l'ai posé sur le chariot derrière moi.

— Et il a une nouvelle petite amie.

— Déjà ? a dit Carol, et elle a sifflé.

Elle n'avait pas de mari ni d'amoureux, mais elle avait une fille qui la détestait. Carol ne voulait pas parler des raisons pour lesquelles sa fille la détestait. Par contre, une chose dont elle voulait bien parler, c'étaient les bonnes notes de sa fille à l'école.

— C'est un génie en calcul, en maths et tout ce genre de choses. Et elle y arrive sans faire le moindre effort. Moi, je suis nulle dans toutes ces matières mais elle, elle peut te réciter toutes les décimales de *pi* jusqu'à la quinzième.

— Waouh. Moi, j'en connais trois.

Carol a éclaté de rire.

— Alors nous avons toutes les deux le même niveau.

Elle a soupiré.

— Elle a un fort caractère, comme moi à son âge. Son père s'est évaporé dans la nature avant que j'aie le temps de dire ouf.

— Mon père aussi.

En fait, Carol avait fait comme ma mère : elle ne s'était pas mariée et elle avait dû élever sa fille toute seule. Sauf qu'elle, elle ne buvait pas d'alcool quand elle était enceinte de Nancy, qu'elle appelait Nance pour faire plus court.

— Tiens, quand on parle de coureurs de jupons…, a murmuré Carol.

J'ai levé la tête et j'ai vu de qui elle parlait.

— Accroche-toi, elle a ajouté.

Avant que j'aie le temps de lui dire de se taire, Hendo était là, devant moi.

— Salut, porte-bonheur, il a dit.

Carol a commencé à entrer des livres dans le catalogue de la bibliothèque mais je savais qu'elle nous regardait, même si elle faisait semblant que non.

— Ce n'est pas dimanche, j'ai dit. Je croyais que c'était le dimanche que tu venais.

— C'est pour une lecture urgente qui ne peut pas attendre, a dit Hendo. Je me demandais si tu pourrais m'aider à trouver un livre, vu que tu es une spécialiste.

Il m'a dit qu'il voulait un livre sur les trains pour Artem.

— Il kiffe les trains. Il a vu ça dans un dessin animé bizarre. Je sais même pas s'il est assez grand pour comprendre. Bref, il paraît que c'est bon pour les gamins, de leur lire des livres à cet âge-là.

— Dans les illustrés, nous avons reçu un nouveau titre très chouette, a dit Carol en bipant un livre sous le scanner. Zelda va vous le montrer.

Elle a noté la référence du livre sur un papier et elle me l'a donné.

— Je vais te le montrer, j'ai dit à Hendo.

On est allés au rayon Illustrés. Pendant qu'on marchait, je sentais son odeur. Il sentait bon et à un moment sa main a touché la mienne, mais je ne savais pas s'il l'avait fait exprès. Mon cerveau a explosé un petit peu, alors j'ai compté jusqu'à dix dans ma tête. Pas tout fort parce que je ne voulais pas qu'Hendo me trouve bizarre.

— Voici nos meilleurs livres sur les trains, j'ai dit en lui montrant mes trois préférés.

Celui dont Carol parlait faisait des bruits de train pendant qu'on lisait. Quand on appuyait sur un bouton, le livre faisait « tchou-tchou », ou bien un bruit de freins sur des rails en métal. Hendo a appuyé sur un des boutons et il s'est gratté le menton.

— Il est parfait, il a dit. Beau boulot.

On s'est fait un check. Au lieu d'apporter le livre à l'accueil, il s'est assis à une table. Pendant qu'il tournait les pages, il m'a dit que je pouvais m'asseoir si je voulais.

— Enfin, je ne veux pas t'empêcher de travailler.

Carol était en train de scanner des livres et il n'y avait pas trop de monde dans la bibliothèque, alors je lui ai dit que je pouvais m'asseoir pour discuter un peu. Hendo m'a demandé quelles étaient les nouvelles.

— Ça va bien, j'ai dit. Il suit des cours du soir et il va reprendre la fac au prochain semestre.

— Tu penses toujours à lui en premier ?

— Comment ça ?

— Au lieu de me donner des nouvelles de toi, tu as commencé par me parler de Gert.

Il a appuyé sur un bouton dans le livre et le conducteur du train a dit : « En voiture ! »

— Oh, j'ai dit.

J'ai regardé mes mains et je me suis demandé combien je devais en dire à Hendo.

— Mon amoureux m'a quittée.

Hendo a fermé le livre.

— Sérieux ? Putain, j'y crois pas !

Carol l'a entendu dire le gros mot et elle a fait un bruit avec sa gorge. Il lui a fait signe et il s'est excusé.

— Merde. Mais bon, tant pis pour lui. Larguer une fille comme toi ?

Il a fait un bruit avec sa bouche comme s'il crachait et il a secoué la tête.

— Celui-là, il sait pas ce qu'il perd.

Je ne savais pas quoi lui répondre. Il a pris le livre des trains.

— Il faut que je l'enregistre, c'est ça ?

On est allés à l'accueil et j'ai fait le tour du bureau pour m'asseoir à l'ordinateur. Carol s'est tournée pour nous regarder.

— Ta carte ? j'ai demandé.

Il a passé la main sur ses poches.

— Merde. J'ai laissé mon portefeuille dans ma voiture. Tu peux m'attendre le temps que j'aille le chercher ?

— Je peux retrouver ton compte à partir de ton numéro de téléphone, j'ai dit.

Il a souri et il m'a donné son numéro. Je l'ai entré dans l'ordinateur et son nom est apparu avec son numéro de téléphone et son adresse. Je lui ai donné le ticket et il m'a remerciée. Quand il est sorti, Carol est arrivée derrière moi et elle m'a dit :

— Ce type-là, on dirait un cygne au milieu d'un cimetière.

Quand j'ai demandé à Carol ce que ça voulait dire, elle m'a dit que c'était une expression qu'utilisait sa mère pour parler des hommes qui n'attiraient que des ennuis.

— Un animal très joli à regarder, mais très mal entouré.

24

Après cette fois-là, Hendo est revenu plus souvent à la bibliothèque. Ça m'a aidée à oublier Marxy. Au centre social, Marxy passait tout son temps avec Sarah-Beth. Il lui tenait la main et parfois il l'embrassait.

Quand je les voyais, je faisais comme si je n'en avais rien à faire. Marxy n'était plus mon amoureux. Sarah-Beth mangeait ses cheveux, elle faisait des blagues débiles et elle ne savait même pas encaisser un chèque à la banque. Hendo était plus intelligent que Marxy et c'était lui maintenant que je rêvais d'embrasser.

Hendo aimait lire des livres sur la guerre, et il a même lu *Le Grand Livre des Vikings* du docteur Kepple. Il m'a demandé quel était mon livre préféré, et je lui ai dit que c'était le Kepple.

Il a tout de suite appris des mots vikings, pas comme Marxy qui se trompait toujours quand il essayait de dire des mots comme *góðan dag*. Il s'intéressait même à mes Mots du Jour et quand on discutait à la bibliothèque, il essayait toujours de les utiliser. Une fois, par exemple, on parlait de Bruce Lee, un célèbre guerrier de kung-fu, et Hendo a dit :

— Il était hyper-tenace au combat.

Tenace, c'était mon Mot du Jour et même si je ne le lui avais dit qu'une seule fois, Hendo s'était souvenu du mot et de comment on l'utilisait, et il l'avait même placé dans une phrase.

Carol s'était mise à appeler Hendo « le Cygne », même si je détestais quand elle l'appelait comme ça.

Dans les légendes, les moments les plus ennuyeux, ce sont les moments où tout le monde est heureux. Parfois, j'étais tellement heureuse que je ne pensais même plus à Marxy, surtout quand j'étais avec Hendo, sauf que quand j'étais seule dans ma chambre, je pleurais et je pensais à Marxy.

Quand on se voyait avec Hendo, on n'allait pas chez lui ni chez moi. Le plus souvent, on se voyait à la bibliothèque ou au McDonald's, ou bien au café en face de la bibliothèque. Il me posait plein de questions sur les Vikings et sur Gert, sur Maman et sur Kalash. Il me faisait penser au docteur Laird, qui n'était pas aussi beau mais qui posait toujours plein de questions.

Gert et Kalash ont remarqué que je n'étais plus triste. Gert a dit que j'avais arrêté de broyer du noir. Kalash m'a demandé si j'avais un nouvel homme dans ma vie. J'ai répondu que j'étais juste heureuse parce qu'ils s'étaient remis ensemble et qu'on était redevenus une tribu, et aussi parce que j'avais un travail et que Gert était retourné à la fac.

Un jour, Hendo m'a dit qu'il ne s'entendait pas bien avec Gert.

— On est tous les deux des mâles dominants.

Ça voulait dire qu'Hendo et Gert se prenaient tous les deux pour le guerrier le plus puissant.

— Mais on peut quand même être amis toi et moi, non ?

Je lui ai dit que oui.

*

Hendo était mon secret rien qu'à moi et il me rendait heureuse. Mais quand on est trop heureux, c'est là que les méchants passent à l'attaque parce qu'on a baissé sa garde. Par exemple, dans *La Légende de Beowulf*, la saga la plus célèbre, Hrothgar, sa femme Wealhtheow et les autres Vikings sont heureux alors ils chantent, ce qui met très en colère Grendel, le méchant de la légende, parce qu'il n'est pas heureux et qu'il est jaloux. Hrothgar et les Vikings oublient que même en temps de paix un Viking doit rester *vigilant* (Mot du Jour) et toujours se méfier des méchants qui aiment attaquer pendant les moments de paix, surtout quand on dort et qu'on ne peut pas se défendre. Le pire, avec Grendel, c'est qu'il mange les gens pendant leur sommeil.

Et cette nuit-là, les méchants sont arrivés pendant que je dormais, exactement comme Grendel l'avait fait avec Hrothgar et les Vikings.

J'ai été réveillée par des voix qui parlaient fort et qui disaient des gros mots, et par de la fumée, alors qu'on n'avait pas le droit de fumer dans notre appartement. Les voix n'étaient pas celles de Gert ni de Kalash : ça voulait dire qu'ils étaient en train de se faire envahir, comme la fois où Grendel avait envahi la salle où sa femme, Hrothgar et les Vikings étaient en train de faire la fête. Ce qu'il y a de plus honteux dans la vie, c'est d'être lâche. Quand les voix m'ont réveillée, j'ai eu très peur et j'ai fait semblant de dormir : exactement comme aurait fait un lâche.

Mais là, j'ai compris que je devais protéger ma tribu contre ceux qui étaient entrés dans l'appartement.

J'ai entendu la voix d'Odin qui me parlait dans ma tête : « Tu peux y arriver. » Puis j'ai entendu la voix de ma mère, qui était d'accord avec Odin. « Protège le foyer », a dit ma mère. Dans ma tête, je leur ai répondu que j'allais être à la hauteur.

J'ai pris mon réveil à côté de mon lit pour pouvoir le jeter. Normalement, quand vient le moment de défendre son foyer, un Viking prend son épée. Sauf que la mienne était sous mon lit, et que je ne voulais pas prendre le risque d'alerter l'ennemi en la sortant.

Très prudemment, j'ai ouvert la porte de ma chambre et j'ai passé la tête. Les voix continuaient de parler. Le sol du couloir faisait plus de bruit que celui de ma chambre quand on marchait dessus alors j'ai dû avancer très lentement, un doigt de pied à la fois, pour être très discrète et silencieuse. J'ai avancé avec le dos contre le mur du couloir pour me rendre invisible, en utilisant une technique ninja en plus de mes techniques vikings parce que je voulais profiter de l'effet de surprise.

Je me suis approchée du salon et j'ai vu la lumière de la lampe qui éclairait la moquette. Mon cœur battait à grands coups. J'ai compté jusqu'à dix dans ma tête, en ne fermant pas complètement les yeux pour ne pas me retrouver les yeux fermés sans pouvoir me défendre si jamais quelqu'un décidait de m'attaquer.

Un… deux… trois…

Quand je suis arrivée à quatre, quelqu'un a tiré la chasse d'eau et j'ai compris qu'un des méchants était aux toilettes. C'était ce qu'on appelle une « erreur tactique », parce que je n'avais pas vérifié s'il y avait quelqu'un derrière moi avant d'avancer. C'était Hendo qui m'avait appris cette expression. Par exemple, quand Hitler avait envahi la Russie pendant l'hiver, c'était une erreur tactique.

J'ai compris que j'étais coincée entre deux méchants, et que c'était trop tard pour me replier dans ma chambre.

Je me suis immobilisée. Je ne savais pas si je devais courir dans le salon pour terrasser les méchants qui étaient là, ou bien combattre le méchant des toilettes.

La porte des toilettes s'est ouverte et le méchant en est sorti en remontant la fermeture Éclair de son pantalon. C'était le Gros. Il m'a regardée avec des grands yeux et il s'est immobilisé lui aussi. Il a fait la même « erreur tactique » que moi mais vu que j'avais déjà fait l'erreur en premier, j'étais mieux préparée.

C'était le moment d'agir.

J'ai lancé le cri de bataille traditionnel des Vikings : « *Tyr !* », qui est le nom du dieu de la Guerre. J'ai chargé et j'ai jeté le réveil.

Il a dit :

— C'EST QUOI CE BORDEL ? en levant les mains en l'air.

Le réveil l'a frappé dans le ventre et il a rebondi par terre. Avant que j'arrive à lui porter un coup fatal, le Gros m'a attrapée par le poignet en disant :

— Calme-toi, putain.

Puis il a attrapé mon autre bras. J'ai essayé de me libérer mais il m'a amenée dans le salon avec un bras autour de mon ventre, en ramassant le réveil sur le chemin avec son autre main.

— Espèce de bite-cul ! j'ai crié.

Gert était debout dans le salon. Il y avait aussi Toucan. Ils étaient penchés au-dessus d'un sac de sport plein de papiers et de petits sachets. Sur la table, il y avait aussi de l'argent et des bières.

— Je l'ai trouvée dans l'entrée, a dit le Gros.

— Viens là, Zelda, a dit Gert.

Au début, le Gros ne voulait pas me laisser partir.

— Tu la lâches ou je te pète un bras, a dit Gert.

Le Gros a regardé Toucan qui a hoché la tête et qui a dit :

— Elle est calmée. Tu es calmée, pas vrai, Zelda ?

Alors le Gros m'a lâchée.

— Désolé, a dit le Gros. Je voulais pas lui faire de mal mais elle a pété un plomb et elle m'a jeté ce truc.

Il a montré le réveil.

Tout le monde a ri, même Gert, alors que normalement Gert ne doit pas rire de moi quelle que soit la raison. Je lui ai fait LES YEUX et il a arrêté de rire. Puis je me suis frotté le bras à l'endroit où le Gros m'avait attrapée.

— Bite-cul, j'ai dit.

J'ai demandé à Gert ce qui se passait ici.

— Pourquoi il y a tous ces trucs ici ? Et pourquoi Toucan est chez nous ? Kalash est au courant ?

— C'est rien, a dit Gert. Retourne te coucher, d'accord ?

Il a dit à Toucan qu'il n'y avait pas d'embrouille.

— Elle a dû faire un cauchemar. Pas vrai, Zelda ?

— C’est quoi, Kalash ? a demandé Toucan. Comme une mitrailleuse ?

— Ils n’ont pas le droit d’être là, j’ai dit en montrant Toucan du doigt. Surtout lui. Tu as dit que tu ne faisais plus partie de sa tribu.

— C’est vrai, ça ? a demandé Toucan. Ça me fait de la peine.

— Zelda, a dit Gert. Au lit. Tout de suite.

Toucan s’est assis sur le canapé et il a tapoté le coussin à côté de lui.

— Toi, il a dit en faisant signe vers moi. Viens ici. Assieds-toi. Il faut qu’on ait une discussion tous les deux.

Je ne voulais pas m’asseoir à côté de Toucan. Gert avait beaucoup d’amis qui faisaient peur mais aucun ne faisait peur autant que Gert, qui pouvait être l’homme le plus effrayant du monde. Sauf que là, c’était Gert qui se comportait comme s’il avait peur de Toucan.

Gert a dit qu’il fallait que j’aille me coucher, mais Toucan a dit pas maintenant.

Gert m’a fait signe avec sa tête, alors je me suis assise sur le canapé. Gert s’est assis aussi et Toucan était de l’autre côté. Le Gros ne s’est pas assis. Il s’est appuyé contre le bar et il a allumé une cigarette.

— T’as pas vu les RÈGLES DE LA MAISON ? lui a dit Toucan en montrant le panneau à côté de la porte. Si tu veux fumer, tu vas sur le balcon.

Le Gros a penché la tête en gardant sa cigarette dans sa bouche.

— Sérieux ?

— Carrément. Tu n’aimes pas la fumée, hein, Zelda ?

— Non, j'ai dit. Même Gert n'a pas le droit de fumer à l'intérieur.

Toucan a indiqué la fenêtre du balcon.

— T'as entendu ce qu'elle a dit.

Le Gros est sorti avec sa cigarette sur le balcon et il a fermé la porte. Toucan a passé son bras autour de moi et j'ai détesté ça, parce qu'il n'était pas un membre de notre tribu.

— Alors. Tu sais que tout ce qui me concerne, ça concerne aussi ton frère. Et donc ça te concerne toi aussi. J'ai besoin de ton frère pour m'aider dans certaines choses. En échange, je le paie. C'est ce qu'on appelle le capitalisme.

— Capitalisme, j'ai dit.

— Je te donne de l'argent et, en échange, tu me donnes des choses ou des services.

Toucan a regardé le Gros sur le balcon avec sa cigarette. Il était penché par-dessus la rambarde et il faisait tomber ses cendres dans le vide.

— Donc c'est très important pour moi. J'ai besoin de savoir que je peux compter sur Gert, ce qui veut dire aussi que je peux compter sur toi. Est-ce que je peux compter sur toi, Zelda ?

Son bras serrait mes épaules tellement fort que ça commençait à me faire mal. Ça m'a fait penser à Oncle Richard sur le canapé, sauf que Toucan serrait plus fort. J'ai essayé de me dégager mais il ne m'a pas lâchée.

— Gert, j'ai dit. Il me fait mal.

— Je peux compter sur toi ? a répété Toucan.

— Tu peux compter sur elle, a dit Gert. Tu te calmes, maintenant ?

— Je veux que ce soit elle qui le dise, a dit Toucan.

Toucan me serrait tellement fort que je me sentais minuscule. J'avais l'impression que j'allais éclater comme un ballon.

— Tu peux compter sur moi, j'ai dit.

Toucan m'a lâchée. Il s'est levé en souriant et Gert s'est levé aussi.

— Très bien, il a dit. Enchanté de t'avoir recroisée, Zelda.

Le Gros a cogné à la vitre de la porte coulissante du balcon. Toucan lui a fait un signe de la tête et le Gros est entré après avoir écrasé son mégot sur le balcon avec son pied.

— Faut qu'on y aille, a dit Toucan. Gert, tu nous raccompagnes.

Il s'est retourné et il est sorti avec le Gros derrière lui. Gert m'a dit :

— Je reviens, reste là.

Et il les a suivis.

Gert est resté dehors dix minutes. Mes épaules me faisaient mal et quand j'ai soulevé ma manche, j'ai vu que la peau était rouge, comme quand un bleu va apparaître.

C'est là que j'ai vu que je m'étais fait pipi dessus. Au départ, je ne m'en étais pas aperçue. Mais mes cuisses et le canapé sous mes fesses étaient mouillés et commençaient à refroidir.

Gert est rentré avec un nouveau sac de sport Reebok et il a fermé la porte. Il m'a vue assise sur le canapé, avec mon pantalon mouillé. Je pleurais et ça m'a rendue encore plus triste.

Je ne voulais pas pleurer devant Toucan. Mais maintenant je pouvais, alors je pleurais. Je m'étais fait pipi dessus et je pleurais. Gert a posé le sac. Il a couru jusqu'à moi et il m'a soulevée.

— Je suis désolée d'avoir fait pipi sur le canapé, j'ai dit.

Gert m'a portée sur son épaule comme font les parents avec leurs enfants. Il m'a emmenée dans la salle de bains et il m'a posée là.

— Retire tes vêtements. Je vais t'en apporter d'autres, d'accord ? Je te les laisse devant la porte de la salle de bains. Change-toi.

Dans la douche, je me suis dit que j'avais été vraiment débile d'avoir fait pipi devant Gert et devant Toucan, alors que c'était un sac à merde et que je ne voulais pas avoir peur de lui. Sauf qu'en réalité, j'avais peur de lui. Quand je suis sortie, Gert était dans le salon avec un spray de produit nettoyant et un seau d'eau. Les coussins du canapé sur lesquels j'avais fait pipi par accident étaient posés à côté de la porte.

*

Cette nuit-là, je n'arrivais pas à m'endormir. La seule personne à qui je voulais parler, la seule voix que je voulais entendre, c'était Hendo. J'avais pris son numéro dans l'ordinateur de la bibliothèque et je l'avais dans mon téléphone. Je me suis cachée sous les couvertures et je l'ai appelé.

— Qui c'est ? a demandé Hendo.

— C'est moi.

— Qui ça, moi ? Ah oui !

Il a toussé dans le téléphone.

— Putain, mais quelle heure il est ?

J'ai regardé le réveil et je lui ai dit l'heure, c'est-à-dire 1 h 32. Il m'a demandé ce qui se passait. Je lui ai d'abord fait promettre de n'en parler à personne.

— Oui, d'accord. Attends, je me recouche.

Je lui ai raconté tout ce qui s'était passé avec Toucan, le Gros et Gert. La seule chose que je n'ai pas racontée, c'est quand je me suis fait pipi dessus, parce que c'était sale et pas sexy du tout. Hendo a écouté et quand j'ai eu fini, il m'a demandé s'il y avait encore du monde chez moi.

J'ai dit non, à moins qu'ils se soient cachés.

— De quoi ils parlaient ?

— Je ne sais pas. Toucan a parlé de « capitalisme ».

Hendo m'a dit qu'il ne savait pas ce que ça voulait dire.

— Est-ce que Toucan a donné quelque chose à Gert ?

— Il y avait son sac de sport et de la bière et des cigarettes, mais on n'a pas le droit de fumer dans l'appartement.

— Est-ce que Toucan a pris le sac ou bien est-ce qu'il l'a laissé à Gert ?

Je me suis frotté les yeux. Je ne savais pas pourquoi il me demandait ça. Hendo m'a dit de réfléchir, que c'était important. Ensuite je lui ai demandé pourquoi c'était important et il m'a dit « laisse tomber ». Ça ne m'a pas plu.

— Pardon, a dit Hendo. Je sais que tu n'aimes pas qu'on te dise ça. Tu acceptes mes excuses ?

— Oui, j'ai dit. Je crois que Toucan lui a laissé le sac de sport.

Hendo m'a demandé si je travaillais le lendemain et j'ai dit que oui. Il m'a dit qu'il passerait me chercher et qu'on pourrait parler de tout ça dans la voiture.

— Ça te va ? Mais pour le moment j'ai juste besoin de dormir.

— Tu veux bien parler encore un peu ? J'aime bien entendre ta voix.

— Demain, a dit Hendo.

J'ai raccroché et j'ai jeté le téléphone sur le lit. Il a rebondi et il est tombé par terre.

25

Le matin, Gert avait tout nettoyé. Les coussins n'étaient plus mouillés. Quand je suis sortie de ma chambre, il était là à m'attendre. Il m'a dit qu'il s'excusait pour cette nuit et pour Toucan.

— Je sais que ça ne te plaît pas de ne pas être au courant de ce qui se passe.

J'ai croisé les bras et j'ai dit :

— Ça ne me plaît pas non plus de mentir à Kalash.

Gert m'avait demandé de ne pas dire à Kalash que Toucan était venu chez nous.

— Moi non plus ça ne me plaît pas, a dit Gert.

Je lui ai demandé pourquoi il continuait à voir Toucan, alors qu'il avait promis qu'il ne le verrait plus.

— C'est la dernière fois que je fais quelque chose pour lui. Après ça, c'est fini.

Mais il n'a pas voulu me parler de Toucan ni de ce qu'il devait faire pour lui.

— C'est à cause du capitalisme ? j'ai demandé.

Gert a soupiré.

— Ouais, en gros c'est ça.

Il m'a demandé si je voulais bien. J'ai répondu que oui, et il m'a dit qu'il allait faire une lessive pour laver mes vêtements de la veille.

Pendant qu'il faisait la lessive dans le sous-sol de l'immeuble, je me suis préparée très vite pour qu'il n'ait pas le temps de remonter et de me poser des questions. Je lui ai laissé un mot qui disait que j'allais au travail et qu'on se voyait tout à l'heure. Comme j'allais voir Hendo, je voulais me faire belle alors j'ai mis mes sous-vêtements sexy, même si Hendo ne les voyait pas, et aussi un jean très beau qui d'après Kalash me faisait un joli cul. J'ai mis du rouge à lèvres en vitesse.

J'ai retrouvé Hendo près de l'arrêt de bus, là où il m'avait dit de l'attendre. J'y étais depuis à peine une seconde quand il est arrivé avec sa voiture.

— Salut, il a dit.

— Salut, j'ai dit en montant dans la voiture.

Il conduisait avec son bras posé sur le volant.

— Désolé pour hier soir. J'étais fatigué. Ça va, toi ?

J'ai haussé les épaules.

— Ça va. Sauf que Gert est un bite-cul et un menteur. Il n'a pas le droit d'être ami avec Toucan. En plus, je n'ai pas le droit d'en parler.

— Mais tu es en train de m'en parler, il a dit.

— Oui mais toi, tu ne vas le dire à personne.

Il a dit que c'était vrai. On a roulé un petit moment et j'ai vu qu'il ne tournait pas vers la bibliothèque. Je lui ai demandé pourquoi et il m'a répondu que je pourrais peut-être manquer le travail pour passer la journée avec lui.

— Tu les appelles pour dire que tu es malade. Tu n'as jamais manqué un jour de travail ?

— Non, jamais. Un Viking ne brise jamais un pacte, surtout quand il s'agit d'un travail important pour la tribu.

Hendo a dit que j'avais raison, mais est-ce que les Vikings ne prenaient pas aussi des vacances pour se reposer ? Il avait envie de passer un peu de temps en tête à tête avec moi.

— Qu'est-ce que tu en dis ? il a demandé.

J'ai cligné des yeux et j'ai regardé vers le bas, sa main qui tenait la mienne et qui passait son pouce sur les jointures de mes doigts. Son pouce sautait d'un doigt à l'autre.

*

J'ai appelé la bibliothèque, j'ai demandé à parler à Carol et je lui ai dit que je ne pouvais pas venir travailler. Hendo a baissé la musique et il a fermé les vitres pour qu'elle n'entende pas que j'étais dans une voiture.

— Désolée, j'ai dit en toussant, je ne me sens pas très bien.

Je m'attendais à ce que Carol soit en colère que je l'appelle au dernier moment. Mais au lieu de me crier dessus parce que je ne respectais pas ma promesse de venir au travail, elle m'a dit qu'il n'y avait pas de problème.

— Tu n'es pas en colère ?

— Zelda, ma chérie, je sais que tu serais prête à venir ici pieds nus dans la neige plutôt que de manquer le travail. Repose-toi. Je vais trouver quelqu'un pour te remplacer.

Elle m'a dit de bien me soigner et j'ai raccroché.

— Tu vois ? a dit Hendo. Ce n'est pas compliqué.

C'est vrai que ce n'était pas compliqué. Mais je m'en voulais quand même.

Hendo m'a demandé ce que je voulais faire pendant notre journée ensemble, et si j'avais déjà mangé des sushis.

— C'est pas du poisson cru, ça ?

— Si. Avec d'autres trucs aussi. Si tu en as jamais mangé, il faut que tu essaies.

J'ai fait une grimace et j'ai dit que ça avait l'air dégueu.

— OK.

Il a tapoté le volant avec ses doigts.

— Et si on allait au ciné ? Il n'y aura personne à cette heure-ci.

Le cinéma me faisait plus envie que de manger des poissons crus. Hendo m'a laissée choisir le film que je voulais, alors j'ai choisi un film avec Spiderman.

Pendant tout le film on a mangé du pop-corn. D'un seul coup, Hendo a posé sa main sur ma jambe et il l'a caressée. Alors j'ai mis ma main sur sa jambe aussi et je l'ai caressée, pour lui montrer que je le trouvais sexy. Et c'est là que c'est arrivé : on s'est embrassés. C'était le baiser le plus légendaire de toute ma vie. Marxy embrassait bizarrement mais Hendo, lui, embrassait à la perfection.

— Oh la vache ! j'ai dit.

Hendo a dit « chut ! », et il a ri parce qu'on était encore dans le cinéma et que le film était en train de passer, et que j'avais dit « OH LA VACHE » très fort.

Puis il a embrassé mon oreille et mon corps s'est changé en eau. Il a pris ma main et il l'a serrée.

Mon cou me faisait chaud. Sur l'écran, Spiderman se balançait la tête en bas et sautait d'immeuble en immeuble pour aller sauver le monde.

*

Le film s'est terminé à 14 heures. Je ne m'en voulais plus d'avoir raté le travail. Hendo m'a encore embrassée et il a mis son bras autour de mes épaules pendant qu'on marchait.

— Ça te dirait qu'on aille chez toi ? a demandé Hendo en finissant sa canette qu'il a jetée dans la poubelle devant le cinéma.

— Pour faire quoi ?

— Je ne sais pas. On n'est jamais vraiment seuls tous les deux.

Puis il s'est tourné vers moi et il est devenu sérieux.

— Gert n'est pas à la maison ? Ni sa copine ? Tu peux les appeler ?

Il m'a embrassée et sa langue a touché ma langue et j'ai dit d'accord, que j'allais appeler Gert.

J'avais le cœur qui battait très vite. La main d'Hendo a touché mon genou et j'ai mis ma main sur sa main, et nos doigts ont fait des choses romantiques comme s'ils étaient en train de s'embrasser eux aussi.

Kalash conduisait le bus toute la journée et elle ne rentrait pas avant 18 heures.

Gert a répondu au téléphone et il a dit qu'il rentrait à la maison à 16 heures. Il allait acheter des livres pour ses cours de rattrapage. Donc l'appartement serait vide pendant deux heures.

— Pourquoi ? a demandé Gert. Tout va bien à la bibliothèque ?

Je lui ai dit que c'était parce que je voulais passer du temps avec lui après la bibliothèque, et il a dit que c'était une bonne idée.

— Alors ? a demandé Hendo en prenant ma main quand j'ai raccroché.

— Il ne rentre pas à la maison avant 16 heures.

Hendo a souri en me montrant ses dents très blanches.

En voiture, il m'a embrassée à chaque feu rouge. À un moment, un homme qui traversait la rue nous a sifflés et on a ri tous les deux.

Embrasser Hendo, c'était bien plus légendaire que d'embrasser Marxy. Il faisait des choses parfaites avec sa langue. Il ne la poussait pas trop à l'intérieur et il avait bon goût, comme du chewing-gum ou du dentifrice. Et en plus, il sentait incroyablement bon.

Quand on est arrivés à l'appartement et qu'on est entrés, Hendo a retiré ses chaussures.

— Tu vois ? J'y ai pensé, il a dit en tapotant le panneau RÈGLES DE LA MAISON avec son doigt.

Quand on s'est embrassés, sa main a touché l'arrière de mon cou à l'endroit où commencent les cheveux, et ses doigts ont tiré un petit peu sur mes cheveux. C'était tellement bon que j'ai senti mes rotules qui tremblaient.

Quand il a arrêté de m'embrasser, c'était comme s'il avait aspiré tout mon air.

— Je voudrais que tu fasses quelque chose pour moi, a dit Hendo. Tu veux bien faire quelque chose pour moi ?

Il a pris mes mains et il m'a regardée droit dans les yeux. J'avais l'impression que s'il me lâchait, j'allais m'envoler.

— Quoi ? j'ai demandé.

— Je veux que tu ailles m'attendre dans la salle de bains.

— Pourquoi ?

Il a serré mes mains dans les siennes et ensuite il a posé sa main sur ma joue, et ça faisait comme une crêpe tiède contre mon visage.

— C'est une surprise, il a dit. Je vais me préparer et quand tu vas sortir, tu vas être vraiment contente. Crois-moi. Ça va te plaire.

J'ai respiré à fond. Il a encore touché l'arrière de mon cou, alors j'ai dit :

— D'accord. Mais en général, je n'aime pas trop les surprises.

— Oui mais celle-ci, elle va te plaire.

Il m'a embrassée encore une fois et il a dit :

— Tu comptes jusqu'à cent, et tu verras quand tu vas sortir.

J'ai retenu ma respiration.

— Seulement jusqu'à cent ?

— Seulement jusqu'à cent. Après ça, on sera prêts.

*

J'ai fermé la porte, je me suis assise au bord de la baignoire, et j'ai commencé à compter. Mon cerveau nageait quand je pensais aux muscles d'Hendo, à comment il serait tout nu, à son pénis, et aussi à comment ce serait d'avoir un rapport sexuel avec lui.

— Tu comptes ? il a demandé à travers la porte.

— J'en suis à onze, j'ai dit.

— Très bien. Continue.

J'ai continué de compter et je suis allée me regarder dans la glace. La personne que j'ai vue était très sexy, et cette personne c'était moi. Je me suis approchée du miroir et je l'ai embrassé, et je l'ai même touché avec ma langue. Quand je me suis arrêtée et que j'ai reculé, il y avait une image de ma bouche et de mes lèvres collée à la vitre.

— Plus fort, a dit Hendo dans l'entrée. Il faut que je t'entende.

— Comme ça, c'est assez fort ? j'ai demandé, et j'ai dit le chiffre : vingt-cinq.

— Parfait, a dit Hendo. Mais compte plus lentement. Il me faut du temps pour préparer ta surprise.

J'ai continué à compter, tout fort comme il m'avait demandé. Il m'a dit que c'était bien et de continuer, mais de ralentir encore plus.

— Fais le truc où tu dis « éléphant » entre chaque chiffre.

Je suis arrivée à cent et j'ai dit que je sortais. J'ai tourné la poignée mais quand j'ai poussé la porte, elle ne voulait pas s'ouvrir.

— Je crois qu'il y a un problème avec la porte, j'ai dit.

J'ai entendu un gros bruit de l'autre côté. Ça a fait comme un objet lourd qui cognait quelque chose.

— Ouvre ! j'ai dit en tirant sur le bouton de la porte et en le tournant dans tous les sens.

Puis j'ai poussé le bois de toutes mes forces. Si j'étais assez forte, j'arriverais peut-être à enfoncer la porte.

J'ai appelé à l'aide encore une fois, cette fois-ci le plus fort possible, au cas où Hendo ne m'aurait pas entendue.

Pas de réponse.

26

Je n'aime pas quand je suis dans un endroit dont je ne peux pas sortir. Pendant que j'étais dans la salle de bains, j'avais l'impression d'entendre des Grendels, alors j'ai ouvert l'armoire et les placards et j'ai tiré le rideau de douche. Comme ça, personne ne pouvait m'attaquer par surprise. J'ai commencé à compter les secondes, mais je suis arrivée à un nombre tellement grand que je n'arrivais plus à compter, et j'ai eu l'impression que j'étais enfermée là-dedans depuis une éternité. En plus, j'avais envie d'aller aux toilettes mais je ne voulais pas m'asseoir sur les toilettes au cas où Hendo serait revenu, ou bien au cas où les Grendels seraient sortis de leur cachette, donc je me suis retenue jusqu'à avoir mal dans le bas du ventre.

Soudain, j'ai entendu quelqu'un ouvrir la porte d'entrée qui n'était pas loin de la salle de bains, et Gert a dit mon nom. J'ai crié : « À L'AIDE ! », et j'ai frappé la porte pour qu'il m'entende.

Le bouton de la porte a bougé.

— Zelda ? a dit Gert.

Il a ouvert la porte très lentement. Alors j'ai très vite ouvert en grand, j'ai couru jusqu'à lui, j'ai mis mon visage dans sa chemise qui sentait bon la sécurité. L'odeur de mon frère, qui m'avait sauvée une fois de plus.

— OK, il a dit en faisant un pas en arrière et en m'écartant de lui. Qu'est-ce qui se passe ? Pourquoi tu étais coincée dans la salle de bains ?

C'est là que Gert a vu que la porte de sa chambre était ouverte. Et pas juste ouverte. La porte avait été cassée. Il y avait des bouts de bois sur la moquette devant sa porte.

— Putain ! il a crié, puis il m'a lâchée et il est allé dans sa chambre.

Il m'a dit de rester où j'étais.

— Il n'est plus là, j'ai dit. Il est parti.

Il s'est retourné vers moi.

— Qui ça ?

J'ai regardé mes pieds et la moquette, qui était couverte de traces de chaussures. Puis j'ai regardé sa porte : ça se voyait qu'elle était creuse à l'intérieur. Il y avait une couche de bois qui couvrait la porte et qui donnait l'impression qu'elle était tout en bois mais en fait il y avait du bois seulement au-dehors, et à l'intérieur c'était de l'air.

La chambre de Gert avait été mise sens dessus dessous. La commode à côté de son lit était retournée. Il y avait des vêtements à lui partout par terre.

Tout a explosé dans ma tête. J'ai eu envie de vomir et je me suis appuyée contre le mur.

— Putain de merde, a dit Gert.

Je ne suis pas entrée dans sa chambre et j'ai regardé de loin. Quand Gert est sorti de l'armoire, il s'est assis et il a mis sa tête dans ses mains.

— Putain, il a dit.

Il s'est levé et il m'a attrapée fort en mettant ses mains sur mes bras de chaque côté de mes épaules, et je n'arrivais plus à bouger.

— Il faut que tu me dises tout de suite ce qui s'est passé.

— Je ne sais pas, j'ai dit.

Il m'a demandé de qui je parlais quand j'avais dit que quelqu'un était parti.

Je ne savais pas s'il fallait que je lui dise qui était entré et nous avait cambriolés. Il allait être en colère contre moi s'il apprenait que j'avais laissé entrer Hendo dans l'appartement.

— Tu me fais mal, j'ai dit, parce que ses mains écrasaient mes bras.

Il m'a lâchée et il a mis un coup de pied dans un tas de vêtements. Un tee-shirt a volé en l'air, il est resté suspendu, puis il est retombé comme s'il descendait en piqué pour manger une souris.

Je me suis assise sur son lit.

— Je suis désolée.

— Est-ce que tu te souviens de quelque chose qui puisse nous dire qui c'était ? Ses vêtements, sa taille ? Tu as remarqué quelque chose ?

Il est resté debout au-dessus de moi et j'ai regardé mes mains. Il s'est penché et il a dit :

— C'est important, Zelda, s'il te plaît.

J'ai regardé mes mains et j'avais l'impression d'être tirée dans un million de directions différentes.

— Zelda, a répété Gert.

Je lui ai dit que c'était Hendo mais que, normalement, il n'était pas censé nous cambrioler.

Gert s'est relevé et il est sorti de la chambre à grands pas. En chemin, il s'est arrêté et il m'a demandé :

— Alors il était censé faire quoi ici, bordel ?

Il n'a pas attendu ma réponse.

En sortant, il a dit un gros mot et il a poussé la porte qui est allée frapper contre le mur.

*

Gert a téléphoné sur le balcon et je voulais être avec lui, mais il m'a dit de rester dans ma chambre. J'ai essayé de lui dire que j'étais désolée. Il a montré ma chambre du doigt et il a fermé la porte-fenêtre du balcon. Je me suis assise sur mon lit et j'ai eu envie de vomir.

Dans ma chambre je me suis regardée dans la glace avec mon maquillage qui avait bavé partout sur mon visage à force de pleurer et de me frotter les yeux.

Gert est entré et il m'a dit que Kalash arrivait.

— Je lui ai dit qu'on avait été cambriolés et elle va rester avec toi jusqu'à ce que je revienne.

— Tu t'en vas ? j'ai demandé.

Au lieu de me répondre, il m'a tourné le dos pour sortir de ma chambre.

— Il faut que tu restes, j'ai dit en me levant du lit et en sortant derrière lui.

Je lui ai attrapé le bras par-derrière.

— Tu veux bien ?

Il ne m'a pas regardée.

— Kalash va arriver dans vingt minutes.

— Tu ne peux pas rester ici vingt minutes ?

Il n'a pas répondu à ma question.

— Tu restes dans ta chambre et tu fermes la porte d'entrée à clé. Tu mets la chaîne.

— S'il te plaît, j'ai dit. Ne t'en va pas.

Il s'est tourné et il a mis les mains sur mes épaules. Il m'a regardée dans les yeux.

— Tu n'ouvres cette putain de porte à personne sauf à Kalash. Et quand je reviens, on va discuter de ce que tu fabriquais ici avec cet enfoiré.

*

Quand il est parti, j'ai sorti mon épée viking de sous mon lit. Je me suis promis que si quelqu'un passait cette porte, je redeviendrais une héroïne au lieu d'être une victime. J'ai posé mon téléphone sur la table basse. Je l'ai regardé et j'ai attendu qu'il vibre.

Gert était sorti tellement vite que je n'avais pas eu le temps de lui demander pourquoi il partait, ni où il allait. Je suis montée à genoux sur mon lit, près de la fenêtre de ma chambre. J'ai regardé dehors et j'ai vu Gert sortir de l'immeuble. Il y avait une voiture chère qui attendait devant, une voiture rouge que je n'avais jamais vue. Toucan était debout en train de fumer à côté de la voiture.

Deux hommes étaient avec lui. L'un des deux a ouvert la portière à Gert et il est entré après lui. L'autre a fait le tour et il s'est assis dans le siège du conducteur. C'était le Gros.

La voiture a fait demi-tour et elle est partie.

Protéger le foyer, c'est ce qu'un Viking peut faire de plus important. C'est encore plus important que de conquérir des terres habitées par des méchants. Alors je suis restée assise près de la porte avec mon épée viking à la main. De temps en temps, j'allais à la fenêtre pour voir si la voiture revenait. J'avais déjà échoué une fois à garder le foyer, et ça n'allait pas arriver une deuxième fois.

Je guettais aussi la voiture de Kalash. Elle était rouge aussi mais plus claire et plus vieille. C'était une Dodge Spirit, qui n'est pas une voiture chère comme celle de Toucan.

Kalash est enfin arrivée sur le parking. Elle s'est garée sur une place pour visiteurs. Elle portait son sweat rock and roll avec la capuche remontée sur la tête.

J'ai couru à la porte et j'ai attendu qu'elle frappe en faisant notre code spécial, et quand j'ai entendu le code, j'ai enlevé la chaîne qui ne s'ouvre que de l'intérieur de l'appartement.

— Doucement, Zed, doucement, a dit Kalash en entrant.

Je l'ai prise dans mes bras, puis elle a fermé la porte et j'ai remis la chaîne. Elle a baissé la capuche de son sweat-shirt et elle a passé la main dans ses cheveux mal coiffés, qui faisaient penser aux personnages de dessins animés quand ils se prennent une décharge électrique et qu'ils ont les cheveux qui partent dans tous les sens.

— Tu dis qu'il est sorti tout seul ? elle a demandé. Personne ne l'a forcé physiquement à sortir ?

— Personne ne l'a forcé physiquement, j'ai dit. Mais c'était Toucan.

Kalash s'est frotté le visage à deux mains.

— Putain de bordel de sa race. Cette crevure.

Elle a soufflé en se laissant tomber sur le canapé.

Je suis venue m'asseoir et j'ai mis ma tête sous son dessous de bras, qui sentait un peu fort mais ce n'était pas désagréable. J'ai fermé les yeux et j'ai fait comme si j'étais cachée et que personne au monde ne pouvait me voir.

Kalash a murmuré :

— Quand toute cette histoire sera terminée, je vais attraper Gert et je vais le pendre par la peau du cul.

*

Je m'étais endormie sur le canapé avec une couverture sur moi. J'étais en plein milieu d'un rêve avec des Grendels : dans le rêve, ils avaient capturé Gert dans le village où on habitait et ils avaient tout brûlé à part moi. Je me cachais, je n'allais pas sauver Gert parce que j'étais une lâche, les Grendels riaient, Gert me hurlait de venir l'aider mais je ne pouvais rien faire.

Quand je me suis réveillée de mon rêve, je ne savais pas où j'étais et je croyais que j'étais toujours dans ce village, que j'étais toujours une lâche et que les Grendels étaient toujours là en train de m'insulter en poussant leurs bateaux à la mer.

Kalash m'a touché le bras.

— Doucement, elle a dit. C'est moi. C'est Kalash.

— Et Gert ?

— Il est rentré.

Je me suis assise et je me suis frotté les yeux. J'ai demandé quelle heure il était.

— Cinq heures du matin.

Il était parti longtemps, mais au moins il n'était pas en train de se faire manger par des Grendels.

— Je veux le voir, j'ai dit.

— Il n'est pas beau à voir, d'accord ? Il faut que tu restes calme. Est-ce que tu peux faire ce truc où tu comptes jusqu'à dix ?

Je ne voulais pas compter jusqu'à dix. Je voulais voir Gert. Mais Kalash ne voulait pas me laisser le voir, alors on a compté et respiré ensemble.

— C'est bon ? Le cœur a ralenti ? a demandé Kalash.

Je lui ai donné mon poignet, elle a touché là où il y a la grosse veine et elle a souri.

— Ça va.

On est allées dans la chambre de Gert, où il était allongé dos à nous sur son lit.

— Coucou, j'ai dit très doucement pour ne pas lui faire mal à la tête.

Quand je l'ai vu, j'ai fait un bruit comme quelqu'un qui a peur. Il avait un œil au beurre noir qui était plutôt violet, et la lèvre gonflée.

— Ça va, a dit Gert. Ne t'en fais pas.

— Oui, ça va, si pour toi ça veut dire ressembler à une putain de citrouille qui s'est fait défoncer à coups de batte de base-ball, a dit Kalash.

Gert m'a regardée.

— Et toi, comment tu te sens ?

— Comment je me sens ?

Kalash a mis la main sur mon épaule.

— Va me chercher une serviette dans la salle de bains, OK ? Tu peux la mouiller un peu sous le robinet avec de l'eau tiède ?

Je suis sortie en courant et j'ai fait comme elle disait.

J'ai apporté la serviette et elle l'a mise sur le visage de Gert. Il me tournait le dos. Kalash pressait la serviette sur son visage. Quand elle l'a retirée, il y avait du sang dessus.

Kalash a dit à Gert de la garder sur son visage jusqu'à ce qu'elle revienne.

On est allées dans la cuisine et elle a fermé la porte derrière elle.

— Il va s'en sortir ? j'ai demandé.

— Oui, ça va aller. Il faut qu'il se mette de la glace, c'est tout.

Elle a ouvert le frigo et elle a sorti les légumes surgelés qu'on ne mangeait jamais. Elle a mis le sac sur le plan de travail et elle l'a frappé avec son coude jusqu'à ce qu'il soit plat et qu'il n'ait plus de bosses.

J'ai demandé à Kalash ce qu'on allait faire aux méchants qui avaient fait ça à Gert. Il fallait qu'on se venge.

Váli, le dieu viking de la Vengeance, est une des rares créatures qui survivront au Ragnarök, la fin du monde. C'est le fils d'Odin et d'une géante qui s'appelle Rindr.

J'étais en colère. Pas contre Gert mais contre Toucan et les méchants qui avaient fait mal à mon frère. C'était un guerrier et il ne méritait pas de ressembler à une citrouille.

— Une chose à la fois, a dit Kalash en portant les légumes dans la chambre de Gert.

Je l'ai suivie et elle m'a arrêtée à la porte.

— Merde, elle a dit en me passant les légumes.

Elle est entrée dans la chambre et elle a couru vers Gert.

Il était à quatre pattes en train de vomir sur la moquette. Ça faisait beaucoup de bruit et ça m'a donné envie de vomir à moi aussi.

Quand Kalash est sortie de la chambre, elle a dit que Gert avait besoin d'être seul et qu'il devait rester dans le noir un moment.

— Il doit avoir un traumatisme crânien. Pour le moment, il faut qu'il reste dans le noir et qu'il évite le bruit et la lumière.

Je suis allée dans ma chambre, j'ai pris toutes mes couvertures et mes oreillers, et je les ai apportés devant la chambre de Gert, dans le couloir. Comme ça, si Toucan ou bien des Grendels essayaient de s'en prendre à lui, ils allaient devoir me passer sur le corps.

Je ne voulais pas être aussi lâche dans la vraie vie que je l'avais été dans mon rêve.

Kalash a dit que ce n'était pas une bonne idée de dormir dans le couloir.

— Tu vas être dans le passage, elle a dit.

Je n'ai rien dit mais je lui ai fait LES YEUX pour lui faire comprendre que j'allais monter la garde.

— Plus personne ne va emmener Gert, j'ai dit. Et plus personne ne lui fera de traumatisme crânien.

J'étais tellement en colère contre Toucan que je n'arrivais à penser qu'à une chose : le tuer. Avant cela, je n'avais jamais pensé à tuer quelqu'un. J'avais déjà pensé à terrasser des monstres ou des méchants, mais en réalité les moments où quelqu'un se fait tuer n'étaient jamais mes préférés dans les sagas vikings.

Pourtant cette fois, j'ai imaginé Toucan en train de mourir devant moi. Je lui coupais la tête et je la tenais en l'air, et je montrais au monde entier ce qui arrive aux bite-culs qui s'attaquent à Gert et à ma tribu.

J'ai pris ma liste des CHOSES QU'IL FAUT DANS UNE LÉGENDE et j'ai rayé tous les noms de méchants à part celui de Toucan.

27

Le lendemain Gert a appelé le docteur Laird pour prendre un rendez-vous en urgence après le cambriolage. Au début, Gert ne voulait pas le faire. Il disait que j'allais m'en sortir et je disais la même chose, mais Kalash disait que c'était nécessaire.

— Souviens-toi qu'un traumatisme, ça persiste.

Un *traumatisme*, c'est quand quelque chose de très mauvais arrive à quelqu'un. Et *persister*, ça veut dire « rester présent ». Donc un *traumatisme* qui *persiste*, ça voulait dire que quelque chose de mauvais reste présent.

Le docteur Laird nous a dit de venir plus tôt que d'habitude, très tôt le matin, ce qui est le pire moment de la journée pour Gert. Il aime bien dormir tard et à l'époque où il allait à la fac, quand il ne faisait pas partie de la tribu de Toucan, il détestait avoir cours le matin.

Gert était encore fâché à cause du soir d'avant. Il ne voulait pas me dire ce qui avait disparu de sa chambre et il ne voulait pas non plus appeler la police, ce qui m'arrangeait parce que je ne voulais pas avoir à raconter encore des mensonges sur Hendo.

Moi, j'avais honte de ce qui s'était passé avec Hendo. Toute la nuit, j'avais essayé de l'appeler. Le téléphone sonnait dans le vide, jusqu'à ce qu'une voix enregistrée me dise « le numéro que vous avez demandé n'est pas attribué ». Google disait que ça voulait dire qu'Hendo avait bloqué son téléphone et aussi son numéro. Donc ça ne pouvait pas être un accident, ni son téléphone qui sonnait sans qu'il s'en aperçoive.

Je me sentais débile et j'avais honte de l'avoir embrassé. J'avais l'impression d'avoir trahi à la fois Marxy et Gert.

Je me suis mis plusieurs coups de poing très fort dans la jambe et je me suis répété que j'étais débile d'avoir cru que quelqu'un de normal et de beau comme Hendo pouvait tomber amoureux de moi pour de vrai. Il m'avait vaincue en me faisant croire que j'étais normale.

Hendo était un méchant.

Dans la voiture en route pour le cabinet du docteur Laird, on n'a pas parlé du cambriolage. Le cerveau de Gert ne marchait pas bien. Il était comme un robot. On a roulé en silence. Gert n'a pas allumé la radio ni la musique.

Il tenait le bas du volant avec un doigt. Pendant qu'il conduisait, son autre bras sortait par la fenêtre et se balançait hors de la voiture.

Il buvait son café. Je buvais mon café aussi, et j'essayais de ne pas penser aux problèmes qu'on avait eus et aux autres problèmes qu'on allait encore avoir à cause de ce premier problème. Et la cause de tous ces problèmes, c'était que j'avais voulu avoir un rapport sexuel avec quelqu'un qui n'était pas Marxy et que j'étais une salope. Ce mot, Gert l'utilisait parfois avec ses amis. C'était aussi un mot que les hommes disaient aux femmes dans certains films pornos.

Ça veut dire quelqu'un qui veut avoir des rapports sexuels avec trop de monde. Mais c'était un mot trop bite-cul pour que je le mette dans mes Mots du Jour.

Quand on s'est garés, Gert s'est tourné vers moi.

— Je ne veux pas mentir, j'ai dit.

— Ce n'est pas un mensonge.

— Dire des presque-vérités, c'est la même chose que mentir si l'autre veut savoir toute la vérité.

— Écoute, tu as juste à dire ce que je t'ai dit : tu étais endormie, quelqu'un est entré, et on va aller voir la police.

— On va vraiment aller voir la police ?

Il a écrasé son gobelet de café et il l'a jeté par terre à l'arrière.

— On verra ça plus tard.

Il est sorti. J'étais censée le suivre mais je n'en avais pas envie.

— Gert, j'ai dit.

— Quoi ? On va être en retard.

— Ça ne me plaît pas, tout ça.

— C'est quoi, déjà, cette règle que tu répètes tout le temps ? La tribu avant tout ? Eh bien voilà : tout ça, c'est pour protéger ta putain de tribu.

Il a claqué la portière.

Il était tellement tôt que le vigile à l'entrée a dû appeler et demander la permission avant de nous ouvrir la porte et de nous laisser entrer dans l'ascenseur.

On est sortis et on est arrivés à la porte du docteur Laird, celle qui mène à la salle d'attente. Cette fois, c'était fermé. Gert a frappé deux coups.

Le docteur Laird a ouvert la porte. Hanna, la secrétaire, n'était pas encore arrivée.

— Mon Dieu, Gert ! a dit le docteur Laird en voyant la tête de Gert. Vous avez vu un médecin ?

— Je vais bien, a dit Gert.

Le docteur Laird nous a quasiment poussés dans son bureau.

Il avait beaucoup d'énergie. Je me suis demandé comment il faisait pour avoir autant d'énergie alors que Gert et moi, on n'en avait pas du tout. La climatisation n'était pas allumée. Le bureau était entre froid et chaud. D'habitude, il faisait toujours très froid mais cette fois il ne faisait ni l'un ni l'autre, et j'ai senti mes dessous de bras devenir humides.

Le docteur Laird est passé derrière son bureau et il a pris sa tasse de thé. Ses doigts ont attrapé la petite ficelle qui pendait sur le côté et ils ont fait monter et descendre le sachet dans la tasse. C'était de l'earl grey, qui infusait depuis tellement longtemps qu'il commençait à sentir comme des chaussettes.

— Alors, a dit le docteur Laird.

— Alors, a dit Gert. Pour que les choses soient claires : tout le monde va bien.

— D'accord, a dit le docteur.

Il a sorti son carnet et il a demandé qu'on lui raconte ce qui s'était passé. Gert a raconté, même s'il n'était pas là quand ça s'est passé. Le docteur Laird l'a écouté et il a demandé si Gert était à la maison pendant l'incident.

— Zelda était à la maison, a dit Gert.

— Toute seule ? a demandé le docteur Laird.

— Oui. Parce que Zelda est une adulte, et que vous dites toujours qu'il faut lui donner plus de responsabilités.

Le docteur Laird a posé son thé et il a levé les mains en l'air.

— Personne ici ne dit le contraire. J'essaie juste de comprendre les faits. Donc quelqu'un est entré chez vous par effraction en se faisant passer pour quelqu'un d'autre. C'est bien cela, Zelda ?

J'ai fait oui de la tête. J'avais l'impression d'avoir la bouche cousue. J'ai planté l'ongle de mon pouce dans un de mes doigts.

— Mais si Zelda était seule à la maison et que vous n'étiez pas là, comment se fait-il que vous ayez ces contusions au visage ? a demandé le docteur Laird.

— Ça n'a rien à voir, a dit Gert.

Le docteur Laird m'a regardée et j'ai encore fait oui de la tête.

— Gert n'était pas là.

Il a écrit quelque chose sur son carnet. Puis le docteur Laird m'a demandé ma version de l'histoire, que j'avais répétée à la maison vu que je savais que le docteur Laird allait me poser la question. J'ai inspiré à fond et je me suis rappelé par où il fallait que je commence.

J'ai dit qu'un voisin avait frappé à la porte, enfin que je croyais que c'était un voisin.

— Et en fait ce n'était pas lui. Il faisait noir sur le palier devant la porte, alors quand j'ai regardé dans le trou de la porte, je ne voyais pas bien qui c'était.

Gert me regardait, les sourcils froncés.

J'ai continué de raconter.

— Quand j'ai ouvert la porte il est entré et il m'a emmenée dans la salle de bains, et il m'a enfermée dedans.

— Il était armé, a dit Gert.

— Gert, s'il vous plaît, laissez-la parler.

— Arrêtez de crier, j'ai dit.

Ils m'ont regardée, et je me suis rendu compte que personne n'avait crié.

Le docteur Laird a écrit quelque chose dans son carnet. Quand j'ai essayé de lire, il s'est gratté la gorge.

— Zelda, que dit notre contrat ? a demandé le docteur Laird.

— Notre contrat, je m'en fous ! j'ai crié. Par contre, je ne m'en fous pas que le monde soit plein de bite-culs et de sacs à merde qui font du mal aux gens.

Le docteur Laird a respiré à fond, l'air sérieux. Je ne l'avais jamais vu si sérieux.

— Est-ce que vous avez appelé la police ?

— Oui, a répondu Gert.

Il y avait tellement de mensonges qui volaient dans tous les sens que je ne savais plus trop ce qui s'était passé. Moi, je mentais sur Hendo et Gert mentait sur la police.

— Qu'est-ce qu'ils ont dit ? a demandé le docteur Laird. Est-ce qu'ils ont des pistes ?

— Je pense que le plus important, ce n'est pas de jouer au détective mais de nous concentrer sur le ressenti de Zelda, a dit Gert. Elle a dû avoir très peur.

Il utilisait les mêmes mots que le docteur Laird, qui parlait toujours de « ressenti ».

— Oui, bien sûr, a dit le docteur Laird.

J'avais du mal à savoir quoi dire. Je m'en voulais pour ce qui s'était passé, et je m'en voulais d'avoir menti à la fois à Gert et au docteur Laird. J'ai pris la balle anti-stress et j'ai commencé à la serrer, pour que toutes les explosions dans ma tête sortent par mes mains et s'échappent dans la balle.

— Je ne savais pas que ça allait être un cambrioleur, j'ai dit. Il m'a dit que j'étais jolie et on s'est embrassés, et…

Gert m'a regardée.

— Je croyais qu'on était ici pour entendre la vérité, a dit le docteur Laird.

— Zelda, a dit Gert.

— Laissez-la parler, Gert, a dit le docteur Laird. Tu as embrassé quelqu'un à la porte ?

Il a regardé ses notes.

— Je ne suis pas sûr d'avoir compris.

J'ai repensé à une vidéo que j'avais vue sur Internet. C'était une vidéo pour aider les gens à devenir meilleurs, où un homme expliquait que le mensonge est un cancer. Maman était morte d'un cancer et la dernière chose que je voulais, c'était attraper un cancer moi aussi et mourir comme elle, donc je ne voulais pas mentir au docteur Laird. Le cancer, ce n'est pas contagieux, c'est-à-dire que ça ne se transmet pas d'une personne à l'autre. Le mensonge par contre, disait la vidéo, c'est contagieux. Plus on ment aux gens, plus les gens nous mentent aussi.

« L'honnêteté est comme une épée qui tranche le mensonge », disait l'homme chauve dans la vidéo. Vu que je suis une Viking et que je m'y connais en épées, j'ai compris ce qu'il voulait dire : la vérité peut nous rendre forts et puissants quand on sait s'en servir.

— Zelda, a dit le docteur Laird, quand tu as dit que tu avais embrassé la personne qui vous a cambriolés, qu'est-ce que tu voulais dire par là ?

Mon visage est devenu chaud. La règle dont Gert avait parlé, de mentir pour protéger sa tribu, c'était le contraire de l'autre règle qui ordonne de dire la vérité aux gens qu'on aime et en qui on a confiance. Et le docteur Laird, c'était quelqu'un en qui j'avais confiance.

Ma main me faisait mal à force de serrer la balle anti-stress. Je l'ai écrasée sur le bureau et j'ai demandé si je pouvais aller aux toilettes.

— Tout de suite ? a demandé Gert.

— Oui, je dois aller aux toilettes tout de suite, s'il vous plaît, j'ai dit.

— Zelda, s'il y a quelque chose que…, a commencé le docteur Laird.

J'ai dit que si je n'allais pas aux toilettes tout de suite, j'allais faire sur mon siège.

— C'EST COMPRIS ? j'ai crié.

Avant qu'ils aient le temps de répondre je me suis levée, j'ai traversé la pièce, je suis passée devant le bureau où il y avait Hanna d'habitude, et je suis sortie du cabinet sans me retourner pour voir si Gert ou le docteur Laird m'avaient suivie.

J'ai couru dans le couloir jusqu'à l'ascenseur et j'ai appuyé cent fois sur le bouton. Le numéro au-dessus de l'ascenseur ne changeait pas assez vite, alors j'ai appuyé sur le bouton encore et encore jusqu'à ce que

Gert me rattrape et prenne ma main, qui était devenue rose et qui me faisait mal.

— Hé, il a dit. Qu'est-ce qui t'arrive, putain ?

— Je ne peux pas rester, j'ai dit. On peut s'en aller, s'il te plaît ?

L'ascenseur s'est ouvert. Gert a mis sa main devant la porte de l'ascenseur pour m'empêcher de passer.

— Le docteur Laird a dit qu'il voulait encore parler avec toi.

— J'ai déjà dit ce que j'avais à dire.

J'ai essayé d'entrer dans l'ascenseur mais le bras de Gert m'empêchait de passer.

L'ascenseur a fini par se refermer et j'ai senti mes jambes devenir toutes molles. Mais Gert était là pour m'empêcher de tomber.

— Bon, d'accord, il a dit. On s'en va. Il faut juste qu'on prévienne le docteur Laird. D'accord ?

Je pleurais, j'avais de la morve qui me coulait sur le visage, et Gert m'a laissée m'essuyer sur sa chemise pendant qu'il marchait.

Quand on est retournés dans le bureau du docteur Laird, Gert lui a expliqué que j'en avais eu assez des questions. Le docteur Laird a dit que ce n'était pas grave et il m'a souri très gentiment. Il m'a dit qu'il était content que j'aille mieux et que je n'avais rien fait de mal.

— D'accord ? Est-ce que tu peux répéter ça tout haut ?

— Je n'ai rien fait de mal, j'ai dit, même si je n'en croyais pas un mot.

Le docteur Laird a dit qu'il n'appellerait pas la police.

— En revanche, quand tu seras prête, je veux te voir seul à seule, il m'a dit. Et je veux la vérité.

*

Quand on est rentrés chez nous, je ne voulais parler à personne. Kalash m'a demandé si ça allait et je suis passée droit devant elle pour entrer dans ma chambre. J'ai fermé la porte et j'ai décidé de ne plus jamais sortir.

Elle a frappé et elle a demandé à entrer. J'ai répondu non et je me suis assise dos à la porte pour l'empêcher de s'ouvrir. Elle a fini par laisser tomber et je me suis retrouvée toute seule.

À force de chercher un méchant à combattre, c'était moi qui étais devenue la méchante. En laissant Hendo entrer dans la maison, j'avais mis la tribu en danger.

Je ne voulais parler ni à Kalash ni à Gert, parce que je leur avais fait du tort. La seule personne qui aurait pu m'écouter, c'était le docteur Kepple. Il n'avait pas encore répondu à mes autres lettres, mais peut-être que cette fois il comprendrait que ma lettre était urgente et qu'il répondrait immédiatement.

Cher docteur Kepple,

Je suis une très mauvaise Viking et j'ai besoin de votre sagesse. Je sais que la chose qui compte le plus pour les Vikings, c'est de protéger son foyer et sa famille. Et moi, je n'ai pas réussi à protéger les miens. J'ai été trompée par un méchant qui a fait quelque chose de très mal que je n'ai pas le droit de raconter, même pas à vous. Mais c'est entièrement ma faute si c'est arrivé.

Dans beaucoup de légendes que j'ai lues dans votre livre, parfois des héros font de mauvaises choses et finissent par devenir des méchants.

Par exemple, Starkad finit par tuer son meilleur ami, le roi Vikar d'Agder, même si c'est le héros de nombreuses sagas. Il devient un méchant.

J'ai une question très importante. Quand un héros fait une erreur et agit comme un méchant, comment peut-il faire pour redevenir un héros ?

Zelda

P.S. : Prière de me répondre dès que vous aurez ce message.

J'ai cliqué plein de fois sur RAFRAÎCHIR sur la fenêtre d'Internet pour voir s'il répondait mais je n'avais pas de nouvel e-mail, juste le message qui expliquait que le docteur Kepple répondrait à mon message dès que possible.

Je me suis endormie avec mon ordinateur portable sur les genoux.

*

Le lendemain matin, Kalash m'a réveillée. Elle était penchée au-dessus de moi avec son index sur les lèvres. Elle tenait des sacs plastique à la main.

— Qu'est-ce qui se passe ? j'ai demandé.

— Ne fais pas de bruit, elle a dit. Tu vas venir habiter chez moi quelque temps.

— Excuse-moi de ne pas avoir voulu te parler hier soir, j'ai dit en me redressant et en m'asseyant les genoux contre la poitrine.

— T'inquiète. Tu n'as pas à t'excuser. Mais viens. Lève-toi.

Elle m'a dit que tant que Gert n'aurait pas mis de l'ordre dans sa vie, c'était dangereux pour moi de rester à l'appartement.

— Est-ce qu'il est au courant ? j'ai demandé en me laissant tomber au bas de mon lit.

Kalash a ouvert mon armoire et elle a commencé à sortir des vêtements.

— Non, pas encore. Tiens. J'ai des sacs plastique. Prends ce qu'il te faut pour quelques jours.

— Je ne vais pas abandonner Gert, j'ai dit.

— Meuf, je ne te parle pas d'abandonner qui que ce soit. Des culottes ?

Elle a indiqué un tiroir.

— Là-dedans ?

Je me suis enroulée dans mes couvertures et je lui ai dit avec encore plus de puissance que je ne voulais pas abandonner Gert. Kalash a ouvert le tiroir, elle a sorti des chaussettes et elle me les a jetées.

— Zelda. Allez. Habille-toi.

Comme je ne bougeais pas, elle a soupiré.

— Écoute. Je ne sais pas ce qui s'est passé exactement mais je sais que c'est chaud. Et je sais aussi que ça a quelque chose à voir avec ce gros connard de Toucan. On ne plaisante pas avec les crevures dans son genre.

J'ai ramassé la paire de chaussettes qu'elle m'avait jetée et je l'ai gardée dans mes mains. Elles étaient noires avec des Vikings dessus. C'était Gert qui me les avait achetées quand il les avait vues au magasin de sport.

— Mais les membres d'une tribu doivent s'entraider, pas vrai ? Qu'est-ce qui va se passer s'ils l'attaquent et qu'on n'est pas là pour le protéger ?

— Protéger qui ? a demandé Gert.

Il était debout en slip dans l'ouverture de la porte, le visage encore plein de bleus.

Kalash a continué à mettre des vêtements dans les sacs plastique.

— Zelda va venir dormir chez moi. Elle n'est pas en sécurité ici, et tu le sais.

— Je ne veux pas y aller, Gert, j'ai dit en jetant les chaussettes par terre. Je vais t'aider à défendre la tribu.

Kalash s'est levée et elle a dit à Gert que c'était non négociable.

— C'est ça ou j'appelle la police. À toi de voir.

Ils sont sortis de ma chambre pour se disputer et j'ai commencé à sortir les vêtements des sacs plastique pour les remettre dans les tiroirs, sauf les chaussettes vikings que j'ai enfilées. C'étaient des chaussettes longues qui me montaient presque jusqu'aux genoux.

Puis Gert est revenu et il m'a dit que Kalash avait raison.

— Au moins pour le moment.

J'ai croisé les mains sur ma poitrine.

— Tu veux te débarrasser de moi ?

Il s'est assis près de moi sur le lit.

— Jamais. Le problème ce n'est pas toi, c'est moi. Tu parles toujours de légendes, pas vrai ? De prouver au monde ta valeur ?

J'ai fait oui de la tête.

— Eh bien ça, c'est important pour ma légende. Il faut que je m'en sorte tout seul.

*

La première nuit chez Kalash, je n'ai pas réussi à dormir. J'avais tout un tas de pensées assourdissantes qui tournaient en rond et qui se cognaient à l'intérieur de ma tête. Hendo avait volé quelque chose de très important qui appartenait à Toucan, quelque chose qui était comme un bout de son trésor. Notre tribu n'était pas en sécurité parce que Toucan était en colère contre Gert et que c'était un méchant. Mais pourquoi est-ce qu'au départ Gert avait chez nous quelque chose qui appartenait à Toucan ?

Je savais pourquoi on ne pouvait pas appeler la police. Le bout de trésor qu'Hendo avait volé était une chose interdite par la loi. Donc la police ne pouvait pas nous aider, et je ne savais pas quoi faire pour arranger la situation.

Il faisait chaud dans l'appartement de Kalash. C'était comme un désert et j'avais du mal à respirer, même avec la climatisation qui faisait du bruit et qui me chuchotait des choses toute la nuit. Mes pensées me disaient : *Je suis quelqu'un de très mauvais. J'ai tout gâché parce que je suis quelqu'un de mauvais, je n'ai fait que des mauvaises choses, j'aimais Marxy et j'ai été nulle parce que j'ai essayé d'avoir un rapport sexuel avec quelqu'un d'autre, et ce quelqu'un nous a volé quelque chose, et c'est à cause de ça que maintenant Gert a des ennuis.*

J'ai pensé à la femme viking dans sa tombe, qui était puissante et qui avait une armure et d'autres objets qui montraient qu'elle avait vécu une vie honorable et légendaire. Cette femme, elle avait sûrement rempli toute sa liste des CHOSES QU'IL FAUT DANS UNE LÉGENDE sans faire de bêtises ni mettre sa tribu en danger. Les dieux lui souriaient alors qu'ils étaient en colère contre moi. Mes pensées me criaient après, elles criaient après mon cœur qui battait de plus en plus vite, et moi je restais là, assise dans le silence de la nuit.

Chut ! j'ai dit à mes pensées. Arrêtez de voler dans tous les sens. Arrêtez de vous cogner dans le dedans de ma tête. Mais elles continuaient de voler parce que pour dire « arrêtez », il fallait que je pense. Et dès que je pensais, les pensées se remettaient à voler dans tous les sens en faisant de plus en plus de bruit. Ça faisait des coups de feu et des bombes qui explosaient. Les mots explosaient, BOUM, jusqu'à ce que ça devienne trop dur de rester dans mon lit en silence sans bouger. Je me suis levée et j'ai fait les cent pas dans la chambre, aller-retour, aller-retour, jusqu'à être tellement fatiguée que je suis retombée dans mon lit, les yeux fixés au plafond.

28

Le matin j'ai été réveillée par un texto. Au départ, je n'ai même pas répondu parce que je ne voulais pas être réveillée. Si j'étais réveillée, j'allais me souvenir que j'étais une mauvaise Viking et que je m'en voulais.

Un autre message est arrivé. J'ai soupiré, j'ai pris mon téléphone et j'ai lu le message.

Bonjour Zelda tu viens à la fête ?

Je me suis redressée, je me suis frotté les yeux et j'ai relu le message. Ça venait de Yoda.

J'ai répondu : Quelle fête ?

J'ai attendu.

Un autre message est arrivé : On fait une fête pour Marxy au centre social et tu devrais venir parce que tu nous manques !

Les mots sont restés là sur l'écran du téléphone.

Je les ai regardés. Il y avait très longtemps que je n'avais pas eu de nouvelles de ma tribu du centre social. J'avais encore honte d'avoir fait mal à Hamsa.

Yoda a envoyé un autre message : Allô ?

J'ai écrit : Tu n'es plus en colère contre moi ?

Yoda a écrit : **Personne n'est en colère contre toi. Tu viens ?**

J'ai écrit : **C'est pour quoi la fête ?**

Yoda a écrit : **Allez, viens !**

J'ai décidé que le moment était venu d'aller voir ceux de mon clan. Après m'être habillée, j'ai dit à Kalash que j'avais besoin qu'elle me dépose. J'ai préparé mon sac à dos et j'ai mis dedans mon épée viking au cas où Toucan déciderait encore d'attaquer.

— Ça serait peut-être mieux que tu restes ici, a dit Kalash.

Elle se préparait à aller chercher le bus pour sa journée de travail et vu que je connaissais son planning, qui était accroché au frigo comme celui de Gert à la maison, je savais qu'elle allait au centre social.

— Il faut que j'aille voir mes amis, j'ai dit. Un point, c'est tout.

*

Au centre social, il n'y avait personne dans le gymnase. J'ai suivi le bruit des voix jusqu'au bout d'un couloir et j'ai passé un panneau accroché au mur avec une flèche qui disait LA FÊTE DE MARXY, puis encore une autre flèche qui indiquait une des salles de réunion. J'ai ouvert la porte.

Il y avait Grand Todd, Yoda et Hamsa, d'autres gens que je ne connaissais pas, et aussi Marxy avec un chapeau rigolo. Il était devant un grand gâteau avec des bougies dessus, et il riait. Sarah-Beth était assise à côté de lui et elle tapait dans ses mains.

Grand Todd m'a vue et il est venu vers moi. Je lui ai demandé ce qui se passait.

— Ce n'est pas son anniversaire, j'ai dit.

D'un seul coup, tout le monde a crié : « Bravo ! » Marxy tapait des mains et il chantait.

— Marxy a trouvé un travail, a dit Grand Todd.

— Oh.

— On fait une petite fête en son honneur, pour fêter ça.

Je me suis dit que moi, personne n'avait fait une fête en mon honneur quand j'avais trouvé du travail, et j'ai recommencé à déprimer. Grand Todd a passé son bras autour de mes épaules.

— Personne n'aurait cru que Marxy arriverait à trouver un travail, a dit Grand Todd. Il n'est pas très indépendant. Pas comme toi. Ou plutôt, il était comme ça jusqu'à maintenant. Mais maintenant il veut changer parce qu'il a vu que tu y étais arrivée.

— Ah bon ?

— Oui, a dit Grand Todd. Tu as été une inspiration pour lui. C'est très important.

— Est-ce que ça veut dire que je suis une icône ?

Il a levé un sourcil, il a réfléchi un instant et il a répondu :

— Euh, oui. On peut dire que tu as lancé une mode : la mode de faire de son mieux.

Il n'a pas expliqué ce que ça voulait dire.

Marxy était tellement heureux que ça m'a rendue heureuse aussi. Ensuite, j'ai eu de la peine quand je me suis souvenue que je n'étais plus la petite amie de Marxy, et quand j'ai repensé à ce qui s'était passé avec Hendo.

— Je vais aller tirer des paniers sur le terrain de basket, j'ai dit. Dis à Marxy que je suis fière de lui.

Grand Todd a répondu que je devrais le lui dire moi-même. J'ai dit qu'on verrait et là, il s'est passé quelque chose que je n'attendais pas du tout. Au moment où je partais, Sarah-Beth m'a vue et elle m'a demandé :

— Tu veux du gâteau ?

Elle souriait et elle avait du gâteau dans les cheveux.

— Je ne sais pas, j'ai dit.

— S'il te plaît ! Marxy est triste de ne plus être ami avec toi.

Grand Todd m'a fait LES YEUX.

— Tu es sa meilleure amie et il t'aime comme un taré, a dit Grand Todd. Pardonne-moi l'expression.

Sarah-Beth a redit « s'il te plaît ».

Je ne comprenais pas pourquoi elle était gentille avec moi. Mais elle m'a pris la main et elle m'a fait entrer dans la pièce. Marxy m'a vue, il m'a fait signe, il a dit :

— J'ai trouvé un travail !

Pendant que je mangeais le gâteau avec Marxy, j'ai vu tous les amis qui m'avaient manqué. Il y avait des nouveaux, et aussi des gens que je n'avais pas vus depuis très longtemps. Tout le monde avait des petits chapeaux en papier de chez McDonald's, parce que c'était là que Marxy avait trouvé du travail. Au début, ça m'a fait de la peine de voir Marxy et je ne lui ai pas beaucoup parlé. Mais c'était difficile d'être triste quand tout le monde autour de moi était content, et les chapeaux m'ont fait rire.

Marxy s'est assis à côté de moi. Il a mis sa main sur mon épaule et il a dit que c'était grâce à moi qu'il avait réussi à avoir ce travail.

— Tu es tellement forte à la bibliothèque. Et toutes ces choses que tu arrives à faire toute seule, sans personne pour t'aider.

J'ai essayé de lui dire que si, j'avais des gens qui m'aidaient. Il a répondu que tout le monde avait besoin d'aide de temps en temps, et que moi aussi je l'avais aidé.

— Si tu n'avais pas été là pour dire que j'étais intelligent, je n'aurais même pas essayé.

Il m'a dit qu'il me trouvait légendaire, et que Yoda aussi était en train de chercher un travail.

Quand j'ai dû partir à la bibliothèque, Marxy s'est levé et il m'a serrée dans ses bras.

— On devrait aller tirer des paniers ensemble un de ces jours, il a dit.

J'ai cru que je voulais l'embrasser mais je me suis rappelé qu'il était avec Sarah-Beth. Alors je lui ai tendu la main, et Marxy l'a serrée. Maintenant, ce n'était plus mon mie mais celui de Sarah-Beth.

— Tu es légendaire et tu es mon héroïne, a dit Marxy.

J'ai cru que j'allais pleurer, parce que ça faisait longtemps que je me sentais mal et que pour une fois, je n'avais pas l'impression d'être une méchante. Pour la première fois depuis longtemps, je me suis sentie à nouveau légendaire.

29

À la bibliothèque, j'ai passé une partie de mon service à l'accueil à scanner les livres sortants. Je me sentais bien. Pas héroïque, juste moins mal qu'avant. Je pensais à Marxy en train de travailler au McDonald's, de faire des hamburgers et de se faire des amis plus normaux, et ça me rendait heureuse.

Puis j'ai pensé à ma liste des CHOSES QU'IL FAUT DANS UNE LÉGENDE, et à tous les points que j'avais ratés. Je n'avais plus de mie, et j'avais fait du mal à Gert et à la tribu.

— Tu tires une de ces têtes, a dit Carol. Qu'est-ce qui ne va pas ?

— Rien.

— C'est à cause de tes problèmes de cœur avec Trucmuche, celui qui venait ici ces derniers temps ? Si c'est ça, je pense que tu te portes beaucoup mieux sans lui.

Je ne savais pas quoi dire, alors je suis allée chercher le chariot pour faire le tour de la bibliothèque et trouver des livres à remettre en rayon.

Il y avait plein de livres partout, ce qui voulait dire que la personne du service d'avant n'avait pas fait un très bon travail. J'ai regardé le planning : c'était une fille qui s'appelait Olga et que je n'avais jamais rencontrée. Alors j'ai décidé de ranger la bibliothèque parfaitement pour lui montrer comment il fallait faire.

J'ai fait tout le tour en ramassant les livres et en les posant sur mon chariot dans l'ordre des numéros sur le dos. En arrivant à la section Sports, j'ai levé la tête et mon cœur a fait un bond parce que quelqu'un était assis à la place où Hendo s'asseyait d'habitude.

— Oh la vache ! j'ai dit tout fort.

Et là, je me suis rendu compte que ce n'était pas Hendo qui était assis là mais un autre méchant.

— Tu vas pas te pisser dessus, cette fois ? a demandé Toucan.

Il était en train de lire un *National Geographic*, les pieds sur une chaise. Mes genoux sont devenus tout mous et je me suis raccrochée au chariot pour ne pas tomber.

J'ai tâté ma poche à la recherche de mon épée viking mais comme elle était dans mon sac à dos, j'étais sans défense.

— Qu'est-ce que tu fais là ? j'ai demandé en essayant de me tenir droite et puissante.

— Je lis, c'est tout. Comme faisait ton petit copain, pas vrai ?

Au début, je ne comprenais pas de qui il parlait. Marxy n'aimait pas du tout le *National Geographic*. Puis je me suis rendu compte que c'était d'Hendo qu'il s'agissait. J'ai respiré un grand coup et j'ai serré la barre du chariot.

— Ce n'est pas mon petit copain.

Toucan a feuilleté les pages du magazine.

— J'adore ces conneries. La crevette-mante !

Il m'a montré la photo d'un animal marin qui ressemblait à la fois à une crevette et à un crabe, recouvert d'arcs-en-ciel.

— Elle attaque hyper-vite, comme une balle de revolver.

Il a mis un coup de poing très rapide dans le vide.

— Et elle a des yeux ! Elle voit des choses qu'on voit pas. Comme moi. Moi aussi, je vois des choses que les autres voient pas.

Carol m'avait appris que quand une bibliothécaire avait affaire à des usagers agressifs ou à des comportements perturbateurs, elle devait toujours rester calme et répéter très clairement les règles.

— Bon, j'ai dit. Je te prie d'enlever tes pieds de la chaise.

Il a éclaté de rire et il s'est tourné jusqu'à ce que ses pieds touchent le sol, puis il m'a montré ses mains comme s'il se rendait. Ensuite, il a fermé le magazine et il a souri d'une manière qui ne m'a pas plu.

— Tu sais, Zelda, je crois que tu fais semblant d'être débile parce que t'aimes bien que les gens fassent tout à ta place. J'ai déjà vu ça plein de fois. Pas vrai ? Tu cherches à faire pitié, comme ça, tu peux rester à rien branler. Dis-moi si je me trompe.

Ma bouche s'est ouverte mais rien n'est sorti, pas même de l'air. Toucan a attendu, il a secoué la tête, il a ri dans son magazine. Puis il l'a posé, il s'est levé, il s'est avancé vers moi. J'ai reculé et je me suis mise derrière le chariot pour l'utiliser comme bouclier au cas où il voudrait attaquer. Depuis ma position, je lui ai rappelé une règle très importante de la bibliothèque.

— Si tu as fini de lire cette revue, je vais la remettre en place, j'ai dit en montrant le numéro de *National Geographic.*

Toucan s'est approché encore plus près de moi et il a dit qu'il savait que je baisais avec Hendo, que j'avais peut-être réussi à tromper Gert mais que lui, il n'était pas dupe. Il m'a traitée de pute, et avec sa bouche il a fait un bruit qui ne m'a pas plu.

— Arrête de faire ce bruit, j'ai dit, mais pas aussi fort que j'aurais voulu.

— Hein ? Quoi ?

Toucan a mis sa main autour de son oreille.

— Est-ce que Gert est au courant de toutes les saloperies que tu as faites, Zelda ?

D'autres gens dans la bibliothèque se sont mis à nous regarder. J'ai baissé les yeux sur le chariot et sur le livre de cuisine au-dessus de la pile. J'ai fermé les yeux et j'ai essayé de ne pas le regarder.

Il a ri encore une fois, d'un rire de Grendel, et il a continué.

— C'est bien ce que je pensais. Eh bien, j'aimerais que tu dises à ton petit copain de me téléphoner. Tu as peut-être réussi à embrouiller ton frère et je ne sais pas qui d'autre encore, mais avec moi ça ne marche pas.

Et là, je me suis mise à crier que c'était un bite-cul, et les gens dans la bibliothèque ont levé la tête de leurs livres. J'ai cherché Carol du regard mais elle était en train de prendre sa pause.

Le vigile qui était de garde ce jour-là, Larry, est arrivé et il a demandé s'il y avait un problème. D'un seul coup, Toucan a eu l'air content et il a levé le magazine en l'air.

— J'étais juste en train de lire. Je crois que notre conversation est terminée. Tu diras bonjour à ton autre copain de ma part.

— Allez allez, a dit Larry en remontant la ceinture de son pantalon. On baisse d'un ton maintenant.

— Ton copain du centre social, a dit Toucan. Comment il s'appelle ? Max ?

Il a claqué des doigts.

— Marxy. C'est ça. Ton copain attardé.

Je suis restée immobile sans savoir quoi dire.

Il a jeté le magazine sur mon chariot et il est parti. Larry m'a dit de faire attention à ne pas parler trop fort la prochaine fois.

— Tu connais les règles, il a dit.

J'ai regardé Toucan sortir de la bibliothèque et j'avais l'estomac qui faisait des nœuds. Il est resté un instant près du bureau des retours, puis sa voiture rouge s'est arrêtée devant. Le Gros est sorti du siège du conducteur et il s'est installé côté passager pour que Toucan puisse s'asseoir et prendre le volant.

J'ai pris mon téléphone pour écrire un texto à Marxy. J'avais les mains qui tremblaient. **Tu vas bien ?**

Quelques secondes plus tard, mon téléphone a vibré et il a répondu : **Oui ! Il reste du gâteau, tu es où ?**

Les battements de mon cœur se sont ralentis.

*

Pour me calmer, je me suis remise sur l'ordinateur. J'ai ouvert ma boîte mail et j'ai cliqué sur RAFRAÎCHIR pour voir si le docteur Kepple m'avait répondu. Normalement, on n'avait pas le droit d'utiliser notre messagerie personnelle sur les ordinateurs du travail, sauf quand c'était vraiment important. Cette fois, j'ai décidé que ce qui venait de m'arriver était vraiment important.

J'avais besoin d'entendre sa voix, alors j'ai pris ma pause-déjeuner et j'ai écouté les extraits audio du *Grand Livre des Vikings* sur son site Internet. Le docteur Kepple parlait de Beowulf, le héros qui a terrassé Grendel. Après avoir pourfendu la mère de Grendel, qui est encore plus puissante que lui, Beowulf devient roi de sa tribu. Mais cinquante ans plus tard, un membre de la tribu de Beowulf vole quelque chose à un dragon, qui se met en colère et qui commence à détruire la tribu.

Alors Beowulf, qui est très vieux et moins valeureux qu'avant, décide de sauver son peuple et d'affronter le dragon tout seul. Même si ce n'est pas lui qui a volé l'or du dragon, il se considère comme responsable pour les gens de sa tribu qui ont commis le vol.

Ses guerriers veulent l'aider mais le héros, c'est Beowulf, et donc pour accomplir sa légende il doit combattre le dragon tout seul. J'ai arrêté le livre audio.

Hendo avait volé l'or et Toucan, c'était le dragon qui avait fait du mal à Gert. J'ai réfléchi à ce qu'aurait fait le guerrier viking s'il avait été en vie. Il fallait que je retrouve Hendo pour le forcer à rendre à Toucan ce qu'il lui avait volé.

J'ai décidé d'écrire une dernière lettre au docteur Kepple.

Cher docteur Kepple,

Cette lettre est peut-être la dernière que je vous envoie, car j'ai un plan qui va peut-être me permettre de redevenir héroïque. Je m'en vais terrasser le méchant de ma légende. Je pense que mes techniques de combat sont au point et que je suis prête à l'affronter.

Je n'ai parlé à personne de ce dernier combat parce que, même si les Vikings ont des sages qui les conseillent, il y a des fois où une héroïne doit suivre son cœur et avoir confiance en elle.

Souhaitez-moi skál !

Skál,

Zelda

J'ai cliqué sur ENVOYER et j'ai respiré à fond. Le moment était venu.

Les règles interdisaient d'utiliser les coordonnées d'un usager pour des raisons personnelles, mais dans certains cas un Viking devait désobéir aux règles pour sauver sa tribu.

Je suis allée sur l'ordinateur et j'ai cherché le compte d'Hendo. Puis j'ai entré son adresse dans Google Maps et j'ai cliqué sur IMPRIMER.

30

Après mon travail à la bibliothèque, je ne suis pas rentrée à la maison. Au lieu de prendre mon bus habituel, j'ai traversé la rue, j'ai remonté deux pâtés de maisons et je suis montée dans un autre bus.

Ce n'était pas très difficile d'arriver en bus jusqu'à la maison d'Hendo. Quand je suis descendue, j'ai reconnu le quartier et j'ai pris une photo de l'arrêt de bus pour me rappeler à quoi il ressemblait.

Google Maps m'a montré où aller jusqu'à ce que je trouve l'adresse que je cherchais. Ce n'était pas un immeuble, juste un cube marron attaché à un autre cube marron et à un autre encore. Les fenêtres étaient fermées par des planches pour remplacer les vitres, qui étaient cassées et qui pointaient tout autour comme des dents.

J'ai respiré un grand coup et j'ai frappé à sa porte. Personne n'a répondu. J'ai remarqué qu'il y avait du jaune d'œuf et des bouts de coquille collés sur la porte.

— Il est pas là, a dit une voix.

Je me suis retournée. De l'autre côté de la clôture du jardin, il y avait un homme torse nu. Il avait un très gros chien en laisse qui me regardait.

— Où il est ? j'ai dit.

— 'sque j'en sais, moi ? a dit l'homme. Sont partis du jour au lendemain. Z-ont même pas fermé la porte à clé. Tu peux toujours entrer, mais y risque d'y avoir des squatteurs là-dedans, et du verre cassé.

Il est parti avec son chien. C'était un avertissement important, que n'importe quel Viking aurait pris au sérieux.

J'ai sorti mon épée viking de mon sac à dos au cas où les squatteurs à l'intérieur auraient été des méchants.

Comme me l'avait dit l'homme, la porte n'était pas fermée à clé. La maison sentait les W-C et la fumée de cigarette.

J'ai appelé Hendo. Personne n'a répondu. Puis j'ai appelé Artem mais je me suis rappelé que si Artem était là, vu que c'était un bébé, il ne répondrait pas.

Aucune lumière n'était allumée. J'ai tenu mon épée viking devant moi et j'ai utilisé la lumière de mon téléphone pour éclairer la pièce. Il y avait des paquets d'Oreo vides, des petits pots pour bébé et des boîtes de pizza empilées par terre. Pour avancer, j'ai dû traverser un océan d'emballages et de cochonneries.

Quelqu'un avait écrit NIGGER à la bombe sur le mur, et dessiné une image d'un homme en train d'avoir un rapport sexuel avec une femme. La femme avait de la douleur dans son visage, avec des yeux fermés en forme de X et la langue qui sortait. Ça ne ressemblait pas à un rapport sexuel normal. J'ai frissonné.

Dans une des chambres j'ai trouvé un lit qui sentait le pipi et le vomi. Je ne suis pas restée là longtemps. Quand j'ai essayé d'allumer les lumières, aucune ne marchait.

J'avais très peur mais je savais que tout cela faisait partie des choses qu'on fait quand on est légendaire. Sans peur, il ne peut pas y avoir de bravoure.

La maison n'avait personne dedans, pas même des squatteurs. J'ai vérifié toutes les pièces. Alors que j'allais sortir, j'ai vu des livres dans un coin : des livres de la bibliothèque. Comme je suis une Viking mais aussi une bibliothécaire, j'ai empilé les livres et je les ai pris. Hendo avait toujours le livre du train que je lui avais trouvé pour Artem mais il n'était pas ici, ce qui voulait dire qu'Hendo l'avait gardé. Il allait devoir payer une pénalité de retard une fois qu'il aurait payé pour toutes les autres vilenies qu'il avait commises.

Je suis sortie avec les livres sous le bras. Il y en avait tellement que j'avais du mal à les porter et j'ai failli en faire tomber quelques-uns sur le sol tout sale. J'étais encore plus en colère contre Hendo, parce qu'il allait avoir une pénalité de retard pour tous ces livres. Il y avait peut-être d'autres gens qui voulaient les lire et qui ne pouvaient pas puisqu'ils n'étaient pas à la bibliothèque. Je me suis demandé si Carol avait déjà entré ces livres dans le système comme perdus et commandé des exemplaires de remplacement. Certains de ces livres étaient anciens, et ils ne pouvaient pas être remplacés.

J'étais en train de me demander lesquels de ces livres étaient trop vieux pour être remplacés, par exemple celui avec une photo d'Elvis Presley sur la couverture, et j'ai failli rentrer tout droit dans une policière sur le trottoir. Derrière elle, il y avait une voiture de police.

— Mince, j'ai dit en me penchant pour ramasser les livres, et la policière m'a aidée.

— Excusez-moi, je vous ai fait peur, elle a dit en me tendant deux livres, que j'ai posés par-dessus ceux que je tenais.

— Ce n'est pas grave, j'ai dit. Il faut que j'y aille.

Elle a marché à côté de moi et elle m'a dit qu'elle aimerait bien me parler.

— Techniquement, vous êtes entrée dans une maison qui ne vous appartient pas et donc il y a violation de propriété privée.

J'ai fait comme si je n'entendais pas et j'ai commencé à marcher plus vite en direction de l'arrêt de bus. J'ai dit à mes jambes, qui étaient lourdes : tenez bon !

La policière m'a suivie sur le trottoir.

— Où vous allez comme ça ?

— Nulle part.

— Vous allez très vite, pour quelqu'un qui ne va nulle part.

Je me suis mise à marcher encore plus vite, et la policière m'a dit d'attendre. Je ne voulais pas attendre. J'avais tellement de choses dans la tête que si je m'arrêtais pour parler, je risquais de laisser sortir tout ce que j'essayais de garder pour moi sur Gert, Hendo et Toucan.

Alors je me suis mise à courir. J'ai laissé tomber les livres de la bibliothèque pour courir plus vite, ce qui est très lâche de la part d'une bibliothécaire, et j'ai essayé de m'enfuir derrière des maisons.

Mais la policière allait plus vite que moi, elle m'a rattrapée et elle a attrapé mon bras.

— Hé, doucement, elle a dit. Pas si vite. On veut juste vous parler.

Elle ne serrait pas mon bras très fort alors je l'ai tiré et je lui ai dit qu'ils devraient me prendre par la force, même si je n'étais pas sûre que c'était le genre de chose que ferait quelqu'un de légendaire, se battre contre la police. Mais la policière ne s'est pas mise en colère et elle ne m'a pas attaquée comme je m'y attendais. Elle m'a juste dit qu'elle voulait qu'on parle d'un ami à moi.

— L'homme à qui appartient la maison dans laquelle vous étiez. Je me disais qu'on pourrait peut-être le chercher ensemble, c'est tout.

— Je n'ai pas d'ami qui habite dans une maison, j'ai répondu.

— Donc vous êtes entrée par effraction ? Parce que c'est un délit.

J'ai avalé ma salive et j'ai essayé de ne pas la regarder dans les yeux, parce que je ne suis pas très forte au jeu de celui qui baisse les yeux en dernier.

— Du calme. Je veux juste parler avec vous. D'accord ?

Et c'est là qu'elle m'a tendu mon épée viking.

— En plus, vous avez fait tomber ça. Je pense que cette épée pourrait être considérée comme une arme. Si on voulait, on pourrait vous arrêter.

*

Ils m'ont dit qu'ils pouvaient me déposer là où je voulais aller, pour que je n'aie pas à prendre le bus. Comme j'avais les livres avec moi, je leur ai demandé de me conduire à la bibliothèque. J'ai fait très attention à ne pas parler de Gert, ni d'Hendo ou de Toucan.

Je tenais les livres contre ma poitrine et j'ai réfléchi à ce que je ferais s'ils me posaient des questions en me braquant une lampe dans les yeux comme ils font dans les films, ou bien si leur lumière me donnait tellement soif que je devais leur demander un verre d'eau et qu'ils refusaient de m'en donner un sauf si j'avouais tout.

— Ça va, à l'arrière ? a demandé la policière.

— Je ne dirai rien.

— D'accord. C'est juste que vous tremblez un peu.

— Alors comme ça, vous vouliez récupérer les livres de la bibliothèque ? a dit l'autre policier.

C'était lui qui conduisait.

— J'ai trouvé l'adresse de cet usager dans le système informatique, j'ai dit.

— Vous êtes la bibliothécaire la plus consciencieuse que j'aie jamais vue, a dit la femme. Vous avez des frères et sœurs ?

J'ai regardé droit devant moi.

— Vous vous appelez Zelda ? a dit l'autre policier. Parce que je crois que nous connaissons votre frère. Gert ?

Je n'ai rien répondu. Ma gorge était comme un désert, alors qu'ils n'avaient même pas encore braqué de lampe dans mes yeux.

Ils se sont garés devant la bibliothèque. La policière est sortie, elle a fait le tour de la voiture et elle a ouvert ma portière. Je suis sortie.

— Si un jour vous voulez parler…

Elle m'a tendu une carte, et aussi mon épée viking qu'elle m'avait prise.

J'ai dit merci, j'ai pris les livres d'Hendo et je les ai déposés dans le bac des retours à l'entrée.

31

Je n'ai parlé de la police à personne, pas même à Kalash ou au docteur Laird. J'ai caché la carte que la policière m'avait donnée dans mon cahier de Mots du Jour à la page d'un vieux mot du mois d'août 2014 : *proliférer*, qui veut dire « devenir nombreux, grossir et se reproduire ».

J'avais l'impression que toutes les choses que je devais garder à l'intérieur de moi étaient en train de proliférer. Ça ne me plaisait pas de devoir cacher des secrets, surtout à Kalash, et ces secrets étaient en train de grossir et de se reproduire.

Un jour, après mon service à la bibliothèque, Kalash et moi on est allées faire des courses pour Gert et on les a apportées à l'appartement pour lui faire une surprise. Pendant que Kalash garait la voiture, je suis allée ouvrir la porte.

Alf était devant l'immeuble en train de fumer. On ne s'était pas vus depuis longtemps. Il m'a fait bonjour et je lui ai fait bonjour et je suis allée vers l'entrée. C'est là qu'il m'a dit qu'il voulait me parler.

— Je sais que tu m'aimes pas, il a dit. Et je sais qu'Annie non plus.

Il a aspiré la dernière bouffée de fumée de sa cigarette avant de l'écraser sur le trottoir.

— Tu veux la piquer à Gert, j'ai dit. Tu es l'ennemi de mon frère et mon ennemi à moi aussi.

— Ouais, c'est ça, a dit Alf. D'ailleurs, je suis tellement un pauvre con que je me suis pris un œil au beurre noir en essayant d'empêcher ton frère de lui casser la gueule.

— Il ne voulait pas vraiment lui casser la gueule. Tais-toi.

Kalash est arrivée avec des sacs de courses à la main, et Alf a essayé de l'aider. Mais elle ne voulait pas qu'il l'aide et elle a écarté les sacs quand il a voulu les attraper.

— C'est bon, je me débrouille, elle a dit.

— Alors laisse-moi au moins te tenir la porte.

Il a couru devant Kalash et il lui a ouvert la porte pour qu'elle entre dans le hall de l'immeuble où il y avait les boîtes aux lettres et l'interphone.

— J'étais en train de dire à Zelda que même si tu m'aimes pas, je garde toujours un œil sur elle.

Kalash a mis la mauvaise clé dans la serrure et elle a dit un gros mot sans écouter ce que disait Alf. Il avait sa clé à la main alors, quand elle s'est trompée de clé, il a mis la sienne dedans et il a ouvert.

— Et tu ne trouves pas que ça te donne l'air flippant, quand tu dis des choses pareilles ? a répondu Kalash, et elle est vite entrée pendant qu'Alf tenait la porte.

Alf m'a tenu la porte et je suis passée devant lui en haussant les épaules. Alf voulait que Kalash s'arrête, mais il savait que si elle n'en avait pas envie, il n'y avait aucun moyen de l'arrêter.

Elle était déjà en train d'appuyer sur le bouton de l'ascenseur.

— Je peux juste vous dire un truc ? a demandé Alf.

— Pas maintenant, a dit Kalash. Viens, Zed.

Les portes de l'ascenseur se sont ouvertes. On est entrés dedans tous les trois. Alf était d'un côté de l'ascenseur et Kalash de l'autre. Moi j'étais entre les deux et ça me faisait bizarre, parce que d'habitude c'est Gert qui était d'un côté et Kalash de l'autre. L'ascenseur a tremblé et il a commencé à monter.

Alf a mis le doigt sur le bouton pour arrêter l'ascenseur.

— Tu vas te prendre un grand coup de lacrymo dans la gueule, a dit Kalash.

Et elle a appuyé sur le bouton pour faire repartir l'ascenseur. Les murs ont grogné et il a commencé à repartir.

Alf a levé les mains en l'air.

— Du calme. C'est pas la peine. Je voulais juste te dire que j'ai entendu des choses.

— Tu es tout le temps en train d'en dire, des choses, j'ai dit. Tu parles beaucoup.

Kalash a éclaté de rire et elle m'a tendu le poing pour qu'on fasse un check.

— Bien répondu, meuf !

Mais Alf a continué.

— Je veux dire : j'ai entendu des choses pas cool. Sur Gert. Et la police.

Kalash a appuyé sur le bouton pour arrêter l'ascenseur.

— De quoi tu parles ?

— Il y a un bruit qui court que les flics sont venus le chercher hier.

Alf a pris une autre cigarette et il l'a coincée derrière son oreille.

— Et je sais que ça me regarde pas, mais les gars avec qui il traîne apprécient pas trop ce genre de choses.

Kalash a rappuyé sur le bouton et on a recommencé à monter.

— Arrête de parler, elle a dit à Alf.

— Je me disais juste qu'il fallait que tu sois au courant. Je me fous de ce connard, mais c'est vrai que j'ai un petit faible pour vous deux.

L'ascenseur s'est arrêté au deuxième étage et une femme est montée avec un panier de linge sale. Alf a arrêté de parler. Au quatrième, la femme est restée dedans et on est sortis, Alf, Kalash et moi.

— Occupe-toi de tes affaires, a dit Kalash en poussant Alf avec une de ses mains qui tenait les sacs de courses, et elle a tourné vers notre appartement.

Kalash a refermé la porte normalement, jusqu'au moment où elle s'est appuyée contre le mur et qu'elle s'est laissée glisser jusqu'au sol, comme l'ascenseur. J'ai fermé la porte à clé et j'ai mis la chaîne, puis je me suis laissée glisser à côté d'elle.

Elle a appelé Gert et elle a regardé son téléphone en secouant la tête.

— Putain d'abruti de sa race. Tu peux essayer de l'appeler ? Il ne décroche pas.

J'ai essayé avec mon téléphone, puis je lui ai envoyé des textos. Gert n'a pas répondu. J'ai commencé à m'inquiéter. Gert était peut-être au courant que j'avais parlé avec des policiers et que je ne lui avais rien dit.

*

Gert est rentré une heure plus tard. Quand Kalash a commencé à lui poser des questions, il a dit qu'il ne voulait pas parler de tout ça.

— C'est quoi, « tout ça » ? a demandé Kalash.

— La police ? j'ai dit.

Gert a soupiré.

— D'accord. Donc maintenant, même Zelda est au courant. Oui, la police.

Il s'est assis et il a commencé à enlever ses bottes.

— Le docteur Laird les a appelés après ta dernière séance.

Gert m'a fait LES YEUX.

— Ce n'est pas ma faute, j'ai dit.

J'étais tellement contente qu'il ne sache pas que c'était moi qui avais parlé à la police que j'ai failli faire un bruit, mais j'ai mis ma main devant ma bouche.

— Personne n'a dit que c'était ta faute, mon lapin, a dit Kalash.

Elle a croisé les bras sur sa poitrine.

— Zelda a raison, tu sais. Si tu n'avais pas commencé à traîner avec ces connards…

— On habiterait toujours avec Oncle Richard le Gros Porc. Voilà où on en serait. On habiterait toujours avec ce fils de pute de pervers.

Kalash s'est arrêtée de parler. On est restés silencieux pendant un moment, puis elle s'est gratté la gorge.

— J'ai préparé à dîner, elle a dit. Je conduis le bus ce soir et demain matin tôt, donc je vais dormir chez moi ce soir. Est-ce que Zelda peut rester dormir ici, ou bien est-ce qu'il va y avoir une fusillade de dealers à la Tony Montana ?

— Une quoi ? j'ai demandé.

Gert a pris sa tête dans ses mains.

— Super. Tony Montana.

Il a dit quelque chose qu'on n'a pas entendu, et quand Kalash lui a demandé ce qu'il avait dit, il a répondu qu'il n'était pas d'humeur à faire des blagues sur *Scarface*.

— Je croyais que tu étais toujours d'humeur à faire des blagues sur *Scarface* ? a dit Kalash.

— Je fais ce que je peux, a dit Gert.

— Qu'est-ce que tout cela a à voir avec *Scarface* ? j'ai demandé.

— Doucement, a dit Kalash.

Elle est allée jusqu'à Gert et elle l'a embrassé, puis elle lui a mis une claque sur la joue. Pas une claque méchante, plutôt une claque pour lui montrer son amour.

— On en reparle plus tard, OK ? Et si tu y arrives, n'oublie pas qu'elle va au centre social demain.

— Ça marche, a dit Gert. Compris.

— Ça marche, a répondu Kalash en imitant sa façon de parler.

Ensuite, elle a mis les bras autour de ses épaules et elle lui a fait un baiser plus sexy, et elle lui a dit de ne pas se faire arrêter ni flinguer avant qu'elle soit revenue.

Elle est partie et on a dîné ensemble, Gert et moi. On a mangé des pâtes. J'ai essayé de faire comme si tout était normal et je lui ai demandé comment ça allait à la fac.

— Ça va, il a répondu en cognant sa fourchette sur son assiette.

— Tu as bientôt des examens ?

Il s'est essuyé la bouche, il a froissé sa serviette en boule et il l'a écrasée sur la table. Mon verre d'eau a tremblé et j'ai dû l'attraper pour l'empêcher de tomber.

— Hé, ho ! j'ai dit.

Il m'a regardée.

— Tu lui as dit autre chose ? il a demandé.

— À qui ?

— Au pape, bordel.

— Mais qu'est-ce que le pape… ?

— Au docteur Laird. Nom de Dieu.

Il a secoué la tête.

— Tu lui as parlé de l'autre soir ? Quand Toucan est venu ici ?

J'ai secoué la tête.

— Je t'ai promis que je ne dirais rien et donc je ne lui ai rien dit.

— Tu es sûre que tu n'as pas… Je ne sais pas, moi… oublié ?

— Gert, je n'ai pas oublié. Je sais quand je dis des choses aux gens.

Il a pris son assiette et il l'a portée dans l'évier. Je lui ai demandé ce que lui avait dit la police et s'il allait les aider à terrasser Toucan.

— Nous, on n'aide pas la police, il a répondu en faisant couler de l'eau dans l'évier.

Ensuite il a posé l'assiette dans l'égouttoir en faisant plein de bruit.

— Même quand elle est de notre côté ?

— Elle n'est pas de notre côté.

Il est revenu à table.

— Des policiers sont venus te parler ?

Il a mis ses mains sur ma chaise et son visage s'est retrouvé juste en face du mien. J'ai fermé les yeux parce que je savais que si je le regardais dans les yeux je n'arriverais pas à mentir.

Mais au bout d'un moment je ne pouvais plus faire autrement que de le regarder, et j'ai sorti la carte que la policière m'avait donnée.

Il a jeté un coup d'œil à la carte, il s'est tourné et il a mis un coup de poing dans le mur tellement fort que le monde a tremblé.

— Merde, il a dit en tenant son poing.

— OK, j'ai dit en me levant.

Je suis allée prendre le sac de petits pois surgelés dans le frigo.

— Tiens.

— J'ai pas besoin de cette merde, il a dit.

Mais il a quand même pris le sac et il l'a mis sur sa main.

Il était plus grand que moi mais j'ai levé ma main et j'ai touché son épaule et je l'ai serrée.

— Je vais débarrasser et faire la vaisselle, j'ai dit. D'accord ?

Il n'a pas répondu. Il a juste fait oui de la tête en regardant sa main, qui était déjà en train de devenir toute rouge.

32

Avant que Kalash vienne me chercher pour aller au centre social, j'ai déchiré la carte que m'avait donnée la policière et je l'ai jetée à la poubelle pour montrer à Gert que je lui faisais confiance.

C'était un vendredi et au centre social le gymnase était ouvert, ce qui voulait dire qu'on pouvait aller dans la réserve d'équipement et prendre tout ce qu'on voulait pour jouer, du moment qu'on remettait tout en place. Seulement, les autres jouaient au hockey et pas au basket, et moi je déteste le hockey. Alors j'ai pris une crosse de hockey et je suis allée dire bonjour à Hamsa et Yoda, qui étaient en train de parler d'un combat très puissant.

— Moi j'ai entendu dire que c'étaient des ninjas, a dit Hamsa.

— Des tortues Ninja, a dit Yoda.

— Non, idiot, les tortues Ninja n'attaquent pas les gentils, a répondu Hamsa. Seulement les bandits et les voleurs et le club de foot.

J'ai demandé de quoi ils parlaient.

— Pas le club de foot, le Clan des Foot, a dit Yoda en frappant la crosse d'Hamsa avec sa crosse.

Hamsa a aussi frappé la crosse de Yoda. J'ai mis ma crosse par-dessus leurs crosses et je leur ai demandé à nouveau de quoi ils parlaient.

Ils se sont regardés.

— De rien, a dit Hamsa.

— Allez, quoi, j'ai dit. C'était quoi, ce combat ?

— C'est Marxy, a dit Yoda.

— Oh.

J'ai essayé de faire semblant de ne pas m'intéresser à ce qu'ils disaient, vu qu'ils parlaient de Marxy et que je n'étais plus sa petite amie. J'ai levé ma crosse.

Hamsa et Yoda se sont regardés.

— Il s'est bagarré, a dit Yoda.

— Une grosse bagarre, a dit Hamsa. Peut-être contre des ninjas.

— On ne sait pas si c'étaient des ninjas, a dit Yoda.

Ils n'ont plus rien dit. Puis Yoda m'a regardée droit dans les yeux.

— En tout cas, ils l'ont bien amoché.

*

Le portail de chez Marxy était fermé à clé alors j'ai passé le bras par-dessus, je l'ai ouvert et j'ai monté les marches. J'ai sonné à la porte. Je n'étais pas sûre de ce que j'allais dire à Pearl si jamais c'était elle qui ouvrait.

Personne n'a répondu, alors j'ai sonné à nouveau.

La porte s'est ouverte et un homme a répondu.

— Que puis-je faire pour vous ? il a demandé.

— Vous êtes qui ? j'ai demandé.

Il m'a examinée. Il était grand et maigre, sauf le ventre. Il portait un short et des lunettes.

On a fait un duel avec nos yeux.

— Chérie ? il a appelé par-dessus son épaule.

— Je veux voir Marxy. Il est là ?

Pearl est arrivée derrière lui. Elle m'a vue et elle a dit :

— Oh, Zelda. Entre.

Comme l'homme ne se poussait pas, elle a dit que c'était bon et que j'étais une amie de Marxy.

— Arrête de faire le coq de la basse-cour. Elle ne va pas lui faire de mal.

Pearl l'a poussé pour qu'il s'écarte, elle a pris mon bras et elle m'a fait entrer dans la maison.

L'homme était le père de Marxy. On s'est serré la main et il m'a dit qu'il s'appelait Mark. Plus je voyais son visage, plus je voyais qu'ils avaient plein de parties pareilles. Le même nez, droit et plus gros vers le bout, et les mêmes yeux verts. Et aussi, ils étaient grands tous les deux.

— Quoi ? Il a une autre petite amie ? a dit Mark. Et machine, comment déjà ? Sarah-Beth ?

— Oh, elle, ce n'est pas sa vraie petite amie.

Pearl lui a dit que s'il était un peu plus présent, il serait au courant de ces choses-là. Elle m'a demandé si je voulais quelque chose à boire.

— Marxy m'a dit que tu aimais la limonade. C'est bien cela ? Mark, est-ce que tu pourrais… ?

Pearl a indiqué la cuisine et Mark est allé me chercher une limonade en secouant la tête. On l'a regardé et elle a secoué la tête elle aussi.

— Quel est ce mot, déjà, que vous utilisez avec Marxy ? Bite-cul ?

— Oui, j'ai dit. Et sac à merde.

— Eh bien, cet homme est un peu des deux. Toujours un métro de retard.

*

Elle m'a emmenée en haut voir Marxy et elle a dit à Mark d'attendre dans la cuisine.

— Il ne veut pas te voir pour le moment, a dit Pearl.

Mark a levé les mains au ciel et il a demandé pourquoi elle lui avait demandé de venir, si tout ce qu'il avait à faire c'était de rester là à servir de la citronnade.

— De la limonade. Ce n'est pas la même chose. Et cesse de pleurnicher.

Pearl et moi avons monté l'escalier. Elle m'a dit que Marxy s'était retrouvé dans une espèce de bagarre.

— Enfin, bagarre, ce n'est pas vraiment le mot juste. Il s'est fait agresser. Je sais que parfois il peut être un peu intense, mais qui pourrait bien faire une chose pareille ?

— Un sac à merde, j'ai répondu.

Pearl s'est frotté le visage avec ses mains.

— Mon Dieu, quelquefois j'en ai tellement assez de ce monde et de ces gens.

Elle avait l'air sur le point de pleurer alors j'ai mis ma main sur son bras. Elle a regardé ma main, puis elle m'a regardée.

— Excuse-moi, elle a dit. Parfois, c'est dur de rester forte.

— Je connais ça, j'ai dit, parce que c'était vrai.

On est arrivées en haut de l'escalier. La chambre de Marxy était fermée. On est restées devant la porte. Elle a mis sa main sur la poignée.

— Ce n'est pas aussi grave que ça en a l'air, a dit Pearl. Enfin, peut-être que si. Nous avons appelé la police pour porter plainte.

Marxy était dans un sale état. Il avait le visage violet par endroits. Ça m'a rendue très triste de le voir blessé. Mais j'étais aussi très heureuse que Pearl m'ait appelée la *vraie* petite amie de Marxy.

Marxy était assis dans son lit et, quand il m'a vue, il s'est redressé. Pearl a voulu déplacer l'oreiller derrière son dos.

— Maman, a dit Marxy. Je peux faire ça tout seul.

— Bon, bon, a dit Pearl.

Elle l'a embrassé très vite sur sa figure de citrouille avant de sortir. Elle n'a pas fermé la porte, alors je suis allée la fermer derrière elle.

J'ai demandé à Marxy ce qui s'était passé.

— Je jouais au basket tout seul sur le terrain au bout de la rue, et un homme est arrivé, et il m'a mis un coup de poing.

Son nez a fait un bruit chiffonné.

— Je ne sais pas pourquoi. Il m'a mis un coup de poing.

— Méchant, j'ai dit.

— J'ai mal à la tête, a dit Marxy. Tu peux venir t'asseoir à côté de moi ?

Je suis venue sur son lit et j'ai passé mes bras autour de lui jusqu'à ce qu'il respire moins fort. La poignée de la porte a bougé et j'ai entendu Pearl de l'autre côté qui nous demandait si tout allait bien.

— Je vais bien ! a crié Marxy.

Il a pris un Kleenex dans la boîte à côté de son lit et il s'est mouché. Le mouchoir était tout rouge. Il l'a déposé tout doucement dans la poubelle.

— Il t'a volé quelque chose ? j'ai demandé. Dans notre quartier, les gens font ça quand ils veulent te voler quelque chose.

— Il m'a pris mon ballon Larry Bird.

Il a tourné la tête vers moi et il m'a demandé si on pouvait s'embrasser un peu mais quand on a essayé, sa bouche lui faisait trop mal, alors je suis juste restée sur le lit avec lui jusqu'à ce qu'il s'endorme. Il s'est mis à ronfler et j'ai dû me lever très lentement pour ne pas le réveiller.

Quand je suis partie, Pearl m'a raccompagnée. En passant, j'ai dit au revoir à Mark qui regardait un match de foot à la télévision dans le salon. Il n'a rien dit, il a juste levé sa main et il l'a secouée un petit peu.

Quand on est arrivées à la porte, Pearl m'a demandé si je pouvais passer le lendemain. J'étais étonnée.

— Tu veux que je revienne demain ?

Elle a tiré un fil de sa chemise. Pour la première fois, je l'ai regardée vraiment en face, dans les yeux, et elle a fait pareil.

— Tu le rends heureux, elle a dit. Et pour le moment, c'est tout ce que je veux pour lui.

Avant que je m'en aille, elle a fait quelque chose qu'elle n'avait jamais fait : elle m'a serrée dans ses bras.

*

Ce monde était vraiment un monde de méchants, j'étais en colère qu'il ait fait mal à Marxy qui était pur et innocent, même s'il n'était plus mon mie. J'ai pris l'air en colère pour que personne n'essaie de me parler jusqu'à ce que je descende du bus à la bibliothèque. Mon service commençait dans moins d'une heure et Carol m'avait dit que je serais sur l'ordinateur où les usagers venaient pour emprunter leurs livres. C'est le poste le plus puissant de la bibliothèque, et Carol comptait sur moi.

Quand je suis arrivée, je suis entrée dans la bibliothèque pour dire bonjour à Larry le vigile, puis je suis allée dans la salle du personnel où Carol était en train de manger une salade dans une boîte en plastique.

— Techniquement, je ne suis pas en retard, j'ai dit en montrant l'horloge.

— Je n'ai jamais dit que tu étais en retard.

Carol a mis dans sa bouche une fourchette de feuilles de légumes.

Je suis allée me préparer pour ma journée de travail et là, j'ai vu le ballon de basket Larry Bird de Marxy. Il était posé dans le panier des objets trouvés.

— D'où il vient, ce ballon ? j'ai demandé en le prenant dans mes mains.

Carol a fait tourner sa chaise.

— Je l'ai trouvé sur une table avec des numéros de *National Geographic*. Pourquoi ?

Je me suis posé exactement la même question : pourquoi ? Ce n'était pas une place pour un ballon. Si je l'avais trouvé sur un terrain de basket, ça aurait été normal. Sauf que quand Carol m'a montré l'endroit où elle l'avait trouvé, je me suis rendu compte que c'était exactement l'endroit où Toucan s'était assis.

Puis je me suis souvenue que Toucan m'avait menacée. Au début, je n'ai pas fait le lien entre ces deux choses. Puis j'ai commencé à comprendre que c'était pour moi que Toucan avait laissé le ballon.

Ce qui voulait dire que c'était lui qui avait fait du mal à Marxy.

Ce qui voulait dire que c'était ma faute si Toucan avait fait du mal à Marxy.

*

Quand je suis arrivée chez moi, je me suis regardée dans le miroir et je me suis sentie petite et idiote.

— Tu n'es pas légendaire, j'ai dit à mon reflet, et j'ai décidé de rester dans mon lit à jamais.

Mais quand je suis passée devant mon ordinateur, j'ai vu qu'il y avait un message. Je croyais qu'il n'arriverait jamais. J'ai murmuré : « Loué soit Odin », j'ai cliqué sur l'e-mail qui disait : « Secrétariat du Dr Joseph Kepple » et j'ai lu.

Chère Zelda,

Toutes mes excuses de n'avoir pas répondu plus tôt à vos messages. J'étais à l'étranger pendant quelque temps, et mon assistant avait omis de m'informer de vos aventures. Quoi qu'il en soit, vos lettres ne ressemblent à rien de ce que j'ai pu recevoir auparavant, et j'ai presque l'impression de vous connaître.

En relisant vos messages, je vois que vous êtes devenue l'héroïne de votre propre légende. Je me souviens du temps où j'avais votre âge et où je me sentais tout aussi perdu que vous semblez l'être.

J'espère que vous trouverez ce que vous cherchez. Tout ce que je peux vous dire, c'est que parfois c'est la vie qui nous trouve, et lorsque cela se produit, il faut être à la hauteur et garder courage. Nous faisons des listes, nous inventons des règles, nous cherchons à tout ordonner, à tout contrôler, alors que les choses les plus importantes dans la vie, celles qui valent d'être chéries, sont celles que nous attendons le moins.

Restons en contact si vous le voulez bien.

Bien cordialement,

Dr Joseph Kepple
Professeur émérite, Stanford

J'ai relu la lettre du docteur Kepple de nombreuses fois. À un moment dans sa vie, le docteur Kepple s'était senti perdu, mais maintenant il était devenu un écrivain puissant qui savait tout sur les Vikings.

La dernière ligne de sa lettre était très puissante, aussi. Ça disait que parfois les meilleures choses dans la vie (c'est ce que veut dire « qui valent d'être chéries »), ce sont les choses que nous ne pouvons pas mettre sur une liste parce que nous ne savons pas qu'elles vont arriver, ni même qu'elles sont possibles.

Et c'est là que j'ai compris.

Dans beaucoup de légendes où des héros doivent terrasser des méchants très puissants, les méchants font du mal à des gens innocents, des gens aimés du héros. Et quand le héros a été poussé à bout par un méchant, alors il part au combat.

Dans les légendes vikings, les héros sont toujours plus petits que les méchants. C'est pour ça qu'ils sont légendaires. Toucan était plus grand que moi, mais ça ne comptait pas. Ce qui comptait, c'était la taille de mon cœur. C'était comme Karaté Kid dans le film, qui se fait battre par un karateka plus grand que lui jusqu'au moment où il utilise sa technique spéciale, le coup du héron, pour terrasser son adversaire. C'est le courage qui fait de quelqu'un un héros. Moi, je n'étais pas grande mais ce qui était grand chez moi, c'était mon courage pour protéger ceux que j'aimais, comme Marxy et Gert.

J'ai respiré à fond beaucoup de fois et je me suis rendu compte que ma légende était en train de s'accomplir. D'après ma liste, il ne me restait plus qu'un méchant à terrasser.

Dans les légendes vikings, le héros va chercher le monstre dans sa caverne. Seulement, je n'avais pas l'adresse de Toucan. Elle n'était pas dans le système de la bibliothèque comme celle d'Hendo. Mais je savais qu'il y avait un endroit où je pouvais trouver Toucan, un endroit où lui et sa tribu allaient souvent pour fumer et faire les méchants.

Je suis allée chercher mon épée viking. J'ai pris un Kleenex et j'ai fait briller la lame magnifiquement, puis je l'ai mise dans mon sac. Comme la pointe dépassait, je l'ai emballée dans un vieux tee-shirt et j'ai préparé mon cœur pour le combat.

33

Toucan traînait souvent devant un magasin qui vendait des cigarettes et qui sentait très mauvais. Il restait là à fumer, assis dans un fauteuil de jardin en plastique, et parfois des gens venaient le voir. Gert était allé le voir pas mal de fois, et parfois je le voyais assis là quand je prenais le bus pour la bibliothèque.

Toucan n'était pas dans son fauteuil de jardin en plastique mais il y avait un autre homme assis dedans. C'était le Gros. Il regardait son téléphone en bâillant.

Quand il m'a vue, il s'est levé de son fauteuil de jardin. Il m'a demandé ce que je faisais dans les quartiers chauds. Je lui ai répondu qu'il disait n'importe quoi, parce qu'il ne faisait pas plus chaud ici que chez moi.

— Dans mon quartier aussi, il fait chaud, j'ai dit.

— Laisse tomber.

Il tenait une pomme à la main et il a croqué dedans.

— Je veux voir Toucan, j'ai dit.

Il a continué de mâcher sa pomme. Il a avalé une grosse bouchée et il m'a répondu bienvenue au club.

J'ai regardé autour de moi et j'ai dit que je ne voyais pas de club ici.

Il m'a demandé si j'étais vraiment attardée à ce point-là.

— C'est une métaphore, pauvre conne, il a dit en jetant le trognon de sa pomme.

— Toi, tu es gros et moche, j'ai répondu.

C'était quelque chose que je pensais mais que je n'avais pas dit jusque-là parce que c'est mal de se moquer de quelqu'un à cause de son poids ou de quelque chose qu'il ne peut pas contrôler, comme son apparence. C'est presque aussi mal que de se moquer de quelqu'un parce qu'il est attardé. Mais je n'ai pas pu m'en empêcher.

Il n'a pas bougé.

— Va te faire enculer, il a dit, et il s'est remis à regarder son téléphone.

— Je ne veux pas me faire enculer. Je veux voir Toucan. Je sais où est Hendo.

Il a arrêté de jouer avec son téléphone.

— T'as dit quoi ?

— Je sais où est Hendo. Et le sac de sport que Toucan cherche dans sa quête.

Il m'a dit de lui dire où il était, et qu'il passerait l'information à Toucan. J'ai fait non de la tête et j'ai dit que c'était ma légende à moi.

— C'est moi qui vais le lui dire, et je veux que tu me conduises jusqu'à lui.

— Non, a dit le Gros. Franchement, c'est pas une bonne idée.

— Conduis-moi jusqu'à lui, sinon je le trouverai sans ton aide.

Le Gros a soupiré et il a dit :

— OK, comme tu voudras.

Il m'a dit d'attendre. Il m'a tourné le dos et il a passé un coup de fil sur son téléphone.

— Zelda, c'est ça ?

Il a dit mon nom dans le téléphone. J'ai croisé les bras. Il a mis son téléphone dans sa poche et il m'a dit de venir avec lui.

— Pourquoi il ne peut pas venir, lui ?

Il y avait une chose que je savais sur les batailles : c'était mieux de combattre en territoire neutre. *Neutre,* ça veut dire que personne n'a l'avantage. Aller chez Toucan, c'était lui laisser l'avantage. En sport, l'équipe qui joue sur son terrain a l'avantage. Quand on va jouer sur le terrain d'une autre équipe, c'est comme aller en territoire ennemi.

Le Gros a fait signe en direction d'une voiture garée dans la rue.

— Tu viens maintenant, ou bien tu restes ici. J'ai autre chose à faire que de m'occuper de ces conneries.

J'avais mon épée viking et je savais que, dans les légendes, les héros ne gagnent pas toujours mais que, pour un héros viking, ne pas baisser les bras au moment crucial, c'est plus important que la victoire.

J'ai respiré à fond et je suis allée vers la voiture.

*

Le Gros ne m'a pas parlé pendant qu'il me conduisait chez Toucan. Gert m'avait dit de ne jamais monter en voiture avec quelqu'un que je ne connaissais pas. Le Gros a mis du rap sur l'autoradio et il a fumé.

Pendant qu'il conduisait, je me suis demandé ce que j'étais en train de faire. Peut-être que j'étais en train de me mettre dans une situation trop compliquée pour que Gert puisse venir me sauver.

Mais il ne fallait pas que je pense à tout ça. Il ne fallait pas avoir peur. Si un Viking part au combat en pensant qu'il va être vaincu, alors il va être vaincu. J'ai mis la main dans mon sac à dos et j'ai empoigné mon épée viking pour le cas où j'aurais eu besoin de la sortir pour me défendre. Le Gros m'a demandé si je voulais qu'il mette la climatisation.

— Non, j'ai dit.

— Ça te dérange si je la mets ? il a demandé.

— Non, vas-y.

— Cool, il a dit en allumant la climatisation.

Il a conduit un peu, puis il a baissé la musique.

— Alors, c'est quoi l'embrouille avec Gert ?

— Comment ça ?

Le Gros a tourné sa tête d'un côté puis de l'autre.

— Je sais pas. Il parle aux flics.

Il a ralenti la voiture à un stop mais il n'a pas marqué l'arrêt : c'est ce qu'on appelle faire un « arrêt glissé ». Je me suis souvenue de la fois où la voiture de police avait arrêté Gert parce qu'il avait grillé un stop, et qu'il avait vomi.

— Si tu n'aimes pas les flics, tu ferais mieux de marquer l'arrêt quand il y a un stop. Une fois, Gert s'est fait arrêter par un policier parce qu'il n'avait pas marqué l'arrêt.

Le Gros a eu un petit rire.

— Ouais. Mais pas dans ce quartier-ci.

Il a appuyé sur l'accélérateur et la voiture a démarré tellement vite que ça m'a fait basculer en arrière dans mon siège. Il a remis la musique.

On s'est arrêtés devant une maison pas très loin et j'ai reconnu où on était. C'était la maison de Toucan, celle où Gert m'avait déjà emmenée, avec les haies, la pelouse et la belle voiture rouge de Toucan garée devant.

— Et voilà, a dit le Gros en coupant le contact.

J'ai enlevé ma ceinture de sécurité et j'ai ouvert la portière. Le Gros n'avait pas mis sa ceinture, ce qui était débile de sa part, et il est sorti aussi.

Le Gros a fait tourner ses clés entre ses doigts. Les clés tintaient en tournant autour de l'anneau, puis il les a fait tomber sur les marches devant la porte d'entrée. Il s'est arrêté pour les ramasser.

Quand on est arrivés à la porte, il me l'a ouverte. J'ai voulu dire merci, sauf qu'on ne dit pas merci aux méchants, alors j'ai juste fait un signe de tête et je suis entrée. J'ai vérifié qu'en cas de besoin, je pouvais sortir mon épée viking pour attaquer.

*

Dans la maison, il faisait sombre. Il y avait juste une lampe allumée dans un coin et, à part la lampe, un peu de lumière jaune qui filtrait à travers les rideaux. On entendait de la musique qui arrivait d'une autre pièce. Le Gros m'a dit d'attendre et il a montré le canapé.

— Il dit de t'asseoir là, a dit le Gros.

— OK.

Le Gros est ressorti. Avant de fermer la porte derrière lui, il m'a demandé de dire à Gert que le Gros Mike lui passait le bonjour.

— D'accord, je lui dirai, j'ai dit.

— Cool, a dit le Gros.

Puis il est sorti lentement parce qu'il était tellement gros qu'il se cognait contre les côtés de la porte.

Quand il est parti, j'ai décidé que le combat était tout proche. Je n'avais pas réfléchi à ce que j'allais dire à Toucan. Je savais juste que je devais le terrasser. Est-ce qu'il allait arriver et essayer d'attaquer, comme dans les légendes du *Grand Livre des Vikings* du docteur Kepple ? Ou bien est-ce qu'on allait d'abord avoir une discussion, comme Luke Skywalker et Dark Vador, avant de sortir nos épées et de combattre ? J'ai pris l'épée viking et je l'ai mise à ma ceinture, afin de pouvoir la tirer au moment voulu pour terrasser le Mal.

*

— Zelda, a dit Toucan en entrant dans la pièce.

Il fumait et quand il m'a vue, il s'est gratté le menton.

— Ça fait plaisir de te voir. *Mi casa es su casa*, tu te rappelles ?

— Je suis ici pour t'arrêter. C'est ça que je suis venue te dire.

La cigarette de Toucan est devenue orange vif au bout. De la fumée est sortie de son nez, comme celle qui sort du nez des monstres. Il a ri et ça a fait sortir encore plus de fumée de sa bouche.

Quand Beowulf terrasse Grendel, il doit éviter d'avoir peur, même si Grendel est le méchant le plus gros qu'il ait jamais vu. Mais Toucan me faisait peur. J'avais l'impression d'avoir un oiseau à l'intérieur de moi qui se cognait au-dedans de mon corps en essayant de sortir. Pour me calmer, j'ai regardé mes chaussures et j'ai commencé à compter jusqu'à dix.

— Tu es en train de faire un AVC ou quoi ? a demandé Toucan.

— Tu as fait mal à Marxy et ça, c'est une déclaration de guerre. Tu lui as volé son ballon de basket et tu lui as fait mal, et aussi tu as fait mal à Gert.

Je me suis redressée. Je ne m'étais jamais tenue aussi droite.

— Je vais te stopper.

Je m'attendais à ce que Toucan se mette en position de combat. Au lieu de cela, il est resté sans bouger ni changer d'expression.

— Je comprends que dalle à ce que tu racontes.

Il a indiqué le canapé.

— Tu veux pas plutôt t'asseoir, pour qu'on parle de tout ça entre adultes ?

Je lui ai dit que je ne voulais pas m'asseoir. Ce que je voulais, c'était qu'il laisse Gert tranquille, qu'il laisse Marxy tranquille, et aussi qu'il arrête de vendre de la drogue.

Mais Toucan n'avait pas l'air de vouloir se battre. Pendant qu'il m'écoutait, sa tête se balançait de haut en bas et il répétait : « OK. »

Ce n'était pas comme cela que se passait normalement une bataille. Il n'avait pas d'arme et il ne se mettait pas en position de combat. Je lui ai dit de nous laisser tranquilles, que c'était une exigence et que ce n'était pas négociable.

J'ai fini en disant :

— Tout ça, c'est *sine qua non.*

Toucan s'est léché les doigts et il a éteint sa cigarette en pinçant le bout. Puis il a mis ce qui restait de sa cigarette dans un cendrier sur la table. Il m'a demandé si j'avais fini.

— Non, il y a encore autre chose, j'ai dit en sortant mon épée viking de ma ceinture.

Je l'ai tenue devant moi et je me suis mise en position de combat. Toucan a sifflé.

— Eh ben dis donc. Ça m'a l'air dangereux, ça. Tu es sûre que tu sais t'en servir ?

Je lui ai dit que j'étais sérieuse et que s'il ne promettait pas de nous laisser tranquilles, Gert, Marxy et moi, je serais forcée de m'en servir. Il a croisé les bras et il a fait un pas vers moi.

C'était un pas très lent.

J'ai brandi mon épée viking pour lui montrer que s'il s'approchait encore, j'allais frapper.

— Reste où tu es, j'ai dit.

Toucan a fait encore un pas.

— Et si je fais ça ? il a demandé.

Puis il a fait encore un pas, jusqu'à être assez près de moi pour que je puisse attaquer.

— J'ai dit…

Ses bras se sont dépliés et une de ses mains a attrapé mon poignet. Il m'a tordu le bras jusqu'à ce que ça me fasse mal de tenir mon épée viking, et j'ai dû la laisser tomber par terre. Avec l'autre main, il m'a attrapée par les cheveux.

— Arrête ! j'ai dit.

Mais il n'a pas arrêté. Il m'a tiré les cheveux tellement fort que je suis tombée à quatre pattes devant lui. J'avais l'impression qu'il tirait tellement fort sur mes cheveux que mon cerveau allait me sortir de la tête. Ça me faisait des éclairs dans tout le corps, tellement gros que mes yeux se sont remplis de larmes.

— Hein ? (Il m'a tiré la tête vers le haut jusqu'à ce que mon visage soit en face du sien.) Tu as dit quoi ?

J'ai essayé de le mordre mais il m'a tiré la tête en arrière pour m'en empêcher. Puis il m'a jetée par terre. Mon épée était sur le sol à côté de mes pieds mais j'ai sorti mon téléphone de ma poche.

J'avais le téléphone de Kalash sur le 2 en numérotation rapide.

Ça a sonné une fois et elle a décroché. Je pleurais tellement fort que mon écran était mouillé de larmes et de morve.

— Putain, Zelda, mais tu es où ? J'étais morte d'inquiétude, bordel !

— Au secours, j'ai dit.

— Quoi ? Tu es où ?

Toucan m'a pris mon téléphone et il m'a attrapée encore par les cheveux, et il m'a traitée de sale pute et d'autres noms encore qui étaient vilains.

J'ai essayé de me dégager et il m'a mis une claque sur la joue, et ça m'a fait venir encore plus de larmes aux yeux. Il m'a giflée encore une fois et une autre fois, toujours au même endroit sur mon visage, jusqu'à ce que j'aie l'impression que ma bouche allait se décrocher de ma tête.

Je m'étais encore fait pipi dessus. Ça faisait chaud sur ma peau et ça grattait.

Pendant qu'il me frappait, Toucan m'a dit que je puais la pisse, que j'étais dégueulasse, que j'étais une salope d'avoir fait des saloperies dans sa maison. Il m'a encore frappée, il m'a dit de fermer ma gueule.

Puis il m'a soulevée et il m'a jetée sur le canapé, avec mon ventre en travers de l'accoudoir.

— Tu trouves qu'il te nique bien, ton petit copain ? il m'a dit dans l'oreille. Maintenant, tu vas voir comment font les vrais pros.

Il a baissé mon pantalon jusqu'à mes chevilles. Je le sentais qui malaxait mes jambes et qui les griffait.

— S'il te plaît, j'ai dit, mais il était tellement lourd que je ne pouvais pas bouger.

Toucan a mis ses jambes entre mes jambes et il les a écartées.

Quelque part dans un coin que je ne voyais pas, j'entendais le Grendel qui riait et qui grognait, et son grognement était comme celui des loups. Mon corps criait à l'intérieur mais j'étais tellement écrasée que tous mes cris restaient coincés au-dedans.

Là, le Gros est entré dans la pièce. Il a ouvert la porte d'un seul coup et il nous a vus. Je ne le voyais pas, juste un peu du coin de l'œil. Je sentais toujours la main de Toucan sur mon dos mais je n'avais plus son poids sur moi.

— Quoi ? a demandé Toucan.

J'ai entendu le Gros qui disait :

— Euh, je…

— Tu quoi ?

Toucan a remis son pantalon. J'ai entendu la fermeture Éclair qui remontait. Je n'étais plus prisonnière mais je n'arrivais pas à bouger.

Le Gros lui a tendu son téléphone.

— Je sais pas comment elle a eu mon numéro, mais c'est la meuf de Gert. Elle veut te parler.

— Surveille-la, a dit Toucan en me montrant du doigt.

Il a pris le téléphone du Gros et il est allé dans la pièce d'à côté.

*

J'avais mal au ventre d'avoir été écrasée sur l'accoudoir du canapé. Le Gros a attendu que Toucan soit sorti et il m'a demandé si ça allait.

Je me suis sentie glisser jusqu'au sol, j'ai fermé les yeux, j'ai dit que je voulais rentrer chez moi, pitié, qu'il me ramène chez moi, pitié, n'importe où, pitié.

— Tiens, a dit le Gros. Prends ça.

Il m'a passé une couverture. Je me suis mise à sangloter.

— Putain, a dit le Gros. C'est abuser, putain.

Toucan est revenu dans la pièce.

— Tu fais quoi ?

— Mec, elle est fracassée, a dit le Gros.

— Et alors ?

— Alors, a dit le Gros. Merde.

Toucan a dit au Gros de m'emmener à la cave.

— Elle a foutu de la pisse partout sur ma couverture. Tu crois que ça me fait plaisir ?

Le Gros a secoué la tête et il s'est mis à dire des gros mots tout seul. Toucan s'est approché de lui jusqu'à ce que leurs visages se touchent presque. Le Gros a tourné la tête et il a regardé ailleurs.

Toucan a attrapé les joues du Gros avec sa main et il a dit :

— Quoi ?

— Rien, a dit le Gros.

— Tu étais en train de dire un truc.

— Nan, a dit le Gros. J'ai rien dit.

— Bien.

Il m'a dit de remettre mon pantalon et qu'il m'avait assez vue.

*

Le Gros m'a touché le bras. J'ai essayé de remonter mon pantalon mais il était mouillé et il ne voulait pas remonter jusqu'en haut. Le Gros a essayé de m'aider, Toucan lui a dit qu'il n'avait qu'à me porter.

— Elle pèse genre vingt kilos, il a dit.

Le Gros m'a soulevée par la taille. Je ne pouvais plus bouger ni parler. Le Gros a dit :

— Allez, doucement, on y va.

Il m'a portée dans la cave en descendant lentement les marches. Mon corps n'a pas bougé.

En bas, il y avait un matelas et il m'a posée dessus. Le matelas sentait mauvais. Il sentait le pipi, mais moi je sentais le pipi aussi. Mes jambes mouillées me piquaient à cause de l'air froid de la cave et j'ai frissonné.

— Ça va ? a demandé le Gros sans me regarder.

— J'ai froid.

— Ouais, il a dit en regardant le plafond pour ne pas me regarder.

Il a trouvé une couverture. Mon corps me faisait mal depuis que Toucan m'avait écrasée. Le Gros a mis la couverture sur moi.

— Tu pourras dire à Gert que j'ai rien à voir avec tout ce bordel ? il a demandé.

J'ai serré la couverture autour de moi, j'ai ramené mes genoux contre ma poitrine, je les ai frottés jusqu'à ce que je m'arrête un peu de trembler.

Le Gros a commencé à remonter l'escalier. Ça a grincé sous son poids. Puis il s'est arrêté et il est redescendu. J'entendais les Grendels qui grognaient quelque part, dans un coin où je ne pouvais pas les voir.

Le Gros s'est approché et il est resté devant moi.

— Merde, il a dit.

Il s'est agenouillé. Ses genoux ont craqué.

— Je vais laisser la porte de derrière ouverte. OK ? Tu m'écoutes ?

Comme je ne répondais pas, il a attrapé mon bras.

— Hé. Il faut que tu m'écoutes.

— S'il te plaît, ne me laisse pas là, j'ai dit, même si le Gros ne faisait pas partie de ma tribu.

Je me suis accrochée à lui aussi fort qu'il s'accrochait à moi. Il avait les yeux humides.

— S'il te plaît, aide-moi.

— Tu as juste à monter, tu tournes à gauche, et après tu sors par la porte de derrière. Il y a une porte dans la clôture. Tu passes par là. D'accord ?

Il a touché mon bras et j'ai senti mon corps qui se tendait et qui se mettait à trembler.

— Tu attends dix minutes. Et après tu peux sortir par là. Tu comprends ?

— Oui, j'ai dit.

Le Gros s'est levé. Il avait le pantalon qui descendait en dessous de la taille alors il a tiré dessus. Il a monté l'escalier sans se retourner.

34

Je ne sais pas combien de temps j'ai attendu. Je sais juste que chaque fois que j'essayais de compter soixante secondes, j'oubliais combien de fois j'avais déjà compté. Mon pantalon était mouillé, je ne voulais pas le garder. Le mouillé me brûlait les jambes. Quelque part dans le noir, au fond de la cave, le Grendel grognait.

J'ai fermé les yeux et je lui ai dit de se taire, de se taire, j'ai dit tout fort :

— TAIS-TOI.

J'ai monté lentement l'escalier en essayant de ne pas faire de bruit.

Toucan était en train de parler à quelqu'un dans le salon. Je suis passée par là où le Gros m'avait dit de passer, je suis sortie dans la cour et j'ai couru jusqu'à la clôture, là où il y avait la porte.

Quand je suis arrivée à la porte, j'ai vu la voiture de Kalash. Elle était garée devant. Elle m'avait trouvée.

Elle était venue me sauver et elle était à l'intérieur de la maison avec Toucan et les Grendels.

Je me suis assise par terre, j'ai pris ma tête dans mes mains et j'ai dit : « TAISEZ-VOUS », j'ai dit ça à toutes les choses mauvaises qui venaient d'arriver. Et j'ai pensé à la femme viking dans sa tombe qui était devenue tellement légendaire qu'aujourd'hui, mille ans après sa mort, les gens parlaient encore d'elle.

Je suis allée à une fenêtre et j'ai essayé de regarder à l'intérieur, mais j'arrivais à peine à voir à travers une fissure dans la vitre. Quand j'ai mis mon nez contre la fenêtre, j'ai vu Kalash dans le salon et Toucan qui était avec elle.

Le Gros est arrivé derrière moi et il a essayé de m'attraper par le bras.

— T'es tarée ? Je t'ai dit de sortir de là !

— Il y a mon amie à l'intérieur, j'ai dit en dégageant mon bras.

— Il va se passer quoi, à ton avis, s'il s'aperçoit que tu t'es échappée ?

— Il faut que je la sauve. Tu veux bien m'aider ? Tu peux m'aider à le terrasser.

— Il faut que tu sortes d'ici, c'est tout.

Le Gros a secoué la tête et il a dit « merde » encore une fois avant de s'en aller.

J'avais encore les jambes qui brûlaient à cause du pipi, et mal au ventre, et mal au visage là où il m'avait frappée. Les choses avaient mal tourné. J'avais peur, plus peur que j'avais jamais eu de toute ma vie. Je me suis souvenue comme j'avais eu peur d'Oncle Richard quand il avait frappé Gert avec la bouteille de bière et qu'il lui avait crié dessus.

Mais j'en avais assez d'avoir peur des Grendels et des méchants comme Toucan et Oncle Richard, qui voulaient faire du mal à des innocents.

Même sans mon épée viking, qui était là quelque part dans la maison, j'ai décidé que j'allais me battre pour sauver Kalash et Gert et le monde.

En me dressant de toutes mes forces, j'ai murmuré : « *Skeggǫld, skálmǫld, skildir ro klofnir* », un cri de guerre viking, et j'ai demandé à Tyr, le dieu viking de la Guerre, qu'il me donne force et courage.

*

Je suis entrée dans la maison par la porte de derrière et j'ai pris le couloir qui menait au salon où Toucan et Kalash étaient en train de se disputer. J'ai traversé la cuisine avec toutes les bouteilles de bière en verre marron vides, les cigarettes dans l'évier, le cannabis dans des sachets et les cartes à jouer étalées sur la table.

À mesure que j'approchais, j'entendais de mieux en mieux ce que disaient Toucan et Kalash. Puis je les ai vus. Kalash était debout face à Toucan.

Dans la main, elle tenait le revolver de Gert.

— Où est Zelda ? elle a crié.

Toucan n'avait pas les mains en l'air. Il a continué de fumer et il a dit qu'il ne savait pas où j'étais.

C'est là que Kalash m'a vue. Elle a dit mon nom et elle a baissé le revolver, qui d'un seul coup n'était plus pointé sur Toucan.

Ça lui a laissé juste le temps d'attaquer.

Toucan était très rapide. Avant que Kalash puisse se protéger, il l'a frappée comme il m'avait frappée, moi, et il lui a pris le revolver. Mon cerveau s'est mis à travailler à toute vitesse, j'ai pris le cendrier, je le lui ai jeté dessus. Il a rebondi sur son bras et il est tombé par terre.

— Laisse-la ! j'ai hurlé.

Ça a distrait Toucan et Kalash l'a taclé, exactement comme faisait Gert avec les autres joueurs au football américain. Elle s'est jetée en plein dans son ventre, il a laissé sortir tout son air par sa bouche et il est tombé comme un arbre.

— Sauve-toi ! a crié Kalash en s'écroulant sur Toucan.

Toucan l'a repoussée tout de suite. Il l'a plaquée par terre en la tenant par les poignets et il lui a mis encore des coups de poing en la traitant de gouine et de sale pute.

Je ne me suis pas sauvée. Mes pieds étaient devenus de la colle.

Kalash a fait un bruit comme un animal qu'on écrabouille.

— Salope, a dit Toucan, et il l'a frappée encore une fois.

Il a tenu la tête de Kalash contre la moquette et il y avait du sang dessus. Il l'a frappée à nouveau, puis il a pris le cendrier et il l'a frappée avec.

Elle a fermé les yeux et ouvert la bouche en même temps, comme un poisson.

Les Grendels grattaient par-dessous la moquette et à l'intérieur des murs. La maison tout entière était en train de se transformer en Grendel.

J'ai vu l'épée viking. Elle était sous le canapé. Je ne sais pas comment elle était arrivée là.

Peut-être que c'était Odin qui l'avait mise là pour que je m'en serve et sauve Kalash qui était en train de prendre des coups. Toucan avait le revolver dans sa main, il s'en servait pour la frapper au visage encore et encore, et plus il frappait, plus les Grendels grognaient fort, et quand j'ai cligné des yeux Toucan était devenu un Grendel qui allait dévorer Kalash de sa bouche géante.

Les Grendels, c'était la voix d'Oncle Richard, ses cris quand il frappait Gert, c'était la voix de ses doigts sur ma peau, la voix d'Hendo qui me disait que j'étais moche et stupide et attardée, la voix des cellules cancéreuses dans le corps de Maman qui envahissaient tout le dedans de son corps jusqu'à ce qu'il ne reste plus rien que le cancer et la mort.

La voix du Grendel disait que je ne serais jamais une héroïne, que les Vikings ça n'existait plus, qu'on était en train de faire mal à Kalash et que c'était ma faute. Tout était ma faute.

Puis j'ai entendu la voix du docteur Laird. Il disait que ce n'était pas ma faute. Et la voix du docteur Kepple qui disait que parfois c'est la vie qui nous trouve, et que quand ça arrive il faut être à la hauteur, même si on a peur.

« Tu es une héroïne », disait la voix. Et là, Kalash a essayé de frapper Toucan, même si elle était toute petite et pleine de sang sous lui, et c'était la chose la plus héroïque que j'aie jamais vue.

Alors j'ai pris l'épée viking et j'ai poussé un cri de guerre en la brandissant devant moi.

J'ai fait un des coups que j'avais appris, celui qui s'appelle le coup de taille, et avec l'épée j'ai taillé la peau de son bras du côté où il tenait le revolver.

— Maintenant, tu vas arrêter ! j'ai crié, plus fort que tous les Grendels du monde.

Son bras saignait et il l'a levé en l'air en criant :

— Putain de merde !

Il a avancé vers moi et il s'est arrêté comme s'il se cognait contre un mur invisible devant lui. Ses yeux sont devenus très grands et très larges.

— Ah, a dit Toucan, et derrière lui j'ai vu Kalash qui tenait le revolver.

Elle avait tiré une balle qui avait traversé le dos de Toucan jusqu'à arriver dans son ventre.

J'ai attendu très longtemps sans pouvoir bouger, avant de prendre le téléphone portable de Kalash et d'appeler le numéro d'urgence.

35

Au commissariat de police, ils m'ont posé plein de questions sur ce qui s'était passé. La policière qui m'avait donné sa carte était là et elle m'a demandé si c'était moi qui avais blessé Toucan au bras avec l'épée viking. J'avais du mal à parler. À l'intérieur de moi ça explosait, mais aucun mot ne voulait sortir. Ça restait coincé. Chaque fois que je pensais à quelque chose, ma pensée s'accrochait aux autres mots qui étaient déjà coincés dedans et ça faisait une grosse boule qui devenait de plus en plus grosse, jusqu'au moment où j'ai cru que j'allais vomir.

J'avais l'impression que mon cœur s'était arrêté. Mais j'ai mis mon doigt contre mon cou et j'ai senti qu'il battait encore.

La policière a dit à un autre policier de m'emmener à l'hôpital et de rester avec moi. Ils avaient peur que les amis de Toucan se mettent en colère et essaient de me faire du mal, ou de faire du mal à Kalash qui dormait et qui ne se réveillait pas.

— Simple mesure de précaution, a dit la policière.

Je suis restée assise dans la salle d'attente de l'hôpital avec un policier debout à l'autre bout de la pièce qui lisait un magazine. Pendant que j'étais au commissariat, une ambulance avait emmené Kalash aux urgences. Quand le docteur Laird est arrivé à l'hôpital, c'était la première fois que je le voyais hors de son bureau. Il portait un manteau marron qui lui arrivait jusqu'aux genoux.

Il m'a vue et il a dit quelque chose au policier en lui montrant une carte d'identité qu'il avait dans son portefeuille. Le docteur Laird est venu jusqu'à moi et avant de dire quoi que ce soit, il m'a tendu la balle anti-stress. Je l'ai refusée.

J'ai regardé le mur derrière lui où il y avait une photo d'une plage en été. Plus que tout au monde, j'aurais voulu être là-bas avec Gert et Kalash, sur cette plage, sous ce palmier.

— Je sais ce que tu dois ressentir, a dit le docteur Laird. Je suis venu dès que j'ai su.

Je voulais continuer à être en colère contre lui parce qu'il avait appelé la police et qu'il avait attiré des ennuis à Gert. Mais je ne pouvais pas être en colère. Ce n'était pas seulement mon docteur, c'était aussi mon ami et un membre de ma tribu, et le Sage Conseiller de ma légende. Parfois dans une tribu, quand on veut faire le bien de quelqu'un, on est obligé d'abord de faire quelque chose qui lui fait du mal.

— Je me sens comme un vrai sac à merde, j'ai dit.

Le docteur Laird a sorti la balle anti-stress.

— Tu es sûre que tu n'en veux pas ?

Cette fois-ci, je l'ai prise et je l'ai serrée dans ma main.

Il est resté pendant une heure, il m'a écoutée, il m'a laissée pleurer. Il n'a pas pris de notes. Il avait un paquet de mouchoirs en papier qu'il m'a donné pour que je puisse me moucher. Je lui ai raconté Toucan, le moment où il était mort avant l'arrivée de la police. Quand c'est arrivé, j'aurais dû me sentir puissante et héroïque. Mais je ne me sentais ni l'un ni l'autre. Toucan avait essayé de me parler pendant qu'il mourait et son sang sortait par le trou où la balle était entrée. Il avait tendu la main, je l'avais prise et ça m'avait fait penser au bébé d'Hendo, Artem, à la manière dont il avait enroulé ses doigts de bébé autour de mon grand doigt.

Toucan n'avait pas réussi à tenir ma main très longtemps. Au bout d'un moment c'était moi qui tenais sa main, jusqu'à ce que sa main me lâche et que moi je lâche sa main, et il était devenu un cadavre, et ce n'était plus une personne.

— J'ai oublié que c'était un méchant, j'ai dit. C'était juste quelqu'un qui était en train de mourir, et Kalash essayait de me décrocher de lui, et là elle a commencé à mourir elle aussi, et je ne savais pas quoi faire.

— Parfois, dans la vie, les choses ne sont pas si simples. On ne distingue pas toujours les héros des méchants.

Le docteur Laird s'est approché tout près, jusqu'à ce que je puisse voir dans ses yeux, qui étaient verts alors que jusque-là j'avais cru qu'ils étaient bleus.

— Mais je veux que tu saches que tu as été très courageuse, et que tu es héroïque. Tu aurais pu fuir tes problèmes. Beaucoup de gens font cela.

— Il a fait un bruit, j'ai dit, en repensant à la manière dont la bouche de Toucan s'était ouverte sans que les mots arrivent à sortir. Juste ce bruit.

Je me suis remise à pleurer.

— Voilà, il a dit. Je sais.

Et il a posé sa main, avec sa grosse alliance et ses doigts poilus, sur mon bras.

On est restés assis sur les chaises de la salle d'attente, moi et le docteur Laird avec sa main sur mon épaule, et je me suis faite toute petite, en boule sur ma chaise.

— Est-ce qu'on peut parler de quelque chose ? j'ai demandé.

— De quoi, par exemple ?

— De n'importe quoi sauf ce qui se passe maintenant.

Il sentait le shampoing et le linge propre à peine sorti de la machine, et il m'a raconté des histoires sur toutes les choses intéressantes que sa fille apprenait à l'école, par exemple les papillons qui sentent les goûts avec leurs pattes, et les étoiles de mer qui sont le seul animal qui a deux estomacs dont un qu'elles peuvent éjecter de leur corps.

— Beurk, j'ai dit.

— Oui, beurk, il a dit. Elles s'en servent pour manger les huîtres.

Avant ça, il ne m'avait jamais parlé de sa famille. Je ne savais même pas qu'il avait une fille. Ça faisait partie de nos règles : on ne parlait pas de lui, ni de sa vie, ni de sa famille. Je lui ai demandé pourquoi il voulait bien parler de sa fille maintenant.

— Parce que je crois que cette fois, c'est différent.

— Oui.

Le docteur Laird a regardé ses mains.

— Je pense que je ne t'ai pas aidée autant que j'aurais pu. Et je me sens responsable de beaucoup des choses qui te sont arrivées.

Je ne comprenais pas de quoi il voulait parler. Il restait là à se tordre les mains, il prenait sa respiration comme s'il était sur le point de dire quelque chose, puis il s'arrêtait.

— J'aurais dû être mieux préparé, compte tenu de ton histoire personnelle.

— Mon histoire personnelle ?

— Je veux dire ton histoire familiale. Avec ton oncle.

— Oh.

J'ai joué avec mes mains, parce que c'était plus facile de parler à mes mains qu'au docteur Laird.

— Oncle bite-cul.

— Oui, il a dit. Oncle bite-cul.

Le médecin est sorti et il a dit que je pouvais voir Kalash si je le souhaitais. On s'est levés en même temps, le docteur Laird et moi.

— Bien, a dit le docteur Laird.

Il m'a tendu sa main. Je l'ai prise et je l'ai serrée.

— Est-ce qu'on pourrait se serrer dans les bras encore une fois ?

— Oui, on peut faire ça.

Et je l'ai serré dans mes bras. J'ai voulu lui rendre la balle anti-stress, mais il m'a dit de la garder.

— Toutes les fois où tu auras l'impression que tu vas éclater, tu la serres un bon coup.

*

Kalash ne partageait pas sa chambre avec quelqu'un d'autre. Le policier qui me surveillait est entré dans la chambre avec le médecin et moi. Le médecin a tiré un rideau bleu qui pendait du plafond et qui faisait le tour du lit de Kalash.

La personne dans le lit ne ressemblait pas à Kalash. Elle ressemblait aux morts dans les séries policières à la télé. Sa peau n'avait pas les mêmes couleurs que d'habitude, et on voyait les petites veines roses sur ses paupières. Un tuyau lui entrait dans la bouche et l'ordinateur à côté de son lit faisait des bips comme un jeu vidéo. Comme si Kalash était devenue un jeu vidéo que l'ordinateur transformait en sons.

— Elle va bien ? j'ai demandé.

Le médecin s'est gratté la gorge.

— Nous n'en sommes pas entièrement sûrs. Elle a subi de graves lésions neurologiques et elle a perdu beaucoup de sang.

— Qu'est-ce que ça veut dire ?

— Ça veut dire que nous allons devoir faire d'autres examens.

Le médecin a dit que je pouvais rester avec elle jusqu'à l'arrivée de Gert. Il était encore au commissariat. J'ai demandé au policier combien de temps ça allait prendre.

— Je ne suis pas sûr, il a dit. Ça ne devrait pas prendre trop longtemps.

Il y avait une chaise à côté du lit, alors je me suis assise dessus. La main de Kalash avait la paume tournée vers le haut, avec un sparadrap qui tenait un tuyau planté dedans. J'ai posé la tête sur sa main.

*

Je suis restée une heure entière avec Kalash, à lui parler comme si elle était éveillée. Parfois elle me répondait dans ma tête, ou en tout cas les mots qu'elle aurait pu dire venaient dans ma tête. Les mots me demandaient de prier pour elle.

— Je sais que tu es toujours là-dedans, j'ai dit à Kalash. Je vais trouver comment faire pour que tout le monde le voie.

Normalement, j'aurais prié comme on faisait quand on priait ensemble Hamsa et moi, lui le dieu des musulmans et moi Odin et tous les guerriers de Valhalla et les Nornes, en leur demandant de faire un autre jour pour la mort de Kalash. Mais je n'étais pas sûre de croire encore à tout ça. Je n'étais pas sûre de croire encore en Odin, et je n'étais pas non plus sûre de croire qu'après leur mort, les bonnes personnes partent dans un endroit comme Valhalla. Kalash était une bonne personne et les choses avaient très mal tourné pour elle, et elles avaient aussi très mal tourné pour Toucan, qui ne serait plus jamais vivant.

Peut-être que ça valait quand même la peine de prier, même si je n'y croyais plus.

— Odin, j'ai dit, et j'ai fermé les yeux. S'IL TE PLAÎT, AIDE KALASH À SE RÉVEILLER. JE TE PROMETS DE T'HONORER, ET DE L'HONORER ELLE, ET D'HONORER TOUS CEUX QUI SONT À VALHALLA.

J'ai dû dire ça très fort, parce que l'infirmière est entrée et elle m'a demandé si ça allait.

— J'ai entendu des cris, elle a dit.

— C'était pour honorer Kalash, j'ai dit.

Et comme il y avait des chances que l'infirmière ne sache pas que je l'appelais comme ça, j'ai montré Kalash pour qu'elle comprenne que c'était elle que j'honorais avec mes cris.

— D'accord, a dit l'infirmière. Alors peut-être que vous pourriez honorer cette dame un peu moins fort ? Il y a d'autres patients ici qui ont besoin de repos.

Elle a souri et j'ai dit qu'il n'y avait pas de problème, que j'avais fini mes honneurs pour la journée.

*

Kalash n'avait pas de famille et elle avait choisi Gert pour dire quand la débrancher de la machine qui l'aidait à respirer et à manger. On était tous les deux à l'hôpital, debout autour d'elle. Gert n'avait pas été arrêté. Mais il fallait qu'il retourne au commissariat plus tard, parce qu'il jouait un rôle très important dans leurs plans pour attraper d'autres gens comme Toucan.

Gert parlait avec le médecin, qui a dit que Kalash n'allait peut-être pas se réveiller. Les résultats des examens étaient arrivés et ils n'étaient pas bons. Toucan avait frappé très fort sur son cerveau et du sang était entré dedans, ce qui n'était pas bon du tout.

— Mais son corps, il est vivant, j'ai dit.

Le médecin a dit qu'il nous laissait seuls pour qu'on puisse parler et il a fermé la porte derrière lui. La machine de Kalash faisait des bips. On est restés l'un à côté de l'autre, Gert et moi, à la regarder. En face de la fenêtre à côté du lit de Kalash, il y avait un grand immeuble de bureaux. Je voyais plein de gens qui se déplaçaient à l'intérieur. On aurait dit des fourmis. Je me suis demandé s'ils regardaient dehors, s'ils nous voyaient, s'ils se demandaient ce qu'on fabriquait pour avoir l'air aussi tristes et déprimés.

— Putain, putain, putain, a dit Gert.

Il est allé à la fenêtre et il a collé son visage à la vitre.

Kalash avait un pied qui dépassait du drap. Ses ongles avaient encore des petits bouts de vernis argenté dessus. J'avais apporté un coupe-ongles parce que dans *Le Grand Livre des Vikings*, le docteur Kepple explique que quand un guerrier meurt, il faut couper ses ongles pour éviter qu'ils soient utilisés pour construire un bateau qui s'appelle *Naglfar* et qui apporterait avec lui Ragnarök, la fin du monde.

J'ai coupé ses ongles un doigt de pied à la fois.

— Tu fais quoi ? a demandé Gert.

— C'est la fin. Je sauve le monde, j'ai dit.

Les ongles de Kalash n'étaient plus très longs. L'infirmière devait les avoir déjà coupés. Mais il y en avait quand même assez et j'ai gardé les bouts d'ongle dans ma main. Quand je suis arrivée à ses mains, j'ai touché ses doigts. Je pouvais les faire bouger dans n'importe quel sens. Kalash n'était pas là pour dire aux doigts d'aller d'un côté ou de l'autre.

Gert s'est approché.

— Je peux en couper quelques-uns ?

Je lui ai donné le coupe-ongles.

— Fais attention, j'ai dit. Elle n'aime pas quand ils sont trop courts.

Gert a fait le tour de Kalash avec beaucoup de soin. Il lui restait cinq doigts à faire et il a gardé les ongles dans sa main.

J'ai pensé à Toucan. Maintenant, c'était un cadavre avec des yeux de cheval. Ce qui m'avait fait le plus peur, c'était la manière dont sa bouche s'était ouverte, comme s'il était en train de hurler, sauf que rien ne sortait. Il n'y avait plus d'âme à l'intérieur de lui.

D'un seul coup, Gert a fait un bond.

— Oh la vache, il a dit.

Kalash a cligné des yeux.

— Qu'est-ce que vous foutez, bande de dingos ?

Sa voix n'était pas sa voix normale, mais c'était la voix de quelqu'un de vivant.

36

Gert a arrêté d'aller aux cours de rattrapage. Il disait que c'était impossible de se concentrer sur les notes qu'il devait rattraper pendant que Kalash était à l'hôpital, et il allait la voir. Parfois ils se disputaient et j'attendais dehors, et quand je rentrais ils étaient ensemble dans le lit d'hôpital, main dans la main, Gert les yeux fermés et la tête sur l'épaule de Kalash.

J'allais voir Kalash le plus souvent possible, mais pas tous les jours parce que je travaillais de plus en plus à la bibliothèque.

Au début, elle a dû utiliser un fauteuil roulant parce que son cerveau ne savait plus parler à ses jambes. Ensuite, elle a appris à son cerveau à parler avec l'aide d'un kinésithérapeute qui lui a appris à bouger d'abord ses doigts de pied, puis ses jambes.

— Tu as déjà entendu des gens parler en japonais ? a dit Kalash. Eh bien ça fait pareil. Mon cerveau parle en japonais, et mes jambes ne comprennent rien.

Un jour elle a réussi à marcher avec un déambulateur, un pied à la fois, très lentement.

Quand elle nous a montré son déambulateur qui pouvait se replier, elle était fière. Gert et moi, on l'a applaudie. Plus tard, quand elle a réussi à marcher sans le déambulateur, avec seulement une béquille en métal, j'ai chanté ses louanges.

Elle a pu retourner dans son appartement. Gert voulait qu'elle vienne vivre avec nous. Mais elle a dit que c'était important pour elle de faire les choses toute seule, et au début ça a mis Gert en colère.

Puis il a repris les cours de rattrapage.

— Tu ferais mieux de t'inquiéter pour ça, au lieu de t'en faire pour moi, lui a dit Kalash.

Un jour, pendant que j'étais au travail, elle a appelé la bibliothèque et elle a dit qu'elle voulait me parler.

— Viens toute seule, elle a dit.

J'ai pensé que l'anniversaire de Gert était dans moins d'un mois et qu'elle voulait lui organiser une fête gargantuesque. Peut-être qu'on pourrait faire venir le strip-teaseur viking pour Gert, pour rigoler. J'ai dit que je passais après le travail, j'ai pris le bus et j'ai traversé à pied le parc entre l'arrêt de bus et son immeuble.

Kalash m'a ouvert à l'interphone et quand je suis arrivée à sa porte, elle a crié que c'était ouvert. Je suis entrée et j'ai vu qu'il y avait des valises noires à roulettes posées à côté de la porte.

Elle est sortie de sa chambre avec un sac à dos sur l'épaule, en se servant de sa béquille et en avançant un pied à la fois.

— Tu veux bien m'aider ? elle a demandé, et j'ai couru prendre son sac à dos.

Elle m'a dit de le poser à côté des valises.

— Tu retournes à l'hôpital ? j'ai demandé, parce que des fois elle devait retourner passer la nuit là-bas, et il fallait qu'elle apporte un sac avec les affaires dont elle avait besoin.

— Pas exactement.

Elle s'est assise sur le canapé, très lentement, et elle s'est mise à se masser la jambe.

— Comment ça ?

— Assieds-toi, elle a dit en montrant la chaise devant elle avec sa béquille. Il faut que je te parle.

Je me suis assise. Kalash a tenu sa béquille droite devant elle et elle a posé son menton sur la partie du haut, là où on met la main.

— Je m'en vais, a dit Kalash.

— Tu t'en vas d'où ?

— Je m'en vais de la ville. Et de l'État.

Elle a souri.

— Probablement pas du pays, mais peut-être que si. On verra comment je me sens.

J'ai cligné des yeux en essayant de comprendre ce qu'elle disait. Quand j'ai voulu parler, elle a levé une main en l'air.

— Écoute, j'ai réfléchi à tout ça, à Gert, au temps que j'ai passé à l'hôpital. Il y a des gens qu'il faut que je voie, des gens de ma famille.

— Je croyais que tu n'avais pas de famille. Je croyais qu'ils étaient tous morts en Arkansas.

— En Arizona. Je sais que j'ai dit ça, et pour moi c'était vraiment comme s'ils étaient morts. Mais pas morts morts. C'est juste que…

Kalash a retiré son menton de la béquille.

— En fait, ça fait un moment que je veux aller les voir.

— Gert et moi, on vient avec toi ? Parce qu'il faut que je pose des congés, et Carol va vouloir au moins une semaine de préavis pour que ça soit accepté.

— Oh, Zelda ! Je sais bien que tu me suivrais jusqu'en enfer. Mais cette fois, je pars en solo.

J'ai senti une boule dans ma gorge.

— Et tu reviens quand ?

Au lieu de me répondre, elle m'a dit de lui apporter quelque chose.

— C'est dans ma chambre. Je voulais tout préparer avant que tu arrives mais je n'ai pas eu le temps.

Elle a mis une tape sur sa jambe la plus faible.

— C'est ma patte folle qui me ralentit.

— Qu'est-ce que c'est ?

Elle m'a poussée doucement avec le bout de sa béquille.

— Hé, arrête de poser des questions. Tout sera révélé en temps voulu. C'est une enveloppe. Sur la table de nuit. Apporte-la ici.

Il y avait des vêtements partout sur le lit et sur le sol. Dans l'armoire, des cintres vides étaient pendus à la barre de métal accrochée en travers. Sur la table de nuit il y avait une enveloppe, et dessus il y avait l'écriture de Kalash qui disait ZELDA.

Je l'ai apportée à Kalash. Elle m'a dit de l'ouvrir.

Elle n'avait pas léché l'enveloppe pour la fermer, donc j'avais juste à soulever le rabat.

À l'intérieur il y avait des papiers pliés et quand je les ai dépliés, j'ai vu une clé scotchée au papier du dessus.

— Voici ce qu'on va faire, a dit Kalash.

Elle a attrapé les papiers, elle les a sortis de l'enveloppe et elle me les a tendus.

— Ça, c'est la clé de mon appartement. Je vais faire un double de celle de la porte de l'immeuble mais en attendant, il y a un code que tu peux mémoriser. Il n'est pas compliqué et ça suffit pour ouvrir la porte. C'est écrit ici.

Elle a levé les papiers et elle a tapoté le coin du haut où elle avait écrit : 2-6-0-8.

— Voyons maintenant ces papiers-ci.

Elle a feuilleté les pages.

— Il y a un endroit ici où il faut que tu signes.

— Que je signe ?

— Affirmatif. Ta signature. Celle que tu t'es entraînée à faire.

Je lui ai dit que je ne comprenais pas. Kalash s'est penchée vers moi et je me suis aussi penchée vers elle jusqu'à ce que nos visages se touchent presque.

— Ces papiers, c'est pour transférer le bail à ton nom. J'ai tout réglé avec le concierge de l'immeuble. Il est au courant que c'est toi qui vas reprendre mon appartement. Tu dois juste lui donner une copie de ta fiche de paie de la bibliothèque pour montrer que tu as un revenu, mais tu auras de quoi payer le loyer. J'ai déjà payé plusieurs mois à l'avance, donc ça devrait te laisser le temps de t'habituer à régler tes factures. L'électricité est comprise, mais pas la connexion Internet. Je t'ai envoyé un e-mail avec toutes les informations mais pour l'essentiel, tu te débrouilleras.

Je me suis reculée dans mon siège et je l'ai regardée avec de grands yeux. Puis j'ai regardé l'appartement, qui d'un seul coup m'a paru très grand.

— Et Gert, qu'est-ce qu'il en pense ? j'ai demandé.

— Pour citer ma personne préférée, c'est-à-dire toi : Gert ne fait pas partie de cette légende. Je veux que ce soit toi qui reprennes l'appartement. Pas toi et Gert.

— Pourquoi Gert ne peut pas venir aussi ?

Elle a mis les bras derrière sa tête et elle s'est enfoncée dans le canapé.

— Tu sais, j'ai eu beaucoup de temps pour réfléchir. Ce qui s'est passé là-bas, comment tu m'as sauvée, la galère dans laquelle on s'est retrouvées avec l'autre enfoiré…

J'ai regardé mes mains.

— Je rêve encore de lui, des fois.

— Moi aussi, Zed, bon Dieu ! Et ce n'est pas juste. Rien de tout cela n'est juste. En tout cas, voici ce que je pense. Tu as passé assez longtemps à ramasser la merde de Gert.

— Je ne ramasse pas sa merde. Il est très propre.

— Pas littéralement. Je veux dire dans la vie.

Elle a soupiré.

— Tu ne peux pas sauver quelqu'un qui ne veut pas être sauvé. Dieu sait que j'ai essayé. Et toi aussi. Parfois, les monstres, ce sont aussi les gens qu'on aime. Ce sont eux les… Comment tu les appelles, déjà ? Les Grendels.

— Gert n'est pas un Grendel.

— Peut-être que non. Peut-être que si. Mais il ne pourra jamais te faire du bien, ni à toi ni à personne d'autre, tant qu'il n'aura pas trouvé qui il est.

J'ai fait tourner la clé plusieurs fois dans ma main. Elle était argentée et brillante, et quand elle tournait, la lumière se reflétait sur le métal et brillait sur les murs et le plafond.

— Il doit écrire sa propre légende, j'ai dit.

Kalash a souri.

— Exactement.

— Je ne sais pas si j'arriverai à avoir un appartement à moi.

Kalash s'est levée en s'appuyant sur le bras du canapé pour garder l'équilibre.

— Pourquoi pas ? Tu pourras toujours m'appeler. Et j'ai déjà prévenu Grand Todd, il va organiser des visites régulières et il te trouvera de l'aide. Il y a aussi le docteur Laird. Et puis, ce n'est pas impossible que je revienne dans une semaine et que je foute en l'air tous nos plans.

Elle a levé le poing.

— L'important, c'est que tu sois prête à essayer. C'est ça qui fait que tu es légendaire.

J'ai dit qu'il fallait que je réfléchisse.

— Quand est-ce que tu t'en vas ?

Kalash s'est approchée de ses valises.

— Je dirais… Plus ou moins maintenant.

J'avais envie de l'empêcher de partir, mais je ne l'ai pas fait. Elle était en train de rayer des lignes de sa liste de choses à faire.

On s'est serrées dans les bras et je suis restée dans l'ouverture de la porte. Elle est entrée dans l'ascenseur et elle a levé le poing, et moi j'ai levé le poing, et on a fait un check à travers le couloir, même si en fait on était trop loin pour que nos poings puissent se toucher vraiment.

37

Une maison viking doit être bénite. Et le meilleur moyen de faire une bénédiction, c'est une célébration à la maison avec tous ses amis. Hamsa est venu, et Yoda aussi. Hamsa a amené son oncle qui m'a souhaité un foyer heureux et qui a fait un genre de prière avec ses mains.

Marxy et Sarah-Beth sont venus ensemble, et ça ne m'a pas mise en colère. J'étais très heureuse pour eux. Marxy avait trouvé quelqu'un qui le comprenait et qui l'aimait.

Sa mère m'a prise dans ses bras elle aussi.

— Je sais que ta mère n'est pas là, mais je crois qu'elle serait fière de toi.

Elle m'avait apporté une rune norroise pour protéger la maison.

— Ça s'accroche à côté de la porte. Pour porter chance, et tout ce qui s'ensuit.

Elle est restée devant la lettre du docteur Kepple, que j'avais imprimée et accrochée au mur dans un cadre acheté au magasin Tout à un Dollar pour un dollar cinquante.

— C'est une lettre très spéciale, j'ai dit en me plaçant à côté d'elle. Ça vient du docteur Kepple qui est un expert des Vikings. Les gens croient qu'il n'y a que les hommes qui peuvent être des Vikings puissants, mais ils se trompent. Nous les femmes, on peut aussi être puissantes.

Pearl a souri.

— C'est vrai que nous pouvons être puissantes, Zelda.

Grand Todd avait amené son amoureux, il m'a aidée pour ma facture d'Internet et il m'a montré comment faire un virement automatique pour le loyer. Carol de la bibliothèque est venue aussi. Elle m'a apporté deux serre-livres pour que, quand je commencerais ma propre bibliothèque, je les installe de chaque côté des livres pour les empêcher de tomber.

J'avais aussi invité le strip-teaseur viking de mon anniversaire. En fait, il était homosexuel, et Grand Todd et Noah l'ont trouvé canon.

Je leur ai montré mon épée viking et le nouveau costume que j'avais commandé sur Internet et qui était un costume de femme viking.

Le docteur Laird aussi est venu, alors que je ne m'y attendais pas. Il n'avait pas répondu à mon e-mail d'invitation.

— Vous êtes venu, j'ai dit.

Il portait son grand manteau et sa femme était avec lui. Je savais que c'était sa femme à cause des photos sur son bureau.

— Je me suis dit que j'allais passer.

Il a regardé tous les invités de la fête autour de lui et il a souri. Il m'a présenté sa femme, qui m'a serré la main et qui a dit que c'était un honneur de me rencontrer. Je lui ai dit que c'était un honneur de la rencontrer.

— C'est très joli ici, a dit le docteur Laird.

— Merci, j'ai dit.

Il m'a demandé si Gert était là, et j'ai dit qu'il était invité mais qu'il n'était pas venu.

Yoda est arrivé avec un verre pour le docteur Laird et sa femme.

— Je suis le porte-boissons officiel. Si vous le permettez, je vais prendre vos manteaux.

Il a tendu les bras et il a porté les manteaux dans la chambre, où il y avait sur le lit les manteaux de tous ceux qui étaient venus.

— Vous pensez que Gert va venir ? j'ai demandé au docteur Laird.

— Peut-être. Mais peut-être pas. Mais même s'il ne vient pas, c'est très bien que tu aies fait cette fête. Je suis fier de toi.

Il m'a dit qu'il voulait me parler seul à seule. Sa femme l'a embrassé sur la joue et elle lui a dit qu'elle allait aux toilettes.

— Tu te souviens de l'article que je t'ai donné ? Celui sur la femme viking ?

J'ai dit que oui.

— Tu sais pourquoi je te l'ai donné ?

— Pour que je devienne une héroïne.

— Tout le monde est un héros dans sa propre vie. C'est automatique. Mais je voulais que tu voies que même quand les gens croient que quelque chose n'est pas possible, parfois, ils se trompent. Même les grands savants peuvent se tromper.

— Les choses les plus importantes ne tiennent pas toujours dans une liste. Et parfois, ce sont des choses qu'on n'attend pas. Comme cet appartement.

Le docteur Laird a souri.

— Les choses les plus importantes ne tiennent pas toujours dans une liste. Ça me plaît, comme idée.

— À moi aussi, j'ai répondu, et on s'est fait un check.

*

J'ai attendu Gert, mais il n'est pas venu. On ne s'était pas beaucoup vus depuis le départ de Kalash. Elle ne lui avait pas dit en face qu'elle partait et ça ne m'avait pas plu, mais en même temps je la comprenais. Des fois, Gert pouvait se mettre très en colère et je savais qu'elle ne voulait pas avoir à se disputer avec lui. Au début, je voulais qu'ils se disputent pour que Gert puisse la convaincre de rester. Mais maintenant, j'étais contente qu'il n'ait pas eu l'occasion de la convaincre.

Les invités de la fête ont commencé à rentrer chez eux.

— Si tu parles à Annie, dis-lui qu'elle nous manque, a dit Grand Todd.

Je l'ai serré dans mes bras et je lui ai dit que je lui passerais le message.

Le docteur Laird a dit de l'appeler pour prendre rendez-vous dès que j'en aurais besoin.

Une fois que tout le monde a été parti, j'ai commencé à ranger et j'avais presque fini à 22 h 12 quand j'ai entendu frapper à la porte. Par le petit trou de la porte, j'ai vu Gert qui était debout sur le palier.

— Tu es très en retard, j'ai dit en ouvrant.

— En retard ?

Il a souri en s'appuyant contre l'encadrement de la porte. J'ai secoué la tête.

— Sois le bienvenu.

Quand il a commencé à entrer, je me suis raclé la gorge et j'ai indiqué les RÈGLES DE L'APPARTEMENT DE ZELDA. Gert a vu le papier et il s'est arrêté.

— D'accord, d'accord, il a dit en retirant ses chaussures. C'est sympa, chez toi.

Gert a mis les mains dans ses poches. Il ne s'était pas rasé depuis longtemps et à son odeur, j'ai su qu'il avait bu de la bière.

— Merci.

Je lui ai fait du thé, et pas du café. Une des choses que j'avais apprises, c'était que je n'aime pas le café, pas autant que le thé. Et aussi que je n'aime pas la moquette, parce que la saleté se cache dedans, ça fait moche et ça sent mauvais.

Il s'est assis sur le canapé et il a tiré sur un fil qui dépassait. J'ai apporté son thé.

— Comment tu t'en sors ? il a demandé.

— Ça va. Et toi, comment tu t'en sors ?

Il a haussé les épaules.

— Pas mal.

Il s'est raclé la gorge.

— Tu as eu de ses nouvelles ?

J'avais eu de ses nouvelles, et j'ai dit à Gert qu'elle allait bien. Il n'arrêtait pas de tirer sur le fil qui dépassait du canapé. Il m'a demandé où elle était, si elle était en Arizona.

Kalash m'avait demandé de ne pas dire à Gert certaines choses, par exemple où elle était. Mais je pouvais quand même lui dire qu'elle allait bien et qu'elle était en sécurité. « Mais ne lui dis rien de plus », elle avait écrit dans son e-mail.

— Je ne suis pas sûre de l'endroit où elle est. Mais elle va bien et elle est en sécurité.

Gert a regardé autour de lui et il s'est frotté le cou.

— J'aimerais vraiment lui parler. Donc si tu sais comment la contacter…

Il n'a pas fini sa phrase et il a arrêté de se frotter le cou.

— Elle ne répond pas à mes e-mails.

Il n'avait pas touché à son thé.

— Elle suit sa propre quête, j'ai dit.

— Ouais.

Il m'a pris mon téléphone.

— Gert. Arrête.

— C'est quoi, ton mot de passe ?

Comme je ne le lui disais pas, il a jeté le téléphone contre le mur. Le téléphone a rebondi dessus en laissant une marque.

J'ai croisé les bras et j'ai dit en montrant la porte :

— Tu dois partir, maintenant. C'est la plus importante des RÈGLES DE L'APPARTEMENT : ne pas crier et ne pas jeter des choses.

Gert a ramassé ses chaussures et il est allé vers la porte. Il s'est essuyé le nez sur sa manche.

Il est sorti dans le couloir et il a mis un coup de poing dans le mur avant de repartir, les chaussures à la main.

Arrivé au bout du couloir, il s'est arrêté et il a dit :

— Tu ne veux pas revenir à la maison ?

— Ma maison, maintenant, c'est ici.

C'était une des choses les plus dures que j'ai jamais faites, plus dure même que d'affronter Toucan, mais je suis rentrée dans l'appartement et j'ai fermé la porte.

J'ai mis le reste de la vaisselle de la fête dans l'évier, j'ai éteint la musique et je suis allée dans ma chambre, qui était silencieuse et pleine d'ombres.

Mais je savais qu'il n'y avait pas de monstres dans les ombres, ni de Grendels dans les murs. Rien que ma respiration dans le noir, et dehors la lune brillante suspendue dans le ciel.

*

Quand je me suis réveillée le lendemain matin et que j'ai commencé à me préparer pour aller au travail, j'ai vu qu'il y avait une enveloppe sous la porte. Je me suis baissée, je l'ai ramassée et j'ai vu que l'enveloppe avait mon nom écrit dessus. C'était l'écriture de Gert, qui fait des très grandes lettres avec un Z qui ressemble au chiffre 3.

À l'intérieur, il y avait un papier plié en trois. C'était la lettre de demande de bourse de Gert, celle qu'il avait écrite pour la fac et qu'il ne voulait pas que je lise.

Je l'ai posée à plat sur la table basse.

À l'attention du jury de la bourse d'étude de Rivergreen College,

Je m'appelle Gert MacLeish. J'ai vingt et un ans et je n'ai pas le bac, et personne autour de moi n'est allé à l'université non plus.

Je ne suis pas très fort en dissertation, alors tout ce que je peux fiare, c'est de vous écrire comme je parle.

J'ai froncé les sourcils. Gert avait fait une faute d'orthographe à *faire*. Il aurait dû utiliser le vérificateur d'orthographe. Avant de reprendre ma lecture, j'ai pris un stylo et j'ai corrigé le mot.

Il y a des gens qui sont faits pour aller à l'université et d'autres non. Moi, j'ai toujours pensé que j'appartenais à la deuxième catégorie. Je jouais au football américain. Mes notes n'étaient pas terribles mais ça, vous vous en apercevrez en regardant mes bulletins. Le foot devait être mon ticket d'entrée pour la fac. Mais le jour où je me suis déglingué le genou, j'ai déglingué du même coup tous mes rêves de devenir un jour quelqu'un.

Ma sœur Zelda n'a jamais vraiment connu notre père. Elle était petite quand il est parti. Quand Maman est morte d'un cancer du sein, on s'est retrouvés à habiter avec notre Oncle Richard, un vrai sale type. Zelda adore les Vikings, les héros et les méchants, et si ça existe vraiment, un vrai méchant, un vrai dragon qui crache du feu sur ce monde, alors c'est bien Oncle Richard.

Elle ne se rend pas vraiment compte à quel point ça se passait mal avec lui, à quel point c'était violent. Les hommes ne sont pas censés parler de ce genre de choses, et d'ailleurs je ne sais même pas pourquoi j'en parle ici, sauf que dans les consignes on nous dit d'expliquer si on a des « circonstances atténuantes ». Et Oncle Richard, c'est la définition par excellence d'une « circonstance atténuante ». Zelda parle toujours des Grendels, des monstres malfaisants qui vivent cachés dans l'ombre et qui viennent vous attaquer dans le noir. Plus on restait chez Oncle Richard, plus je me rendais compte que c'était de lui qu'elle avait peur, que c'était lui le monstre qui venait dans le noir. Et vu que Zelda ne pouvait pas se défendre toute seule, c'était à moi de nous défendre et de nous sortir de là. Je ne suis pas du genre à demander de l'aide, mais voilà : c'est ce que je fais avec cette lettre.

Je disais plus haut qu'il y a deux catégories de gens, et que j'appartiens à la deuxième : ceux dont tout le monde croit qu'ils n'ont pas leur place dans un cours de fac. Ma sœur Zelda, elle appartient à la première. Notre mère buvait, et même si elle a arrêté pendant les dernières années avant sa mort, elle n'a pas arrêté de boire quand elle nous a eus. Moi je m'en suis sorti mais Zelda, par contre, elle a eu le cerveau empoisonné par la boisson et elle est née avec le syndrome d'alcoolisation fœtale. On nous a dit qu'elle n'arriverait certainement jamais à lire et qu'elle aurait certainement besoin que quelqu'un s'occupe d'elle toute sa vie.

Mais ils ont eu tort sur ces deux points, et c'est pour elle que je fais cette demande de bourse. Parce que si moi j'y arrive, alors peut-être qu'elle pourra elle aussi faire quelque chose du même genre. Quand les gens regardent Zelda, ils voient quelqu'un qui est faible et sans défense. Une des choses dont j'ai le plus honte, c'est quand je la vois comme ça moi aussi et que j'oublie à quel point elle peut être forte. Plus forte que moi, même. Si j'avais ne serait-ce que la moitié de sa force et de sa détermination, je ne serais pas en train de mendier cette bourse. Et s'il y avait une justice dans ce monde, ce serait elle qui irait à l'université et pas moi.

Ça fait une éternité que je n'ai pas écrit une dissertation, et j'ai déjà dépassé les 500 mots auxquels j'ai droit pour vous convaincre que j'ai ma place à Rivergreen. Une des règles dont je me souviens du cours d'anglais, c'est qu'il faut toujours commencer par la thèse. On dirait bien que je vais désobéir à la règle encore une fois, et que je vais mettre ma thèse à la fin.

Bref, voici ma thèse. Autour de la table de poker de la vie, il y a des gens qui reçoivent une main qui n'est pas parfaite, et dès qu'ils voient leur jeu, ils se couchent. Ils ne se donnent même pas la peine de jouer la partie. Je crois que jusqu'à maintenant, j'ai été ce genre de personne. Mais même si je n'entre pas à Rivergreen, même si vous ne me donnez pas la bourse, j'en ai assez de me coucher. Surtout quand je pense que ma sœur, c'est le genre de fille qui va jouer sa main quoi qu'il arrive, même si elle a reçu les pires cartes.

Pendant que j'écris ça, elle est en train d'écouter un livre audio sur les Vikings et de prendre des notes très importantes. Pour elle, le monde est un endroit où les deux choses qui comptent plus que tout, c'est le courage et la tribu à laquelle on appartient. Un monde où on est tous des Vikings qui rament ensemble, au rythme du même tambour. Et la vérité, c'est que pendant tout ce temps où j'essayais de protéger Zelda, elle était la seule de notre tribu à ramer. Il est temps pour moi d'embarquer dans le bateau de Zelda et de prendre les rames à mon tour.

Bien à vous,

Gert MacLeish

Quand j'ai eu fini de lire, j'ai couru à mon téléphone et j'ai appelé le portable de Gert. Vu qu'il ne répondait pas, j'ai laissé un message qui disait que je ne voulais pas lui fermer ma porte pour toujours, que je l'aimais, qu'on ramerait toujours ensemble. Ça me donnait une chair de poule à me faire exploser la peau, l'idée que Gert aurait pu croire que je ne voulais pas de lui dans ma vie.

D'un seul coup, j'ai entendu la sonnerie que fait son téléphone quand il y a un message. J'ai regardé autour de moi et j'ai composé à nouveau son numéro.

Un téléphone a sonné au fond du couloir. J'ai suivi le bruit, j'ai ouvert ma porte, j'étais inquiète et contente à la fois.

Gert dormait par terre devant la porte. Son corps était tout petit, roulé en boule contre le mur, les bras croisés sur la poitrine. Une porte s'est ouverte de l'autre côté du hall et une femme est sortie, habillée en vêtements de travail. Ses clés ont tinté et Gert a grogné, mais il ne s'est pas réveillé complètement.

— Je n'ai pas voulu appeler la police, a dit la dame en passant et en mettant ses clés dans son sac à main. Mais il est resté toute la nuit ici à pleurer.

Je me suis baissée. Gert n'était pas joli à voir. Il avait de la sauce de pizza sur son tee-shirt et il sentait la bière tiède. Je n'avais pas envie de rester à côté de lui, et je m'en suis voulu pour ça. Je me suis relevée, je suis rentrée dans mon appartement et je suis restée un instant dans l'entrée. Puis je suis allée dans ma chambre et j'ai pris mon sweat-shirt des Minnesota Vikings, celui que je m'étais acheté avec mon salaire de la bibliothèque (même si Gert préférait les Patriots).

Je suis retournée dans le hall et j'ai touché le bras de Gert. Ses yeux se sont ouverts lentement. Ils étaient rouges et gonflés.

— Salut, il a dit en s'asseyant et en faisant craquer son cou. C'est un sweat des Vikings ?

— Oui, parce que moi, c'est l'équipe que je préfère.

Je lui ai donné le sweat-shirt. Je l'ai aidé à se lever. Je lui ai dit que maintenant, ici, c'était ma maison et que c'était son tour de venir chez moi.

Remerciements

Comme toute bonne saga viking, l'histoire de Zelda n'existerait pas sans les membres de sa horde.

Pour commencer, un check à mon agente : l'extraordinaire et infatigable Grace Ross, qui a réussi un tour de magie avec ce livre et qui a su voir son potentiel dès le départ. Un grand merci aussi à Markus Hoffmann, à Joe Regal et à toute l'équipe de RHA.

Skál à la tribu Scoute et tout particulièrement à Alison Callahan, éditrice de talent et puissante alliée, à Jen Bergstrom, ma double docteure préférée, à Brita Lundberg, toujours sur le pied de guerre, ainsi qu'à Aimée Bell, Maegan Harris, Emi Battaglia, Stuart Smith et tous les guerriers éditoriaux de S & S qui ont permis à Zelda de voir le jour. Un grand merci en particulier à Carolyn Reidy pour avoir cru en ce livre.

Remerciements aussi au redoutable contingent canadien : Nina Pronovost, Felicia Quon, Kevin Hanson et toute l'équipe.

Merci au maître Larry Garber d'avoir bien voulu dispenser quelques miettes de son savoir et de sa bonne grâce à l'humble *schlemazel* que je suis. Merci à Edie

Meidav, Sabina Murray et Jeff Parker pour m'avoir servi de mentors. Merci également à Annie Liontas pour ses premiers retours sur ce manuscrit.

À mes familles, choisies ou non : maman et papa, les Mitchell (et en particulier L, fan de la première heure), les Maeck, Melissa Carroll, Beaker et George, et les Beckerman.

Amour éternel à l'Équipe des Gens Sympas : Tim Alamenciak, Shannon Alberta, Shastri Akella, Amy Cunningham, Erin Pienaar, JoAnna Novak, Ali Ünal (on notera que j'ai placé le tréma correctement), Morgan Bruner, Catherine Stryker, Kathryn Pilkington, Margaret DeRosia, Trenna Sharpe, Julia Kramer et Arielle Bernstein.

Et à tous les autres, qui sont nombreux, à qui je tire mon chapeau et j'ouvre mon cœur : ils sauront se reconnaître.

Merci au Toronto Arts Council, à l'Ontario Arts Council et au Canada Council for the Arts pour leur généreux soutien financier.

Pour en savoir davantage sur le syndrome d'alcoolisation fœtale, faire un don ou vous engager, vous pouvez contacter en France les associations SAF France (http://saffrance.com) et Vivre avec le SAF (http://vivreaveclesaf.fr).

Composition et mise en pages
Nord Compo à Villeneuve-d'Ascq

Imprimé en France par Laballery

N° d'impression : 106190
Dépôt légal : mars 2021
Suite du premier tirage : juin 2021
S31524/02
Pocket, 92 avenue de France, 75013 Paris